道班工人

Dao Ban Gong Ren

安路一方　著

人民交通出版社股份有限公司
China Communications Press Co.,Ltd.

内 容 提 要

作者以在公路管理领域的多年从业经验，塑造了一大批养路工人生动鲜活的形象，展现了转型时期养护行业的变革发展和从业者的人生起伏，以及历尽波折仍不变爱岗敬业本色的良好精神面貌，扬正气，促新风，很好传递了正能量和社会主义核心价值，是一部颇为少见的，以养路工人为主要人物的文学作品。

图书在版编目(CIP)数据

道班工人/安路一方著.—北京：人民交通出版社股份有限公司，2014.7

ISBN 978-7-114-11557-8

Ⅰ.①道… Ⅱ.①安… Ⅲ.①长篇小说—中国—当代 Ⅳ.①I247.5

中国版本图书馆 CIP 数据核字(2014)第 159665 号

书　　名：道班工人
著 作 者：安路一方
责任编辑：张征宇　陈　鹏
出版发行：人民交通出版社股份有限公司
地　　址：(100011)北京市朝阳区安定门外外馆斜街 3 号
网　　址：http://www.ccpress.com.cn
销售电话：(010)59757973
总 经 销：人民交通出版社股份有限公司发行部
经　　销：各地新华书店
印　　刷：北京市密东印刷有限公司
开　　本：720×960　1/16
印　　张：15
字　　数：258 千
版　　次：2014 年 7 月　第 1 版
印　　次：2014 年 7 月　第 1 次印刷
书　　号：ISBN 978-7-114-11557-8
定　　价：28.00 元

前　言

这是一个前所未有的高速发展的时代，一座座恢宏大气的桥梁，一条条设计精良的国省干线公路，它们那优美的造型和姿态，本身就是大地上的“艺术品”，那是我们公路人的骄傲！

笔者认为若能留下公路建设者的风采和辉煌，把他们的劳动演绎成文学艺术，也是一种伟大的创造，然而全社会反映公路行业的文学作品，特别是反映公路人的长篇小说或影视作品，却寥寥无几，鲜明的对比，应该引起深思！

写作是一种需要耐心，需要承受寂寞的精神事业。基于对公路行业的热爱，促使笔者用文学对公路进行宣传，希望能以美的力量和形式，展现成就，激励斗志，传播公路文化。笔者的写作纯粹而自然，遵循自己内心的指向，通过小说创作向社会展示公路人的良好形象，并进入大众的视野，深入人心，展示公路队伍的精神力量。

两年前，笔者着手创作《道班工人》时，想法很单一，即选择以文学的形式发现创造奇迹的公路风流人物，将公路的发展变迁记录下来；将我们这个时代公路人的喜怒哀乐，酸甜苦辣，理想信仰固化下来；将他们的劳动定格留给后人，给人回忆，给人鼓舞，给人怀念，所以才有了今天这部《道班工人》的面世。

全体公路人应携手努力让公路充满文学情怀，只要这个世界需要温暖、善良和美好，那么文学就会存在！文学的重要功能之一正是软化人心、创造梦想。诚如台湾作家张大春所说，文学带给人的往往是“一个梦、一则幻想”而已。然而，谁都不能否认，只有那种充满梦想的人生，才是真的人生。文学所创造的世界，是现实世界的延伸和补充，是想象力的传奇，是许多种人生的叠加，它能为哪怕是最贫乏的人生提供异常丰富的可能性。譬如，《道班工人》中的人物，班长晏华诚、女工田苦妮、中年道工董祚庥、青年道工钱程和晏小山，他们都有自己鲜明的特点。养护体制改革前，他们是卑微的，消极地窝在道班里耗磨时光。然而,随着养护体制的改革,激发了他们的活力和创造性,展示出普通劳动者的才华,赢得社会尊重!

笔墨从一个人的胸襟里流淌出来,笔者通过对道班工人一些极其平常的劳动场景、生活、冲突关系和人物性格等细节的提炼,获得一种具体、生动、有效的现场感,缜密地表达出他们对公路事业的热爱。所以笔者认为,并没有哪个作家,端着写作的架子就能把小说写好的。《道班工人》这部长篇小说通过精致描绘,把公路人的精、气、神彰显了出来。

笔者在文学创作上,得到许多领导的支持和鼓励。在《道班工人》创作过程中,领导温馨的话语常常萦绕在耳边"支持你,就是支持我们自己!""坚持写下去,不要放弃!"……他们让笔者勤奋,让笔者更加的自信和坚强,让笔者的作品充满更多的阳光、温暖、爱、善良和正义。笔者的创作还在继续,并坚信能创作出更多的公路题材文学作品!

《道班工人》只是表现公路人"铺路石"精神的一扇小小的窗口。希望有更多的作家关注公路、关心公路人,创作出属于这个时代的文学和影视作品。也欢迎社会各界人士走进公路行业,只有走进这个行业,走进公路人的心灵,才能发现我们公路人有多么可爱!

安路一方

二〇一四年七月四日

目　　录

第一章

12 月 25 日，外国人的圣诞节……让他们欢乐去吧！

明显道班里，一个叫钱程的年轻人服药自杀了……他在生死间徘徊，上帝啊！你还是把他关在门外吧。

大雪把公路裹得严严实实的。救护车在结冰的路面上滑行，窗外凛冽的寒风拼命地敲打着车玻璃，救护车警报器发出的声音，此刻特让人揪心。时间就是生命，大家都眼巴巴地盼望着救护车能快点到达医院——还有 11 公里。此时一切都显得那么漫长……

“这孩子，好好的，啥事想不开？走这一步。”班长晏华诚用手捂着他的脸，给他温度，害怕一松手他的脸会像路边的石头一样冰凉。八年前，若是自己的老伴能像现在一样有救护车……想到这里晏华诚的眼睛顿时湿润了。

“去的时候，好好的，和我一起去的。”

“回来的时候我们俩一起来的，他一路上一直没说话，现在想想他当时的脸色很难看。”救护车上杨义和唐大伟两个道工小声地议论着。

车窗外是他们道班养护的公路，晏华诚看着车外的一石一树，都是那么熟悉。他开始诅咒起来，我们平时辛辛苦苦地养护你们，你们怎么能结冰呢？再这样下去，钱程这孩子就没命了。太多的往事在他脑海里浮现，那里有钱程许许多多的“样子”。钱程因为阻止村民在边沟偷土被人打了，他却对钱程说以后再遇到这种事，一定要回来报告，并把钱程“骂”了一顿。钱程受委屈的样子，他依然清晰地记得。另一次是下雨，钱程把雨衣借给一个放羊的老人，老人回到家，又和老伴打伞给他送雨衣，还在怀里揣了几个热包子，钱程把包子接过来分给大家，刚好够一人一个，他样子特别憨厚。晏华诚拿着包子便说他一句：“以后啊，不能随便要人家的东西……”没想到钱程一伸手又把包子夺回去，咬在自己嘴里走了。还有一次是在一个风雨交加的傍晚，他冒雨带领全班人员抢修路肩，因为他带头工作，大伙都不好说啥，他的胶鞋不小心被行道树掉下来的树枝刮破了，水直往胶鞋里灌，走起路来滑叽滑叽的，穿上它反而耽误干活。他就脱掉胶鞋赤脚抢修。经过几个小时的奋战,终于抢修成功,而大伙全都成了泥人。他停下来才感觉冷,钱程递给他一双胶鞋,说是刚才回道班取的。他第二天才知道胶鞋是钱程的,当时大家都在一起抢修干活,哪有谁回去啊！钱程穿的则是他的烂胶鞋,多么懂事的孩子啊!

那年9月当歌市连续遭遇阴天,天气预报说夜里有暴雨,他给大家规定:雨声就是命令。当天夜里,也不知道睡到几点,就听哗啦哗啦地响,他以为下雨了就起身开门。道班的那扇破门咯吱的声音惊醒了大家,出来一看是钱程在撒尿,都揍他:“你尿个尿捣鼓那么大声干啥?就不能轻点,你说这觉还怎么睡?”钱程则像一只受惊吓的小鸟,诚惶诚恐地看着大家。他想不到在道班,特别是连阴雨天,尿个尿还这么讲究。其实大伙的心都在路上。

怎么的?他想了这么多事都是湿漉漉的……他突然感觉有点不吉利。“老天爷啊！你行行好吧。”晏华诚话音刚落,救护车驶过一座桥,前方的公路奇迹般地出现两道没有结冰的车辙。连司机都感觉奇怪,他说来的时候还是结冰的。

本来这就是一座有着传奇故事的桥。

晏华诚望着那座远去的桥说:“等救活这孩子,我给你请一炷香。”

救护车在凛冽的寒风里穿行,一排排行道树被它远远地甩在后面。时间真的是生命——救护车有着与所有人一样的心情。

钱程喜欢打乒乓球,他的自杀与没能参加首届全国公路职工乒乓球大赛没有一点关系。他爱打乒乓球那也是五年前的事了,那时他还是初中生。

眼前的钱程正安静地躺在医院的手推车上,他正被推往抢救室。那是一个未卜的前程。

医生再一次出来通知病人的家属缴费。晏华诚带的两千块钱,交过这费那费便花光了,可是抢救还没有开始。晏华诚哀求那位大夫,先抢救。大夫说必须先交费,这是规定,让他再想法筹钱,不然他也没有办法。

想什么办法呢?此时三个大老爷们身无分文。

单位!

晏华诚最先想到单位,那是他们最温暖的希望,那是他们的“家”。他把手机10元钱抵押给了医院门口的小卖部,条件是他到“家”取钱回来,买她一箱牛奶。

他打个出租车,一路上他一个劲地催司机快点,司机已经用眼角扫他几眼了,终于忍不住了,说:“这路又不是你家开的,我快得了吗?”

晏华诚说:“我是公路局的。”

“切,公路局可能管住交警?这雪下的——我已经够快了,你当你坐的飞机啊？飞机遇到雨雪雾天还要延误呢！返航的都有。”司机不耐烦地回他一句。

晏华诚不再催他，但心里急得直冒汗。

偌大的办公室在这寒冷的冬天，温暖如春。上班的时间只有一个人——办公室主任凡芃。她告诉晏华诚找副局长席四海，说席局长刚刚还在呢，要不到四楼办公室看看。

席局长接待了他，他对钱程的不幸，表达了吃惊、关心和同情。他当即给甄会计打了电话，放下电话，却显得不高兴，对晏华诚说："情况我都对他说了，现在是新老局长交接，情况你也知道……要不，你直接到甄牛群家找他吧。"

举目整个公路局家属院，只住着一位道班工人，也是他的班长——方怡。人内心的亲近里横着一杆秤，他觉得找老班长的希望比找会计甄牛群大。

他急促地给方班长说明来意，还未说完就被老班长打断。老班长的性格还如当年雷厉风行，一边骂这孩子怎么那么混蛋，什么事让他犯浑走这一步，一边找他的大棉袄："我的工资本在我儿媳妇那里，你等我去拿回来，给你取钱。"

晏华诚坐在方班长家里，心急如焚。方班长能不能拿回他的工资本还是个未知数，他怎么能坐这儿干等呢？

此刻，钱程正命悬一线，他怎么能为一个不确定的消息而等待呢。

他还是起身去找甄会计了。

敲开甄会计家的门，急切地说明来意，但是甄会计并没有让他进屋的意思，挡在门口给他说会计职责，给他讲会计法，然后又讲："我是一个热心的人，是一个正直的人，是个好人，但是我没办法，钱不是我的钱是公家的……"

他又对晏华诚说："新来的局长明天才宣布，这你也知道，今天是礼拜天……"他从兜里掏出 100 多元钱，取出最大的一张给晏华诚："家里就这些钱。我只能帮你这些，我还要留两个买青菜的零钱。"

晏华诚扑通一跪："行行好，你救救他吧！你现在给我钱，我回去就取钱还你。就中间这点过程，一分一秒都是生命啊！"

"你给我讲过程，我给谁讲过程去，到时候谁又听我讲过程。"

"他是我们自己人啊。我晏华诚当了二十几年道工从没有这么求过人。"他跪在甄会计脚下。他没有一点办法，这是他一个普通道工的最后的办法，仅有的……他是在救另一个道工。

一个劳动的偌大的身躯，因为普通，他是如此的渺小。而医院里，也许一阵风，就会让那个叫钱程的年轻道工，永远躺在时间的背后，与这个世界没有关系。

甄牛群把他视为无赖，心里恨不能暴跳如雷，但他依然安静得像一座雕像一样："你再想想办法吧！你就是跪死在这里也没有钱。"

晏华诚霍然起身，一把推开甄牛群，径直走进厨房，取下一把菜刀："甄牛群，你给不给，你信不？我敢剁了你，连头带鸡巴一起给你剁了。"

甄牛群看着急红了眼的晏华诚，哪见过这种阵势，吓得双膝一软，跪在地上，双手自然地举过头顶："老晏，俺晏叔，你可别乱来啊，我给你钱。"

甄牛群走进卧室拉开一个抽屉，取出一叠钱："这是……"

他看着红花花的票子，这哪是钱啊！这是命啊！晏华诚攥在手里，打断他的话："你是他的救命恩人，等他活过来，让他也来给你磕头。等我儿子钱一送来，我就还你……"

晏华诚交完费，钱程被推进抢救室。

半个小时后，儿子晏小山带着钱赶到医院，晏华诚赶紧让他去还甄会计的钱。医生从抢救室出来说："暂时脱离了生命危险。要是再晚抢救 2 分钟可能就没命了。"

这时老班长方怡带着 2000 块钱赶来说："只有这些，暂时救急用。"

晏华诚把刚才在甄牛群家发生的一幕对他说了。方班长责备他鲁莽："我马上回去替你给甄会计道个歉，这事还得给局长汇报一下。"

晏华诚说："现在新老局长交接，给哪个局长汇报？"

方班长出主意说："俩局长都汇报，这不是牵涉到医药费吗？免得到时候他们扯皮。"

晏华诚这才想起来，他的手机还在小卖部押着呢。他和方班长一起买了她一箱牛奶，取回手机。晏华诚说："老局长的手机号码我知道，新局长的手机号码我不知道。"方怡说："我儿子在局机关，兴许知道。"

老局长的手机一直是来电提醒，没人接。新局长的手机通了，但是他没接就挂断了，会不会是看号码陌生不愿意接电话？先给他发个短息，可是短信晏华诚还发不好，就让一起来的杨义帮忙发短信。没事的时候，杨义就喜欢拿着手机捣鼓。短信内容如下："阚局长好！我是明显道班的晏华诚，有个事向你汇报，你接一下手机……"

回信息说："晏华诚同志你好！我是阚局长，在上海开会呢。我遇到小偷，钱被偷光，无法回去了，速寄现金 5000 元，卡号是……"大家看了面面相觑，心想一定是局长的手机被偷了，不然局长再没有钱，也不需要我们打钱的。方班长再问他儿子，仔细核对了一下号码，原来是输错手机号了。一场虚惊，晏华诚按新号码拨通："喂，是阚局长吗？我是明显道班班长晏华诚……"

一群全副武装的警察突然闯进来，两把黑洞洞的手枪对准他的头部："不许动！"另外两个警察扑上来反剪了他的双手，手机啪一声掉到地上。

甄牛群报警了，晏华诚涉嫌入室持刀抢劫。

第二章

“鳖崽子，你害我害得还不够惨吗？你还要害我爸。我们上辈子欠你的？你说你不好好上学，下什么道班。”晏小山气急败坏地撂下这句话，就慌忙从医院离开了。

钱程苏醒以后，睁开眼睛只看到医院的墙壁一片洁白，此时，他对发生的一切一无所知，脑海里也是一片白茫茫的雪。他开始回忆，一切与雪有关。这场雪是当歌市近几年来最大的一场雪，今年的两节又赶到一块了。局里人事交接，用于融雪的防滑盐一直没有着落。晏班长觉得不能再等了，想提前着手把道班的一堆沙子运到坡道和大桥上，这些地方是防滑的重点，必须确保安全。他记得当时“冬蚂蚱”董祚麻的反应特别激烈：“我坚决反对撒沙防滑，天晴了满路的沙子又增加我们工作量，更不能让‘英明的领导’落下我们愚蠢的口实，绝不重蹈覆辙。”他情绪越说越激动。

原来有一年，他在尚疃道班撒沙子，领导见了，说：“啊！你们怎么还撒沙子，不知道用盐防滑省工省时效果好嘛。”

他记得，当时班长尹福庆在一旁说：“没有盐啊。”

“没盐？为什么不打报告？”席局长说完，转身瞥一眼陪在他身旁的工养科副科长肖长河，“肖科长你没安排？”席局长的一瞥，让肖长河觉得极没有面子。他看一眼尹福庆说：“你怎么不打报告？”“好，我马上安排。”谁好意思在局长面前揭发他呢！报告都打多少个了？没用！但他一句话却把责任推得一干二净。然后就听他在席局长面前小声嘀咕，谁也说不进去话，也没有人愿意说，所以全道班的人就只能当自己是哑巴了。

“到头来都是我们的错。”董祚麻在旁边嘀咕一声。

“本来就是你们的错，要脑子干啥的？”肖长河瞋视他一眼，表情里满是厌恶。那一刻他极度怀疑肖长河的耳朵是不是驴耳朵。因为他当时声音小的只有自己知道，肖长河怎么会听见？送走席局长，肖长河给他们开了一个小会，并让尹福庆写个检查。

董祚麻想到这里，依然有些激动："把沙子装袋备在路边的愚昧行为要坚决打倒。"

晏班长有些火了："可现在没有盐，只有沙子。这些活早晚都是我们的，如果下雪了沙子就更难运到坡道和大桥上去了，干吧！别说那些没用的了。再说了，我们能挽着袖管，抱着膀子，看着车子打滑，轧坏路肩什么的？最后不还得我们拾掇吗？"

董祚麻却显得非常平静："到时候再说吧，反正不是我们的错，就袖手旁观吧。"

晏华诚压住火气说："好吧，我们动手，你旁观吧，算你出工。"

"那随便，不是我不出工，你既然这么安排，就这么地吧。"就在他们准备运沙子的时候，局里打电话通知说，防滑盐买来了，让他们开车去拉。这下正应了董祚麻的先见之明，让他有话可说。另外几个人也说："听班长的，非得累个半死，做的都是无用功。再说加班加点地干，补助一分钱没有，幸亏没干呢。"

"晏班长只会当传声筒，自身很努力，有什么用呢？别的道班都换成解放小卡了，就咱道班还是辆破四轮。"

"班长的话就是不能听。"

怨言四起，就像漫天的雪花一样，无论谁挥一挥手，都是挡不住的。

晏班长派钱程和晏小山去局里拉防滑盐。晏小山开车。钱程裹着大衣坐在车厢里，看雪漫天飞舞，又轻盈地悄然落下。他却没有一点新鲜感，更没有儿时想要堆雪人的冲动。他有的是瑟瑟发抖的身子，于是使劲裹了裹那件破棉大衣，让头尽最大程度地缩进衣服领子里。

他们那辆小四轮拉着防滑盐刚进道班的门，漫天飞舞的雪花就变成了鹅毛大雪。他们没顾得上休息，就和大家一起顶着凛冽的寒风，站在冰冻的公路上撒盐，遇到硬冰，还得拿着沉重的鹰头镐砸开。手一会儿就冻得通红，寒冷更像冰锥一样刺进钱程的心。如果，如果让时间倒退重来，这会儿他也许正坐在温暖的教室里读书……可是，没有可是。他发泄般地使劲撒盐，感受这个洁白世界带给他的畅快。他撒过一段很长的路，累了，开始慢慢地细细地撒。

局里请来了电视台记者，领导终于懂得宣传的重要了。记得去年，他们穿着黄色马甲在路上除雪保畅通，被报道成环卫工人。

来的是一个美女记者，在钱程身旁不远处对着摄像机说了一大通，应该是旁白吧。他尽量低着头干活，不想让摄像机拍到，摆出一副就当她们压根不存在的样子。过了一会儿，突然没有那个美女记者的声音了，他又等了一会儿还没有，一抬头，看见那个美女记者向他走来。坏了，真是冲他来的要采访他，躲是躲不掉了。

美女记者:“同志,你好! 辛苦了……”

“不辛苦。”

“你这是在干什么呢?”

“撒盐。”他心里嘀咕这个美女长的真好看,就是头发长见识短,明知故问。

“为什么要撒盐呢?”

他本来压根就不想上镜的,准备说一句为人民服务的话搪塞过去。但转念一想,要是母亲在看电视,也许她能看到自己,那就多说吧。他挺了挺身子,让自己显得有精神些:“在雪上撒盐,是为了增加凝结核。只要温度稍微高于0度,雪就会融化。如果没有撒盐,即使环境温度高于0度,也不太容易融化。雪是在不断融化和凝固的,如果二者速度相等,就会始终保持固态,融化不了。由于盐水的冰点比水要低,一般都低于0度,如果水溶液里含有20%的盐分,它的冰点就会降低到-16度。雪上撒盐以后,周围的水融化成盐水,在同样的温度下再也凝固不了,就会不断融化。正是利用盐水的这一特性,在滴水成冰的寒冬,我们用撒盐的方法,防止公路路面结冰。”

美女记者又说:“听你介绍了这么多,大家都知道了撒盐可以融雪,那撒盐会不会对公路路面和周围环境造成影响呢?”

“不会,按环保标准,含盐量1000mg/L的水是达标的,可以养鱼。我们这个化雪盐的用量,对道路、桥梁和植物都不会构成太大的影响。”

带队的席局长走过来,钱程说:“这是我们公路局席局长。”然后赶紧闪人。席局长说:“我们一般在下雪的初期会安排道班工人撒一次盐,视降雪量大小在中后期再撒一次盐,就能够有效除雪,并预防路面、桥面结冰打滑。我们有预案,一旦开始下雪,就会派人到重点地段进行蹲守,发现路面结冰后,立即出动人员和机械进行保畅。我们公路部门会一直坚守岗位,公路交通的快速发展,离不开养护工人的辛勤劳动。他们长期奋战在恶劣的环境中养护公路,保障畅通,救助被困车辆和旅客,以‘人在路上,路在心上’的高度责任感,甘做铺路石,把自己的青春乃至一生都献给了公路事业。大家小家都是家,为民服务,我们无怨无悔。”席局长发挥着他的理论优势。

一辆客车在不远处打滑了,钱程跑过去把车轮下的冰砸开,然后又帮助推车。摄像师跟进,给他拍了一张推车的照片。那个美女记者和席局长打个招呼,从钱程身边走了。

客车缓缓开动的时候,他抬头,窗口是一张端庄秀美的面孔,出于本能的反应,他想一睹她的芳容。这一看却令他悔之不及,顿时觉得脑海里一片空白,见她上下看自己,他也低头看自己:脚上穿着一双沾满泥巴面目全非的军用大头鞋,一条布满柏油的脏得不能再脏的裤子,上身是一件皱皱巴巴的老头衫外套,外面罩着一个满是污浊的橙色反光马甲……他对自己的现状表示同情和极度失望。突然间，他在这冰天雪地里浑身发热，恨不能找个裂缝钻进地下，或者让雪把自己埋了。就在他发呆的时候，一位经过身边的母亲对她儿子不经意说了一句："以后，你不好好学习，长大了让你穿成他们那样，除雪扫路去。"

他回到道班，土墩家女人正对薛义刚满面笑容地说："那家有钱，镇上有他家四间门面房，田甜有福享了。"他心里咯噔一下。这个女人腰粗得像水桶一样，再加上160的个子，整个一球似的。若两口子长的都和球似的，夜里床上那点事怎么做啊！恶心！他现在最不能看到这个媒婆了。他躺在床上，脑海里是那些挥之不去的景象——他乞丐一样的装束，和她眼中瞬间掠过的错愕、惊讶和莞尔一笑，以及她透过车窗玻璃向他挥手……然后是那对母子的话，再不好好学习，长大了就让你穿成那样扫路去……再然后是土墩家女人那媒婆的嘴脸。

他没吃午饭，却到处找斧子。

苦姐问他："你找斧子干什么？"

"砍树。"

"这孩子，这天寒地冻的，你砍树干什么？还有一大堆柴呢？先吃饭。"

钱程没有回答，扭头走了。他执意要把道班的一棵枯树砍掉。他一斧头下去，枯树上的冰雪，以及那些细小的枯枝，纷纷掉落。他很反常，但大家对他执意砍树的行为也不置可否。只有杨义嘀咕一句："啥时候砍不比现在强。"

单强接过话说："半拉橛子使横劲，反正那棵枯树是要砍的，局里早就说了要砍掉，谁砍不是砍，年轻！就让他砍吧。"

"你为什么要砍树？"一个声音从他身后传来。这个声音非常温柔，弱弱的就像她的名字一样甜美。他知道是谁，但是他继续砍树。

"你为什么要砍树？"他知道身后是一双含情的水汪汪的眼睛。他也知道即使不说话，她还会问的。

"走开。"他头也没抬说了一句。

"你为什么要砍树？"

"找死啊！走开。"他转身大声斥责她。就像他想的一样，她的眼睛里写满关心和为什么。他从她眼睛里看到了自己的鲁莽。他转身避开她的眼睛，举起斧头更加卖力地砍树。

"你为什么要砍树？"这次她显然有些生气了，声音也比刚才大了许多，好像发自她整个身心。她更近一步走向他，伸手拽住他的衣领。

一阵大风吹来，那棵枯树摇摇欲倒，他眼疾手快，抱起她跑开，刚跑几步脚下一滑，滚出十几米远。真险，那棵枯树就倒在他们刚才站的地方。现在他回想起来，当时田甜是捂着胳膊走的，也不知道那天她伤到没有。后来，他知道晏小山为她买的药。

那天下午，大伙纷纷到路上除雪干活，他不去，执意要劈柴。大家说他执意砍树劈柴分明是躲懒。他也不争辩。

晏班长也要他分清轻重缓急，现在工作重心是上路除雪而不是砍树劈柴，连晏班长都说了："你怎么跟那棵树有仇似的。"他说："算我旷工好了。"坚决不到路上除雪。晏班长说："旷工也不行，必须上路除雪去。"他瞪他一眼，抡起一把劈柴的鹰头镐走了。晏华诚觉得他特反常，以前不是这样，今儿怎么啦？晏班长骂他是个木头疙瘩、洋熊羔子，见他毫无反应，也就不再强求他上路了。

钱程瘦瘦的个子，浑身纤细，是一个典型的书生气人物。可是道班没有书生，只有没日没夜干活的道工——他的脸，太阳很给力让它变成古铜色，即使到了冬天也变不过来了。上班三年多了，他还没休过一次假，《劳动法》总是羞答答地示人，好像被谁强奸了一样。他觉得他应该是一棵树，一棵参天大树，但眼前却如这棵枯树一般。他更加心灰意冷。

他又想起田甜，想起第一次去车站接她的情形。那次晏班长叫住他，说让他跟小山去尚疃火车站接人。那个车站距离道班有 15 公里的样子，路不好走。冬天黑得早，5 点多钟天就全黑了，他们要接的那班车 7 点 40 分到站。5 点才刚过，晏班长就催他们开道班的那辆小四轮出发了，还给他一件新的棉大衣，说给田甜裹上，别让风吹到了。他知道是去接苦姐的女儿，心里重复着她的名字：田甜……田甜。苦姐回家照顾生病的母亲去了，看得出晏班长对这件事很用心。

他们在车站等，7 点 40 分也没见车来，一打听说晚点了。他就抱怨来得太早了。晏小山总是呛他："来早了谁让你来的？不愿意等你走啊！"

8 点的时候火车才到站，晏小山伸头向站台张望，下来的人不是很多，他一眼就认出她来了，跑过去接了她的行李箱，回头交给钱程，并把大衣从钱程手里拿过去，让她穿上，说马上开车，有风，冷。

钱程注意打量她，很瘦，像是小时候营养不良或大病初愈一样，带着一丝忧伤。晏小山给她说她母亲的近况和对她的叮咛。钱程一路无话，坐到小四轮上的时候，田甜先和钱程说的话："你是新来的吗？"

钱程点头说："是的。"然后明知故问她叫什么。

"我叫田甜，你呢？"

"我叫钱程。"她姓田，那为什么大家都叫她母亲苦姐而不是田姐呢？他想问但没张开嘴，怕问错了。

他问："也是来道班上班吗？""不是，我还在上学。""哪个学校的？""公路职业技术学院。”“毕业了到哪里上班呢?”“也许道班吧。”声音里明显带着很深的失落。正当他们聊得很投机时,晏小山回头说:“钱程你开一会儿车,我歇会儿。”

“我不会开。”

晏小山停下车,说迷着眼了。田甜打开包给他找面巾纸,钱程用手机为她照亮。那是一款精巧的斜挎包。晏小山又说:“钱程你开。”

钱程把目光从她包上移开,说:“我真不会开。”

晏小山抹了几下眼说:“好了,就是心太乱,钱程你真没用。”然后他一边开车一边说着钱程的一些糗事……

往事真的太美好了。但钱程依然把自己想象成那棵枯树,他觉得要把自己劈掉,就像劈那棵枯树一样。也许是《水浒》看多了,他比较厌恶李逵那种动不动就一板斧把人家的脑袋砍掉,那太野蛮了。他希望找一种比较文明的方式,最后服药自杀了。

阚局长来看钱程。他的意识比刚才好多了。阚局长走后,他知道自己被大家救了。可自己干过什么事要躺在医院里呢?那一夜,他怎么也睡不着,发生了什么,他开始大段大段地梳理记忆……从第一天上班开始。

他上班第一天,班长把他引进一个小房间,一股很重的霉味扑面而来,一张木板床,上面落满灰尘,一张半旧的桌子紧靠窗户,他推开窗子,眼前一黑——窗户朝着道班的柏油池。

“这里就这条件,给你个单间,你暂时住吧!还有你今天刚来,以后,挑水劈柴就是你的活了。”班长说。

“什么?挑水劈柴?”他在心里说。难道这就是自己的雄心壮志?要是同学问自己是做什么工作的,该怎么回答?难道说,我是道班的挑水员劈柴工?那怎么可以?他想起海子的诗:面朝大海,劈柴,喂马。那是海子的梦想,可我面朝的是黑乎乎的柏油池,这不是我的梦想。他的耳边想起母亲的话:儿子,端一个铁饭碗不容易,一辈子的事,你要是种地只能瘦死。

可是,这就是父亲用生命换来的、母亲四处求人给我找来的事业?

这算什么工作呢?他呆在道班的房间里,当他回过神来,不知道班长什么时候走了。又过了很久,一个女人热情地招呼他,要带他去挑水,他机械地跟在她身后。他们沿着道班门前的一条小斜路走了大约50米。一口用大青石围起来的井,就是以前乡下司空见惯的那种井,上面盖着一个正方形的石板,防止人和动物不慎掉进井里。他不明白现在乡下都用机打的压水井了,怎么道班还要挑水吃。那女人麻利地掀开上面的石板,把桶挂在扁担的钩子上,然后把水桶送进井里,左右晃动扁担,往下一丢再一提,一桶满满的水就打上来了。

他晚上的第一顿饭是面条,他碗里埋了两个荷包蛋,那个女人说:“小钱第一天来,今天又帮我挑了满满一缸水,没啥像样招待的,我从土墩家赊了俩鸡蛋,不过大家放心,赶明我自己还。”

钱程今天压根儿就没挑几桶水,起先那女人不让,说你今天刚来,先看着学学,明天再干。后来他看她挑的实在吃力,自己一个男孩,老是看着,心里过意不去,坚持要挑。那女人不放心,说井沿上滑,最后分工,她负责把水打上来,他挑水。

班长接过话说:“那怎么能算你的,算公家招待了。”

一个人开玩笑说:“人家当领导的接风招待,公款吃喝什么的,那是成桌成桌的,我们道班就这条件。苦姐咋对钱程那么好?要是这样的话,咱道班还欠我俩蛋呢?我来咱们道班报到时,第一顿饭可是稀饭,而且还是剩稀饭。”

旁边一个人接过话说:“欠你俩蛋,是不是还欠你一根黄瓜啊?”一阵大笑,然后他们俩相互糗对方。

钱程很感动又不明白,怎么俩鸡蛋还要计较算谁的?

另一个年龄比较大的人说:“最早还时兴搞欢迎新同志的仪式。我那会儿去道班报到,老班长把一把系着红布绸子的铁锹双手递给我,我双手接过来,另一个人朝我屁股踢一脚,说你以后就是我们道班的人了。大家都笑,我也笑。那时我才真正知道,道班就是捏着铁锹把儿上班的活儿,那天的任务是铲草。”

后来,他知道这个女人,大伙都喊她苦姐。他也想像别人一样喊她苦姐,可是他不知大家嘴里的苦姐是褒义还是贬义。他注意听别人喊她什么名字,却一直没有人喊过,只叫她苦姐。

第二天,他主动去挑水,苦姐还特别叮咛,一定要当心井沿滑,可以半桶半桶地挑。他答应了一声就去了,学着苦姐的样子,把水桶小心翼翼地送到井里,左右晃晃。可是挂在扁担钩子上的水桶被他一晃,直接掉进井里,他赶紧用扁担去捞,自己差一点掉进去,吓了他一身冷汗。他跑回道班告诉苦姐桶掉井里了,自己第一次独立干活就弄丢了一个桶,内心充满自责。他无助地跟在苦姐身后跑到井边,桶早已沉得没有踪影,井水平静得如一面镜子,似乎什么也没有发生,水面只有他们的头和半截身子。苦姐从土墩家借了一个桶,她又去挑水了。

那天,大伙共同出钱从土墩家的小店买了一瓶豆豉,钱程也出了一份。晏班长说,钱程刚来就算了,别兑份子了。钱程坚持兑一份。晚上吃饭的时候,苦姐见大伙都在,说她不小心把桶弄掉到井里了,让晏班长明天到集上买一个,不然大家没饭吃不能怪她。晏班长有点生气,责备她但语气里暗含着怎么不让钱程去挑水的意思。钱程听得出来,他感激地看着她。晏班长看着他,似乎目光里找了很久才找到他:“苦姐身体不好,有时候眩晕特别是挑水,平时都是我们轮流挑好水的,你来了,这个工作以后就得你干了。”

那瓶豆豉放在桌子中间,大伙用筷子撬一团放在自个的面条碗里,搅拌着,吃得津津有味儿。但是他却难以下咽,这条件……以后,还得挑水,让他失落到极点。

再后来,他不愿意挑水劈柴了,要上路养护。他觉得道班工人就是要在路上的,挑水劈柴也太没有技术含量。晏班长看他一眼,眼里却分明在说他不识好歹:“行啊,道工在路上养护公路,是很危险的职业,只是以后不准说上路,难听,不吉利。要说在路上。为了迎接这个月的检查,想做出点成绩,正缺人手,既然钱程主动提出来,那行。”

单强说:“那明天跟我熬柏油去。记得早起来一会儿。”

第二天,天还没有亮,他就被单强喊了起来,其他人也都纷纷起来。单强站在道班的柏油池旁边,拉开架势吟了一首诗:“道班明月光,眼前黑汪汪。举头望明月,低头炼油忙!”

他起初觉得怪可笑,单强吟完诗叹了一口气,说:“你来看看我。”钱程看他,不知道他什么意思。单强又说:“我再看看你。”钱程被他搞糊涂了,不知道他要干什么。“今天的我就是明天的你。来挖油吧!”钱程被他说得心里凉凉的,都说上帝给关上一扇门的同时会打开一扇窗!可是给我开的这扇窗却对着道班的柏油池,黑咕隆咚的。

他们把柏油拉到路上,开始支灶,烧火熬油。中午时阳光炙热,站在油锅旁,就好像自己放在烤箱里被烤一样。单强一边干活,一边讲着他的故事,说他抽调到大修工地过,参与建过特大桥,修过高速公路。钱程觉得他吹牛:“你都快称路腕儿了,怎么没留下呢?”他说因为没文凭,然后随口说了一段打油诗:“搅拌机搅走我的青春,挖掘机挖走我的梦想,压路机压碎我的希望,电焊机也不能缝合我的悲伤,钉锤一声声敲击我的心脏,钢丝一圈圈束缚着我的臂膀,安全帽曾经让我感到英姿飒爽,能不戴上它如今变成我的渴望。现在我进了道班,穿上了马甲,敢问路在何方?”

他发现单强的确有才,打油诗一分钟出口成章。连单强这样的人都只能在道班,自己将来又能到哪里去呢?他是新手,搅拌时,一不小心滚烫的沥青溅到身上,衣服成了油布,人也烫伤了。单强没有安慰,却嘲笑他不中用。

第三天,他不愿意再和单强熬油了,又要和董祚庥学修补路面。他觉得董大哥不像大伙说的那样。董祚庥让钱程先看,给他讲原理,说路面沉陷、拥包、裂缝都得处理,只要裂缝超过0.04平方米就要挖坑槽修补。凭这一点他就和单强不一样,单强是上来就让他干活,把他当小工使,董祚庥却示范给钱程看:“这是一个技术活，挖除旧的沥青路面时，要跟路中心线平行或垂直，一般挖成正方形，补的时候就跟着形状走。”他在不远处找到一个坑槽，让钱程试着开挖一下。由于钱程不得要领，一镐下去火星直冒，手掌震得发麻，不一会儿，双手就磨出血泡，磨起的血泡与手套粘在一起，疼痛钻心。他深深地感受到养路不容易，出乎当初自己的想象，还不如在道班挑水劈柴的好。

第四天，晏班长安排他往小四轮上上土，他一锹一锹地上土，慢慢的他的手抬不起来了，动作明显一次比一次慢，整个人站在铁锹的槐板上，连半截铲子也铲不进土里。他就使劲用力摇铁锹把，半天才铲一铲子。他看见另外两个人铲土怎么像揪棉花团似的……

八个人的分工分得很细，一人要顶一人用。晏班长说话了：“钱程，你是来干活的，不是让你来监督看别人干活的。”

“班长，你看这土太硬，我真的铲不动了。”

“让你挑水劈柴吧，你还挑三拣四的，熬油你不行，补路你不行，上土你不行，你说你能干啥？不是你要到路上养护的吗？土硬能硬过铁锹吗？”晏班长话里分明包含着他不识好歹的意思。

晏班长在回去的路上，不知出于什么目的，半开玩笑说了一句，谁没干完活不准吃饭啊！

谁没干完活呢？就他没干完活，分明就是说他。他也倔，拎一把铁锹走了，竟然连一个拦他的人都没有，也没有谁叫住他，却听见晏班长说：“有啥好倔的，让他去吧，别管他。”后来就下雨了，他还是没有回去。苦姐做的饭都热了三回了。她发话了：“老晏，下这么大雨，要不要去看看他。”

晏华诚说：“他那么大人了，有啥好看的。哪有那么死心眼呢？不去。”苦姐干急没办法，扭头进了厨房，然后一头钻进雨里。晏华诚喊她也没理会。过一会，晏华诚撑着一把伞追她去了。他在雨中干活，边干边哭，苦姐跑到跟前拽他走，他不走。苦姐说：“我说你这孩子咋这么倔呢？使啥性子，以后这养路长着呢。”说着她拿出两个油馍：“先吃着，晏班长就那样，说话气人，可是他心眼好。”他不接，她就塞进他手里，透着方便袋，那是两个热乎乎的油馍。这个眼前的女人真像他母亲，他真想扑到她怀里痛哭一场。滑到他嘴角的水咸咸的，他知道那是泪。

“现在下这么大雨你还铲，你这是养路呢？还是毁路。”晏华诚站到他跟前劈头就这么一句。这会儿他特别不想看见这个人，以后也是。晏班长继续说：“要铲，你也换个地方铲啊。”

晏班长夺过他手里的铁锹又说：“孩子，吃吧。道班就是受苦受累的活，你也别怪我，当然你怪了也没用。”一路上，晏华诚遇到水沟就疏通或者填土，一边忙，一边兀自说着雨中养护的道理。比如雨后是整修路肩边坡的最好时机，从路肩上的小片积水或流水痕迹，可以判断出哪个地方是“撅嘴”路肩，哪个地方“挺腰凹肚”，但他并不想听。他无法界定眼前的是个什么人。后来，苦姐告诉他说：“如果你爱公路，你就会觉得晏班长是个好人，否则就会讨厌他。”

钱程不相信晏班长是个好人，如果晏班长是好人，公鸡都会下蛋，但他相信苦姐的话，因为苦姐是个好人。他记得有一次，他向苦姐诉道班的苦，但苦姐告诉他，她 16 岁时就跟随着村里人做义务养路工了，那时候他们养护的公路属于民工建勤的县乡公路。后来公路段招农民养路工，村上人觉得养路太苦，都是干土沙活，端泥饭碗，不愿去。村长线绳子把名额“硬分”给她家，说是照顾。没办法，她就这样成了一名农民养路工。后来村里重新分责任田时，线绳子村长欺负她家，收走了她的那份地，说她是工人身份了。她一边说一边问钱程，你看我像是会骂人的女人吗？钱程摇摇头说不像。她说：“我站在村长线绳子家门口骂了他一天一夜，不会骂瞎骂。起初他家婆娘还想出来打我，我握着一把镰刀要跟她拼命，吓得他们缩在院子里不敢出来。不过现在想想也得感谢他，我们村上一起养路的几个人，有的认为养路没奔头，老来无靠头，工资低，干活要求高，又看到本村一些人外出打工，家中建起楼房，他们心中不是滋味，有人在干了几年的临时工后，便纷纷离开了，最长的一个人干了十年，还是走了，只有我一个女人坚持住了。”

2002 年落实政策，她摘了临时工的帽子。那些走的人也丧失了一个转正的机会，她觉得自己很幸运，毕竟自己坚持下来了，现在是正式工了。她是一个知足的女人，期间的酸甜苦辣，回想起来，自己都被感动了。钱程看着眼前的这个女人，是那样的容易知足，怎么可能不善良呢？

可是她为什么说晏班长是个好人呢？他感受到的晏华诚却是给他很坏的印象。因为第二天出工时，等他一觉醒来，两条腿像灌了铅似的酸痛，挨不了地。他双手抱着腿下的床，看看两手磨起的血泡，一种恐惧油然而生，难道自己一辈子都要这样？他昨天回到宿舍，没洗脚就上床睡了，想起昨天的事，一咬牙一定要挺过去。可是道班静悄悄的，他知道他们一定在路上，嘴里暗骂凭什么不让说上路，不就他妈上路吗？道班所有能带的工具都被他们带走了，可自己又不能空手去，找了一圈，只有一把破扫帚。他就拿了那把破扫帚，连忙上路去了，可到了路上，大家各忙各的，他呆在那里不知道干什么。晏华诚板着一张脸，铁青铁青的：“刚下过雨，你拿扫帚干啥？”一边说话，一边头一点一点的。他恨不得找个窟窿钻进去，只听见晏华诚又说：“你来这么迟，考勤怎么记？想白得工资吗？去，下午再来吧，算你半天工。”但他下午就没去，也没打算去。他用行动表明，不在乎什么半天工。这还真把晏班长惹恼了。晚上吃饭时，晏华诚突然闷出一句:“钱程下午算旷工。”

当时大家正吃饭,听完这话,大家都突然停住了,但片刻又都扒拉扒拉地吃饭,谁也没说一句话,就像晏华诚刚才压根就没说话一样。平时几个爱开玩笑,喜欢和晏班长对茬的人,也不说话了。难道他们都是成心的,或者他们压根儿就没有听到什么?钱程听到了,但他也没说话。他下意识地把筷子插进盛豆豉的罐子里,他的掩饰很明显,几个人都看到了。因为那盛豆豉的罐子空空的,里面什么也没有。

唐大伟特能吃,大家觉得兑钱买自己很吃亏,都不愿意了。钱程特别感慨这群人怎么都那么抠门呢,他心里有气,看着碗里的饭就饱了,又想还真不如海子劈柴喂马的梦想,他在用无声抗议。这也让他对道班工友的冷漠特别反感:“晏华诚出工明明知道少了一个人,为什么不随口喊一声?大伙也知道少他一个人,为什么不主动喊他一下,难道是晏华诚安排的不让喊我吗?为什么?这是为什么?难道他们都怕他,我钱程不怕他。”他霍地站起来质问晏华诚:“你为什么不在上路之前……”

晏班长打断他:“你才上路呢?”大家都觉得特爆冷门,因为晏班长的话与他的这个举动,中间隔着一大截时间。

“你为什么不在上路……出工之前,把一天的任务安排一下,把大家的分工安排一下?”

董祚麻抬头,似乎想接话茬。晏华诚瞪他一眼:“饭都堵不住嘴啊!吃饭。”根本就没人甩他,为什么会这样呢?后来看习惯了才知道,晏班长从来就不喊谁出工的。也许他认为小小的道班不需要什么高级的管理模式,每天就是铁锹、扫帚,大家应该心知肚明吧。再后来他从苦姐那里知道的,这是晏班长为了锻炼他,如果他不干活,他的那份活就得大家干。还有,大家都知道晏华诚是个好人,他那么做肯定有他的道理,而不用担心他做出什么伤害到钱程的事情。更不会像有的班长那样绵里藏针或者挖坑设井让他跳。大家都心里了然,所以沉默。

后来晏班长考虑到钱程刚下学,年龄又小,干活急了有些不适应,就与其他几位道工商议,让他管养道班门前最近的两公里路。晏班长的意思,这就是照顾钱程了。因为说服薛义刚本身也是很困难的,那是他管养的路。钱程嘴上说谢谢,但心里并不感谢,因为他觉得他早就该这么做了,只是晏班长不称职罢了。

苦姐还告诉他,现在道班缺人,干我们这一行就这个样儿,你再坚持一段时日就会明白的。还用得着坚持吗?他现在已经明白了公路养护又出力又没地位。在道班的那些天,他白嫩的双手磨出了几个大血泡,整个人也消瘦了许多。

他的思想开始剧烈波动，并随口说了一句："现在上班是没有一点激情，混一天算一天。"

苦姐突然问他："你觉得我对你咋样？"

钱程不假思索地说："好。"

"你知道我为什么对你好吗？"

钱程很茫然地思考，但显然他什么都没思考到，摇摇头说："不知道。"

"我们一帮大老粗，养你一个文化人，你怎么能混日子呢？你对的起谁？"

文化人？他以前从来没想过自己高中肄业，在道班竟然是文化人，感觉被赏识，心里暖暖的，他感激地看着她。他越来越觉得连她说话的腔调都像他母亲。被雨淋后的那一夜，他特别想念妈妈，道班生活的孤独及身边工友的冷漠更令他难以承受，他当天夜里发烧，因为他住单人宿舍，所以烧了一夜也没人知道。第二天他硬撑着找到苦姐，苦姐喊来晏班长，用手一摸他的额头，立即开着道班的那辆小四轮，把他送往镇上的卫生院。中途，晏华诚把他身上的那件棉大衣脱掉把他包起来，怕他让风吹到了。到卫生院的时候，他发现晏班长走路一瘸一瘸的。打点滴回来后，他安排苦姐每顿饭给他开个小灶——打两个荷包蛋。

他又和雨中那个晏班长判若两人。后来，他知道了以前有个工会副主席的女儿，来道班被惯坏了。大伙也怕把他惯坏了，其实人和人是不一样的。

第三章

什么？晏班长被刑事拘留了?!

钱程知道这个消息，是通过母亲之口，脑袋轰的一声像要爆炸一样，晏班长在不同场景里劳动，与他朝夕相处的影子，在脑海里闪现。固定不变的是野外、长长的公路、橙色的马甲，变换的是劳动工具铁锨、铁镐、簸箕、扫帚、小四轮……晏班长黝黑的面容显得憨态可掬，相处久了，钱程开始了解晏班长。他是个心胸坦荡的好人，是一个热爱公路养护而又负责任的人，虽然文化程度不高，却牢牢记着公路日常养护的“四无一有”，即无病害、无坑槽、无跳车、无杂物，有长效管理机制。路基养护做到“畅、顺、平、实”，即排水畅通、边坡顺势、路肩平整和坚实。养护巡查做到“三到位”，即责任人到位、巡查到位、发现问题处理到位。晏班长在实践中总结出一套公路养护经验，比如要减轻路面病害，应该经常保持水沟畅通，利于排水，这样才不会导致冲毁路基。他经常说：“我不会‘冬蚂蚱’说的那些文词，你跟着我学，看我咋铺你咋铺，反正我咋干你就咋干，没错。”他教钱程圆坑方补，槽壁要直要齐：“养护本身就是一项非常非常枯燥而且乏味的工作，没有啥新鲜感可说，光是每天扛着扫帚、铁锹就足以令人烦到不想再干了，但对公路有了感情，就会感到路边的树木、途中的桥梁和黑色的路面都是活的，处处让人挂心。只有把路养护好了，自己心里才踏实。”

钱程觉得，也许自己做不到吧！

他记得去年那个烈日炎炎的夏天，新修的水泥路上，眼前好像是一汪汪的水，他知道那是海市蜃楼。汗水浸湿了全身，高强度的工作使晏班长身体透支，太阳一晒，衣服上布满盐碱、身上晒出了疱疹。可晏班长仍然坚持工作，大伙多次劝他去休息，他却说：“我还行，让钱程去休息一会吧！”

钱程也不干，说：“天热，大家都热，大家都能干，我怎么能躲起来凉快呢？就干完再休息吧！”

“连钱程都这么说了。我们就干完活再休息吧！”大家很快就干完了。但晏班长这两句话，后来还引发了一场风波，单强先提出来：“为什么大家一起干活，却独让钱程去休息?”这话传到晏班长耳朵里,他笑了:“因为我知道钱程会坚持干完,如果我说让单强走,他肯定会做个顺坡驴,扭头走掉,那别人才会真有想法,谁还会坚持干活?这么大毒太阳的,就得一鼓作气,若泄了大家的那股劲,歇完了再让大家回到太阳下晒,会更难受。”大家明白了,晏班长是自己坚持带头干活,对别人用了一下激励法。话说开了,大家对他更佩服了。

晏班长养路从来不分上下班、双休日,这可能是他在多河道班养成的习惯,就是有空就到路上干活。他经常是一把铁铲、一把扫帚随身带,哪儿有零石头弯腰就捡,哪儿路面脏了顺手就扫,哪儿路肩草长高了立马就铲。如果一个人心里有足够的爱,看晏班长干活绝对是一种艺术享受。比如,清扫路面洒落的碎石,他先用扫帚扫成一小堆,然后站马步,半蹲姿势,双手握着铁铲往前一伸,铁铲从碎石底下穿过去,再拉回来,碎石就收在了铁铲上面,倒在旁边有坑洼的路基上。

他在多河道班起早摸黑,经常在路上一干就是十多个小时。但那时毕竟是他一个人,现在是个集体,大家对他有意见,说你不休息,可大家要休息。他说:“这是我个人习惯,我不要求大家都像我一样干活。我吧!只有在路上才能找到快乐!大家都是好同志!我们只是快乐的方式不一样。”

钱程挣扎着给阚局长打电话,说:“晏班长是个好人。”阚局长说:“这个我知道了……你安心养病,我们都在积极做工作。”

他又给甄会计打电话,一直关机。钱程挣扎着起来,他要亲自去找甄会计救晏班长。他太虚弱了,挣扎着没能站起来,眼泪却不由自主地流下来。自己是自作自受,却害了晏班长。

晏班长的形象在大伙的心里是一致而清晰的。

10年前,局里成立多河道班。晏华诚、蔡扬和江上明三个同志被调到多河道班,晏华诚担任班长。多河道班所处的地质特殊,水系纵横,有一座绵延10多公里的外形酷似龙的大山,当地人称为铠甲龙山。从龙头到龙身的5.15公里,当地人称为龙谗言的地方,该处地质极其罕见,山的背阴处修的那条公路,即便零下10度,路面上的水也不结冰,这5.15公里的路面最初是柏油路,但用不了半年就是“豆腐渣”了。后来改筑水泥路,但即便用世界上标号最高的水泥,用不了半年,也会自动粉身碎骨,变成“水泥碎石路”。这5.15公里,难倒了中国公路专家。

据晏班长说,有一次他们清理一处溜方时,危险不期而至:路边一阵碎石响动,紧接着一片大约100多方的山体碎石如脱缰野马般,迎面轰然倾泻而下。三个人赶忙向后撤离,躲过一劫。他们望着瞬间将路面盖得满满的山体碎石,惊出了一身冷汗,当时若再前进几米,将是灭顶之灾。能捡回一条命,现在想起来都后怕！

尽管惊魂未定，他们仍坚持对路面清障，直到公路恢复通行。铠甲龙山还有一个特别之处，它那像龙鳞一样的山皮常常滑落。它脱落的岩石用不了几年还会自动“长”出来。

这条路养护的艰辛可以想象。冬天则好些，即便冰封雪裹、寒风凛冽，但是这 5.15 公里的公路却不会结冰。夏日雨水多，碎石路面被过往车辆一辗，一地泥泞，他们的养护工作量非常大，环境艰苦，时常有生命危险。和晏华诚一同去的两名年轻的同事干了两年不堪忍受，先后调离，只有晏华诚独自留下。这样一来三个人的活，他要一个人干完，多河道班也成了名副其实的“麻雀道班”。局长决定他们道班经费，去掉两个人的工资，按原标准拨付——5000 块。风凉话铺天盖地，说这钱是老晏的了，老晏发财了。他的艰苦和劳累没有人愿意看见，三个人的道班，因为艰苦走了两个没有人看见，5000 块钱可都看到了。在公路养护岗位上，他默默忍受着生活、工作环境的寂寞，告别亲人的离愁，却又不被理解，5000 块钱包括购置劳保用品、设备维护、加油，去掉这些，其实所剩无几。这世界上最不缺这种人，看别人干活可以，看别人受罪无动于衷。看别人拿钱，心就痒痒。但后来局里让那些说风凉话的人和老晏换换岗位去“发财”，却没有人愿意干了。面对闲言碎语，他还是义无反顾地将一腔热情，撒播在漫长的公路养护上。

他白天工作的时候，有来往的车辆做伴，用劳动打发寂寞。下班回到道班，他用寂寞打发寂寞，而寂寞更加难耐。就像一首诗写的那样：公路养护苦连天，远离村寨无人烟。轻歌曼舞不沾边，寂寞相随苦自怜。特别是夏天的晚上，夜里一开灯，蚊子、蟑螂、蜈蚣、地鳖虫等常常成群结队往屋里钻，咬得他睡不安稳。但他还是坚持了下来。“这路怎么也得有人养护，你不干我不干，这路咋办？”后来孩子大了，妻子心疼他，就来道班给他洗衣服做饭，陪他说话聊天。他妻子最初只是帮他洗洗衣服、做做饭、说说话，但也经常抱怨他早出晚归，他却总是笑嘻嘻地对妻子说：“今天路面烂出一个小坑你不管，明天就会烂成一个大坑，都是我一个人的活，早干比晚干省劲。”再后来他妻子也和他一起养路了，一起帮助他在路上干活。由于多河道班所处地质特殊，每天都要养护。他们夫妻俩每天早上 7 点左右就要到路上，到中午 11 点左右收工，下午 2 点左右又要继续，每天在路上的工作时间都超过 12 小时。这样一来，两口子一年当中几乎没有什么休息日。

人生就是那样，幸福的时光总是匆忙。那是一场不经意的雨，一辆不经意的车和一块不经意的石头。那天一辆货车被泥石流困住，在这条路上司空见惯。他们两口子去施救时，一块巨石突然滑落，砸在妻子身上。他手上只有一把铁锹，举目一望，周围也没有可用的工具。货车司机说他拿撬棍去，可是车子被挤压变形，撬棍拿不出来。他看着妻子痛苦的表情，压根没有时间去等。他使尽全身的力气，用手把那块石头掀开，然后又用手扒开她身上的碎石，当时她的腿已经血肉模糊。道班没有电话，那货车司机手机没电了，电话打不出去，没有救护车，真是叫天天不应，喊地地不灵。他背着妻子一口气整整跑了 1 公里路，看见一辆小车，他告诉对方前面路断了，他妻子腿断了，求他掉头送他们上医院。那司机起初不愿意，他说他是多河道班的晏华诚，身上背的是他妻子，是帮助施救被溜方掩埋的货车受的伤。小车司机说："你是多河道班的，好吧！我送你们去医院。"他下来和晏华诚一起把她抬上车。此时她已奄奄一息，等赶到医院时，已经闭上眼睛永远离开了这个世界。

这让他的心里永远充满着愧疚。

他因为对妻子的愧疚，更爱小山，儿子是他工作和生活的全部，但是小山似乎不能理解，总是顶撞他。他公私分明，对班里的一些小工程和少量沙石料等物资采购，从不让晏小山插手。他知道一提钱，就有人说闲话。他在道班日常的工作和生活中，从不计较个人得失，但在原则面前不管是谁，从不让步，洁身自好，恪尽职守是他的信念。但是晏小山不这么想："爸，你不过就是一个小小的道班班长，有啥！我不赚那个钱，你让外人赚。我就纳闷了，我是不是你亲儿子。"

他妻子因为不是在编人员，也没有与局里签订劳动协议，虽然是在劳动中受伤死亡的，但也算不上是"因公"。局里综合考虑了一下，特事特办，让他儿子进道班当工人，并把他们爷俩分到明显道班。但那年他儿子才 14 岁，好在农村户口管的比较松，他找关系，花了 4000 块钱把年龄提高了 4 岁，办了身份证，符合了单位的招工年龄。这几年是他找人顶替为他儿子在道班干活，等到晏小山 18 岁那年才正式进道班。他面对儿子的不理解，只能耐心地解释："不是我亲儿子，领导能让你进道班？"

"道班有啥好的？"

"比种地强多了吧。"

"还不如种地呢？出去打个工零头也比这多。咱庄和我一般大的小凯、红孩、小七，谁出去打工回来不是盖了两层小楼，这道班累死累活的图啥？饿不死也撑不饱的，我咋就不能经手点小工程呢？再说我进道班也不是靠你，那是我妈用命换来的，不是因为你，我妈会去多河道班？我妈不去多河道班她能死？她不死我还有个妈。现在好了，妈没了，爹搞得跟不是亲爹似的。老牛想吃嫩草，你对得起我妈吗？"他显然越说越激动，"谁不知道你那点花花肠子，大伙早就说了。"

“说啥?”

“说啥！还用我说。你心里不比我清楚？装啥!”

“滚——”

晏小山反瞪他一眼,砰地一声关上门走了。

晏华诚陷入对妻子的回忆,他们结婚时,小山他妈可俊着呢。生小山的时候,他正在道班养路。十多年来都是她干地里的农活,是她一手把小山拉扯大的,这些年他一直在道班工作,和小山之间缺少沟通,所以小山经常顶撞他,他也不责怪。等小山上了初中住校以后,小山他妈就来道班陪他说话、给他洗衣服、做饭,然后他们一起养路。他想到这里,不由得流下了眼泪。小山说的对,如果不是因为他,她也不会死,她自从跟了自己,就没享过一天福,自己一辈子都对不起她。

那天,他独自去了20公里外小山妈的坟前自言自语,对她讲她走后这些年他做的事,就像他对面坐着活着的小山妈。他们一起唠家常,一直坐到第二天天亮。

大家对晏班长真的没啥说的。

钱程还记得刚来时问的一个问题:“在道班做养护工作有意义吗？我感觉没啥意思,没有前途。”

晏华诚不满钱程的说法:“这没有意思,那没有意思,啥有意思？360行,行行出状元。养护的学问多的去了,前途大着哩!”

小山不满他爸的说法:“前途不大吧！而且不是感觉没啥意思,是确确实实没意思。”然后他又反驳他爸,“都像你,年年当先进得荣誉,自己落下一身病,你以为有意思啊。”

“滚,忘恩负义的王八蛋。”晏华诚骂他。

出乎小山的意料,他觉得在大伙面前被骂,极没有面子,便顶撞了他一句:“好啊,我是王八蛋,那我爸是谁啊,难怪呢?”

晏华诚一愣,马上省悟了过来,起身抽了一根木棍,追着去打,引起一阵大笑。他们的目光随着晏华诚去追小山,追了一段路,看没追上,他们才收回目光。

看着他们父子“反目成仇”,杨义一声叹息,他意味深长地说:“总的来说是没有前途的,有关系就有前途,比如肖长河。否则……能娶个带得出去的媳妇就不错了。”

“严重同意杨义的话,而且当养护进入市场后,前途未卜……”单强说完,又随口说了一首打油诗:“养路堪比补衣裳,男儿有泪肚里藏,一年四季养护忙,不能回家陪爹娘,工资一点泪成行,怎能买起商品房,压力山大气难喘,前途在哪路迷茫。"

董祚庥更显得伤感:"别提前途。有点技术弄好了,顺顺当当,混口饭吃。摊上好领导也行,摊上不好的领导连礼拜天都休不了。前途、前途——前面全是土。"

钱程开始自学高中课程,他要把没学完的学完,他觉得他是有梦想的。

苦姐来看钱程了。她真名叫田苦妮,她年轻时喊着还可以,四十多岁的人了,那些新进的年轻人喊着别扭。道班年长的唐大伟曾对他说过:"她父亲是农民,母亲是聋哑人。她出生时她父亲正在几十里远的地方做义务养路工。家里穷,没啥吃的,也没人伺候她,因为是聋哑人,也没人告诉她生育常识,她刚生过孩子就去洗衣服,得了月子病,没奶。两天后,苦姐的父亲被人捎信,说他媳妇生了让他回家,第三天,他回到家,孩子瘦的就跟柴火棒似的,奄奄一息。没啥吃的,过了一会儿村里几位奶奶说,孩子已经死了,准备帮她扔掉。苦姐的母亲发疯了把孩子从他们手里抢过来,捂在怀里。结果奇迹出现,苦姐又活了。她母亲是嚼红薯干把她喂活的。大家都觉得这娃命苦,喊她苦妮。后来上户口,她们生产队长线绳子也没问,直接在苦妮前加上她的姓。等她参加工作用到户口时,到派出所拉出来一看,叫田苦妮。她心灵手巧,聪明贤惠,心地善良,对谁都像对待家人似的。大伙也不见外都喊她苦姐。"

当时钱程还问:"她姓田,那也得叫田姐啊!"

"可她不甜啊,而且她命是真苦。她丈夫不务正业,赌博,好吃懒做,还经常家暴打她。给你说一件事吧!就是我刚来明显道班的那年冬天。苦姐跟薛义刚聊天时关了门,招致丈夫的猜忌,他们争吵起来,当着我们的面,她丈夫用巴掌使劲抽她耳光,然后用手指扣住她的锁骨将她往墙上撞,我们看不下去了,制止住她丈夫的行为。后来他们一起回家了,她丈夫非要扒光她的衣服进行"检查"。苦姐无法忍受崩溃了,操起床边的剪刀扎伤了自己,然后她丈夫找到道班让薛义刚赔钱。她丈夫老怀疑她有什么男女关系,可其实根本没有啊。薛义刚那个人你也了解,怎么可能呢?再说大冬天的,北风呼呼叫,谁不关门。我倒是觉得要是不关门才有问题。

那以后,她丈夫就有事没事朝道班跑,后来他又怀疑和晏班长有什么男女关系,那次他把苦姐打得两处肋骨骨折。她婆婆又后天白内障失明,还待见她。她真是天底下最苦的女人,没找到一个疼她的男人,没有称心的事,她大孩子养到6岁时溺水死亡,后来又生了一个女儿,现在读公路职业技术学院。再后来老道工都退休了,新来的人就改成苦姐了。叫她"甜姐"大家实在张不开嘴,后来还发生好多事呢?一言难尽……"

苦姐带来了晏华诚的消息,那两天她一下子憔悴了许多。大家一致的结论:晏华诚是一个名副其实的好道工好班长。可就是这么一个好人,却被刑事拘留了,而涉嫌罪名大的吓人——入室持刀抢劫。阚局长做甄牛群的工作,要他去公安机关撤案,同时阚局长代表公路局也积极做公安局方面的工作,但局面他们控制不了,公安机关已经立案了。这是刑事案件,不同于民事案件,已经不再是甄牛群想报案就报案,想撤案就撤案的了。那会儿公安局的两名干警正在对晏华诚的涉案金额和时间进行调查。调查显示:晏小山来还钱的时候,甄会计的媳妇说是5200。他父亲告诉他是4700。他就打电话问他父亲,正在通话时,晏华诚被抓了。据说晏华诚安排晏小山还钱的行为对案件定性很重要。

事情的转机还与那位美女记者有关。钱程那天接受采访的事上报纸了,还配发了两张图片,一张是钱程在大雪中撒防滑盐,另一张是钱程帮助推车的图片。阚局长找到报社领导,就这件事还有后来发生的事情,一五一十地对报社领导说了。他们很重视,认为这个新闻很有价值,再派那个美女记者去医院,就钱程一事,跟踪采访。局宣传科的尉迟剑锋陪同,并向记者提供了大量素材,叙述道班艰苦的生活条件,展示他们取暖用的煤球炉子,最后说钱程劳动回去后煤气中毒。那个美女记者虽与他只有一面之缘,却非常同情他,重点配发了他的事迹,然后镜头对准躺在医院抢救的钱程。但是领导班子认为不妥,特别是席局长,因为明显道班是他分管的。

大家的意见集中到两方面:一是这样一来钱程就是因公了,但是根据《工伤保险条例》规定,“职工自残或自杀的,不得认定为工伤或者视同工伤”。这样一来局里要承担他全部费用,从哪一块出这个费用?一旦被我们出于“好意和需要”而认定为“工伤”,万一他留下个后遗症或其他什么事,家属就依据我们“出于好意和需要认定的工伤”要求赔偿怎么办?另外,以后要是发生了类似事件怎么办?会不会前有车后有辙?二是,以上还不是主要的,如果是“工伤”,这样一来就变成了安全事故,一旦上面要追究下来,领导是要承担责任的,那天恰是新老局长交接的日子。对新老局长而言,让谁承担这起事故的领导责任,都有点不公平。

有时候一件很简单的事,一旦被长远化了之后就特别复杂;一件看似复杂的事,一旦被担当起来,又特别简单,就是一句话一个表态而已。权衡利弊,阚局长说这是个例,我们灵活一下将错就错吧,现在这个说法是记者说的,到时如有必要,我们再澄清吧,余地很大。当前怎么对晏华诚案件的定性有利,我们怎么做。如果上面认为有责任的话,我承担领导责任吧!救人要紧,管不了那么多了。

记者真是无冕之王。他们的春秋笔法一语双关,既说了工作辛苦,又说了生活艰苦,而遭遇让人同情。

这篇报道惊动了分管政法的副书记万鸿。他看过报纸后,第一时间去派出所看望了晏华诚，说了一句话：“我知道他，道班养护工人，是个好人。”一下子引起轰动。

“岁月不饶人啊！”万书记见到晏华诚感叹了一句，然后又说，“哥！你还认识我吗？”由于长期在野外从事重体力劳动，晏华诚的相貌看上去比他的年龄要大许多。

晏华诚摇摇头。

“我是看着报纸找来的……”大家都以为他们是失散多年的兄弟。

因为万书记的积极协调，公安机关从和谐社会，人性化执法角度，给晏华诚一个批评教育，警告的行政处罚。席局长说这是他办的，其实压根就与他没有一点关系。万书记派车把他从派出所接出来，并定好饭店。大家的反应很奇怪，晏华诚没有这个亲戚，什么时候攀上这门高亲？

这事还得从头说起，当歌市是省直管试点县级市，它的形状像个楔子，直接楔入两省之间，路两边是外省两县，情况特别复杂，特别是那座铠甲龙山，而多河道班就在这个楔子尖上。位于楔子尖上的那段路又特别烂，有一年因为迎国检，结果闹出了领土纠纷。不是通常意义上的想多要领土，而是甩领土，因为谁养护谁花钱嘛！

万书记问了晏班长的许多情况，当听到他老伴因为和他一起养路而去世的消息，当时就流下眼泪，阚局长在一旁也深受感动。原来万书记10年前还是普通公务员的时候，和妻子回家路上，车子在多河道班不远处坏了。晏华诚两口子就帮他们修车，但是没有修好。眼看天色已晚，晏华诚就招呼他们夫妻俩吃饭，并腾出自己的床铺让他们两口子住，自己则临时搭了一块木板将就了一夜。此事晏华诚早已忘记，因为这样的事情他们做得太多了。万书记一提，他想起来确实有这么回事。

他们说到这里的时候，美女记者抓到素材了。她掏出小本子刷刷地记起来，有一段话是这样写的：他面对严酷环境的积极态度，乐观的精神，感染了我，静下来看一个人，原来他平凡但不简单。

晏华诚在老伴去世后，从多河道班调到明显道班，继续从事公路养护工作，工作生活环境比以前好多了，但是他没有放松对养护工作的热爱，怀揣一颗爱路的心，精心养护着公路。晏华诚在道班工人中树立了很高的威望，而且感化和激励着周围的同志。

他们建议晏华诚把这些事写下来，写成纪实文学或长篇报道。可是道班没有这样的人才，于是只能让这许多的事情沉寂或埋没。

阚局长送他们回道班。他原本的计划就是先到各个道班走一遍，但是因为晏华诚的事，一直没下去。阚局长到了明显道班，先是寒暄一番，说：“才来看望大家……”

董祚庥接了一句:“领导有领导的事呢,能来道班一趟,就让我们道班蓬荜生辉了。有时间请领导多来道班指导工作,也能让我们多领会点精神。”

这话听着让人不太舒服,连随行的人都紧皱眉头。阚局长也听到了。这话说得很意外,阚局长对他印象深刻,问:“这位同志是?”

“董祚庥。”晏华诚在一旁赶紧说。

阚局长走进明显道班荣誉室,看见四周墙上挂满了大大小小30多幅荣获省、市先进的大红奖状和锦旗。他知道每一份荣誉背后,都凝聚着他们艰辛的汗水。他要在道班做个真诚的倾听者,但是董祚庥一说话,其他人的表情都是凝重和紧张的。随行的人也有意无意地用身体把他和董祚庥隔开,他知道董祚庥有话要说。阚局长觉得有时间一定要和他聊聊。

钱程完全康复之后,晏班长要带他去请香还愿。

“还什么愿?”钱程觉得莫名其妙。

“我一共许下两个愿。”晏华诚说,“第一个愿,那天在救护车上我握着你的手许的。”他把那天的事一五一十地对他说了,然后给他讲神桥的故事。钱程却说:“那是我撒了盐的。”他为了减少用盐量,并起到效果,就主张在路中央多撒盐。这样有车过,路中间的雪先融化,再延伸四周的雪融化……

晏华诚将信将疑,打断他的话说:“别瞎说,那是神桥。”

“没瞎说。”

“那不是神桥?不是神桥保佑?”

“不是。是我撒了盐的缘故。”

“还是你们年轻人有知识好!那行,这个算你自己救了自己。那我许的第二个愿你必须答应。”

“第二个是什么愿?”

第二个愿是给甄会计磕头感谢,钱程说这个是应该的。

晏华诚见到甄牛群,他们四目相对,其实与上次也没隔太长时间,甄会计却突然变得憔悴了许多。那件事发生后,听说他整天坐在家里,哪都不想去。每每被人背后嘀咕的时候,都感觉极没有面子,特别是有人学他跪在地上举手的样子,像个日本鬼子,他的脸就拉得老长。

晏华诚心里不是个味,觉得很对不起他。

甄会计阻止了钱程给他跪下来磕头的举动,说那是他应该做的。

阚局长在随后召开的全市道班管理会议上,说养护工人是社会财富的创造者,而这些创造社会财富的人,却是社会地位比较低,生活比较困苦的一个大群体。道班艰苦,环境恶劣,几十年,一切都变了,唯独艰辛没有变。道班需要关怀,我们一起努力吧!让我们的养护工人有尊严地劳动!

第四章

阚局长要到道班调研，日期还没敲定，但第一站是明显道班，这个已经定了。董祚庥莫名其妙地得了耳鸣的毛病，无论谁和他说话，他耳朵里总响起肖科长的那句口头禅，像个冲击波在他脑海里久久回荡：掂量掂量你能干啥，能干啥……干啥……干啥！你能干啥……干啥!!能干啥……啥……

董祚庥头痛，钻心地疼，去医院治了一个礼拜才痊愈。阚局长周四就要来他们道班了。晏华诚心里忐忑不安，他不知道该怎么办了。啥都不说，不行；啥都说，也不行。肖科长交待说，让他们该说的说，不该说的不要说。他问肖科长到底啥该说啥不该说。肖科长说，你们自己看着说，这就让他为难了。

几名道工围成一圈，商议说点啥呢？说待遇，这个一定要说，他们心声比较统一。单强则讲了一个笑话，说药家鑫一审判处死刑，老板看完新闻后，语重心长的对员工说：看见没，马加爵，已毙了！"要加薪"就是这个下场。员工说，那我改名吧，就叫林黛玉（零待遇）。历史的血的经验告诉我们只有加班才是最安全的，大家都笑不出。晏华诚看见他们聚在一起心慌，但他每每接到肖科长的电话则是恐惧。这班长当的比生病还闹心，愁得他一夜没合眼，饭也吃不香。

下午 4 点多，他们在路上养护时，工养科打电话说，肖科长今天上电视了，6 点 30分经济频道放，让他们准时收看。晏华诚不敢保证道班的那台电视能收到，为了完成任务，他特批杨义和唐大伟提前回家收看电视。快 7 点时晏小山打电话问杨义："电视里放的啥?"杨义说："没啥啊！肖科长说他值班 2 小时……这样的事迹也上电视，说什么坚守岗位。我们道班起早贪黑就是份内事?"说坚守也不算错的，领导的名字不是坚守在值班表里嘛！

吃晚饭的时候，晏华诚看见"冬蚂蚱"和钱程在一起，以为他又向钱程灌输"思想"，说别把他带坏了。晏华诚就是随便一说。谁也没想到董祚庥的反应那么激烈，刹那间爆发出无名怒火，啪的一声把碗摔了，指着晏班长让他再说一遍，角色的转换也太快了，使人难以判断究竟刚才的他，或者现在的他，哪一个才是真正的他。他觉得这是班长"耿介"他。因为他之前说过："上一代的公路人大都是从农村招募来的，没有劲不能干活的大多都被退回去了，留下的都是没有文化能干活的精英，比如晏班长。”这话传到晏华诚耳朵里，没有文化总不是件好事，后来他在班务会上点名，说：“有人说的对，我没有文化……像过去的生产队长打铃那样，就知道吆喝干活。说那些没用的话有啥用？你当，你也得打铃，也得让工人那么干活。”

董祚庥当着大伙的面摔碗，在阚局长来调研的节骨眼上，深深地刺痛了晏华诚。他在想阚局长来的那天要不要把“冬蚂蚱”支走，以什么理由支走。但他心里也很矛盾，支走董祚庥，他心里会踏实些，可是剥夺了人家应该有的发言权利，他心里又有些歉意，感觉自己像做了一件亏心事。况且“冬蚂蚱”是个敢说，有时候又能说到点子上的人，道班的许多事情也真的有说一说的必要。可是说到什么程度是最好呢？“冬蚂蚱”的性格，让他没有把握。他自言自语：“他要是能听我安排就好了。”心里更加矛盾，随手掏出一枚硬币，心里默想正面留，背面支走，他掷出去，结果三次都是正面。他叹口气出去了。

董祚庥摔碗之后，陷入深深的自责，换位思考，晏班长虽然文化程度不高，但对公路却一往情深。哪里的路容易出现病兆，哪根百米桩歪斜破裂要换，他都一清二楚。公路上一砖一石一木一涵，都融在他的血里了，就像自己对公路的情感一样。他觉得晏班长也没说啥，就像自己也没说啥一样。他当时只是随口说一下，谁竟然把话过给晏班长了，结果意思完全不一样了。他特别清楚，暴躁就要吃亏，迁怒他人，不仅自己会变得不愉快，他人也会感到不高兴；同时，更让别人对自己敬而远之。

晏班长没有很高的文化，但他喜欢有文化的人，他是谦逊而又不记仇的好班长，这也是董祚庥能在明显道班站住脚的原因。董祚庥原来不在明显道班，因为竞聘与上书一事被调到这里，或者说是被晏班长收留，因为其他道班班长都不愿意要他。刚来的那会儿，他抱着破罐子破摔的态度，拒不执行肖科长布置的铲草任务，结果晏华诚连夜帮他铲了，还剩一小部分，晏班长让他铲，他依然不铲。其实那个时候，若晏华诚与他闹翻，他会受到舆论的谴责，晏华诚则会得到支持。一个处于舆论低谷的人，无论他干或者不干，舌尖上的受伤是显而易见的，结果晏华诚又加了半夜的班给他铲完。人心都是肉长的，他对晏班长打心眼里还是敬佩的。

晏华诚在董祚庥摔碗之后对钱程说：“本质上“冬蚂蚱”是个好同志，你也是能明断是非的人。他所说的道理很正确，也敢提意见不怕得罪人，但是我们的身份不行，咱是个弄啥哩，在我们这里工人就得比领导矮一截，就不能比领导尿的高，道理也只能由领导来讲。你提意见越多，就说明领导问题越多，领导能高兴吗？据说只有那啥电视剧里放的魏征有好下场，其他人都死相很惨。可是和他多交流,他身上有你学习的东西,也有你要避免的东西,但既然吃了道班这碗饭,就要对得起这份工作。”

董祚麻身强力壮做工卖力,但一提养护,他就有说不完的话,这让他给人的印象是牢骚满腹,但他的牢骚里又多是领导的这不好,养护的那不行,管理的不到位……一副“苦大仇深”的样子。其实他心里也明白大理不通,万事皆空,但就是控制不住自己。这让他在领导眼里落下个难管理的口实。

晏班长说的对,钱程从董祚麻那里学到许多公路养护方面的知识,这是其他人所不具备的。钱程和董祚麻之间的年龄差距比较小,又都读过高中,俩人有许多共同语言。有共同语言的人说什么都是享受。

董祚麻问钱程,你觉得我混蛋吗?钱程摇摇头,董祚麻那天对他说了很多,似乎压在他心底半辈子的话都对他说了。他明白董祚麻是个好人,只是思想偏激。这种偏激来源于怀才不遇。

董祚麻失去好多次机会都与铲草有关。在尚疃道班时,每当上级来检查,尹班长总是以铲草的名义把他支走,可悲的是后来这成了一种习惯。大冬天的也让他去铲草,说那片路肩长的是茅草,冬天除除根夏天就省劲了。有一次局里派人评职称,尹班长照例又把他支走,后来他知道自己也符合条件,可是尹班长却对他只字未提。当他赶到局里的时候,已是截止日期,还有很多材料要整理,根本来不及,他就那样错失了。但尹班长却在那次考核中被聘为高级工。他心里憋着一口气,这让他与尹班长的关系越来越僵。还有一次选拔后备干部,他也是最后期限才知道。还有一次去旅游……唉,这样的事情太多了,都是发生在他到路上铲草的时候。

尹班长看不惯他,故意压制他,近水楼台截留了文件,但又不能不让下面知道,就在最后期限通知。反正其他人已经偷偷填报过了,等到班务会上说一说,只是让他们知道有那么回事就行了。所谓班务会就是总结上周工作情况,干过哪些,哪些工作完成了,本周做哪些工作,最后说收到哪些文件。文件内容大多与个人没有多大关系,他们并不关心。但是董祚麻符合条件,却不知道消息。最可恨的是有些事情都结束好几天了,尹班长还在班务会上念。董祚麻找到局里,大家都爱莫能助。他气不过就找领导理论,因为情绪比较激动,结果和领导吵了起来。这以后,局里的一些重要会议,尹班长总是最后才通知他,让他总是迟到。这样的事经历多了,他就想对领导解释一下,他越是解释领导对他的印象越差。这让他心里时时憋着一团火,一点就着。他在领导的心目中成了一个动不动就煽风点火,不踏实工作的捣乱分子。凡是他参与的工作,一旦有让领导不满意的地方,他理所当然地成了罪大恶极的主谋。更可悲的是他的形象在领导心目中根深蒂固,无论他怎么改变,没用。他开始破罐子破摔,更让领导坐实了他无可救药,他成了大伙开脱责任的挡箭牌,而每每被冤枉时,他则是更加的不满和抱怨。

他记得有一次,肖科长安排说有省里来检查的,要他们6点上路,上午不得回去吃饭,等检查的走了再回去。可检查的迟迟不见来,肖科长又通知检查的下午来。大家开始抱怨了。董祚麻说:“这迎接检查真让人崩溃。”他一抬头,是“开展养护大干365行动”的鲜红横幅。几十年了,天天高喊大干,今天一个大干30天,还没完,明天又大干60天,还没完,后天又大干100天开始了。大干这大干那,最牛的是肖科长,他提出“开展养护大干365行动”。这下工人可没得休息了,这种现象居然很流行,算来4年才轮得上休息一天。那年是闰年。这个话题一开,立刻说话的氛围就变得阴霾起来。

“为什么要大干,大干实际上就是下级领导为了显示政绩,给上级领导使障眼法,到处是伪造的劳动场景,这种现象居然很流行。为了迎接检查,每次都要在公路两边放白灰线,放线要买大量的白灰,并且还要雇工,放的线过几天就没有了,毫无意义,表演几小时而已。好像养护就是为了给领导检查而准备的。”

“4年轮得上休息一天,那也不一定,要是那天正赶上检查呢?”

“他们来得那么晚,路上一转去宾馆了,我们才能回去吃饭。我们算什么?连个星期天都休不到,也没见到加班费。”单强接着讲了一个笑话,说一女养护工人遭遇抢劫,颤抖着说俺是公路人,工资太低,真没钱。劫匪听完放声大哭说:“妹子,你也够命苦得,俺也是养护工人,都是考核扣的。拿好工作证,前边还有抢劫的,也是咱公路上的,不抢自己人!”大家听了都笑不出来。

“整天穿的又脏又烂站在水沟里,比骡子累,比蚂蚁忙,就是不见工资涨。”

“走,不干了,吃饭去。下午也不来了,谁来谁是王八蛋。”

单强接着说:“要是摊上一个周扒皮式的领导,就更倒霉了。肖科长喜欢看我们整天弯腰哈背地趴在水沟里,他心里就高兴,就有一种很自豪的成就感,觉得这是自己的工作搞得好,能力强。”

董祚麻说:“我们公路养护行业现今的管理模式基本属于农业改革前的生产队形式。是一个人或一些人督促一大批人,按照他的思维去工作。而这一大批人都存在抵制、不满、消极、躲避和机会主义的思想和情绪。”

薛义刚补充说:“别提肖长河,那小子心态不正。只要有人听他吆喝他就喜欢。我们能睡个好觉,他心里就不舒服,这不是变态是什么?说真的,下午到底来不来了?”

单强强调一遍:“下午不来哦,我说过了,谁来谁是王八蛋。”其他人都随声附和:“对,谁来谁王八蛋。”董祚麻则没有说话。

下午,他们草草地吃过饭,董祚麻就拿着工具准备到路上迎检,其他人也拿着工具,做出积极到路上迎检的样子。出了道班没多久,他们拐进一处杨树林,打牌去了。董祚庥问他们:"你们真不去了?""不去,要去你去吧,不过你别说出去把我们给点了啊。"结果他也没去。

董祚庥敢提意见,是个务实的人,但近来却忧郁得很。譬如,那天检查,他们没有按要求守候,而是擅自开小差了。这件事是单强首先聒噪的,大家也都说了,最后也都没有去。但事情演变到最后,变成都是他董祚庥一个人诅咒不让大伙去,不知道谁传出去的,结果领导信了。

一次董祚庥和大伙聊天说:"我们公路事业要发展,势必会有许多问题有待解决,只有发现问题,解决了问题,我们的事业才能向前发展。发现不了问题,那就证明我们停在原地没有发展,所以能发现问题就算是个人才,能发现问题并解决问题的人那就更是人才了。"结果好几个人都说自己是人才。

"我发现杨义每次回家都说是想小孩,据说他小孩只有礼拜天才回家。他回家的时候也不是礼拜天,这到底是哪门子的想小孩啊!"

"能发现问题就算是个人才,别扯淡了,按你的说法,那人才的标准也太低了。我发现你见了女人走不动。"

单强说,有个笑话是这么说的:"一帅哥在公车上掏零钱,不小心带出了一个安全套,帅哥面红耳赤,不知该不该拣起来。这时只听后面 MM 对他说到'大哥你二弟的工作服掉了'。"

"你说要能解决问题才是人才。杨义的问题解决了,他就是想他的女人解决问题嘛!"

他们提的问题,五花八门。一个严肃的问题被他们搅和的——董祚庥在心里叹了一口气。他说:"连你们自己都认为自己是废物,我能说什么?"话音刚落,董祚庥就被他们奚落。但是,他没有继续争辩下去,否则就是抬杠了。其实,董祚庥坚持的背后很脆弱。他只是用那种方式保护自己,他缺乏一呼百应的凝聚力。有时候觉得这些人活该被奴役。

晏班长不知道,很多时候也不怪董祚庥向钱程灌输,都是他主动问的。特别是在实际的养护中,他遇到问题总是请教董祚庥。比如,他看到路上有连片的坑槽,问董祚庥怎么下手修复,董祚庥指着那片坏路说:"这一段路我早说了,才补好没半年,就这样了。"然后便开口骂上了:"现在的养护都屁股指挥脑袋,见坑就'头疼医头,脚疼医脚'。这种路病往往具有关联性,并互为因果,对这种状况的路面病害修补须'标本兼治',首先要观察修补区周围是否存在进水通道,以及坑槽深度、裂缝大小、松散程度等,然后才能决定是修补一条车道、一个路段还是一处路病。你看这就有一条进水通道……"

钱程知道董祚庥耿直的性格里是对路的热爱,但是却没有人能理解他。

晏班长打电话给小山，让他从镇上捎个碗回来。他把碗递给董祚庥说："道歉的话都在碗里，拿着吧。其实你是好同志……唉！都在碗里。"董祚庥打断他的话。然后犹豫一下，接了过来说："我应该向你道歉才对。"

"你别说了，都在碗里！"

"谢谢！"

那天，董祚庥邀请晏班长和全班人员吃饭，他觉得对不起晏班长。这以后，他性格好多了。晏华诚说："上次开会说你两句，你也不要往心里去。那天吧！我要是开会不说你两句，那个老几还要说你更多的话，我很烦。我想平和平和……就说你两句，但是我觉得我能说起你才说的。还有，那天看你和钱程小声说话，我刚接到通知，说阚局长来调研，怕你们说不该说的话，道班工作难干啊！我有苦难言。要不，我不会说你的，我也没想到你怎么反应那么激烈。"

董祚庥问他："那天谁传的话？"晏班长看着他说："那个人对我说这件事，也并无恶意，你觉得你知道他是谁很重要吗？"董祚庥看着晏班长，眼睛里充满善良和慈爱。是啊！这重要吗？不重要。他不再追问了。

其实他不问晏班长也知道是谁说的，又想都是在一个战壕里劳动的兄弟，唉，喝酒吧。

大家喝得正酣的时候，晏班长就接到局里明天开始铲草的通知。

"今年'好路杯'，我们索性不拿什么奖了，也不铲草了。"晏班长乘着酒兴说。大家欢呼雀跃。他顿了顿接着说："不铲草，那是不可能的。"大家听了他的话又怨声载道。

董祚庥说："有啥不可能的，公路路边的植物，有利于公路的水害防治。这是环境友好型公路必需的。"

"可领导让我们铲草，也是友好型道班所必须的。说句实话，因为我没有文化，上面如果不安排点啥，我还真不知道干啥。再说了，你们战胜我，说服我不铲草有用吗？扣咱经费，大伙都少拿钱。还有以前都铲，阚局长刚来我们突然不铲了，他会对我们有看法的。"

单强反对说："咱们不过就是个工人，还怕他有看法。"

钱程赶紧插话说："我反对，班长……"

晏小山瞪他一眼："你反对不铲草可以，可你也不能反对俺爸啊！"

晏华诚终于抓住一个箭靶子，把自己的情绪发泄出去："你小子混球了，大家都听你的，不干活了，道班的活你干。你弹棉花去吧！别说那没用的……养路我们问心无愧就行了。"

"你们上阵父子兵，我就不说了。"

其实，钱程想说我反对他们，班长我支持你。结果话没说完，就被他们父子俩打断。他被班长骂过之后,接着说了后半截话:“班长我支持你。”结果被大家奚落他是两面派。

董祚庥对每年安排的铲草任务反应最为激烈。他曾与席局长有过精彩对话:“路边的小草惹谁了?关于草的问题,让工人白辛苦了几十年,流了几代人的血汗,养护水平却没有提高。铲草不仅浪费人力物力,尤其不符合科学发展观关于生态文明建设的要求。”

那时,钱程刚来道班不久,他也觉得人工将路肩草铲得光秃秃的,的确不科学,还有他那时特别佩服董祚庥,因为没有人敢说,董祚庥说了。他为什么说?谁能理解一个养护工人的心情?

木来新其实也最讨厌铲草,但在领导面前,他觉得要表现一下自己,不能都是董祚庥一个人的声音,便抢在董祚庥说话之前说:“路肩是土的,就非常容易长草,这些草会使路面上的砂石煤土等扫不下去,久而久之形成高路肩使雨水不能流入水沟或路外,就会对公路造成破坏……”木来新一句话,让领导对他颇有好感。

没等他说完,董祚庥就打断他的话:“你说的那是清理,不是我们说的铲草。清理是应该的,请不要混淆视听。”

席局长反问他:“你说怎么才符合科学发展观?”

“路基是要维护,但不一定非要铲除路边的草,我们可以把草修剪得整齐美观一点。这样既不影响排水,还能充分发挥野草的护坡能力,还收到了人与自然和谐共处的效果,岂不是一举多赢!”

“那你当领导好了。”话到这里不欢而散。

陪同人员就对席局长说:“他就是一个跑偏的人,别和他一般见识。冬天的蚂蚱让他蹦跶去吧。人如其名别扭。”这本来是一次很好的讨论,偏偏被人搬弄成人身攻击。

席局长走后,道班的兄弟对董祚庥又爱又恨。爱,是他常常说出了道班工人的心声;恨,则是他能驳倒席局长并不能证明他有本领,这只会给他们的工作造成更大的困难。这话让董祚庥很伤心,心想:“我又不傻,我成了领导打击的对象,但你们却从领导打击我的背后,得到许多好处,你们攫取了我的性格福利。其实他妈的,你们有良心吗?”如果他这么说,他们则会更猛烈地反对他。他退一步说:“其实,我始终觉得在公路系统还有比道工更累,更脏,更没有前途的工种吗?我反对这,反对那……唉,不说了……我们道班工人太难了。”

钱程从那以后,很注意自己说话的口气,一举一动保持对董祚庥的尊重。如果身边最亲近的人都能够让他感到尊重,那么他的自信会迅速提升。社会上谁重视养护工人?贬低董祚庥就是贬低我们自己,但他们好像不明白这个道理。

还有，我们行业一谈到公路养护，就是一套高深莫测的筑路知识。领导们一方面说养护高深莫测，是个技术活；另一方面又扼腕叹息养护工人文化水平低，不懂技术。于是就把工程外包，外包都包给谁呢？还不都是农民工，他们压根就不懂养护，为什么外包就有钱赚？那是肖科长大侄子干的，这个大家都心知肚明。

他最看不惯肖长河贬斥工人素质低下，领导真的应该感谢一线工人百分之八十都是农村出来的，要求不高，有份稳定的收入，老有所养他们就满足了。现在拿到手的一点钱跟付出不成正比，快10年了，物价猛涨工资不涨，道班工人真的太淳朴了。恰恰是这些文化水平不高的人，却干着高深的工作。说我们素质低，可高素质的人愿意来干吗？不是说劳动没有高低贵贱之分，只是分工不同吗？同样是扫路，看看环卫工人，大街上干工作的全是临时工，正式编制的全是技工，老一点的全包了公共厕所收费去了。再看看我们养护工人。但是待遇呢？我们选择了一份常常遭人白眼，被人轻视，连看厕所都不如的分工，却承担起一份责任，这是何等境界，这就是高素质。全国有多少公里的国省干线公路，我不知道，但我知道是谁在养护它们，是我们，是我们道班工人。

董祚麻知道肖科长的底细，他不屑地说："肖长河是个什么东西，有水没有货，就他那些函授文凭也是水充的。他还好意思说，'我是能说不能写，如果我真有文化，早就当局长了。'"这脸皮得多下流啊！

第五章

“铲草”是董祚庥内心的伤，他清楚地记得那次尹福庆接到肖科长的电话，说是省局领导要来检查，让他们道班做好准备。尹福庆说可是俺仨？明明四个人，他刚刚点过名还嘟囔人少了。董祚庥心里明白又将自己排除了，难不成这次行动是有奖励的？他习惯了好事轮不到自己那样的安排，黯然接受了被排挤。省局领导来检查时他们都上路了，只有他没换工装，坐在道班里发呆，结果被三个领导批评。他想解释一下，就把当时的情景复述了一遍，没想到又被席局长训斥了一顿：“你不是道班的？难道还要一个一个点名？你就不能主动点。”他无意瞥见尹福庆诡异的笑容。最后他们每人奖励 200 元，罚他 100 元，往事很伤心。

按通知要求，今天是要去铲草的，可是天公作美。他们准备出发的时候下雨了，而且雨越下越大。大伙提议一起打牌消遣时光，玩“掼蛋”。由于只需四个人，所以大家争着上桌。两桌牌少了 3 张，一张梅花 K，一张红桃 6，一张大王。他们找了一个方便面箱子，用剪刀剪成 3 张扑克大小的样子，用笔写上，便开玩了。他们一边玩，一边开始漫无边际地聊起铲草的事来：“铲草主要是为了公路横向排水，现在却是应付检查……”

董祚庥回忆说：“记得小时候我来道班找我爸爸，他也像我们现在一样铲草呢？我们现在撅着屁股铲草的样子，与我父亲如出一辙。问题的实质在于我们铲草既没有科学性，也没有技术性，我们不是养护公路，而是让工人辛苦劳作给领导做新路的样子。这样的鬼把戏一要就是几十年，至今仍拗不过弯来。”

晏小山问：“我们公路养护行业从什么时候兴起的铲草啊？”

薛义刚说：“我参加工作那会儿总是让道工整天开挖水沟，挖成了又改修平台，挖水沟把土拉走没处倒，求人。修平台又买土，还得求人。工作反反复复，害苦了我们养护工人，浪费国家钱财，没有任何意义。”

杨义说：“我就纳闷了，盛夏，那些检查的对公路光秃秃的两边有何感想？”

“当然有感想，那就是路好像是新的。”

“那为什么这几十年了没人敢质疑，没人敢说不呢？”

董祚麻说：“有，有敢说不的。记得，一次一个爆胎的司机让我钻到他车下面帮他修车，说给我50块钱，我说不行，我得工作，那天上午刚被肖科长罚过30块。我对他说了，他说给你50块，那你不还赚20块吗？怎么那么傻呢？他问我啥工作？我说铲草。他一听就火了，说：“我看见你们经常站在水沟里铲草就来气，公路烂的不成样子，你们不去想办法修好，却常年的缩在水沟里当‘沟大王’。在草草面前当老虎，草草对公路的危害就那么大吗？可能或许大概！但我就不信草草能把公路顶翻，当‘草老虎’好玩吗？我一辆车交的税能买一汽车除草剂。你们干嘛不用？”

关于除草剂，大家很受伤。唐大伟插话说：“平时领导安排你干这干那，每到快要检查了，才突击打药灭草……”

董祚麻接着唐大伟的话说：“我也曾提议让领导为道班发除草剂，但肖科长却说‘铲草是你的工作，如果你觉得还有比你直接铲草更好的替代方式，可以选择使用，局里不干涉，所以你想用除草剂你得自己掏钱。’由于药没有打到时间点上，有些草要死不死，有些草死了，却一片发黄，很难看，领导又让铲。钱花了，力气也没有省下，工人们怨气更大，再加上没有固定的责任路段，全凭领导的随意安排和上面检查左右着养护的节奏，让人有苦难言。”

董祚麻接着刚才的话题继续说：“那个车主接着说，比你们站在水沟里卖大力丸铲草强多了吧！我说领导怕我们打了药就歇下了。那位司机就骂上了，真他妈的混蛋，中国为什么落后？全中国上百万的养路工人的大好年华，就耗在了这无意义的事情上，公路能好吗？中国能不落后吗？当时听着爽极了。现在想想也是，所谓的检查不过就是领导坐着高级小轿车飞驰而过。我说可以帮你修车，可是别提钱，我们虽然穷，但是也不差你那俩钱。他还把养路费叫铲草费，说我们纳税人把辛辛苦苦挣来的钱拿去让你们铲草，多冤啊！我赶忙纠正他说养路费不是取消了吗？他说取消了不是又加到油里去了吗？要不油怎么那么贵？”

钱程叹气：“当一个内行向一个外行诉苦，这就是机制的问题了。”

大伙问董祚麻，今年还参加公务员考试吗？他说考。

五年来他参加了七次公务员考试，第一年报考的是市地税岗位，招仨人。人往高处走，他想要改变就大变。他当时连什么叫申论都不知道，专门去书店买了行测和申论书各一本。当时道班的工友知道他要考公务员，都推荐他到道班西头一条废弃的老井里去看看。看什么？看癞蛤蟆吃天鹅肉，井里有的是癞蛤蟆，不过没有天鹅。说完他们大笑。单强继续说：“希望你能养几只天鹅，以后癞蛤蟆就能吃到了。”他们继续大笑，看到董祚麻想恼怒，他们用力抿住嘴，把大笑改为小笑。

“笑什么？我考给你们看！”他说完转身走了。

考试对他来说不是一般的难，已经不是读书的年龄了，况且以前学的就不是很扎实，所以复习起来特别吃力，但是他觉得无论如何都要挑战自己。很多人都说他虚荣，显摆。他倒是觉得走自己的路，要允许别人放屁。

那年的综合管理类分数线是106，他考了48.5分。事后别人问他分数，他没说，只是告诉他们惨败！

第二次，他考了67分，依然是离分数线相差甚远。大家都看不起他，只要他一拿书，就有人取笑他说，是不是又看“坐厕”和“睡论”了？这是当面说的，背地里说他又看梦话书呢！或者说他又到哪个野树林子里做白日梦去了。

第三次，他考了73.5分，当看到分数时，他极度郁闷且胸口剧痛，无论自己怎么努力，最后的结果都证明自己不行，下一步何去何从？放弃考试他不甘心，道班的压抑让他无法释放激情。无所事事，他就会憋出病来，他觉得学习就是让自己与他们有所区别，所以依然坚持学习，他坚信成功就是每天进步一点点，比如，笨鸟每天早飞一会儿；跛马每天多跑一小段路；养路每天效率提高一点点；学习每天多勤奋一点点，成功来源于诸多因素的几何叠加，正如数学题中每个乘项只要增加了0.1，而结果都几乎是成倍增长。每天进步一点点，假以时日，未来与昨天相比将会有天壤之别。

最近一次报考，他根据以往经验，选择了一个偏远乡镇的政办岗位——没办法，由于自己年龄和学历限制。这一次是网上报名，还要网上交钱。他还没玩过这种高科技。道班也没人会，却都告诉他网上骗钱的比较多，一再让他放弃。他只听从自己内心的声音，到建行办网上银行时，一个女孩子也来办网银，说是报考公务员用。他认出她来，是个协警，一次为抢收小麦的联合收割机保畅执勤中在一起执勤。她显然对他没有印象，他主动和她搭讪聊了起来，可巧了他们报考的是同一个乡镇同一个岗位。

美女协警知道他是道班工人，看不起他，说：“和我报一个岗位等于给我陪考，你就不要交钱打水漂了，乡里乡亲的，挣点钱也不容易。”

董祚庥不悦也不服气，心想：“一个女孩子报什么政办？你有本事还报考那么偏远的乡镇？”话不投机没有说下去。

试卷发下来，他一看是“农村教育”类的。呵呵！他感觉已经考上了。回来的时候在中巴车上，又遇到那位美女协勤，她已经没有了往日的神气，问他申论怎么写的，他随手掏出一份珍藏的裁剪版《当歌日报》评论，说，这样写的。她后面座位上一个女的忽然伸过来一张美丽的脸，凑过来一看，大惊道：“你押题这么准?!”然后她们顿时颓然。他感到很好笑：我考得很臭啊。但他假装很牛气的样子,想害得她们彻夜难眠。后来的事实充分证明了。

结果很幸运,他差3分,入围的只有俩人,又调剂三人,他是其中之一。

面试。

他提前一天到市里,找了家离面试地点最近的旅店住下。晚上他看着窗外的高楼大厦,想着明天一早就要进去面试,心中有些激动。

他穿着西装,系着领带,感觉十分不爽,第一次穿这么正规,虽然穿的是自己的衣服,但还是浑身都不自在。面试很失败,因为紧张,结果话也说不出来了。那一刻,他才真正发现在道班这么些年,都是只埋头干活,没时间张嘴说话,可是领导还都烦他话多,这一幕太苦涩了。道班的兄弟们还没体会到,其实到了社会上,他们都不会"说话",就只会在自己人面前瞎叨叨。

打牌是为了消磨时间,外面下着雨,他们的心情随着话题像外面的雨一样沉重,董祚庥感慨:"养护工人的子女,能考上大学的凤毛麟角。原因是多方面的,其中重要的一个原因,是没日没夜地干活,以站为家,没时间辅导教育孩子。在起跑线上养护工人的子女就输了。像我们这样一家两代、甚至三代人,都是养护工人的,大约占了总人数的四分之三。"钱程经董祚庥一说,也突然感觉迷茫。老爸是养护工人,所以当儿子的也只能是养护工人。关于前途,看看董祚庥就知道了。董祚庥的父亲也是道班工人,有才,从他给董祚庥起的名字就能知道,意思是福佑万民,因为自古以来"修桥补路"是善事。可是这个名字后来也给他带来许多麻烦,道班工人文化水平偏低,这个大家都知道。

他第一去道班报道,班长第一次点名就喊"董 zhà má",他纠正说我不叫董炸麻,我叫董(zuò xiū)。那班长没文化,心里不高兴,责怪他说你起名字起个大家不认识的,起它做啥?不是白起了吗。以后起名字要起顺溜一点的,大伙听了哄堂大笑。董祚庥红着脸说:我又不当起名贩子,起那么多名字干啥。但是董炸麻这个名字一下子被大家记住了。再到后来大家连错的都懒得喊了,由于他好和领导顶撞,爱较真,大家就响应了班长的号召,给他起个外号"冬蚂蚱"。他父亲会书法,还写过一本反映道班工人的书,只是一直没有出版。

钱程在道班上班三年,说实在的养护工人到底是干什么的,他到现在还弄不明白,只知道天天有人来查你上路没有。每个月的工资总是残缺的,乱七八糟的莫名其妙地被扣了。

杨义说:"现在的公路养护人员是什么状况呢?近十几年来,收费站和超限站的相继建立,管理机关的扩充,在一层又一层关系网的筛子下,留下的都是一些老实巴交,没有什么关系的人了,也不再举足轻重了。我们只被限定在干一些如铲草,拉垃圾等的力气活上,而另外一些活则包给外人干,即使不包给外人,让我们道工干了,一分钱也没有,我们是近水楼台不得月。包给外人却有很好的价格回报，我们自己人包不到，也挣不到钱。现状就是好的不来，差的不走，类似我们这样的出路没有。”

钱程问大伙：“咱们公路养护上哪些工程、哪个项目利润空间最大，最赚钱？”

唐大伟说：“养护工程中很少有赚钱的地方，绿化钱最好赚，改建项目最赚钱。大中修工程也很赚钱，不过施工辛苦，相对来说比较累。”

杨义说：“反正和领导关系好的施工单位，干什么工程都能赚钱。”

董祚庥接着他的话说：“关系好了，你没干的工程，都可以把工程费用划到你的名下，只用签个合同，钱就是你的了。”

晏小山不相信他的话：“就你牛！没干怎么钱就是你得了。”

董祚庥摇摇头说：“年轻。”

薛义刚说：“就你老。”

董祚庥举例子说：“我那一年在尚疃道班时，抽调去搞工程，一个河南只有小学文化程度的包工头，我是看着他‘长大’的，他刚来时，开着租来的三轮车包工，在我们路上干了5年，现在开的是奥迪X6了，可我们连个摩托车也买不起，那时候我们吃住在一起，可现在人家看见我头昂的跟老鹅一样，压根就不想认识我了，娘希匹。”

单强则埋怨说：“我们顶着大日头，冒着大暴雨，迎着大风沙，踏着大冰雪，拼命一天挣几十块。就像董祚庥说的那样，这么多年了，我们公路养护行业现今的管理模式，基本属于农业改革前的生产队形式，是一个人或一些人督促一大批人按照他的思维去工作……”

董祚庥赶紧打断他：“唉，唉，你说的就是你说的，别他妈又往我头上扯。”

晏小山说：“这不对吗？国家主席还就一个呢。设俩就乱套了。”

董祚庥的话让单强不爽，好像自己曾栽赃他一样，他先是解释，后来变成他们俩抬杠了。话没法说下去了，俩人弄僵了。董祚庥也卖一回乖说：“我倒觉得咱公路部门对咱不错了，每个月还有千把块钱的工资拿着，旱涝保收。退休了还有养老保险，就我们这水平，大家心里也清楚，单位对咱们不错了，知足吧！关键是肖长河那孩子人不厚道，不过善有善报恶有恶报。”说到这里，他感觉话又多了，把肖长河扯进来了，赶紧把话打住。

唐大伟突然爆料说：“肖科长找我谈话呢，说希望你好好地工作，只要好好干活，什么问题都可以解决……不干的话，你就掂量掂量你能干啥吧！”

董祚庥听到他说“掂量掂量你能干啥”这几个字，耳朵似乎又隐隐作痛了，说：“我们磨死磨活地干，就为了这千把块钱。”

杨义接着说：“有一句话是这么说的：中国人固有一死，或死于地沟油，或死于石灰面粉，或死于结石奶粉，或死于毒疫苗，或死于危房，或死于拆迁，或死于日记，或死于酒色，或死于宝马车轮下……养护工人也有一死，那就是被肖长河掂量死的。”

钱程也掂量一下自己，没关系、没文凭。他觉得很悲观，白天劳动，晚上偷偷自学高中课程。

第二天，雨还是停了。他们有气无力地拿着工具铲草去了。心里没干劲工作枯燥无聊就磨洋工，以铲草的名义干“绣花”的活。休息的时候董祚庥给他们分析形势，说：“我们被局限于灭草，灭草势必会被否定，市场化的运作早已悄然抄了我们的后路，我们早已被架空。再加上大、中、小修工程的外包，养护工作只剩下灭草和清洁，如果灭草工作被推翻，扫路机再替代我们手中的扫帚，那么养护工人还有什么存在的必要性。下一步，前程堪忧，现在有草让我们灭就不错了？”他这么一说，大家都心里空落落的，更没有干劲了。

肖科长不知道什么时候出现的，他看在眼里，这分明就是煽动。他阴阳怪气地说：“不要总觉得被轻视，先掂量掂量自己有没有分量。”董祚庥心想这样的话他也好意思常常挂着嘴上说出口，看来他的丑真的和他的脸没有关系。肖长河又接着说：“可以把自己当回事，但也不能太当回事。想成王可以，但是当个意见王就没有意思了。”董祚庥说：“纵然没意思，但总比把人憋死强。”话不投机半句多。

钱程怕他们叮当上，赶紧拉了一下董祚庥，打圆场说：“我们天黑以前一定干完的。”

“那行，好自为之吧！”

董祚庥怪他：“你拉我做什么？”

钱程小声对他说：“有一句名言是这么说的‘不敢生气的是懦夫，不去生气的才是智者。’”

“这句话谁说的？”

“我说的。”

肖长河离开道班的日子也不是太久，他忘了当年——他们俩打通铺，大冬天的自己把温水袋悄悄蹬到他脚下，让他捂脚。董祚庥抬头看了一眼他的背影，这个肖科长已经不是当年喊自己大哥的那个小弟了。肖长河当年说的那些话依然历历在目：上级永远喜欢平庸的下级，想超越上级的下属永远没有出头之日。抢领导的活，领导自然就会不高兴，即便你讲的道理很正确，也不会被采纳，因为上级永远是正确的，永远都是上级在指导下级……当年他们俩都在尚疃道班当副班长，现在他连升三级，自己还掉了一级。现在想想他所说的都对，自己能提出看法来，并不是因为自己聪明，别人不去说，也不是因为别人笨。比如肖科长人家笨吗？那肚子里一个点子接一个点子，跟冒泡似的。当然点子多了，就有狡猾的嫌疑了，如果多是损人利己的，那就是一肚子坏水了。重祚麻何尝不明白纵有天大的本事，没有舞台，也只能一事无成。但是当他把自己归为一事无成之后，便口无遮拦成为意见王了。

单强嬉皮笑脸地向肖长河敬烟套近乎，看四下无人，对肖科长说刚才“冬蚂蚱”说他不照气之类的话，但是看到肖科长没往心里去，觉得得下点狠药：“‘冬蚂蚱’说你滥用职权，一些中修工程都让你大侄子包了……”这次肖科长直直地看着他。他知道说到肖科长的要命处了，赶紧赌咒说，谁说一句瞎话，扫路的时候让车轧死谁。看到肖科长信了，他心里大有成功复仇的快意。

单强等肖科长走后，回到工人堆里开始讲荤段子，他擅长以荤段子调节气氛：“有三个男孩去女方家提亲，女方家长请他们自我介绍。第一个男孩说，我家有一栋豪宅，价值一千万。第二个男孩说，我爸是大老板，身家五千万。女方家长听了很满意。就问第三个男孩，你家有什么？

男孩说：我什么都没有。另外两个男孩听了就笑话他，啥都没有来提什么亲啊！那男孩接着说，不过我有一个孩子——

简直就是癞蛤蟆想吃天鹅肉。女方父母一听，当时就无比气愤，说你一个有妇之夫，瞎趁啥热闹？让他撒泡尿照照自己的模样。

男孩说：我不是有妇之夫，我孩子还在你女儿肚子里。

另外两个男孩一听，无语，走了。这个故事说明啥问题？说明：核心竞争力不是钱和房子，是在关键的岗位有自己的人。”大伙心知肚明，话音剑指肖长河。单强一边巴结肖长河，一边又看不起他，因为肖长河的媳妇成巧巧当年曾说给他，他没要，说实在的是当时自己没看上她，娘希匹，现在后悔死了。当然这个是埋在单强心底的，他对谁都没有说过。另外一个就是坊间广为流传的，肖长河的媳妇是葛市长的“女儿”。说起来有点长，就是他媳妇是葛市长媳妇的姨外甥女的姨外甥女。起初她在葛市长家当保姆，应该是把人家侍候的不错，葛市长就给她安排了一份不赖的工作。他们结婚的时候，葛市长作为女方贵宾去送的嫁，酒桌上，葛市长亲口说的，我是把她当闺女待得，让他对她好点。于是肖长河就常常把这话挂在嘴边：“俺结婚的时候，葛市长都说了，他是把她当闺女看的……”并把他们与葛市长的关系省略了一层姨外甥女的关系，这下多亲。

肖科长一谈到工作，说起来头头是道，听起来铿锵有力，不过就是个花架子，落不到实处，见不到实效。他为了表现自己，就大喊口号，而实际的养护工作连他自己都没谱，却特别喜欢指手画脚，有人奉承他。他自己年年是先进，那些任劳任怨的真干实干的，任何好处轮不到，还总让他不满意，整天想着对工人加码整治他们。

肖科长走后，杨义总结说："有后台你可以顺利当官，有关系你可以委以重任，有文凭你可以干个轻活，技术好那你只能是死干活的，你啥都会啥都得干，能者多劳，不能者不劳，所有待遇还都一样。你不干他就打你小报告。结果弄得大家谁都不愿意掌握新技术了。"

"没关系，没文凭，干个死活，最最好的结果是只能考个技师，让你每月多拿几十块大洋也就到头了，到老了除累得有一身病外，别的啥都没有。"

肖科长转悠了一圈，又转回来，大有报复人的意思，大有让养护工人掘地三尺铲草的感觉。说刚才铲的那一段，没铲净，茅草层厚重铲，朝深了铲。

董祚庥说："土路肩上的草，铲光了，一下雨，路肩上就是坑槽和脏兮兮的泥巴，既需要投入人力来填平修补，又容易污染公路。长点草，其实也挺好的。"

肖科长说："干个屌活，咋那么多话？这是任务，路肩维护这是科目。路肩高过路面不利于路面排水，这个你不会不懂吧？"

"路肩是要维修，但路肩维修不等于铲草，这是两个概念。"

"别一说话就拉开抬杠的架势，显得你多有本事似的。是啊，这是两个概念，我没有让你混为一谈嘛！'四抓一保'工作就有这个内容，上面要检查，修补路面要花钱，没钱怎么办，如果不铲草大领导来到路上会说：公路坏了不能修，怎么连草也不铲。修路花大钱，铲草花小钱，领导见了满意。况且铲草要的只是劳力，要你们做力所能及的工作。掂量掂量你们能干啥？360行，你们可以选择其他行业啊！你们有几个人现在敢拍着胸脯说这句话？不敢说，就得端谁的碗服谁的管。"

晏小山突然嚷嚷胃疼，都是"颠"的。大家都笑。

董祚庥和他顶上了："你敢拍胸脯说这句话吗？"

"我拍胸脯做甚？我服从管理。又不发牢骚，说大话。抗议？抗议就意味着滚蛋。如果你是人才，你可以自信地说此处不留爷自有留爷处！嚷嚷啥，不干不行。"

肖科长的话让大家无语："给你直接说吧！你也甭在这里瞎提意见，让你们铲草就是为了应付检查。路搞光了，看着就舒服，就像人要经常洗脸、刮胡子才好看，才有精神。"

难怪了肖长河天天脸光的剔明发亮，像个美男子，领导太要脸了。

看来肖长河明白，草是个铲不完的东西。养护工人汗流浃背地在公路两边铲草，大好的春夏秋油路面病害处治期，全用来铲了草，结果还没有结果。而实际路上需要解决的问题太多太多，只是我们某些领导不知道干什么，怎么干，达到一个什么程度。修路能为领导争来政绩，养路能有什么，只有填不满的窟窿，要不怎么会有重建轻养呢？还有有亮点，才可以亮剑。亮点是我们平时的积累和完善，临时制造的亮点就像女人的浓妆艳抹一样，洗一把脸就没有了。

夜里下起大雨，他们昨天铲草的路段被冲出一道道水沟，辛苦毁于一旦。为防止水土流失，他们到处找草皮补草。大家用了一整夜才把水毁路肩抢修好，疲惫写满他们每一个人的脸。董祚庥狠狠地骂，这都是他妈谁的错，屁股指挥脑袋的错。

早上，钱程、唐大伟和杨义去巡查的时候，被两个村民拦住，他们二话不说，上去就骂他们。钱程问他们到底怎么回事，原来昨天晚上取土，把他们种在边沟上的庄稼踩毁了。农民有农民的利益，按照《公路法》规定，公路两侧边沟不准种庄稼。杨义上去跟他们理论，结果发生冲突，遭到更激烈的谩骂，这种事处理起来也不好办，不重不轻的，他们除了忍让、回避没有更好的办法。村民见他们都不说话，以为他们理亏了，抢了他们手里的作业工具。他们窝了一肚子火气，回到道班连饭都没吃，气饱了。

那次下暴雨补草过后，晏华诚说在公路养护方面，以后不能全听肖科长安排，他虽然是工养科副科长，主持工作，有那个职务，却不懂业务。为了应付，加班加点一般加不出好活。晏班长讲一个笑话，又补充说，这不是笑话："刚工作那会儿，下面的人成了干活的机器，拨一把，转一把，不拨就不知道该怎么办了。所以我这个班长不称职就在这里，就知道些传统经验，没有什么检查的时候还发了愁，不知该给大伙安排什么活。"

"但是人家装懂的本事了得，安排放线，下面就去放线。他让几天内把路上的坑槽挖完、补完，我们就去挖完、补完。谁也不去追究有没有意义"

"不是去不去追究的事，而是胳膊拧不过大腿。在这件事上，我们已经吃过不少亏了。"

"虽然人家嘛屁不懂，但也要把人家的话当一回事。你看道班工人想干点事容易吗？"董祚庥不知道，他已经祸从口出了。有一个人正焦躁不安，准备以头抢地！

木来新在家被老婆埋怨；干活，尽不称心如意；生病了，请假，肖科长不批。道班有人请假，他的那份活就得无偿摊分给其他人，现在正迎省检，晏班长也不希望有人请假。

董祚庥看到木来新的样子，触动情怀，为他打抱不平，说机关臃肿，空不出一个位子，甚至超编，而一线工人缺少一大半也无人在乎，这就苦了我们。然后又说到罚款，说没有人考虑让工人多劳多得，而罚款却常有……

谁也没想到木来新把这话过给肖科长听，肖科长早已把"冬蚂蚱"视为眼中钉肉中刺了。他第一次请假没批，当他充分发挥了奸细的作用，肖科长大笔一挥，批了他七天假。

肖科长觉得他们说自己坏话必须受到惩罚,便整出一个“联动”养护计划,把多河道班养护的一段公路“飞地”给他们道班。工作地点离他们道班有20公里,一天干活下来累得半死,干好活回到道班,连天气预报都看不上,除了吃饭,洗澡都懒的洗。“也不知道为什么养护工人生活这么苦?”

“那是因为咱们的工作没有什么含金量?”

“为啥苦！咱这工作谁都能干,人家想让谁干都行,要养家啊,当孙子也没法子,谁叫咱读书少呢?”

后来木来新常给肖科长学话,关系走的铁,成为肖科长的心腹,年终的先进工作者,肖科长在6月份的时候就许配给他了。他突然像是找到自己存在的重要性和自己的“位置”。肖科长还请了报社的一个朋友,给他写了一篇通讯,一下子,木来新就成了“先进人物”。大意是木来新不能回家给妻子分担家务,妻子不堪重负,多次要求他不要一心只想着公路,应当随时回家管管风烛残年的母亲与年幼的孩子。木来新总是说:“公路上的事就是比家庭的事重要。要我不把公路养护工作放在首位,我办不到,我离不开自己管护的公路。”就这样,妻子要与他离婚。

大家看了报道,得出一致评论:别他妈坏了公路的名声,他不务正业。一个不顾家的人,一个连家都维持不了的人,他又怎么安心养护公路呢……这年头,别高大全了,就他那水平,离开公路这个行业,还真不知道他还能干什么。

晏小山不知道因为什么事和木来新杠上了,说:“你懂什么?什么都不懂笨蛋,多看看书吧,千万别冒充内行。路基是根本,路面是保护。路基的稳定是路面稳定的根本。面层是保护基层的,基层坏了就完了。”

钱程接着说:“他都呆子了,你还让他多看书,居心何在?”

杨义帮腔说:“我同意。”

他们说得木来新一愣一愣的。他自持抱住了肖科长的一条大腿,日益跋扈。等晏小山走后,他说:“刚才晏班长从苦姐屋里出来了。”

“那又怎样?”

“你说他去苦姐的屋里能有什么事呢?”他坏笑一声,样子很猥琐。

“没凭据别乱嚼舌根,不造谣不传谣。”

“我看见了。”

“你看见什么了?”

“我终于知道他每逢节假日,总先让别人回家团聚,他留在道班坚守岗位,其实……”

“其实什么呢?我记得你上次生病,晏班长不也是主动送药到你床前,问寒问暖。有什么事吗?”

这事真有。他没有再说下去。

反正，总的来说和木来新一起工作，时时都有一种被出卖的感觉。大家在一起开个玩笑，经他的嘴一过，就他妈变味了。大伙看到他，就像见到瘟神，都躲得远远的。他那段时间心情很低落，尽碰到倒霉的事，出门骑个自行车差点被车撞到；熟人送给他一个大哈密瓜，关键时刻找不到刀，他准备带回家，路上遇到一个朋友的小孩，被要走了……他说的没人听，但大伙都看到的是——他拎着一把铁锹，木把上绷裂的刺扎进肉里；站在路肩上发呆，结果一不小心踩空滚进边沟，洗了个浑水澡，连个拉他的人都没有。他质问："你们怎么不拉我一把？"留给他的是大伙的背影，人都走远了。

一次在酒桌上，董祚庥和宣传科长尉迟剑锋不期而遇，他和尉迟剑锋是高中同学。说起话来，多少有些随意，说着说着，就说到"先进人物"木来新，那是尉迟剑锋向报社同志提供的"素材"。因为那报社记者压根就没有去采访。

董祚庥把他挖苦得坐不住："说什么该同志兢兢业业、勤勤恳恳、尽职尽责、经常早出晚归……是个优秀的养护工人。你可知道他为什么早出晚归？为什么其他人就没有早出晚归呢？出去赌博也是早出晚归，也是优秀养护工？他媳妇和他闹离婚这事真有，你可知道为啥要和他离婚？

尉迟剑锋一问三不知。

董祚庥继续说："是他对人家不管不问，可你说什么'要我不把公路养护工作放在首位，我办不到'，都是公路人你可脸红，你可臊得慌。"

尉迟剑锋只能一个劲地说："一家之言，不足挂齿。见笑见笑。"

"一家之言？俺说剑锋，就你这言，也能成一家？你还好意思？睁眼看看周围，这是你抖酸的地方？"

尉迟剑锋放眼四望了一下，周围没有什么特别的。反驳他："这么说是你抖酸的地方？"

"你整一篇不就完了，你还玩拉羊屎，搞续集。"

尉迟剑锋开始变脸了："你才拉羊屎。"

"我说你还别不服气。俺最见不得你这号人！以后说些有成色的话。不要啥都没有的事都上豆腐块。你以为你字字珠玑，你那不过就是羊屎蛋子。"董祚庥没喝多，看着尉迟剑锋急了，还知道挖苦完了，话锋一转说他也做过好事，就是把钱程写成因公负伤，那是"杰作"。他说完还使劲鼓掌。

第六章

阚局长去明显道班调研，要找董祚麻交流，被陪同的人极力阻止。他们很关切地对阚局长说，这个人不要接他的茬，他喜欢找茬攻击领导。我们都清楚得很，谁接他茬他攻击谁，很难对付的。

阚局长对他充满好奇。一个道班工人，怎么可能很难对付？我们对道班工人，对那些基层一线的工人应该给予更多的关爱才对，怎么可以用“对付”这个词呢？到底他们哪里有解不开的疙瘩呢？阚局长对道班并不陌生，在他的印象里，一幢朴素简陋的房子，再加上一些必须却简陋的养路工具和几个手上长满茧子的养护工人，便构成了一个简单组织——道班。阚局长当过老师教过书，挂职过乡镇长，现在来当局长，这让他很有压力。

他对道班有很深的感情，每每看到公路上道班工人劳动的身影，他都能感受到道班工人对路的爱。他们在公路系统基层一线从事养护工作，为公路缝缝补补，从他们身上，阚局长又分明感受到了最高尚的精神和最动人的风采！他们以路为家，爱路护路，为保障公路畅通做出了重要贡献。但他们与大众的距离却变得遥远，变得容易被人遗忘。

他们似乎看出了阚局长的疑惑，说：“意见大的很，是个‘意见王’。”

原来只是意见大啊！但阚局长却认为，有意见说明董祚麻热爱工作，应该给他说话的权利。

阚局长和董祚麻唠起家常，问他生活上的几个问题，有什么困难。董祚麻的回答都是：“好，谢谢领导关心。”

他们谈到养护，董祚麻打开话匣子：“要讲公路养护，我们首先必须弄明白什么叫公路养护？公路养护是一项综合性比较强的工作，它是一种维持与维护，实际就是一种长期对公路的各种设施进行的巡查检查。公路养护的作业方式应该是机动灵活的，发现问题，及时解决问题，问题同时出现要分清主次，它的作业方式不能以人为的行政命令而改变……”

他说的很在理啊！但几个人试图打断他，这让董祚麻心里很不爽：我又没说错什么,你们阻止我干什么。你们越不想让我说,越不想让阚局长知道,我越要说。"可是我们的领导们经常都检查些什么?连小车都不下,是否能别把那些虚假资料看得那么重要,是否能够别把那些没有任何意义的形式工作看得那么重要……"说到这里他扫了一眼肖科长,肖长河顿时心里发毛。"在我们的养护中,许多病害本是路基不实造成的。为了应付检查,就只让道工刷油、罩面或是挖去旧油皮,重新铺上新油皮……"

肖长河打断他说:"你要不懂就别瞎说,阚局长是来调研工作的。"本来肖科长是要给他一个台阶下,希望他能做个顺毛驴。但他生性是个倔驴。他说:"那好,咱就让阚局长了解一下养护工作……我们经常大干,星期天节假日得不到休息,也不给加班费,这还不算。节假日有事请假,还得两倍倒扣。"单强瞟了一眼肖科长说:"这还要感谢领导仁慈,没有按三倍工资倒扣,作为领导他们难道就可以无视《劳动法》吗?"

"我家养了一头猪,清明节那天下崽,赶巧我媳妇生病了,我要请假,肖科长说请假可以,按三倍工资扣。我心疼工资,没舍得请假,结果我媳妇没伺候好,一窝猪崽夜里冻死8个。后来我越想越不对味,我就想不明白,我在道班有那么重要吗?离开我还就不行了?那评职称的时候,怎么就没谁想到分给我一个名额呢?"薛义刚忿忿不平。

这个话题似乎引起共鸣,唐大伟说:"生病也不例外,加班,似乎是应该的,连个礼拜天都不是自己的。可扣的钱都到哪里去了呢?不知道。"

杨义说:"请个病假就给我一天,还花在看病上。"

阚局长好奇:"你请假看病,不花在看病上,你准备请病假花在哪里?"

"我是想说请一天假根本不够。多请两天不批,就是批了还得照死了扣钱。本来工资就不高,再扣钱不是逼到十成,谁也不愿意请假啊。"

杨义的话说出了大家的心声,董祚麻便补充说:"我们的要求很简单,我们也应该有星期天,节假日和正常的作息时间,我们也需要休息。我们也需要享受和家人团聚的时间,阚局长你说,我们的要求高吗?"

阚局长说:"不高。"他抬头扫了一下全场,气氛压抑,其他的同志应该也有话要说,其中有两个人欲言又止,他觉得下一步怎么开展工作,应该更多的倾听一下他们的心里话。

此时鼓励很重要。

阚局长说:"公路养护应该有什么病害就治什么病害,不能盲目下任务。其他同志也可以说一说。"

杨义说:"现如今我们公路养护的装备依然是最原始的洋镐、铁锹、扫帚、机械,只有我们班还是一辆小四轮,其他道班都是解放小卡了,啥时候给我们配巡查车？这样的装备，看着高低不平，坑坑洼洼的公路，能有什么好办法呢？如果没有先进的设备和有组织的实施，那么养护还有什么意义？溜水沟、铲草草、拉垃圾是养护吗？不知道领导还打算让我们把这些原始装备拿多久？”

几个一直没有说话的人也开始说话了，他们的心思在波动，一个人说：“铁锹好啊，是个宝。道班工人干什么都用它，挖油包、填坑槽、平路肩、铲草、装卸石料、铺筑油料。”

“修剪行道树也用它，往上一捅一捣一拽，大枝条铲不断，小枝条铲不齐，树皮铲掉不少。”

“其实买一台行动迅速，夯击力强，夯击速度快的垂直夯，能够直接夯透油层和水稳层，也花不多少钱。”

席局长说：“这不是花多少钱的问题。强夯使用是有要求的，只用于路基，使砂土液化，重新排列，用在路面面层、基层，会让半刚性基层失稳的。”

席局长这么专业，大家都沉默了一会儿，不知道是反驳他好呢，还是大家承认自己啥都不懂呢？还是董祚庥先说的话。他比划着对阚局长说：“每次开个大压路机，那东西大，对局部的路基病害根本压不实。油钱要多少？这不是大头不算小头算吗？”他还想说一句，这不是糊涂蛋吗？怕席局长想多了。

“还有，我们没有科学有效的检测路基强度的仪器。”董祚庥接着说。

“我们有路基路面强度检测设备——贝克曼梁弯沉仪，标准也有。”肖长河不满他的说法。

“虽然我们有路基弯程的检测方法和标准，但人为操纵的因素太大，查病都成了过关。”

阚局长很认真的听，然后问身边的席局长：“生产工具这么落后，为什么没有解决？”

“没有经费，这是个老借口了。”董祚庥说，“该做的工作没有做，不该做的工作反复做，例如铲草。我们常年的工作重点不是养好路而是铲草，路面病害被放到次要地位，全年工作量不足三个月。”

席局长似乎抓着把柄了：“刚刚你说，全年工作量不足三个月，可你却拿着十二个月的工资，国家还对不起你吗？”从语气里听得出席局长十分恼火。

董祚庥是个好人，但一说话就得罪一大片人，他说：“机关那么多人而上班的时间却找不到人，要么就是兼着公事忙私事……”他说了但又说的不透彻，许多人一对号入座，这就犯了众怒。除了阚局长，看一下其他人的表情便可以知道了。

一个能认真倾听一线职工心声的领导，就可以把他归入好领导的行列。“阚局长是这样的，今天是你来了我才说的，换个人不要说他们不愿意听，我是不会讲的。”他用这句话抵挡所有对他的蔑视,不知道为什么他这会儿特别觉得要挺直腰杆说话,不卑不亢。

“还有工人上班难。我们应当为道班工人上路配车,从而结束坐大厢,人货混装或者几个人争坐小四轮的页子板,甚至争站三角牵引等要杂技式的乘车局面,也让道工享受到同等社会安全待遇。”有人背过脸偷笑一声,或许觉得他除了狂妄还有点痴心妄想。更多的人是含笑不语,或许认为他是癞蛤蟆想吃天鹅肉,也太能异想天开了吧。

杨义说:“过去管理得松,我们骑自行车上班,如今管理紧了,养护的里程远了,我们就只好挤道班的小四轮上路养护,是不是以后招收道工还得看其是否学过杂技呢?”

晏小山说:“货车不准载人,不准人货混装,为什么道工就有这个特殊权利,难道我们不是人吗?”

他们这么一说,让那些笑的人都笑不起来了。阚局长想起来,他前一段时间来公路局履职时,就看见两个道工站在熬柏油的小四轮三角牵引上,另外三四个人挤坐在拖拉机的叶子板上。说句心里话,他坐在安全舒适的小车里,都还要系上安全带,真是难为道班的兄弟了。他还记得,在一个公路摄影作品展上,一张获奖照片,拍的就是十来个道班工人悬坐在拖拉机的货物顶上,好像是为了表现工人的艰苦吧!但这是存在安全隐患的。

阚局长也在思考,像我们这样的装备,怎样体现以人为本的人性化呢?怎样体现行业的进步呢?我们的工人是可爱的人,当务之急要改善他们的工作环境及福利待遇。

席副局长想缓解一下紧张氛围:“给道工配车。好啊!赶明我们都下道班。”

董祚庥说:“那怎么行,你们领导干不了道工的活,再说了也不是什么人都能胜任的。”

“谁说席局长不能下道班?席局长真要做养护工呀?那也只能是名誉养护工。因为席局长你不会干活,哈哈!领导只要能常下来看看就好了。”

席局长嘴上说:“干得,我也干得。”心里却恨得要死。

“我们为什么这么忙?没有任何意义和效益的工作太多了。”

席局长不同意:“我真得说说你们了,阚局长刚来,不了解情况,你们摆正态度。”董祚庥觉得,自己态度不正确吗?他本来就掖着藏着的有些难受,干脆豁出去了。“道工不许接班,又不招工,仅有的人有的进了公路收费站,有的进了公路治超站,有的跻身或挂靠管理层,道班工人越来越少,有人名字躺在工资表里领工资,人却没有在道班干活。养护里程逐年增长,工作量加大了三倍以上,工资未见增长。道工是弱势群体，与公路收费站和治超站待遇相比简直是天壤之别，坐在小亭子里收费或站在马路上拦车谁不会？我打手势都比他们都标准。记得有一次纠风办逮到收费站三乱，他们站长检讨时说，以后谁不听话就下道班去。那么道班是什么，劳改所吗？我们是劳改犯吗？上帝对每个人都是公平的，可为什么却对道班工人例外。是谁在制造这么大的差距？"

"我们养护部门，从来缺一个人，这个人的那份工作无偿摊分给在职的人，缺两个还是这样，缺三个人，甚至更多还是这样。从没有人考虑在职的养护工人能不能承受，也没有人考虑让工人多劳多得。工人多劳多得了，比个别领导拿得多了，人家心里不平衡。不但让工人多劳不能多拿，还要让工人多劳少拿，这样才能显示自己比工人水平高，再说了，钱让自己拿了，总比让工人挣去好。"

晏华诚大声咳嗽一声，其他人都不说了。

董祚庥接着说："公路养护本以保证路面平整为重点，而我们却以铲草、溜水沟为主，好像这就是养护，若有人提出提高装备，提高养护质量，则被视为异端，还要节省，结果时间不长又是同样的病害，却批评工人工作不到位，工人又无法反馈合理意见和建议。自己解决不了的问题就必须向上反映，而向上反映就会得罪人。不反映，上面不知道，下面又解决不了，致使同一个病害年年搞，结果还是病害，最后的苦果还是工人来承受。甚至许多时候为了应付检查，常常违背常规，修补公路，结果检查应付过去了，路又烂了，又花费大量的人力物力财力去维护，结果还是烂路，就连从不修养公路的人都常常指责，能说出问题的原因，养护工人不是劳动的机器。"

他对一些问题的看法，深刻而尖锐。

晏华诚一直干咳暗示。最后董祚庥说："晏班长你别咳嗽了。难得阚局长要听，换个人谁愿意听？没有人听，我们又怪领导下来不听工人讲真话；现在有领导下来检查，要听，你一个劲地在那里'咔、咔、咔'不让讲。咱有啥说啥。"阚局长制止住晏华诚。对，我就是来了解情况的，其他陪同的人表情各异。

阚局长接上话以后，有人就嘀咕了："看看不让阚局长接招，他不听现在怎么下台？"很多人都希望阚局长恼火，治他。

阚局长不但没有生气，心里却想，董祚庥提出的已不是建议，而是一线养护工人的工作和生活，是他们埋藏在心底的苦、辣、酸、涩。工人理解了阚局长是来干工作的。种种迹象表明阚局长是个可以信任的人，下基层不是为了走过场"秀亲民"。

"以前为什么不提？"

"我一直想提……我有权选择沉默。如果不沉默，我就得说真话，但说真话的时代尚与我有距离。"

阚局长说:“是啊！说真话苦口良药。”

董祚庥接过话说:“听实话虚怀若谷。总之一句话,因为以前没遇到你这样的领导,如果不是你来调研,我还不提。”

阚局长对他印象深刻:“为什么?”

“信任。”

“我就值得你们信任吗?”

“先试着信一次吧！算给我们一个机会。”阚局长和以往任何一个领导不一样的地方是,他倾听工人心声,并且能与一线与工人探讨。他不但用眼去看,还用心去感受,更不会像有的领导那样看也不看。

当他听到来自一线工人的心声,他的内心在颤抖,他感到阵阵心酸。多么朴实的养护工人和多么朴实的倾诉啊！他们内心不知有多少话要说,却无处诉说。阚局长说:“你们知道吗?我父亲也是道班工人,看见你们我打心眼里亲切。”他心里对道班工人有一种天然的亲近感,一席话,一下子拉近了他们之间的关系。

他父亲是道班工人,这个真没人知道,连席局长之前多方打听过他的资历背景,也不知道他父亲曾是道班工人。

阚局长了解到,一辆小四轮就是他们奢侈的交通工具了。晚上围坐在一起,打打扑克,看看频道少得可怜的电视,洗个冷水澡就是十分快乐的事情了。他们的快乐是那样的简单,他们的要求是那么朴实。远离城市,贫乏的精神文化生活,艰苦的生产生活条件,决定了道班本身就是一个孤独寂寞的存在。他甚至希望他们提的要求能高一点,但是没有。他们就是那么朴实,他们是可爱的人。他小时候就很少见到父亲,道班工人以养路为业,以道班为家,忍受着常人难以忍受的寂寞,默默地为公路填土铺石——这些他懂得。他深知,道班工人因为缺乏科技而承受的辛苦,他们日复一日的脸朝黄土背朝天,身体负荷巨大,效率却相当低下。一定要利用科技,把道班工人从体力劳动中解放出来,让道班工人成为真正的技术工人。

阚局长调研走后,他们聚在一起讨论,刚才提的建议局长会听进去几个?晏班长对董祚庥说:“你今天说了太多话,言多必失。但看到阚局长没生气,我也不知道该说你啥,今天道班加餐。”

“那你还‘咔、咔、咔’地阻止董祚庥说话。”

“我哪知道阚局长是真来调研,想听真心话的?”

阚局长回去的路上,问身边人员:“公路养护工作面临着那多的困难,为什么没有解决呢?”一车人都沉默,他们搞不懂阚局长葫芦里卖的什么药。一个人开口之后,他们纷纷七嘴八舌地说,不过都是众所周知的资金缺口大、经费短缺等老生常谈的问题。阚局长说,对道班工人那么朴实的想法,所有的困难都不是困难,但他也感到巨大的压力。他们把多少希望和期待都寄托在自己身上,他觉得必须关心一下自己的职工！爱他们就是爱自己。

常年野外作业,使他们的皮肤变得黝黑粗糙,岁月的流痕也过早地刻在了他们脸上,其实他们的要求很低。阚局长问:“野外作业补助没有是怎么回事?”

肖科长回答:“由于他们养护的量是一定的,他们早干完早回来一些,晚干完晚回来一点,所以不能算加班,否则不好控制,若他们天天磨洋工,到时候都说加班怎么办?”

随行的甄会计说:“我们应该给出一个标准……”

席局长打断他的话说:“我正想说,我们有标准。一提标准,以我们的路,按现在的标准,如果不大干,完成不了。当他们完成不了的时候,又会找理由说是标准定的不合理,不标准。其实大干的目的就是集中力量,接近达到标准,这就是大干的意义。”

肖科长接着说:“安排他们的活,脱工,消极怠工,不检查都不干。为了完成检查,他们当然要加班,不罚款就够优厚的了,还想要加班费。人心不足蛇吞象,再说了不罚款,干与不干一个样,往后谁还愿意完成任务呢?”

阚局长对肖长河说了一句意味深长的话:“工作要团结,就这几个人,不然哪能干好工作。对道班工人要开诚布公,交交心,说到当面上。我们都掂量掂量我们的分量,再去去水分。”

“掂量”这可是肖长河的口头禅,当从阚局长嘴里说出来的时候,他理解为这是阚局长对他某种不好的暗示,让他内心突兀地生出不安的成份,并且迅速随着血液的扩展,让他出了一身虚汗。

“我们不能因为谁有怨言就会被炒掉。”

“那不会。”肖长河斗胆接了一句。

“午餐费多少?”

“2 块钱。”甄会计说。

“午餐费可以提高,每人每天 10 块钱。”

席局长说:“一下提高这么多,可合适?其他单位都是 5 块。一年发一次。”

“那咱也得至少 5 块,可以按月发。”阚局长看到政工科长莫墨行在,说:“路靠人养,人靠思想,做思想工作要有耐心,是水不是火,是一个漫长浸润的过程。要深入职工,与职工多沟通多交流,做政工工作不能默默行啊！他们都是好职工,只是思想上有误区,这也不能全怪他们。要学会由单向灌输向双向沟通转变,做到四个坚持:一是坚持教育人与尊重人相结合,做到以理服人。二是坚持引导人与理解人相结合,做到以情动人。三是坚持鼓舞人与关心人相结合,做到以心感人。四是坚持鞭策人与帮助人相结合,做到以“实”助人。千万不要把职工“拉出来”教育,而是主动“贴上去”,工作的触角要贴近每个职工家庭,千方百计为职工排忧解难。让职工产生信任感、成就感、温暖感和舒适感;领导和职工以诚相见,相互信任,才能产生事半功倍的效果。”

局务会议上,领导们分析了董祚庥提的建议。他所反映的事情大部分属实,但有些是当今社会问题,有些是我们行业内部问题,有些是我们自身问题,有些是机制问题,有些是管理问题,还有些是技术上乃至学术上的问题,并不像他说的那么简单。有些问题还有待于我们共同探讨。局长也认为董祚庥偏激,但并不责备他。

没过几天,道班工人就得到可靠消息,阚局长在班子会上提出为道工配车的事,说:“要像解决亲兄弟的问题解决他们的问题,没钱把你们的车卖掉也要解决,钱不是问题,态度是关键。”阚局长为大家树立了一种以人为本,彼此尊重的上下级关系。每个人心里都有一杆秤,遇着事儿他们总喜欢量一量。

高温天气是灌缝的最好时机,如果天气不好,就无法做这项工作。阚局长在路上看到烈日下工人戴着草帽,手里握着小小的马勺,正在给路面裂缝浇沥青。他下车慰问,看见附近有个店,安排司机买来冰镇绿茶,一个细微的举动让大家感动不已。

一个单位要有前进的动力,那也是在人心上面。他在路上遇到工人施工,总要下来握握手,从车里走下来看看路。听一下他们的反馈,问一问有什么困难,并记下来。他以诚相待,事后件件有答复,尊重劳动者,才是好领导。有时候大家都感觉不到他是个局长,因为这样的局长太少了,平时见到的都是高高在上的。

第七章

晏班长对阚局长说了掏心窝子的话："我虽然是一个班长，但我不称职，拖后腿。过去我们的养护方式都是被动的，路面出现病害后见坑补坑，结果是小病害拖成大病害，这种状况必须改变。养护要提高，人才是关键。可是道班吸引不了人才，怎么办？我们可以从道班挑选德才兼备、素质过硬的职工进行重点培养，使其增长见识、尽快成才。通过分批次培养，带动一支数量充足，素质优良的养护人才。"

阚局长说："是啊！如今养路不比从前。从前养的，最早是砂石路，后来大多是沥青路，靠的是铁锹、扫帚。现在养的都是高等级水泥路，从筑路材料加工到运输，从材料摊铺到碾压，靠的都是机械，没有文化、技术真的不行。"

晏班长帮苦姐打水时，木桶断了一块板子，他坐下来抽根烟，看着桶里的水从那块断木板处汩汩外流。他若有所思，一只木桶能盛多少水，取决于那块最短的木板，而不是最高的。他觉得公路养护就像是一个木桶，养护作业的开展有很多因素构成，决定木桶盛水量多少，取决于最短的那块木板，所以，要想提高公路养护水平，就必须充分发挥每一块木板的功能，只有这样，才能使整体达到最优！但是呢？身为班长，却是那块最短的木板。

阚局长根据晏班长的提议，在全局发起——"找最短的木板"活动。通过活动抓两头促中间，把优秀的同志挑出来送出去培训，把最差的也挑出来，列为重点帮扶对象，经过帮扶完不成养护操作规程的，扣发30%的工资，直到能熟练掌握养护技能，不设截止日期。从而促进中间的同志素质提升。董祚庥指出最短的木板在上面，一将无能累死千军，公路养护要求真务实。短短的两句话，却让肖长河坐立不安，谁说肖科长没有自知之明。

真是想啥啥来，省局举办的为期半个月的第一届公路养护技术人员培训班在省城开班。培训内容为：预防性养护、精细化养护、生态循环养护、种植业实用技术、养殖业实用技术、庭院经济等。当歌市公路局分到5个名额。肖科长本来要给木来新一个名额的，但是阚局长对这件事非常认真，他只好就此打住，做个顺水推舟的人情,让道班自己去选。若在以往,他直接就定了,等大家知道的时候,木已成舟。

明显道班分到一个名额。谁去？晏华诚很为难。特别是董祚麻,让他去和不让他去都是麻烦事。他原本想在儿子和钱程之间选择其一。这事吧,本来就是他给阚局长提的,晏小山去,是一个进步的机会,那也说得过去。钱程去是众望所归,让董祚麻去,大家也可能说啥也可能不会说啥。这就为难了。

培训的日子日益临近,但晏班长压根儿就不提这事。这次董祚麻很有耐性,也不主动问,他希望以不变应万变。晏小山倒是沉不住气了,他问父亲,晏华诚要么沉默,要么斥责,不让他问。他找钱程谈,希望能让出名额。钱程不清楚是不是晏班长的意思:“晏班长定了吗？”

“没有。”晏小山又说,“如果在我和董祚麻之间产生竞争,你要支持我。”钱程点点头。“但是我感觉在你我之间的可能性较大。”末了他又对钱程说,“你知道吗？你的半条命是俺爸跪在人家面前给你求出来的。”话说到这个地步,他是志在必得。钱程决定放弃培训机会。

晏华诚抱着葫芦不开瓢。渐渐地大家都不问了,明摆着让他儿子去,大家都心知肚明。临报到的那天早上,他敲开钱程宿舍的门。咦！没人。他打他手机,一遍遍地打没人接。这下晏班长急了:“这孩子这个时候了,咋整？”

五月的清晨,道班的一切都是静默的,菜地里的菜绿意盎然,豌豆秧叶子上的晨露水亮水亮的,晶莹剔透。一阵微风吹过,清新的空气扑鼻而来,钱程停下来做几个伸展的动作。小路旁边的桃树上挂满毛绒绒的小桃子,几只鸟鸣叫着,在桃树间飞来飞去,将桃叶子上的露珠弹落。他正想着早起的鸟儿有虫吃,掏出手机看时间。咦！手机什么时候改静音了,他掏出来一看有晏班长 15 个未接电话。晏班长问:“你在哪呢？”

“在道班桃园这边。锻炼呢,跑步。”

“你锻什么练？跑什么步啊？你知道今天是什么日子吗？”他想来想去,今天就是个普通日子,没什么特别。

“赶紧跑回来。”

原来晏班长把名额给了他,今天是报到的日子,因为钱程心里没想,所以就忘记了。钱程知道了晏班长的意思后,说他不去,让晏小山去。晏华诚不同意:“说就他那水平,能学出个啥来？除了浪费一个名额,没啥用。你底子好,是块料”。钱程说:“听说培训回来后可能会涨工资,还会成为局里养护后备人才。让他去吧,我下一次还有机会。”

晏华诚骂他扯淡。他和钱程一起简单收拾了一下行李,开着道班的那辆小四轮,直接把钱程送到局里。晏班长看见其他道班,大都是班长本人参加的。

他和田班长开玩笑说:“你老,这么一大把年纪了,还要学,眼睛可好使了,该让贤就得让贤,给年轻同志。”

“尹班长你也去培训,说回来能涨工资,再涨工资可能花完。花不完还想带棺材里去啊!”后来得知,凡是班长去的道班,职工意见都很大。

晏华诚送他上车的那一刻,给他说了一句话:“让你去培训,是为了在以后的工作中能够解决实际问题。不要除了做事,人就变成一个哑巴了。好好学,让书活起来。”

晏小山知道父亲去送钱程了,把父亲挡在道班门外,在道班大闹一场。本来董祚庥要闹的,但看到他们父子反目成仇,于是继续当好人,居中调解。晏小山放出狠话要断绝父子关系,并到处找刀要剁掉一根手指,以示决心。晏华诚到厨房拎一把菜刀扔到他面前,几个人都上去夺菜刀。晏小山嚎啕大哭:“你说,你说吧,我到底可是你亲生的?可有这样的爹吗?手指是我妈给的,你凭啥让我剁……”

他内心明白,给他儿子,也许以后会成为晋升或涨工资的一个条件。可是对养路……他叹息一声。那一刻他责备自己没让儿子多读书,从事养护工作以来,自己一心扑在路上,很少抽出时间和精力料理自己的家事。他在工作上是一名合格的职工,在职工面前也算是一名称职的班长,可在儿子面前却是一名不合格的父亲。

“爸对不起你。”他在心里一遍遍地说,流着泪说。身处相对封闭的道班,每天重复着单调繁重的养路工作。儿子又不理解,晏华诚的内心充满着无奈和辛酸。让他闹吧!他带着歉疚慢慢地走了。没有去处,他抓一把锄头,去道班的菜园整理他的花生苗去了。苦姐说她喜欢吃花生,晏华诚就在道班园子里,开出一片地种花生,他很用心,当幼苗顶裂土堆现绿时,他就开始开孔放苗,缺的苗他自己打水补上。现在的花生苗已经绿油油的,长势喜人,快要盖满一行行田垄了。晏小山跑到他跟前,给他踩毁一大片,嘴里嘟囔着我让你栽,我让你栽。他也不吭声,站在那里看他肆意毁坏。其他几个人过来拽住小山,不让他破坏晏班长种的花生。晏小山就像一头受伤的牛犊子上蹿下跳,几个人都按不住他。

晏华诚大吼一声:“够了,滚——”

晏小山看见父亲真的愤怒了,小声叽歪几句走了。他弯腰去扶正那些被小山踩坏的花生苗,阳光下是他矮矮的影子。

钱程走的时候,竟没有和她打一声招呼。田甜突然感到内心空落落的,没有了依靠。她喜欢钱程,这是她内心真实的声音。女人就像一朵玫瑰,盛放的时候喜欢她的人很多,一旦凋谢就无人欣赏,可我现在含苞待放呢?钱程怎么就不喜欢我呢？不知道为什么，她觉得除了钱程没有人能把她的心打开，钱程的态度却始终犹豫不决。因为他的犹豫不决，无论他做什么都是对她持续的伤害。晏小山看得出来，他在田甜的背后说："你爱他什么？他爱你吗？他爱的是吴筱然。人家在省城读大学，人家是青梅竹马。你以为你是谁？"为这话，她恨死晏小山了，转身给他一个背影。

她想不明白，晏小山怎么知道钱程爱吴筱然，吴筱然是谁？自己怎么从来没有听说过。不知道为什么，她转身走了之后就后悔了，她特别想知道关于吴筱然的事情。但是小山显然生气了，她也不好意思主动再找他问，但是她特别想知道钱程和那个人的关系。她违心地讨好小山，想主动给他发短息，拿着手机，看着屏幕却不知道该说什么了。她想了想，发了一条：干嘛呢？

晏小山正在挖坑，他坐下来，给她回一条，不过没说在挖坑，斗胆回她一句：想你呢！

他想象着被骂的场景，那会儿他特怕手机响，过会儿还是响了。他闭着眼，然后猛地睁开。啥！小山不敢相信自己的眼睛，或是手机。他怀疑是手机出了故障，甩了甩手机，一不小心摔到几米远的石板路上。他心痛坏了，不是心痛手机，是心痛那几个字别摔掉了。他捡起手机，还好没坏，赶明还买这个牌子的。字还在，还是那五个字：我也想你咧。

娘来，这事啥事！他屁颠屁颠的就去了。她见到晏小山，开口就让他说清楚吴筱然是怎么回事。

晏小山显然很失望，但心里还是很满足，他一五一十地把知道的事对她说了。

她听完觉得自己备受伤害，想放纵自己，想让自己开心起来忘记伤痛，可是发现自己做不到。她的心全在钱程那儿。被钱程"伤害"后，有意无意地把那份伤放大了，转移给晏小山。他显然做好了承受一切的准备，让她心烦，无缘无故地上火。晏小山说："你知道吗？为了你万书记给我介绍的对象，我都看不上。你会错过一个真心喜欢你的人，那个人就是我。"他终于把话挑明了，听天由命吧。

田甜说："你喜欢蒲公英吗？"

"喜欢，你喜欢的，我都喜欢。"

她不动声色说："你看——"她用嘴一吹，那些蒲公英就飞了，散了。

"飞走的是钱程。我是留在你手里的那根茎。"她听了，把那根茎使劲地扔到地上，扭头走了。女人真是说变就变，但她为什么对钱程不变呢？答案只有一个，她不喜欢自己。可是自己哪里比钱程差了？他把这一切都算在钱程头上，走着瞧吧。

省城，钱程以前没有来过，但是这个城市的影子却常常在他梦中闪现。原本这里应该是他实现梦想的地方，到底自己辍学，当一名养护工人是对是错呢？来的时候他和两个要好的同学，打工的方黎和上大学的丁喆约好，让他客车进市区时，给他们发短信来接站。他辞别同行的人，说有同学来接他，晚会儿再去学校报到，请他们先去。他站在车站的路口，听着车水马龙的声音，看着流水一样一拨一拨的行人，不由自主地想吴筱然了。结果他在车站饿着肚子等了快一个小时，打电话给方黎，答复是没请掉假，忘记给他说了，让他别等了。丁喆的电话没人接。他叹息："人，一定要靠自己！"

周围高楼鳞次栉比，流光溢彩，他发现自己迷失了方向。

培训地点在省公路职业技术学院。钱程打的去学校的路上，接到丁喆的电话，说堵车赶不过去了，让他自己打个车走吧，约定晚上聚餐，丁喆请客。钱程到学校安顿好，没和学员一起吃饭。晚上三个同学在一起小聚了一次。丁喆谈论起自己的女朋友，然后又说起吴筱然。方黎让钱程给筱然打电话，他很犹豫，两个人一起糗他。但他还是死活不愿意打，其实他心里是多么想听到她的声音啊！方黎见他那面筋像，一边骂他窝囊，一边打吴筱然的电话，然后把手机给他。不接，肯定是不行了。他起身走出去，背着他们两个人接。他们笑话他说，当谁愿意听啊！现在情话泛滥得跟地沟油差不多。他们听着邻桌的一个女孩正对她男朋友发嗲，方黎说，耳朵躲不起啊！肉麻的一坨一坨的。

吴筱然的声音依然那样动听。她轻轻地嗔怒他，带着小矫情，也算是一种别样的撒娇吧！是个男人都会心醉的。他确定她还是喜欢他的。她告诉他，礼拜五下午，约在她们学校见面。为什么不是现在呢？但他转念一想，知足吧！他没有说太多的话，但知道她懂。

丁喆说："我每次回家陈雨玲都找我，好烦哦！"

方黎说："我回家晴晴故意让我看见却又消失。"

吴筱然曾经托同学，说她放假时到他家里找他，被他一口回绝了。他怕自己正在路上干活时，她突然出现在眼前，怕她看不起自己，那会伤自尊的。还是给她一个美好的回忆吧！

"那你刚才为什么还要接她电话呢？不是约好在她学校见面吗？"

"因为我不担心自己正在干活时，她去找我。我曾经为她死过一次，现在活着还怕什么呢？"他们俩好奇，问他怎么回事，钱程觉得话说多了，补充说："我是说为了她死一次也愿意啊！"

"哦！爽死的吧！我也愿意啊。"他和方黎大笑，但他笑不出来。

方黎说，每个女孩都在为爱情设防，陈雨玲在丁喆的面前插几个树枝做个篱笆，而且做的很有"心意"。只要你丁喆用手轻轻一拨，就会突破防线，说你到底上过她了没？

"上没上的干嘛要让你知道啊？但是也不怕你知道，上了。没想到还是个处女。"钱程听完嘘了一声，心里有点羡慕、嫉妒、恨。方黎听了心里酸酸的，他喜欢晴晴，但她对他的防线筑得比三河古镇的古城墙还要坚固，她要让爱她的人为她战死才肯接受。但是自己如果战死了，那不就等于自己搭了命的拱手相送吗？缺心眼啊！他心想她是看不上自己了，便说要是换成丁喆，肯定也是用树枝做个篱笆。但丁喆却流露出看不起他和晴晴的意思，言外之意就是白送也不要她。方黎就骂他，最后吵了起来，一场聚会不欢而散，结果是钱程买的单。

钱程上班后，从同学那里知道了吴筱然的 QQ 号，他用一个"折翅的风"的昵称加了她，却从来没和她聊过，但一有空他就看她的日志、照片有没有更新什么的。有时候也看别人给她的留言，那些暧昧的话总是戳疼他的心。有一次，再看她的空间，发现设置了密码。他心里一阵慌乱，但依然还是一上网就打开她的空间，依然是无法进入，他的内心一阵失落，然后是长时间的发呆。再后来不知道怎么的找不到她 QQ 了。

思绪总在夜深人静的时候插上翅膀，飞到有着美好记忆的地方，他闭上眼睛，仿佛又回到从前。他们曾在母校那棵五杈的香樟树前一起晨读。一般的香樟树，都有一根主干，生长到一定高度后，才会长出一些分杈。他们学校的这个香樟树竟然没有主干，只有五根独立从根部长出的枝，朝不同的方向斜长着，每一根上又长出一些细小的分杈。有人说这棵香樟树是长到一定时候，它的主干被人彻底损坏了，只剩下泥土里的根部。这时，根部长出五根分枝，然后同时生长。还有的说这棵香樟树是由五粒香樟籽落在这里，然后长出来的。由于根部缠绕在一起，长到上面就看似是一棵树上长出来的了。后来这棵五杈的香樟树成了他们学校有名的爱情树。

吴筱然是转学来的，那时，他感觉她好像一直都在注视着自己，现在想起来，可能是自己自作多情。因为当他主动提出和她一起晨读英语，她却冷冰冰地说："对不起，我从不和男生一起晨读。"她说完迅速走开。很长一段时间，她都不到这棵五杈香樟树前来，而是又到另一处看书去了。他看到把人家逼得躲逃，心里不免有些悔意，后来因为什么事，他记不清楚了，好像是小胖子欺负她，他挺身而出保护她。这以后，他们俩又经常在一起看书了。他想到这里感到无比亲切。

高一元旦晚会的时候，学校举行了一场文艺晚会，她参加了一个跳舞的节目，他看过之后为她写了一首诗《十六岁的女孩》：

十六岁的花季
赋予你
露珠一样的
圣洁之美

你不羁的勇气
追逐流动的季节
在风驻足的刹那
呈现你强劲的舞

所有的悲欢都将离我而去
连同清愁和你的美丽
但在我的诗歌里
一切想象因你而圣洁

那年她16岁,他17岁。第二年他参加工作,如果不是那样的话,他会和她考同一所大学,学同一个专业。这时的自己,一定坐在明亮的大学教室里。

他曾两次回到母校。一次是他去道班上班的一个月后,另一次是她高考前。看着与曾经一模一样的校园,如今却物是人非。时间淡了,相爱的人也就散了或者回不到从前了,比如现在就是他一个人站在这里。他曾对她夸下豪言壮语:"考上大学,我要当博士后,一直走到人类科技的最前端。"可现在却成了一个挑水劈柴扫马路的养路工人。他觉得伤不起,也不敢爱了。

他常常在睡梦中,回到记忆里她的身边。她是个多愁善感的女孩,记得一次他和方芳说了两句,把她冷落的时间长了一点,一回头不知道她什么时候独自离去了,害得他到处找,找到了,彼此一个眼神,她的笑容又会回到脸上。她与田甜的多愁善感压根不同,那是本质的区别。田甜,想到这里,他觉得很对不起她。

突然他的手机响了,是田甜。怎么这么巧呢?她问:你培训去了吗?

是的。

几天?

十天。

这么长啊!为什么走的时候不打个招呼呢!把我当什么了?

这句话把他问住了,对啊!把她当什么了呢?他还真没想好这个问题,就说:"来得太匆忙,我……对不起啊。"她说:"你走的那天,小山和晏叔叔闹的可厉害了。在学校遇到什么困难给我说一声,学校的许多老师我都认识,可以帮你找老师。"他确信田甜真喜欢他,不然不会这么说的。

他心里对她只有好感，却没有爱，不过有时候也是喜欢她的！人，有时候真的没有办法，第一眼看上的，心里就一直觉得她好，那里存放太多的美好时光，一些过往不用去想，它都会自然流溢出来。她的数学不太好，为了能和她呆在一起，他每次给她布置一些数学题，然后再帮她检查，要是做对了，她就可以回宿舍，要是做错了一题，就得留 5 分钟，做错两题就得留 15 分钟陪他。他给她布置的题越来越难，但她反而陪他的时间越来越短，因为陪他的那些时间，她都在想题，这个不是他心里想要的，他就帮她做题。结果她又做对了，她又不能陪他了，失算啊。

他是公认的大学苗子，而她却不被看好，她经常请教他，他也很乐意帮助她，在他的帮助下，她的学习成绩有了很大的进步。

她有时故意做错，那是显而易见的，她在找借口和他在一起，他觉察得到。她最后考上了省城传媒大学，而自己却永远地落伍了。看看自己现在的处境，他想那时自己真的很滑稽。

挂了电话这么一会儿工夫，他的想象就从田甜那里转到吴筱然这儿了，心里给她留下一个很重要的位置，不承认不行。就让美丽的过往在回忆里多行走一会儿吧。记得有一次在空旷的野外漫步，大概是月儿吸引了他们，她心情格外的好。他突然对她说："我可以吻你吗？"她没说话，最后就一直默默走回宿舍，快到宿舍的时候，她小声说了句："你不够男人。"他后来也问过她，为什么说他不够男人？

她故意打岔说："不过我们还年轻，不能过早的谈恋爱，至少要等到 18 岁……"

他打断她的话，继续问："什么人才够男人呢？"

"等我们都有自己的事业了……你……你愿意娶我吗？"想到这里，他特别悲催地长叹一声，仰面往后重重地靠在墙上——头重重地磕上去，啪叽一声，他觉得舒服。

道班——这就是将来自己一生从事的事业？一个养路工人，高中都没毕业，要娶个大学生、一个美女，配吗？而此时自己就更不够男人了！他觉得他们之间的鸿沟，在这个世俗的世界早已不可逾越。

命运总是爱捉弄人。他诅咒命运为什么对他这么不公平。父亲因公去世，是可怜的母亲奔走相告，公路局的领导们也费了许多周折，让他到当歌市公路局明显道班当一名养路工人。他当时不情愿，他母亲就去他学校把他的东西强行搬回家，他理解母亲的心意，"铁饭碗"一直对她有着磁石一样的吸引。母亲是十里八乡的美女，能嫁给父亲，全凭父亲有"铁饭碗"。

那天除雪时，在车上向他招手的就是吴筱然。他回到道班后又从土墩女人那里听说田甜要订婚了，他内心充满了对生活和前途的一片渺茫和极度的失落，他无法承受这实实在在的命运的安排，他有远大的理想，他要干的事情很大很大，需要掌握的知识还很多很多，可处境堪忧……一切不是自己所愿意的。他选择了逃避，永久的逃避。

一切都过去了，他还活着。住在这么高级的宾馆里，他一下子睡不着觉了，真是穷命人。道班紧挨着公路，每天晚上睡觉，都能感觉到汽车驶过公路的声音。时间一长，汽车的呼啸声成了最好的催眠曲。因为安静，钱程翻来覆去睡不着。他拉开窗帘，外面灯火辉煌，看了很久，这与道班是两个不同的世界。他倒是希望能在这里遇到熟人。而他刚入道班时，日复一日的除草、扫马路，总觉得自己低人一等。他最怕见到熟人，怕没有面子，干活的时候，他把帽子压得低低的，每天低着头上班，低着头下班，生活很低调。

人总是向往美好的东西，他为此付出很多努力，有了目标之后，他心境倒是悠闲自在。他又回到床上，突然产生一个想法：一个养护工人若能沿着自己养护的公路从起点走到终点，那是件很有意义的事情。他想着想着不知道什么时候睡着了。

人们常说"知识能改变命运"，看来要想改变自己的命运，必须从头再来，好好学习。他培训时学习上遇到难点、疑点问题，都虚心请教，直到弄懂为止。别人都走了，他还在教室里学习。同住的潘进却嘲笑他："我们不过就是一个养护工人，所谓培训不过就是玩玩而已，别把自己想深了。"钱程记得刚工作时，问过老道工薛义刚："啥是路肩？"薛义刚说："路两边就是路肩。"

"笑话，路两边还是边沟呢。"晏班长心里想嘲笑，又和别人一样半罐子晃当，最后还是笑出来了，又不敢大笑，便保持极好的口型。

薛义刚急得脸红脖子粗，指着路边的土路肩说："这不是路肩是什么？"晏班长和薛义刚都是一个水平，心里有话说，却茶壶里煮饺子倒不出来，他们有代沟。钱程同屋的潘进是坛集道班的，仅仅因为是班长便占据了一个名额，可谓是占着茅坑不拉屎。他安慰自己："燕雀安知鸿鹄之志！"这暂时的苦算得了什么，也许是"天将降大任于斯人也，必先苦其心志，劳其筋骨……"

培训第二天下午，阚局长到省里开会，抽空去学校看望大家，知道培训的老师是自己的同学，他又要了仨名额，点名给董祚庥一个。

钱程去吴筱然学校找她，他们一起穿过校园的小路，遇到一个男同学，她停住主动向那个男同学介绍他。他以为会介绍说是她男朋友，她却说是亲戚，然后她又回头看一眼那个男同学。钱程有想法，为什么刚才遇到几个同学，她都没介绍，偏偏这个男同学要介绍呢？

他每次想起她，总是她回头的映像，那一幕每次都让他心慌！

他告诉吴筱然,他要自学大学课程,吴筱然让他报了她所在学校的函授班,说以后我们还是校友呢。报名的时候,他跟吴筱然借了200元钱,其实他身上带的钱足够。他给自己找了一个以后可以名正言顺联系她的理由。

培训即将结束的时候,钱程在省城给晏班长买治老寒腿的药,医生说要他亲自来才行。他说:“那就给我看看颈椎吧,仰头脖子疼。”原因他知道,但是不好意思说,刚开始,他最怕到集镇上养路,怕碰到老同学或者熟人,怕被他们看到自己的邋遢样。他长期低头,一干就是一整天。现在一仰头脖子疼,落下个颈椎的毛病。

他换了一家中医,给晏班长开了治老寒腿的药。

钱程培训就要结束的前一天,吴筱然说:“有一个朋友过生日,你和我一起去吧?”钱程说:“我就不去了吧!”自己以什么身份去呢?处境会相当尴尬,但他内心还是一阵热乎。这说明吴筱然还是喜欢他的。要知道这就等于向别人宣布,自己是她男朋友。这需要多大的勇气,需要承担很大的风险,她会为此牺牲掉许多机会。

只有他自己知道,他是多么爱她,但是他又为她的处境担忧,她有更多的机会,有更多的人选,有更大的发展空间。他给自己的理由是他比她大一岁,应该承担更多的痛苦,他觉得既然爱她,就应该默默地离开。

他痛苦地想爽约,躲在一处隐蔽的角落观察她,当看见她生气的样子,他身上一阵冰冷。他转身走了,他甚至想一伸手把眼前的一座楼推翻,太压抑了。但他内心是诚实的,他真的爱她。他站住不动,但是……没有太多但是,他转身选择了追上她,说来晚了。他倒是希望她不原谅自己,甚至赶他走,他心里会好受些。但是没有,她说她也是刚到,她撒了一个小谎,他心里一阵喜悦。

那是一间很大的KTV包厢,豪华得让他不知道怎么形容,只能感受到自己的土气。周围是各种香味的女孩,他惊呆了,倍加显得格格不入。他对时尚极不和群儿,吴筱然说:“你以前不这样啊!”是的,自己以前不是这样,可现在他唱不会唱、跳不会跳,弄得他好狼狈。他知道,这些都是因为在道班干活麻木了。时间真的可以改变人,而且如此地快。

吴筱然一伸手把他拉过来,说:“抱着我,你爱怎么跳就怎么跳吧!”舞曲结束的时候,她选择和他一起离开,她觉得继续呆下去,她们会伤害他的自尊。

这让钱程很不开心。他出来的时候,对她发火:“其实你根本不用这样,我自己走就可以了,你还可以陪他们玩的。”

吴筱然却不生他的气,说:“陪他们,那多浪费时间,我不如陪你了,还有哦,你不是要送我礼物吗?我可以一直惦记着啊!”

钱程知道她是在转移话题,她想把主动权交给他。钱程走在她后面,看着她，她真是一个可爱的女孩子。自己曾经是多么爱他，可是就因为自己在道班……接下来令他深感失败的最后一件事情，是吴筱然主动伸手牵得他的手，拉住他走。他更感觉自己就像一则广告里说的那样——Out 啦。

吴筱然问他，道班到底是干什么的？他想想说："简单地说就是养护公路的，所谓养护就是对公路的保养与维护，小保姆知道吧，那是伺候人的，养护工人是伺候公路的。曾经有这么一段顺口溜'远看像要饭的，近看像卖炭的，仔细一看是公路站的'。"

他突然想起来田甜也问过他类似的问题。不过，没等他回答，晏小山就说："我知道。"田甜脸一扭，说："我又没问你。"现在想想，他还没有回答她呢。

他对吴筱然说："问道班干嘛！你要嫁一个要饭的吗？"短短的几天，他们仿佛又回到从前的感觉，可以无话不说。他想起刚上班集中培训时，一个领导对一个参训人员说的话："还是去路政好，其次就是收费站。如果分到养护部门再下道班的话，找媳妇都难。"后来果然是真的，他们那批培训的人，谭自高和董万臣关系硬，分到路政大队。魏柯和吕坚强分到收费站，都娶上了漂漂亮亮的城里媳妇。其他人都像他一样，进了道班当养护工人。

"谁要嫁给你了。哎呀，想什么呢？走吧！"

吴筱然的室友们知道了她选择钱程，很惊讶地说："你怎么喜欢大叔啊！可是他也不是什么腕啊！分明是个民工嘛！"吴筱然刚想说民工怎么了。

另一个女生直截了当地问她："你失身于他了吗？可也不至于啊，你失身一次就够了，怎么？你还要失身一辈子。"

"即便他不饶恕你，你也要饶了自己吧！爱是一场梦，你只当自己从梦里跑丢了。一切都顺其自然。"

吴筱然一下子呆住了，然后冲她们说："喂喂！你们这都说了些什么啊！好像我犯了什么罪似的。实不相瞒，就本姐姐还是原装哦。"她没想到会招来这么多非议，还让她们认为自己一定是做错了什么事情，才会找钱程那样的做男朋友。因为这件事，钱程培训结束时她没有送他。本来说好的，但是她说她有课，老师很严厉，翘不了课。

第八章

董祚庥把道班的电视机砸了。木来新追着晏华诚问:“到底让他赔还是不赔?”

“现在干活去。不扯这个,到时候大家说。”

晏华诚让单强把反光背心穿上。单强一边穿反光背心一边随口来一首打油诗:“马甲一穿,内心伤感;出力干活,与我无关;比骡子累,比蚂蚁忙,有谁看见。”

木来新继续盯着晏华诚不放:“我还是得说说,我必须第一个说。”

“不是说了吗?大家一起说。”

“这是觉悟问题,我觉得不能让董祚庥赔,该砸。”

“你这是啥觉悟,电视机不是你家的是吧,就该砸。”

单强接着木来新的话说:“我也是这么认为的,你再搬个电视放那一段试试,我也得砸。难受啊!”

五天前,当歌市遭遇持续暴雨,洪水上涨超过将军桥危险水位,严重威胁大桥的安全畅通。市里果断决定限制大型车辆通行。接到指示后,明显道班的同志第一时间赶到大桥站岗值勤,风雨交加,这一站便是一个昼夜。交警和路政的同志,他们有车负责公路巡查,道班的没有车只好负责蹲点。换班的同志早上六点就到了,中午就蹲在路边吃从食堂自带的盒饭。吃罢后,他们围着桥头外的一棵大树,背靠大树眯瞪了一会儿,晚上七点换班,这样一干就是三天。

市里领导来视察,交警和路政的消息灵通,开车早早地回到大桥边守候,领导走了交警也走了,路政四中队燕飞也带队巡查去了,他们干的是巧活,显功。大家说说,没往心里去。

第四天又下了一场雨,交警同志巡查回来,说烂泥坳村附近出现一处塌方。燕队长对他们说,我们守在这里,你们带的有工具放心抢修去吧!他们一直冒雨在路上抢修。回来的路上,他们发现一辆中巴车陷在积水里,暴雨中旅客们望眼欲穿。他们忘记了劳累,系紧钢丝绳把中巴车拉出来。

单强在这类的集体劳动中，一向是动嘴多于动手，这次却非常积极，拴钢丝绳时，他肩膀被刮了一道口子，鲜血染红了雨水，顺着胳膊流下来。

董祚庥在雨里指挥着，他们看见交警赶到了，随车还带有两名记者，他们采访了交警。扛摄像机的师傅在车上没下来，负责采访的师傅站在那辆16座的全顺警车车门旁，拿着话筒采访那位交警，另一个交警在旁边为他撑着伞。

当时杨义还小声问："采访完交警，他们会不会采访我们？"

唐大伟说："会，肯定会，不然他们来干嘛的。"

大伙一鼓作气把车子拉出来，记者又采访了旅客。车上的旅客都很高兴，笑容又回到他们脸上，纷纷说感谢交警同志！环卫工人好样的。

那天的电视新闻上，电视报道上放到这个画面的时候，说是交警在施救。也许他们认为在路上施救的都是该交警做的吧！明显道班的同志们那天也看了电视，他们都弯着腰干活，本来那台老旧的电视就满是雪花点，天又下着雨，连他们的背影都是一片模糊，只有那天干活的当事人知道，那应该是他们自己。电视画面里全是他们模糊的背影，唯一一次可以有正脸的，却被撑着伞的交警挡住。听着交警侃侃而谈，从接到任务的第一天起，一直到保畅通。董祚庥起身，说瞎忙活了，都替交警和环卫工人干了。一板凳砸过去，那台电视彻底熄火了。

登在报纸上的"豆腐块"则是路政四中队施救，那是他们自己写的。道班工人哪里去了呢？他们被鲜活地消失了。这件事让道班工人知道了两件事很重要。一是养护工装，二是宣传报道，至少也得让社会认识我们是谁吧！道班的干活，不认识。

多少年了，公路养护部门在社会上都是小媳妇，为啥？习惯做的多说的少，只会埋头拉车，不会抬头看路。社会对公路养护部门了解不多，可见加强宣传很有必要，没有宣传，怎么能唤起社会对道班工人的尊重、理解和支持。过去道班工人不被人看好，说是扫马路的、修马路的。现在，经济发达了，公路越来越重要了，公路交通受重视，可社会上还是不知道道班工人是具体干啥的，一问还是扫马路的、修马路的。更悲催的是一直以来，我们没有具体的荧屏形象，公安有任长霞，石油有王进喜，环卫有时传祥……公路有谁？

据说中国公路学会科学技术奖打算设个奖杯，为起一个好名字，最初想以人名来命名，10多年来，广泛征求各方的意见和建议，竟然没有一个人可以代表公路行业。想起"鲁班奖"，可惜被中国建筑业协会先占了；想起"詹天佑奖"，则由中国土木工程学会设立了。看来从古至今想找一位公路代表人物并非易事，领导们就充分发挥聪明才智，搞谐音，定名"金鹿杯"。"金鹿"取"金路"的谐音，难道路都是黄金铺的？难怪修路那么贵，河南三任交通厅长前赴后继，收费站那么多也不足为怪了。给它摊派的意义是，中国特有的珍稀动物梅花鹿，寓意着公路科技创新的中国特色。梅花鹿的矫健、机敏、速度和耐力，象征着中国的公路科研人员智慧、实力和坚韧不拔，山崖和陡坡象征着科研事业的挑战和艰辛。想象力丰富得比修的路还长。其实叫"大熊"奖不是更好，因为大熊猫在中国还是国宝呢！

玩笑是诙谐的，现实是严峻的。默默无闻的另一种解释是，确实没做过什么事，或不值一提。

晏班长让杨义搞宣传，他打死也不干。原因是一次大检查，当时正值农忙，他们在清理路边堆积物时，远远地看见两个老人正用板车从地里拉玉米秆，刚拉出地，上了公路没走多远。他儿子看见道班工人，便追出来挡住说：路那么烂不嫌累吗？等道班工人走后，只管把地里的玉米秆拉出来倒在公路边就行了。老人反问，把柴倒在路边，让道班拉走了烧啥？他儿子说，他们道班的把玉米秆拉去倒哪？他道班的院子里装得下吗？等他们装上车了，你让他们倒哪，他们就得倒哪。

上面要检查，给他推到边沟里不行，下雨堵塞就坏了，道班拿去当柴烧了，那是侵犯财产，不拉不行啊！那就以人为本。结果道班工人给老人拉了好几车玉米秆，老人高兴地说今年多亏了你们，等我闲了把玉米秆再放到路上让车一碾，再麻烦你们帮我拉到家来。老头都能举一反三了，单强给他讲政策……最后说，你敢放到路上碾，让路政给你清了，还得再给你开一张罚单。

后来，杨义把这件事当成好事，宣传报道出去了，却被局里扣了工资，理由是大检查那么忙，你们不养路，去帮别人拉柴火，公家的油就不要钱买吗？全班每人罚款50元，杨义和晏班长写出深刻检查。他一朝被蛇咬十年怕井绳。

钱程说这个事情，我来做吧！

杨义不做，但听说钱程要做，他心里便不是个滋味，似乎这事就该烂在这里。

明显道班获全市防汛抢险优秀奖，奖金1000元。晏华诚提议，今年的这个奖金要用到正地方，参加中国公路新闻网在南京举办的新闻写作培训班。

"这个你怎么知道的？"

"我去局里开会，在办公室无意听到的。"

"那给领导说说，让单位出钱，咱们出人去。"

"单位出钱的事，轮不到咱。我们自己出钱，我们这方面吃过不少亏了。培训五天，培训费980元。"当即有六个人表示想去。

"另外呢，往返车费等其他费用自理。"

大家就七嘴八舌地嚷嚷，火车没有直达的，汽车有点贵。他们算算，自理费用接近500,有四个人表示不去了。

董祚麻想想自己,天天埋头苦干,认认真真,兢兢业业,任劳任怨,踏踏实实,可是年复一年,山河依旧。他什么事都不与人争,一争就会让领导有他们俩都不行的把柄,而连累对方。他想去,但是这个差事需要常常出头露面,还要经常接触领导,领导能支持他吗?不可能。席局长就不会支持,前不久局里成立防汛应急领导小组,领导从他们道班抽了木来新和单强两个人随车巡查。另一部分人分别在各自责任路段巡查,发现险情及时处理和汇报领导。那些天,班上留守人员天天白天上路巡查,晚上值守,抽去跟领导巡查的,无事就在面包车上打麻将,聊天,还管饭。事后,跟领导出去巡查的每人有1000元补助,晏班长等道班留守的人是义务奉献。

董祚麻不干了,提出异议。最后呢,跟领导出去的每人700元,留守的每人300元。评全市防汛抢险优秀奖的时候,席局长担心不报他们道班,董祚麻再提异议,节外生枝,本不想给他们的,但是他们道班又干得非常不错。

董祚麻每每回想起自己的一些经历,有时难过,更多的是酸楚,也不知是自己为人处事不行,还是自己的命苦受捉弄,每次本应当顺利办好的事却总那么难,本不应吃亏的事也老在吃亏,为什么?还不是因为自己直的不会拐弯。所以他知道,以他的性格根本不适合从事新闻宣传工作。

他喜欢坐在道班池塘边那棵歪脖子柳树下的一块石头上看书,但这次没看,他只是一个人发呆。钱程走过来和他聊天。

他问钱程:"想去吗?"

钱程说:"想去啊,你呢?"

他非常坦诚地对钱程说了心里话,最后叹息说:"就像有人说的那样,我就是吃亏的命,也许是吧!谁叫咱是养路的命。"

几天后,晏华诚说,让钱程去,大家反应不一。单强不同意:"让他培训应该是局里出钱,不能拿集体的荣誉奖金去学习,明年还让大家怎么干?"

"不是董祚麻这1000块钱的奖金,还指不定落到哪个道班去了呢?"被晏华诚一说,董祚麻心里咯噔一下,自己的作为被认可,他觉得受再大的委屈也值。

晏小山也反对:"不能什么好事都是钱程的吧!我也要去。"

晏华诚说:"行,你也去。"这下大家更有意见了,奖金成了晏华诚一个人的了,他想怎样支配就怎样支配。杨义心里很不是滋味,第一个站出来反对把奖金拿给他们出去学习。

"你反对啥,让你干你不干的。"

"我可以不去,但我反对去。"

晏华诚主意已定,丝毫没有被大家的话动摇。大家都心里空落落的,因为按照惯例,这钱都是吃掉的。

在去南京的火车上,晏小山说:“那 1000 块奖金算我们俩的往返交通费和其他开支费用,报名费各交各的。”因为钱他爸交给钱程了,他合计过这样他比较合算。

来的时候,晏班长可没这么说,他说那 1000 块算钱程的报名费,钱程只出交通费的。但是钱程什么也没说,点点头说可以。

晏小山心里爽极了,对面坐着一对小情侣,一路上卿卿我我。他注意她们好久了,女孩长得十分标致,他看着心里羡慕极了。但好景不长,那男孩说了一句什么话,女孩起身走了。那男孩也不追过去安慰,一看就知道是已经搞定了,所以不在乎。他在心里暗骂男孩是个粗人,不知道怜香惜玉!他又想想也有点合理,谁见过钓鱼的把鱼钓上来放进桶里,再喂它鱼饵吃的?然后他又想到田甜,侧头看一眼身旁的钱程,一副无动于衷的样子。他不明白田甜怎么就喜欢他呢?自己认识她可更早……

他想到这里,啪叽朝头给钱程一巴掌,然后忙说对不起,苍蝇。钱程被他一巴掌打的晕乎乎的。

女孩走后一直没有回来,晏小山臆想她可能去火车上的洗手间了,他忍不住回头看了几次,依旧没有来。他替她担心起来,不会被人贩子拐跑了吧!他想去提醒那男孩一下,发现人家已经进入沉沉的梦乡。正当他着急的时候,那女孩回来了。他没有坐到她原来的座位上,而是坐到了晏小山的身旁,然后看他一眼,笑一下。过了一会儿,那女孩主动搭话和他聊天,他心情好极了,时间过得飞快。美女和他聊着聊着说她手机没电了,可不可以借他手机打个电话,他爽快地答应了。

她电话打的有点长了,她几次微笑着向他点头致歉,还对电话那边说,我手机没电了,用别人的手机打的。晏小山明白她的意思,也微笑着说:“没事,你打吧!没事。”

晏小山隐约听出电话那边好像是他男朋友,可是火车上这位?有点乱,管它呢。她这个电话粥煲的有半个多小时。她把手机还他的时候,甜甜的说了声谢谢!然后回到那男孩身边也闭目养神去了。确实有点乱,他又想还是田甜好!没这么乱。

到南京的时候,已经过了吃午饭的时间,他们准备先吃饭,然后再去报名。晏小山一指说:“你看那边有个大排档——南京大排档,走咱吃大排档去。”

他们就去了那家大排档,这大排档还有点仿古色彩,进门就是一个古代小二模样的人喊:“大爷两位,这边请……”

他们坐下来,晏小山打开菜单,有点蒙,不忍心看!他合上,推给钱程点。

钱程把菜单从前翻到后，只有一个字，贵！

钱程捡最便宜的点了一荤一素两个菜一个汤，一人一碗阳春面。末了，晏小山说再来两瓶啤酒。

菜端上来，份量出奇得少，他们俩相互看看。晏小山骂一句，就这再上5份可够我一个人吃的？结账是146元。

他们出来的时候，晏小山要看看饭店的名字，准备记住他，名字很简朴，就是南京大排档，旁边写着几个小字，四星级酒店。

“我总结了，所谓几星级酒店，就是价钱贵贵，份量少少，骗人花钱吃不饱！”

他们一路走一路骂个不停，勇闯天涯啤酒能算到15块钱一瓶，阳春面我以为啥玩意呢，就是挂面盛出来加点醋。青菜还就那么两根。

“再说大爷是白喊得吗？从进门那一嗓子‘大爷两位，这边请……’就已经开始收费了，至少一句就得10块钱哩！”

“可不是嘛！”

他们走过一条偏僻小巷，路过一个兰州拉面馆，又进去一个人要了一碗兰州拉面。还是兰州拉面管饱啊！

晏小山吃饱以后，想打个电话给他爸报个平安，一拨手机欠费，不可能啊，来的时候刚交的100元手机费。一查询，打了里约热内卢的国际长途电话。看来天上真不会掉馅饼！这陪聊收费有点贵啊！他心情坏坏的。

培训第二天课间休息的时候，吴筱然给钱程打了一个电话，他这才想起来自己很久没有和她联系了。俩人寒暄了一会儿，他问她：“你在哪儿呢？此刻。”

“室外。”她也问他：“你现在哪儿呢？此刻。”

“校园长廊。”

校园长廊？

钱程告诉她自己在南京培训呢。吴筱然问他：“此刻到晚上有什么活动吗？”

“没有。”他说。然后问她：“你呢？”

她说：“有呢。正准备约会呢。”

钱程无语，心倏的紧张了一下，手哆嗦的很明显。他想不明白，她正准备约会给自己打什么电话？是炫耀或者暗示以后不要打扰她吗？或者是想让他帮她把把关。

“喂，你怎么了？怎么不说话。不高兴吗？”吴筱然说。

“高兴。”

“高兴?！你什么时候变成一个没心没肺的人了。为什么不问我约会谁啊！”

钱程不知道该怎么回答,她约会自己怎么知道是谁?可是听她话的意思,应该是个熟人,难不成是丁喆。他说:“是丁喆吗?”

“你有病吧!怎么可能是他,花的要死。”

钱程这次不高兴了。

“你不高兴了。”时间过这么久了,她还是那么轻易地能洞察他的内心世界。

“是的。”

“你为什么不高兴。”

钱程想结束聊天,说:“祝福你……”

“你要为我祝福吗?那我也祝贺你。”

“祝贺我什么?”

“我也在南京呢,你约我吧!多好的机会,不要错过哦!”

他找个理由撇开晏小山,独自去了。此时,田甜正给钱程发着短信:“我对佛说:让我爱的人永远健康快乐!佛说:只能四天!我说:好,春天、夏天、秋天、冬天。佛说:三天。我说:好,昨天、今天、明天。佛说:不行,两天。我说:白天、黑天。佛说:不行,就一天!我说:好!佛茫然问到:哪一天?我说:每一天!佛感动地哭了。”

晏小山回短信:“我也感动的哭了,你知道吗?佛在我心里。”

怎么是晏小山发来的,她一头雾水,十分尴尬,一查号码,发错了。过了一会她又回一条:“对不起我发错了,不是给你的。”

“这个也是佛说的吗?”

“不是,我说的。”

“那佛呢?”

田甜不想再和他聊下去,发了一句:“你觉得有意思吗?”可是她却把这句话发到钱程的手机上了,但是她不知道。钱程掏出手机一看,吃惊不小,她也能洞察自己的内心世界?不可能。

在南京培训的时候,他们晚上去夫子庙。晏小山本来就是个吃货,见什么好吃的都想着吃。其实钱程也想吃,可是这吃的都是大伙的钱,他心里不踏实,本来这是从大伙口里夺食,晏班长顶着压力,是让来学习的,又不是来旅游的。晏小山每买任何东西,钱程都磨磨唧唧的并且总能挑出毛病,后来干脆玩消失,他一看小山想停,故意加快脚步,任小山在背后怎么喊,他就是故意装听不见。

晏小山琢磨着把钱程手里的钱花完,他想买点南京特产,钱程一听小山又要出去,就把钱藏在席梦思床垫下,只带几个零钱出去了。他每次出去逛街什么都不买。小山为了羞辱他,他当着那些小商小贩的面数落他抠门,说这么好的东西错过了,就没有下一家店了。那些小贩们群情激昂地好言相“挟”。小山倒是觉得就得让他买，气他。他说："就是不错，我钱花完了，不然我真得买它几个。你怎么也得给你爸带一个，孝顺孝顺他老人家。"小贩们又转过来劝他买，她们的三寸不烂之舌简直可以杀人。小山见下不了台，也说没钱了。

钱程说："他有钱，在右上口袋里，我出来的时候忘记带钱了，你们看。"他翻了翻自己的口袋。

她们太热情了，一个美女的小玉手在晏小山身上挠挠的，让他招架不住，可是他也嫌贵，而且不实用，他不想买，便左看右看想挑个毛病。钱程看出来了，说："你刚才不是说了嘛！这么好的东西错过了就没有下一家店了。买吧！没啥毛病。"小山觉得刚才把人家夸的那么好，又说了钱程抠门的话。不买，面子上挂不住。他狠狠地砍掉一半价格，如果她不卖，正好自己顺势不买了。那美女怔了一下，说："既然小哥这么喜欢，赔本卖你俩。"这下真没有退路了，不买真拉不下面子。

"钱程，要不然我借给你钱，你买吧！"

"不，我不借，你别找理由了，买吧。"

路上，晏小山说钱程不地道，属猪的，不给他台阶下还一个劲把他往上拱。

"就你地道，花我的钱不是钱，你是活该。还有，这剩下的大伙的钱，压这儿不花了。以后 AA 制，各人花各人的钱"。

"那还剩多少钱？"

"这个，你暂时不需要知道，保密。"

"保密？你以为你是日本首相也想玩密室政治。那我怎么知道你花的是不是公款？"

他们不知道他们走的时候，就到处流传了，晏华诚滥用班长权力，把大家的奖金拿去让他儿子和钱程一起旅游去了。

他们学成回来，道班里有人羡慕、有人嫉妒、有人五味陈杂……

晏小山把那天买的礼物送给了田甜，说是专门为她买的，还让钱程作证。田甜望着钱程，他很尴尬。她眼睛里分明在问他，你的礼物呢？

田甜没有收小山的礼物，说她不喜欢。说的小山心里拔凉拔凉的。他再三给田甜，田甜再三拒绝。

那天晚上，田甜送给钱程一个她攒钱买的 MP4，但他没要。钱程看到田甜伤心的样子，心里感到十分内疚和不安，不知道以后该如何相处下去。他不想伤害任何人，他不知道该怎么办，就到路上去拔那些歪了的百米桩。

杨义看到钱程学习回来，就使横劲拔百米桩，不知道怎么回事了，难道写作要练这个？等钱程离开后，他也找一个歪的百米桩，拔了试试……

唐大伟让晏小山写写道班，说："你知道吧，咱道班'晴天一身灰，下雨一身泥，三伏晒脱皮，四九寒风吹。’尤其是我们养路工人，春来忙排水，夏来战水毁，秋季整路容，冬季忙保畅。真有东西可写……小山，我说你写，道班远离城市……”

薛义刚想插嘴说话。晏小山打断他们：“你们都别说了，我不会写。”说到晴天一身灰，他印象最深的是刚上班那次，他在路上扫地，大车一过两米外什么也看不见。他父亲就嘱咐他：“大车过去后要特别小心，听见后面有车来，要赶紧让到路边，不然人被灰尘包着，后面的司机看不见，一旦被撞上了，小命就没了。”他何尝不知道唐大伟说的那些。

“不会写你学的啥？”

“谁能一学就会，写这个东西就得慢慢来。我学的是新闻写作，又不是文学写作。”

消息一下子传开，坐实了晏华诚滥用班长权力，把大家的奖金拿去让他儿子和钱程一起旅游去了。

木来新见大家都烦晏华诚，觉得真是个好时机，他神秘兮兮地说我放一段录音给大家过过瘾：“大哥，你别再摸了！你摸了上面摸下面，毛都让你摸掉了，这么嫩的皮，被你摸的都流水了！你让俺以后怎么卖？”

“摸摸还不行啊！”这声音好熟悉，大家异口同声是晏华诚。不会吧这老东西干那种事。

“别摸了，别摸了，不卖你了……”木来新停住。大家让他继续放，他说没有了，就录这些。还神秘兮兮地说是冒着生命危险偷录的。

大伙得出一致结论，他们爷俩学不好，都不是好人。他再安排活，大家都不尊重他了，不听他的招呼了。晏华诚去嫖娼的事很快从土墩家的小店里传出来，土墩家女人看他的眼光怪怪的，说：“老晏熬不住了吧？是外面的馍加肉好吃呢还是道班的好吃？现在流行这个，电视里都这么放的。”她话里阴阳怪气的，晏华诚不明白，她便用肥肥的屁股蹭了蹭他。晏华诚乐了，问她这也是电视里放的，买包烟还有这福利？

苦姐好几天都不搭理他，给他脸色看。大伙也对他冷冰冰的，他想搞活一下氛围，说赶快去土墩女人那里买烟去吧，她有福利。大伙都不甩他，他这下感觉奇怪了，不知道怎么回事，他被蒙在鼓里总觉得气氛怪怪的。木来新感觉事情闹大了。他赶紧背着晏华诚爷俩出面澄清，重新把那段录音放完，最后还有一句话是：这桃都是新鲜的，你不买就算了。

大伙都骂他，说他恶作剧太过了。他们说怎么也不会相信晏华诚是那种人。他们又和晏班长亲近了，弄得晏华诚莫名其妙。

这件事证明正面的宣传比不了负面的，所以要多写正面的。于是把道班宣传出去的重任落在了钱程身上。

晏华诚觉得应该做一件让苦姐刮目相看的事情。他去找钱程的母亲,想把田甜说给钱程。他知道小山也喜欢田甜,但怕人家说闲话。他不想向他们施加太大的压力,让他们年轻人自己感觉,服从自己的内心。他也想探探口风,结果出乎晏华诚的意料,钱程的母亲婉言谢绝了。晏华诚听出她的意思了,说:"妹子,乡下的女娃咋啦?那也有水灵水灵的,可人家还看不上咱道班工人呢?"说完走了,但是他觉得他今天是个赢家。

钱程的母亲打电话让他赶快过去,母亲缓慢的语调里隐藏着一种没有发出声音的叹息,他能感受得到。他以为母亲又和人吵架了,最近她一直逢人便说苦了她这个儿子,他成绩那么好,是她为了让他接班才勒令他退学,还到学校搬走了他的东西,没有让他继续上学。她话里充满着无奈和自责。她自己做了一个三轮车,在一家小学门外卖关东煮,每天早晨5点就起来拼命干活,她想挣很多钱,为他娶个城里的媳妇。她觉得对不起他,想弥补没让他上大学的错。

这小学门外,是先到为君,后到为臣的,左右是挤得紧紧的卖各色小吃的人,没有空地。上次,一个摊主不让她卖,俩人为了争夺"摊位主权"而互不退让。那个矮个子秃顶男子在她前面挡着,她三轮车前还放着一个打烧饼的车子,她在后面怎么能卖呢?他母亲打电话给他,他一听,处理这种事自己没有经验,对道班的弟兄们一说,在家的都去了。苦姐也去了。她和那个男人讲道理说:"即使你以前是在这个地方卖,但也不是说这就是你的地方,你也没有给谁租金是不是……"那人最后挪出一小块地方。

这次他没有对道班的弟兄们说,他觉得处理这类事,有经验了,连忙就去了,结果是母亲安排的相亲见面。他迫于母亲压力,被约会。女孩画着浓妆,嘴抹的像吸血鬼似的。他夸她人长很飘渺,还夸她那装化得就跟她这个人的长相一样忒漂亮。

女孩害羞说:"你真会说话。"这是会说话吗?她二不二啊!不过她的表情又显得很懵。

女孩问他有什么缺点,他说:"我做事不靠谱,抠门,约会都是女生请他吃饭,不洗澡,你看我身上黑的。经常爽约,还有一个喜欢看美女的毛病。"

"你会经常和女孩子搭讪吗?"

"不会,因为经常是女孩子和我搭讪。"

"为什么呢?你怎么那么流氓。"

"我怎么了,我流氓?我是道班工人,在路上,他们看我面善问个路不行啊!"

"我有点渴。"

"我也是,你带钱了吗?去买两瓶'树叶'来。"女孩扭头买水去了,再没有回来。钱程就近去银行取了1000元钱,他觉得自己学习不能花大家的钱。他要把钱退给大家。

他回道班后,对谁也没有说约会的事,他看见晏班长正在洗沙子,赶忙搭把手干活去了。晏班长有个习惯,每次补坑槽之前,都把石子、沙子洗一洗。他看钱程洗沙子,说:"你那样不行,要一锹是一锹,扎扎实实,不能图快,要悠着劲儿使,不然干不了一会儿你就没劲了。不要怕费事,虽然费事但结实,从长远讲,修补的结实了就减轻了我们的劳动量,延长我们的养护周期,我们要把眼光放远一点。水泥路面养护,关键就是纵横缝,花小钱办大事。"

晏华诚总是言传身教,钱程觉得自己要写的第一篇文章就是晏华诚。

钱程和女孩约会的事,被单强看到。他把这事对田甜说了,又对晏小山说了,然后又对大伙说了。真应了那句话,他一个人知道的事,就等于全世界都知道了。田甜想难怪他不要自己的东西。晏小山有点悲喜交加。可是有人问他约会的事,他不承认,说他没有约会!说得坚决否定的彻底。这更让田甜生气,让小山心里七上八下的不安。

谁也没想到,那天约会的女孩找到道班来了,说:"我的前男友看见我和你约会,他不要我了。我们彻底分手了,大娘也说了,找你这样的踏实。"

"你是踏实,可我不踏实啊!"

这件事发生后,他被大伙重新认识,说他看着老实,其实闷骚。

《公路文化》杂志向尉迟剑锋约稿,写几篇养护工人的事迹,他说干得都差不多,没有什么事迹,一口回绝了。钱程恰好在办公室,他记住了,其实事迹很多,只是没有人挖掘。那么大的一个群体,那么多的劳动场景,过早地被时光掩埋在尘土里,实在是一件很痛心的事情。木头疙瘩的脑袋都知道,文字是浩浩汤汤的,不过都是领导们浩繁的讲话和转发来转发去的文件,却没有对道班的叙述和对养护工人生活的记录,即使有那么一句,也简练得令人愤慨,零星得可以忽略不计。

为什么?因为多少年来,大家都知道修路,公路没有文化,道班更没有文化,因为我们不重视文化,却想让文化记住我们,开玩笑。他觉得道班是个等待文学和影视开垦的处女地。他回到道班对大伙说,他准备写一部剧本,一部道班工人的剧本。"小山,我们带个头吧!"

"你有病吧!去培训几天就想写剧本,要写你写,我还是舒服舒服吧。"

晏华诚知道后骂他窝囊废。

小山觉得自己不是废物,他只是觉得养护不能成为他的事业。用他的话说就是一个人的价值,就是被人怎么认可以及处于什么样的社会地位。养护没有被认可,也没有社会地位。

晏华诚则不那么认为,他说:"做每件事都有它的意义。我就把养护看成我的事业,我觉得有事业不一定体现在有钱有权上,只要做好了,再小也是事业。"

"所以你是班长,而我对班长不感冒。"

"没出息。"

"如果你觉得这就是有出息,那我宁愿没出息。"

钱程选个日子,决定下手写一部关于道班工人的电视剧本。大伙纷纷给他讲道班的故事,讲他们关心的事,他们都希望他能把自己说的都写进去。

"你要了解道班工人关心什么,那样才能写好。道班工人关心啥?说啥都是假的,最重要的就俩字,收入。我们现在的收入比倒闭的、要死不活的企业好,比其他部门要差得多。就连这样不上不下的收入,现在也不像过去那样稳靠。往往只见数字涨,不见现钱来。看别的部门涨工资了,我们盼星星盼月亮,不知盼到猴年马月。盼来了,却又常常打了折,心里头先暖后凉。领导一再讲工资待遇向一线倾斜,可到下面执行起来全没了那个味。"

"依我看,管理方式要改进。职工不欢迎那种以罚代管的管理手段,更反感那种剑拔弩张的管理与被管理者的关系。"

"我倒觉得改善工作环境很有必要。房子装饰得漂漂亮亮,职工干起事来也有劲,走在社会上也光彩。劳累一天回来,有了回家的感觉,才可能安心以道班为家。"

然后他们交代他,哪句是自己说的,希望他能在剧本里注上自己的名字,还问他如果以后可以拍成电视剧,自己可不可去演这个人物。

他们真是想的太远了,可气又可笑。这才到哪里呢,他都想对号入座了。他们不知道这写剧本和写小说差不多,都是虚构的。听他们说得多好笑,要在剧本里注上他们的名字,又不是立碑。

尉迟剑锋在酒桌上,对晏小山传播经验,说:"写领导讲话你就要写重要讲话,讲话没有不重要的,只要是一把手,不管多大的一把手,就是班长的讲话在道班也是重要的。新闻写作有公式。"他把家底兜给了晏小山,最后说,"把握住这些,写啥都出不了毛病。这个都是我"老师"教的。"

"哪个老师教的?"

"朱主任。"提起朱主任,大家都知道是"神刀手",原因是他能将一项从来没有做过的工作,写成开展得轰轰烈烈;写人物事迹,别人有的他都有,别人没有的,那更是他的亮点。更不用说一个很平常的人的"事迹",经过他的润笔,就能成为一个相当典型的先进人物。现在阚局长提倡务实写法,所以朱主任下岗了。

“我是交了学费的。不过不要像杨义那样写成:派人亲自接待的……一类的笑话。以后就喊你师弟吧!”

“啥意思?”

“我是中路新闻网三期。记得我去道班采访一个道工,他说,我们不干活有什么办法呢,端的这碗饭就得干这活。命啊!这是实话,但是不能这样写。换成你,你会怎么写?”尉迟剑锋问他。

“照直写,你不是说现在提倡务实写法……要写工作辛苦呗!”

“务实不等于一平二白,那是新闻写作的忌讳,这要看写给谁看,要学会变,我给他变的是‘养路是我的工作,我只是做了我该做的事情。’”他继续说,“看在我和你爸都是老哥俩的份上,不收你学费,来干一杯。”其他人跟着贺,对晏小山说:“多跟尉迟大师学习学习,你再敬他两杯,让他多教教你。”

阚局长知道了明显道班自费培训的事,让晏华诚把发票拿到局里报销了,还在大会上表扬了他们。

阚局长对公路部门多做少说,有深刻认识,一次会议上,他随机点名让一个科长发言,想不到平常夸夸其谈的人,站起来后话不成句了。他又点了一名工作人员,此人从座位到发言席,仅五米距离就让他满脸通红、大汗淋漓,话不能讲。

阚局长指出:“从公务员招聘面试,到现在的岗位竞争,都需要良好的语言表达,站起来不能说话不行啊!目光不敢面对听众不敢面对领导也不行啊!过去缺乏这种锻炼,汇报工作的机会较少,以后大家都要养成脱稿习惯,多锻炼锻炼。”从那以后,局里改变传统的学习形式,变“听”为“讲”。每周学习,不再一本子抄下去完事。周一上午10点,组织局机关全体成员及局直各单位主要负责人参加学习会,并随机抽取几名工作人员进行5分钟左右的脱稿演讲。第一轮让大家结合各自岗位及实际工作开展情况,发表一些看法,提出一些建议。这种学习形式改变了以往被动听、被动学的局面,提高了学习的主动性。既然要讲就要去准备,这个准备的过程就是一个扎实学习的过程,不再像以前卖个耳朵听就能应付过去了。要想讲出一点东西来,想不学习都难。

第二轮以自报选题的形式,分专题进行演讲,主要是锻炼职工的美学欣赏能力,把讲座当作锻炼的机会。

董祚庥被邀请讲他的公路文物收藏。他说他是上班后,看到父亲留下的60年代的回砂器、刮砂杷、月弓锤等公路养护工具,加上那段时间他特别苦闷,就对公路养护用具实物产生浓厚兴趣。除此以外他还收藏翻拍了全国各地的古路、古桥、各种时期的养护机械照片。他现在越来越爱上公路文物收藏,并从中感受到了乐趣。

局机关职工南淮北讲摄影艺术，他是老摄影，为公路部门留下大量珍贵的照片，董祚麻翻拍收藏的许多老照片都出自他的手。

项昊班长讲他的小发明创造。木来新见过项昊的发明，他十分不服气："我靠，就他那也能叫小发明创造？"大家都讥讽他："不要有红眼病，你行怎么局里没邀请你讲讲。"木来新说："你们等着，总有一天我要做给你们看。"

局里这种学习方式拓展了职工的视野，打破了过去死气沉沉的局面，为公路文化建设奠定了良好的基础。激发了大家的学习潜能，活跃了思想，综合素质得到提升。许多人都得到了前所未有的锻炼，为公路部门积累了一笔隐形财富。

第九章

木来新和晏华诚干起仗来。起因是木来新的娘有病，媳妇来道班找他，他不在道班。晏华诚和她短暂的交谈之后，便感觉她是个过日子的女人，不像木来新说的那样。他没敢告诉她木来新去干什么了，安排小山和董祚庥把木来新的母亲送到医院。晏华诚到他赌博的地方找他，他的牌正兴，让晏华诚再等等，晏华诚有些恼火说："你娘有病了，这能等吗？"他被晏华诚一搅和，牌开始背门。其他输钱的赌友也不让他走，晏华诚火了，硬拉他的衣领要把他拖走。他可能感觉没有面子，歇斯底里的大叫起来，并和晏华诚撕扯起来，还一拳打到晏华诚下巴。平常我们与他人交往，只要以诚相待，必然会获得相同的回报，而对方的心情如何，我们大致都能体会出来。可是，面对一个歇斯底里的人，就很难预料他何时会改变心意了。

"你娘要是因为你赌博，走了。你觉得你很有面子？"晏华诚说完扭头走了。

他感觉到自己不对，抽身去追晏华诚去了。他求晏华诚打他一拳、两拳、三拳。晏华诚说我不打你。

"你骂我吧！"

"我不骂你。我只想告诉你。养路哪天都是自己的活儿，路今天不扫，路还是路；牌不来也不会死；没钱凭劳动去挣总会有钱的；离婚了，媳妇就不是自己的媳妇了；娘死了，就永远没有娘了……你干什么去？"

"我回家。"

"我安排人送医院了，你到医院去吧！"到了医院，道班的兄弟已经为他娘办好了住院手续。从道班的角度讲，他们觉得木来新是不幸的，由于长期在道班，离家远，回家少，又缺少与家属沟通，媳妇怀疑他外头有人，工资也不往家里拿了，闹着要和他离婚……一言难尽，他心里则怀疑他女人整天吵着要离婚，是不是跟着人家，这让他背负很重的精神压力，得不到释放。其实他很疲惫，却强装硬汉，赌博越来越上瘾，有时工资刚发下来就输完了。

晏小山知道木来新打了他父亲后，一把扯下自己的衣服，光着膀子找着要扁他,被晏华诚骂走了。木来新不好意思,说自己脾气不好,生下来就这样。

董祚庥毫不留情地说:“你将自己的暴躁脾气,推说是父母生的,这是陷父母于不义……”木来新被说得哑口无言。

肖长河知道后,又准备找尉迟剑锋,给他做“粉面”。他说木来新的老娘病了,他本想请几天假悉心照料一下,可道班实在不能缺少他。为了尽到一个儿子的孝心,他只好每天下班后,花几十块钱租的到医院守护他老娘。第二天早上,又返回道班干活。

尉迟剑锋自从上次被董祚庥戏谑之后,一听又是木来新,倍感不靠谱,特别是肖长河说,道班实在不能缺少木来新,不是扯淡吗?道班少谁都转,况且木来新也没什么一技之长。还有他每天下班后,花几十块钱租的去医院,第二天早上又返回道班上班,据听说医药费都没钱出了,还有这个钱吗?他早就听说肖科长办事不公道,不公平,拉帮结派搞小团体,讲所谓哥们义气,常玩讲悄悄话、许悄悄愿的伎俩。自己和董祚庥不是一路人,但和肖科长也不是一路人。他对肖科长说:“局里最近比较忙,顾不得为他写了,让他另请高人。”说完就把电话挂了。

木来新找个机会,一个劲地给晏班长道歉。晏华诚说:“你能感受到道班是个温暖的‘家’就好了。哪里需要大家帮忙的,尽管说,不要拿自己当外人,也不要拿大家当外人。”意味深长,他应该理解这番话,真遇到事情还是道班的兄弟仗义。

因为赌,他把自己与大伙隔阂对立起来。没人和他沾边。他就像个饿皮虱子见谁叮谁,见谁问谁借钱。连“困难户”薛义刚,他都张嘴借钱。

薛义刚说:“我每个月的工资都交媳妇了,我自己想拿回来都难,哪有钱借给你。”他觉得薛义刚不给面子,为这他半个月没理他。

木来新见单强跟肖科长谈的热乎,很不安,他担心单强跟肖科长走得近,啥话都对肖科长说了,自己连个邀宠的机会都没有了,让他没有存在感。他甚至猜疑单强会不会出卖他。还有一些他瞎编的事会不会被戳穿,到时候肖科长怎么看自己。让他很“烦恼”。

单强正在讲笑话,他说:“艳阳高照的午后,公鸡和母鸡躺在草垛上晒太阳。突然,母鸡哎哟了一下,然后冲着公鸡指指自己的肚子,害羞地说好像有胎动!公鸡冷笑一声,说你那是胎动吗?你那是蛋疼……”

他听完单强讲的笑话,就想找点茬。说希望兜兜里的钱都相亲相爱,然后生很多很多小孩。

“你给我一张100的,我给你5张10块的,你干吗?”

“干,干你女人。”

俩人用俏皮话“对骂”起来，木来新处于下风，恼了。他突然说单强看不起他，还举了两个例子，结果两人相互指责。

晏华诚把他们轰开，对木来新说：“你要想真正体现你的存在感，你发现大家有什么做的不对的地方，给指出来，能帮助的提供力所能及的帮助。”因为依据木来新的本性，他能为谁说话，一定是出于他自己的需要。比如他向别人借钱，如果不借给他，立马就被归为忘恩负义，他会举例子说他对谁说过他的好话。

总体来讲，木来新自身还是有能力的，可能是因为安于现状、不思进取，没有激发自己的潜能，大家看不见他，而他总是想出风头让大家看见。他总羡慕别人头上的光环，希望自己头上也有那么一点儿。可现实是他越想要越得不到，这也是他为什么要讨好肖科长的原因。他渴望有一天，也有能力给自己戴上美丽的光环。

局里组织了“开门纳谏、广集民智”活动，会议地点在明显道班，各道班派代表参加，董祚庥也参加了，代表们提议的焦点是，福利待遇低，职工培训机会少，工作中普遍存在应付消极怠工现象。

董祚庥给阚局长倒茶时一激动，把水瓶的木塞子当局长的茶杯盖子，放到局长的杯子里，那尴尬啊！结果却被讹传是故意的，还被传得绘声绘色，连啪叽一声，他们也听到了。

突然有一天，阚局长让莫科长查查董祚庥的档案。他离开阚局长办公室，五分钟后就有三个人知道了阚局长让莫科长查查董祚庥的底子。三天后，有相当多的人都知道了，还一再叮嘱不要外传。“倒水事件”更被广泛外传，还多加了一处细节，当时茶水溅出四滴，落在阚局长衣服上了。所以董祚庥不“死”才怪。

端午节，他们对是否上路巡查产生分歧。晏华诚希望留三个人在道班值班，遭到反对。节假日工作没有任何报酬，去工作吧，没给你配备装备，问题出来还要找你麻烦。他们的意见，没钱没补助不出工上路养护，就得做给领导看看。

单强讲了一个笑话，说女浴室起火，里面的人乱成一团，赤裸身体往外跑，只见大街上白花花一大群，一老者大喊“快捂住”，众裸女突然醒悟，但身上要紧部位有三处，手忙脚乱捂不过来，不知所措。这时老者又大喊：“捂脸就行，下面都一样！”此事的重要启示：在特殊情况下，抓工作不可能面面俱到，要抓住重点。就像晏班长工作不分巨细，眉毛胡子一把抓，整天忙忙碌碌，而收效甚微。大伙哄堂大笑，晏华诚干气没办法。

钱程沉默，于是晏班长就让他留下来值班。

肖科长路过的时候，道班没有人，就打电话派人去查，去的人报告是铁将军把门。

那天是钱程留下来值班的，本来晏华诚要安排他和晏小山俩人值班。钱程说不用，你们都一起回去吧！我一个人看家就够了。派人来检查的那会儿，钱程打酱油去了。大伙怀疑内部有人打小报告。

肖长河也觉得要做给领导看看，那就是若没有罚款，没有压力，他们就会不上路养护，日复一日惯坏了怎么办？两股劲使向不同的方向。钱程打电话向肖科长解释，肖科长压根不听他解释，他话说到一半，肖科长就把电话挂了。

肖科长因道班无人值班，要按制度进行处罚。钱程觉得肖科长的处罚不公平，可是哪有他说话的份，有无共识并不重要，重要的是心情好。他很快调整了自己的心情，做人做事只求获得内心的平静，看淡所有的得失。他心境也随之平和了好多，此时他特别能理解董祚庥。他是有梦想的，只是这个梦想他没对别人说过，怕说出去被人笑话。他原以为有很多路可以选择，但是现在他知道了其实四周有很多看不见的墙，比如唐大伟评个高级工，肖科长对他封锁消息；南江南雕刻作品获奖，去领奖都要受刁难；董祚庥去面试，请个假比上天都难。他还有原来的一条路可以走，但是会比曾经更加艰辛。他在大大的怅然迷茫里，小小地努力着，因为他坚信知识可以改变命运。他和董祚庥一样，埋头书里，寻找内心的平静。

万书记要给小山说媳妇。他从路上养护回来，大伙都知道了消息，就他还不知道。单强主动恭喜他，把他说的莫名其妙。晏华诚很高兴，喜笑颜开，让小山洗个澡剪个头，带他去镇上买身新衣服。他才知道是去见面。

他心里有一个人，那就是田甜。

万书记说的媒，那女孩他见过，人长的漂亮，他实在挑不出人家啥毛病，就说："爸，咱道班工人能不能不娶人家的保姆做媳妇了。"他一一列举了娶人家小保姆做媳妇的工友，从肖长河开始，一共 12 个。

"屁话。"

他自己何尝不知道是屁话，他有什么资格鄙视人家，自己不也是个"保姆"嘛！他叹息自己一片痴心，田甜怎么就不知道呢？

他幻想和田甜结婚在一起会是什么样子，他想她一定是幸福的女人！她和钱程在一起会是什么样子呢，她会幸福吗？不一定。他又想和今天去见面的这个女孩结婚又是什么样子？这个女人也会是幸福的女人。为什么他这么个好男人就没人看见。他决定去见面，并把第二天要去这个前奏做的动静很大，他想看看田甜的反应，开始的时候田甜毫无反应。傍晚的时候，他在道班菜畦里给他种的西红柿掐尖打杈。田甜走过来装作在田埂上掐马玲菜，田埂上的马玲菜很旺。他想田甜掐马玲菜干什么呢？马玲菜放到锅里淖一下，凉拌很好吃。他喜欢吃苦姐做的凉拌马玲菜。可是田甜怎么没带篮子呢？她掐那么点给谁吃呢？

晏小山看见她过来，走向另外一块地，那是他爸种的苦瓜。田甜也去了那边。他看见田甜又跟过来了，他想去池塘那边看看。

田甜生气了，她把手里的马玲菜使劲摔到地上，说："晏小山你躲什么躲？"

这话说的让他多少还是有些诧异的："我没躲？我干嘛要躲。"

"你还要怎么躲？我不过就是问你心里咋想的。她，咱样？"

"能咋样？见不见还不都一样。"他明白她想说什么。

"我就是怕你卡这儿，出不去。"她理解他话里的意思。

"卡死我管你什么事，瞎操心。"他撂下这句话扭头走了。

第二天晏小山去见面的路上，横下决心，如果那个女孩真喜欢自己，就收了她。

他细致地看了她一眼，上次来万书记家时，以为她是万书记家的亲戚，没敢看。这女孩长得好看，比田甜好看一百倍。他一下子没有了自信，他在想这么好看的女孩子，是不是她决定和自己见面也是像他一样迫于某种压力。女孩始终是微笑的，落落大方，没有像他那样拘谨。他站着手不知道往哪里放，坐着脚不知道往哪里收，似乎都是多余的。他一不小心把放在桌边的茶杯打碎了，她赶紧来收拾，皱了一下眉头，脸上也没有了刚才的微笑。凭这一点他觉得不能同意，她会看不起自己的。

他回到道班，他爸问他见面咋样，说了啥，万书记那边啥意见，问了一大通话。晏小山说："人很潮，太潮，我没自信。"

"啥潮？"

"就是万一你有孙子，到底是不是你的，我都不敢保证。人长的没话说，绝对领的出去，可是还能领回来，我真的没有把握。"说的晏华诚一愣一愣的。

他话说到这里，觉得一面之缘，就这样凭白无故地玷污人家女孩不厚道，便叹息一声说："主要咱是道班的，卖大力丸的配不上人家。就这皮，就这脸，就这色，站在一起不搭。还有以后万书记再介绍的，一概不见。咱和他家不是一个档次的，你要有心你就给我说田甜吧，反正你有那个便利。"

晏华诚一听又愣了一下，然后就出口骂他，问他有哪个啥子便利，接着准备打他。小山撒腿就跑。别人都看不明白：这爷俩咋啦，儿子一见面回来就打他。

木来新知道晏小山去见面了，还是万书记说的媒，正好看见钱程过来，便奚落他说："钱程快点回村里捉癞蛤蟆吧。再不捉以后年龄大了，在道班没地位没钱没人要。"

钱程看着木来新说话,只有那种满嘴狗牙的感觉。他的笑容过于曲折了些,看着实在让人恶心。

晏华诚喊他过去有事,他懒得搭理木来新。晏华诚视万书记为亲戚,似乎腰杆比以前硬了些。他坚决不在处罚钱程的单子上签字,虽然大家都知道他的坚持没有太多意义,但都团结一心。

阚局长知道缺乏沟通,下面窝火埋怨上面,上面责怪下面还要罚款。他汇集了"开门纳谏、广集民智"的民意,取消了一些不必要的检查项目,制定了详细的奖惩标准和切实可行的办法。一部分道工不能应付了,特别是应付检查。因为不能应付了,劳动强度加强了。原本夸董祚麻敢提意见的人,现在骂他瞎提意见,把大家害苦了,他又成了众人攻击的目标。原来所谓的朋友和敌人都是以他们自身的利益为标准。这让他一说话就被抵制,他说路基不实,当重型超限车从路面上通过时,车一压有裂缝,一下雨积水了,裂缝会更大,车再反复碾压路就毁了……他话没说完就被呛声:"你发现了你干,瞎发现个熊啊! 你能发现,你就是半个人才了,我看你是半仙算了。"

许多人一直看阚局长的脸色行事,等着看董祚麻穿小鞋的好戏,不过一直没有任何动静。

阚局长很关心道班工人的生活,对他们很热情,也没有什么架子,但是如果他们不穿安全服、不戴安全帽被发现了,那绝对是要"严惩不贷"的,结果还真逮到一个。他对肖科长说:"我对安全生产的一贯态度是零容忍。"

那个没穿安全防护背心的恰恰是董祚麻,大家都以为阚局长要治董祚麻了。

这个细节被捕捉到了,在场的几个人又联想到早先让莫科长查他档案的事,而且这次阚局长又说出这么严厉的话——零容忍。肖科长分析是阚局长反感他,他这种人谁不反感,他迅速谋划一个处罚董祚麻的方案。大意是停岗三个月,停岗期间只发最低生活补助。

董祚麻听到消息后感慨:"我只是不小心眼镜里掉水了,某人还落井下石。哼!"他这次往心里去了,但是他没有照大家说的,先找肖科长沟通。因为肖长河说这是阚局长的意思,还说谁嫌工资低,出去打工去。但是打死都没有人相信阚局长会说这种话。

资料显示董祚麻上辈为农民、父亲养护工人,旁系亲属中也没有显赫背景。

阚局长说,谁让你查这个了,他什么文化程度? 工作能力,接受新事物的能力,创新能力……

莫科长又查:"高中毕业,自考的大专……"

"安全生产重于泰山,可也不能断他三个月口粮,道班工人还指着工资养家糊口呢。"阚局长说,"一次没穿安全服扣一天工资,写出深刻检查,分别张贴在局公告栏和道班公示墙上,对屡教不改的则从重处罚。"

制度还是那些制度,人还是那些人,却怎么可以服人了呢?阚局长说:"公路养护行业不是什么高精尖的东西,只要用心,都能做得很好的,都是人才。"

第十章

一年后,阚局长主持先进集体和先进个人评选。关于评选先进他听到不少传闻,没有一个公平竞争的评选环境,有时候会影响到一个单位的健康发展。只有调动人的积极性、主动性和创造性,才能使人才素质的活力转化为生产力,让职工从低的工作状态走向高的工作状态,进而提高工作效率和竞争意识,努力工作。这是一个方向的引导和行为的引导问题。

五年前的那次先进评选,在董祚庥的脑海里根深蒂固。

那次真源道班分到了两个先进名额。班长田震主持召开了全班大会,进行了"先进"评选。十几名道班工人蹲在一堆石子旁边。田班长首先发言:"同志们,今天这个会也没啥,就是吧,局里给我们俩名额,要我们选出两名在工作中表现优秀的先进分子,名额是少了点,就给咱俩名额,也不知道局里咋想的?红城子道班和咱人一样多,却给了仨名额,我们就该低人一等吗?唉,俩名额咱也不能一人一个,咋办呢?"

统计员项陈显得不屑一顾说:"不就是先进吗?当不当无所谓。"平时他就和田班长穿一条裤子,言外之意让大家放弃。但是大家都默不作声。

田班长接着说:"就民主评选吧,现在流行这个,也比较公平公正。现在请大家畅所欲言,不要有啥思想包袱,只要是我们道班的人都可以选。啥先进不先进,说白了不就是红本本上趴俩乌龟吗?"一阵大笑。

项陈最先举手发言说:"我们就选田班长当先进,田班长在工作中吃苦最多,受累、受窝囊气最多,大家说对不对啊?"

离田班长最近的俩人接过话巴:"说的对,我们就选田班长。"

有人觉得俩名额,班长的这个名额,自己断没有希望的,便卖个人情也附和说:"就是的,给田班长。"

田震不好意思地说:"大伙干的都不错,咱们道班的就是干活的命,应该选你们才对,可是局里就给咱俩名额,谁会想着咱道班工人?谁最苦?咱们道班工人最苦……现在还剩一个,一定要在你们当中选,大家看选谁呀?"他把话题从他身上岔开。

这时，大家都沉默不语了，一阵风吹来有些冷，霍恩涛站起来裹了裹衣服。其实他是想让大家注意他一下，故意把动作的幅度做大一些。一只不知道什么鸟从树上飞过，嘎嘎叫了两声，噗嗤一泡屎落在郑家贵的脸上。太晦气了，他明知道自己没什么希望被选为先进，借机指桑骂槐："日奶奶的，这先进又不是我的，你让我中什么奖……大伙也看见了，我都中奖了你们得选我啊！"

大伙笑着对他骂成一团，他的举动显然把霍恩涛的小动作给盖住了，让他不爽。田班长很快制止住了大家的骚动，还有一名没选呢。大家又都严肃起来，现场鸦雀无声。田班长为了打破沉闷的气氛，接着说："其实大家在工作中都表现得很好，只是先进的名额有限，你们都不好选是不是？我来提一个名，项陈。项陈在工作上尽心尽力，是统计员，又是会计，还兼着司机。一人兼三职，不选他选谁？也没有出过什么差错，大家觉得怎么样？"

大家都觉得项陈也不可得罪，首先他是司机，搭个便车很方便，给谁不是给呢？项陈开养护巡查车，顺便捎带大家回去，他也看人。送班长那是送到家门口，另外班长就是去镇上喝碗胡辣汤，或去洗个澡之类的，他都是专车接送。有一次，田班长干活的时候皮带断了，他开车带田班长跑 50 公里高速走 20 公路县乡公路去旺牛镇，买了一条 30 块钱现割现做的真牛皮带。然而送其他人，快到人家家门的那几百米，他就不送了，和他关系好当另外说。这就是权力嘛！过期作废。比如送董祚庥，他家就在路边。项陈送到十字路口就掉头，让他下车走回去。其实他一个左打方向，也就是 800 米的距离，把他送到家门口再掉头来回也就 2 分钟。20 米宽的路过不了他的车吗？不行，就得让他从十字路口下，步行走回去。他从十字路口走回家要 7 分多钟，无论是三九天还是三伏天都一样，多遭罪。记得一次下小雨，董祚庥希望他再往家送送，说了两遍，他才"嗯"了一声。看得出他不高兴，见他没带伞，就勉强送了。回去后，他对田班长说："董祚庥也要享受班长待遇，让我直接把他送回家。"田班长说："这个不能惯他，你不能答应，你要是不开车咋办呢？他就不走了。这要是惯高头了，天天让你把他往家送送咋办？你又不是他司机，这是公家的车。"他也点头说："不能惯，那我下次就不送他了。"

第二天还是下雨，董祚庥带伞了。他又是到离他家不远的十字路口掉头。董祚庥不下车，让他再送一下，送到家，说："上次回到家衣服都淋湿了。这次下得比上次还大，回到家又该淋湿了。"他说："你这次不是带伞了吗？"

"带伞就不能送了。"

"这又不是送人的专车，我只是顺便把大家带回来。这要是让局领导看到我开巡查车送人，我不好交差。"董祚庥恼火了，骂他开个车跟个熊景样。结果除了送班长他谁都不送了，大伙都把责任摁到董祚庥头上，坐不上车回家都烦他。后来项陈与谁关系好送谁，就是不送董祚庥。记得有一次，他们开着车从董祚庥家门口过，看见他在路口等中巴车，都没拉他。所以有前车之鉴，大伙都不敢得罪他。

还是那几个人又一起附和道："田班长说的对，项陈工作表现不错，那就选他。"

坐在一旁的董祚庥再也忍不住了，站起来说："我坚决反对！"

听到董祚庥反对，田班长大感意外，那几个附和的人也很奇怪。离班长较远的几个一直沉默的人眼前一亮，但瞬间又黯然了。田班长笑着对董祚庥说："反对也不用站起来，像要跟谁打架似的，有意见就好呀！你也算得上是老同志了，为什么反对？说说咱大伙听听。"

董祚庥说："我并不是反对班长和项陈当先进，我只是觉得这种评选先进的方式不正确。私底下大家都说，田班长年年咋就那么喜欢背乌龟呢？"一阵大笑。

田班长说："你才当乌龟呢。"

"班长你刚刚不是才说过，就是红本本上趴俩乌龟吗？"

田班长打断他的话："喔，说说看！哪儿不对了？"

董祚庥说："每年评选先进，大家都是附和了事，除了田班长一定当选外，就是班长点名，说是谁就是谁，大家完全没有自己的主见，也没有一个合理的标准去衡量，比如在工作上要达到什么标准才能评先，但现在这种评先方式一点也不能服人，给人一种掺假的感觉。"

田班长带头鼓起掌来："说的很好，真没想到，像'冬蚂蚱'同志这样的人才居然埋没在我们道班，我们是民主选举，大家完全有自己的主见，为了充分发扬民主，我提议此次先进就选'冬蚂蚱'，大家说好不好？"连名字都不喊他了，羞辱的意味明显。

那两个一直卖好附和的人显然不买董祚庥的账，一齐说道："不行，我们就选田班长和项陈，这是大家的意见。"沉默的依然沉默。

田班长用嘲讽地表情看着董祚庥："可以反对，不过反对无效。咱们现在是民主选举。董祚庥同志，没办法，这是大家的意见，得随大流，现在我宣布，真源道班此次评选先进，现在结束。"

沉默不一定是心里没话，更不是没有心声。事后，霍恩涛说："哪年没评过先进，每次评先进，看似非常民主，交给全班评选，结果是拉帮结派选自己圈内的人，都他妈是平庸之辈，优秀的道工却落选。"

评选结束，他们几个一起去吃饭，今年唯一不同的是奖金还没有发下来，项陈就请吃饭了，而且撇下董祚庥一个反对的人。

他习惯了这样的情景。他不是因为内向而孤独，也不是自己压抑自己造成的，他的心一直打开，但是他们因为排挤和隔离不让他进。他享受孤独，但内心并不寂寞，他已经学会了和自己好好相处，并从知识的海洋里提高修养，丰富自己的内涵。只是别人从他的外表里看不出来，以为他一个人就是很孤独寂寞，那是他们的错。

郑家贵见到落单的董祚庥，有一种兔死狐悲伤其类的感觉，说他看不惯项陈他们那类人、那样的事。

董祚庥问他："为什么评选的时候你不说，你不也去吃饭了吗？"

"会上我虽然没明说，但我借一只鸟拉我头上屎暗骂出来了嘛！都他妈王八蛋。我去吃饭不代表我支持他们，不吃白不吃，我为什么不吃？"

"那天你没明说，可今天——现在为什么又对我说呢，都是你们这些人。我已经当过枪了，你今天对我说这个什么意思呢？还要把我当炮使？"

"你啥意思？谁把你当炮使！？"话不投机半句多。本来是惺惺相惜的，结果董祚庥又把郑家贵得罪了，他使劲散布董祚庥是个走极端的人，阴得很。并且更进一步地佐证了董祚庥本来就是那个样子。董祚庥连一个说话的都没有了。

其实没评上的那些人心里都不是滋味，辛苦了一年，眼睁睁看着别人获得先进，心里头都不是滋味，为什么别人比自己差，偏偏先进是他们呢？

项陈在一次喝酒中吐了真言，说先进？什么是先进？就是比别人先前进！领导不先前进，谁先前进？班长也是带长的。呵呵！先进——"先敬"班长，自己才有先进。所以，先进不用评，除了班长自己，就是少数几个紧跟班长的人。在哪里紧跟领导走都是一条捷径。

由于董祚庥的反对，局里派人去调查了。调查得还算深入，并且问到他们为什么结束后去吃饭。田班长说："他'冬蚂蚱'没有反对我，他反对的是项陈，他为什么反对项陈？他好几次让项陈开巡查车送他回家，项陈没送。这是我规定的谁也不能用公车办私事，他就一直记恨在心。再说，我们是民主选举，请咱们局领导调查。他为什么不去吃饭？只有他'蚂蚱'清高，不去。谁能没有个人情礼往，他不往人，去吃饭的时候喊他，人贵有自知之明，他可好意思去。再说也不是我们撇下他不让他去，霍恩涛也没去，也没见人家说啥，就他毛难剃。"反正都是董祚庥的错，并把他描述成一个小肚鸡肠，睚眦必报之人。

来调查的领导宣布重评。

可是大家都吃了项陈的桌席，俗话说吃人家的嘴短，拿人家的手软，结果依旧。如果董祚庥继续反对下去，他会被群而攻之，连去调查的领导都会看不下去；他不反对，项陈则是众望所归。愈加显得是董祚庥胡闹了。

董祚庥的形象在领导和大伙眼里俱毁。

肖科长检查发现路上有一处未清扫。他打电话给田班长。田班长说:“不会的吧?我刚刚也巡查过……”

肖科长说:“是有的,你查过了,那也可能是车上刚飘洒的。”

田班长问:“在哪里看到的?”

肖科长说韩庄附近。

田班长一听,韩庄附近,那是董祚庥的养护标段,他对肖科长说:“咋还有这种事,我就韩庄没查了,不是‘三比、四看、五创’活动的事吗?我就掉头回来了。这马上都检查了,还这么不负责任,你下个整改通知,让大家都重视起来,我也好督促一下,别都这么吊儿郎当的。”那是离道班最远的一个标段,给了董祚庥。整改通知,已经好久没有填了,平时都是口头通知,遇到检查,随便填两张应付检查,这是国检了,为了更好地体现自己工作负责,当然要有书面依据,这表示自己是认真工作的,要存档的。可是他手头没有整改通知单,他让田班长填好单子,他马上去他们道班,到时候他签个字。

田班长就替肖科长填了一个整改通知,检查发现韩庄附近 88K+66m 处,有长约 250 米,宽约 10 米的路段未清扫。送走肖科长后,他把那张表夹在一本书里。他一个人在道班院子里溜达,走走停停,呆一会儿,时而点点头,时而摇摇头。霍恩涛和他打招呼,他一时都没反应过来,他们擦肩而过,表情都很奇怪地回头看对方。

第二天,他翻箱倒柜找文件,开出处罚单。他举例子向董祚庥说明事情的严重性,说某县因未及时清扫而发生车祸,对方和公路局打官司,结果公路局输了官司赔了钱。他还向董祚庥表白,他在肖科长面前极力给他说过好话了,说大家都知道肖长河就那个屌味哩,他尽力了但没说通。董祚庥不服,据理力争,坚持说他认真扫过的,不可能有。即使有也是扫过之后车上洒落的,不能算他的责任。

田班长让他找肖科长说去,自己该使得的劲都使了。

董祚庥反问他,你不是巡查过了吗?既然都能量那么清楚,为什么就不能扫扫。最后还弄出来一个 250,问他啥意思?合起来欺负人是不是?

田班长说他巡查的时候是没有抛洒物,并强调不是他检查的,是肖科长检查的,是肖科长开的单子。

董祚庥说:“你巡查的时候没有,不就证明我扫过了,再说那根本不是肖长河的字,他的字还是我找字帖教他练的,谁心里有鬼谁清楚。”他把话说透了,一下子把田班长逼到做人的问题上去了,田班长自然要找点斜撇子事搪塞,认为董祚庥把责任推到他身上了,结果俩人拍起了桌子,都动上手了,被人拉开。董祚麻没有找肖科长反映。觉得他们都是穿一条裤子一个鼻孔说话的人，找也是徒劳。

如果这样罚，每个人都会被罚，谁也不能自保。大部分人站在董祚麻一边。田班长找肖科长汇报去了。肖长河说，算了算了。

田班长说："不能算，这要是算了，我的面子往哪搁，我的话，以后谁还会听，还不都得和我闹翻，都得动手了。"

事情闹大了，因为应付检查的缘故，平时没有的事都会编造几张整改通知单，田班长压根忘记了这码事，董祚麻拿出以前几张整改通知单，问他为什么他被处罚了而这些人的没有被处罚。"被整改"的人更冤屈了，大家都纷纷证明自己没有犯过通知单上的错误。那次田班长在大伙面前演绎了真人版的丢人现眼。

一个月后，道班的轮值饲养员张有才家里有事请假了，田班长让董祚麻下班之后，照料道班饲养的鸭子。所谓轮值就是在道班以照顾"三产"为主，比如庄稼、蔬菜、饲养的鸡鸭、鱼塘等。除了有检查或为突击完成任务外，基本上不怎么上路养护，俩月一轮换。可是到了董祚麻这里就变样了，他还要上路养护，还要早上班晚下班照顾道班"三产"。他负责饲养鸭子的第四天晚上，鸭子莫名其妙地死了十几只。田班长知道后暴跳如雷，说那是大家的鸭子，是大家年底分红的福利。骂他是窝囊废，鸭子都养不好，平时就知道反对这反对那，轮到自己不中用为啥不反对了。当月发奖金的时候，田班长扣了他 400 块钱，他拒领了工资。就当时的情况，并不是损失 400 块奖金那么简单，这里已经隐含着更大的打击报复还在后面。他逐级反映的通道已经为他贴上"胡搅蛮缠"的标签，或者在肖科长那里被封堵死。他以一个普通道班工人的身份给局长写了一封信，他考虑到有二种可能，一是局长看了，局里很重视，来处理这件事。二是局长因为各种原因没看到或者根本不把这当回事。结果很不幸，是第二种。

他一度想拿起法律武器去仲裁或打官司，但他知道这有点小题大做，而且对他改变现状没有任何作用，甚至适得其反。

霍恩涛说了一句公道话："都他娘在一个土壕沟里，干活挣饭吃，挣一滴汗摔八瓣的辛苦钱，斗什么斗，都光荣啊！今天董祚麻被扣了，明天就轮到我们了。鸭子为什么会突然死掉？肯定有人做了手脚，'三产'鸭子是我们过年的收益，我们不要也不能扣董祚麻的工资。"被他这么一说，大伙都表示董祚麻那个钱不能扣。但田班长说，制度必须执行。

事情闹得沸沸扬扬的时候，董祚麻被调换道班，田班长依旧还是班长。能把一个靠工资养家糊口的工人，逼得拒领工资，那是田班长牛 B。田班长说，你现在走了，咱道班年底"三产"分红就没有你的了。董祚麻因此损失掉几千块钱,但他接受了现实,黯然离开了真源道班,从此他心里埋下对单位愤懑的种子。

往事很悲摧。

这次和往年最大的不同是奖励让人心动,获先进个人的,奖励1000元,除在年度公路工作大会上公开表彰、发荣誉证书,还由局组织一次外出学习的机会。标准一出来,炸开锅了。往年都是普发,全局200多人,要发100个奖,有100元的有200元的。100元能起到激励作用吗?不能。

木来新志在必得,不知道他哪里来的信心。往年每到评选先进时,总有一部分人会突然来精神,但这次他们却有点萎靡不振,到处传播阚局长不靠谱,大过年的名额这么少,奖金却那么高。大喜的日子,打哭一片,哄笑几个,失策失策。那些脚踏实地的人却说阚局长特靠谱。董祚庥对这样的评选心动了一下,但仅仅是心动了一下而已。他觉得与他无关,虽然明显道班没有尹班长的故伎重演,也不会有田班长的厚颜无耻,但他已经对评选先进心灰意冷了。从那以后他就把"先进"从自己心里勾掉。不去想,少生气。董祚庥说:"你们评吧,我干活去了。"扭头走了。他对评选先进早已心存不平,进而失去信心。多少年了,任凭自己如何努力工作,任凭自己如何奉献,也总是与先进无缘。他进取的热情早已冷却,这也是他把那种不满不平的情绪带到工作中的原因。

评选先进是调动职工工作积极性的激励手段,被表彰的职工会有一种成就感、荣誉感,认为自己的付出在一定程度上得到了肯定和回报,就会在心里产生新的动力。所以评选得好,能够激励先进,鞭策后进,促进全局工作的健康发展。反之,如果真正的先进没被评上,不仅达不到激励目的,还可能挫伤职工的积极性,产生怨愤情绪,助长歪风邪气,对以后的工作十分不利。正如阚局长想的那样,以前奖励不痛不痒,没几个人是认真的。这次局里当真要奖励"先进",单强想把评选条件抄下来,方便比照自己。他假装对这次评选不感兴趣,心里却像打翻了五味瓶,他平时工作上嘻嘻哈哈,讲个小笑话、来段荤段子给大家解解闷,还能随口来上几句打油诗,他觉得自己老有才了,不知道大家会不会推荐他。

杨义对评先表现的无动于衷。却用手机把评选条件拍下,躲在一旁偷看,被单强撞上,他们心照不宣地聊起先进的事。杨义说:"阚局长的心意,大家都明白,就是希望先进能真的落到基层先进手里。"

"不知道最终先进会不会走样。"单强叹气,"其实你我这样的根本评不上,没有太高的文化,干活也不是太突出,也没有特别的一技之长,讲笑话又不算特长,又不是班长,你说怎么可能轮到我们。我在尚疃道班的时候,都是班长的,评上就评上，评不上就狸猫换太子。讲究一点的班长，暗地里通过抓阄狸猫换太子。不讲究的就是你评上了、选上了，当着你的面把你的名字写上，说报局里了，等领导批准，其实，报的名单上是他自己，你的名字不见了。我就有一次抓阄抓上了，班长回来的时候却对我说，你有什么事，不知道局长怎么知道了，说这个同志怎么能当先进呢？起不到表率作用，大家都学他工作还进行的下去吗？反正就是局长没批。因为大家都干的差不多，又是抓阄选上了，他说的那事还是真的，职工也不会去问局长，也张不开嘴问。”

杨义说：“都差不离，我原来的坛集道班，先进都由掌控指标的班长随意分配，班长近水楼台。传达指标的时候说局里给一个名额，让大家评，他死活不要。其实吧！他嘴上说不要，但要是真把他选上了，他高兴；如真不选他，他就“敲缸沿”骂人。等发奖的时候才知道是两个人，他是其中之一。他话说出来，好像他很委屈的样子：我自己都不知道，我也是才知道的，最后又多给了咱们道班一个名额，不过怎么会是我，我也不知道。可能我的工作被领导看在眼里了。其实一开始就给了俩名额，他对道班工人说只给一个，让大家选，他放高姿态坚决不参与，让大家都开眼界了。”

单强说：“其实评先进应该给一线工人。”

杨义说：“什么是应该，什么是不应该。如果班长一定要，那是轻而易举的事。一个眼神或者半句话，就暗度陈仓了。”

“其实吧，班长也算一线工人，班长也不容易，是人不是神。他也想要。”

“对，对，我对班长当先进也没啥说的，谁当不是当。”

扯到班长，晏华诚也是班长，但是他们对他当先进没话说。可能是怕对方把话过给晏华诚听，被误会有反对晏华诚的意思。这两个墙头草真有意思，风还没有来，他们自己就试探着倒来倒去的。大家都传播着忧伤的氛围，因为都有亲身经历，他们觉得无能为力。

红城子道班班长项昊前四年是先进，按规定连续五年被评为先进的，可以晋升为技师，每月涨200多块钱，所以他比较急。但又令他稍安勿躁的是，他是肖科长超市的老主顾，因此毫无顾忌，开口向肖科长要先进，说他当不上“先进”涉及到工资，一辈子的事。他说的是实情，想请肖科长帮他搞定。肖科长说今年比较难，让他找领导“意思意思”，请席局长吃个饭，让他磨席局长。席局长经不住他的软磨硬泡，还真就照顾了他的情绪，口头答应了。

吃饭作陪的不是一个人，吃饭的那会儿都是人模狗样的朋友，吃过饭了，也有心里不平的，说席局长内定了，传到一线职工耳朵里，版本就花样翻新了，引发大家的热议。有人叹息又是“领导送”。也有人一语道破，评选先进看起来似乎不是什么了不起的大事，你好我好大家好，这是席局长提倡的一种“和谐氛围”。还有人看不惯说,其实这不是一种和谐,而是无原则的“和事佬”。席局长这种“和事佬”,在不了解情况的人看来是在讲和谐、讲风格,实际上是用“和谐”、用“风格”迷惑他人。他“和事”也是有“底线”有“原则”的,就是为和他关系亲近的那一帮人造舆论、谋利益。为什么不和谐那些与他没有关系,基层真心实干的人呢?正像一幅对联写的那样:说你行你就行,不行也行;说你不行就不行,行也不行。但职工的眼睛是雪亮的。

席局长听了传闻,火冒三丈:“我不过就是安慰他一下,评不评他又不是我一个人说了算。”他为查清是谁胡说,颇费周折。按理大家都去吃了,怎么还能昧着良心说瞎话呢?他觉得当中一定有别有用心的人。这个人不讲道义,如同吃了肉还咬人手指头的狗。后来想想,自己既然和狗一起吃饭了,再闹大了对自己一点好处也没有,就算了。

消息渐渐传到阚局长那里。他觉得拿“先进”送顺水人情,把平时辛辛苦苦干工作的人忘到了脑后,其结果无疑影响了大多数人的积极性。这样下去,既败坏了党的风气,也降低了“先进”称号的含金量。评选先进,为的是树立“标杆”,推进工作。风气正,评出的先进自然是大家公认的,也就是确实具有突出工作实绩的人。这就会产生一种氛围,这是我们要的氛围,这种氛围一旦被固化下来,就成为一种文化,也就是我们所希望的公路文化。风气不正,评出的则是让大家摇头、毫无先进可言的人。起不到表率作用,只能让庸者高兴,能者心寒。这也会产生一种氛围,消极的氛围,是我们要杜绝的氛围。伤了大家的心,再安排工作,没人会信,就知道是哄人的。

阚局长带来一股清风,彻底打破平均主义。这已经不是以前,100 元 200 元,无所谓了。谁还愿意高姿态呢?竞争异常激烈,这才是一个单位所希望的氛围。

评选方式更是被广泛关注。怎样才能更公平呢?采取无记名投票,大多是建立在个人好恶、私人感情上,这叫“选”出来的先进,代表的成分更多的是私人感情。由领导班子会议“评”出来,但领导对当事人的德、能、勤、绩、廉,不能全面了解。一旦有偏差,就又会落下都是领导“定”的口实。

如何解决评先活动中的变异呢?把评选先进的权利还给广大的职工!当歌市公路局专门成立了“评选先进委员会”。评选先进委员会由不担任行政领导职务、有良好素质、较强议事能力和广泛群众基础的职工代表组成,评先委主任也由民主推选产生,但党员代表人数不能低于全部人数的 1/3。阚局长对评选小组说:“在评选先进这样的问题上,不能只靠印象办事或靠感情用事,更不该把个人感情掺杂到工作与评选先进中去,送顺水人情。一定要处以公心,对人对事要一碗水端平。先进是让别人学习的榜样,那么先进就要有叫得响、竖得住的先进事迹，要有吃苦耐劳精神，有实干奉献精神，把工作放在首位，在思想和行动上都要比其他人实干进取，这样的先进，才能让人信服。评选结果要向职工公示，要在道班公示，局机关公示，还可以在局里的网站上公示，广泛接受监督，开通网上留言渠道。这样评选出的先进，才能让人心悦诚服，才能有效防止评选先进中出现的‘变’，让评选先进这项工作步入健康正确的轨道。”

评选先进过程中，评先委根据上报的事迹材料，采取听取群众意见、核实材料真实性等方式，在公平、择优的基础上，讨论确定先进名单。评委会又提出领导与职工分开评选的方式，即班长在班长中评选，局中层领导的在中层领导中评选，其先进事迹，经评委会查实公示，建立诚信机制。打破原来的先评出先进，再拼凑事迹的方式。以往即便公示了，也只是公示个人名，具体啥事迹不知道，有的甚至连人名还不公示。这次先有事迹再产生先进。作为一个先进，若没有三两件拿得出来的先进事迹，没有个千把字的文字材料，这个先进还真水了。这样评选先进，事迹看得见，透明度高，充分体现公平公正原则，并使大家学有榜样，对下年度工作能真正起到促进作用。

以前都是怎样的呢？有的科室就两个人，也是一个名额，年年“轮流坐庄”，今年是你，明年是他。大家都高兴，但心里还是有点那啥！时常拿出来晒晒，说传达室就钱百科一个人也是一个名额，而且这个人服务也不好，收到的快件从不签名，和快递公司的人发生过好几次争执了，给他太不合理了。传达室又清闲又不担啥责任，一度成为几个资历较老升迁无望的同志心中的肥缺，竞争激烈。

阚局长目的明确，一定要把先进的含金量提上去的消息传到明显道班。他们听说红城子道班班长项昊，原本能评上的，就因为请客，资格被取消了。

“我也做过两件好事，可我不会写，别人又不推荐咱，只好烂在肚子里。”有人叹息。

“所谓发扬民主，有的班长特别擅长在一些鸡毛蒜皮的小事上发扬民主，比如尹班长总是在种菜还是养猪的问题上发扬民主，而在事关工作大局、道班职工关心的大事上搞一个人说了算，或者说是围着他转的一两个人说了算。根本就不讲什么公开透明，或者说，有公开透明之举动，而无公开透明之实效。”

董祚庥说争当先进是应当鼓励的，“争”不是“抢”，带头争取与伸手要是两码事，下手抢，则是很无耻了。但还是有人工作不努力，自己不干不说，对别人还怪话连篇。

“有的班长虽然采取民主投票，但也可能起反作用，结果与职工的期望大相径庭,班长不满意,职工不满足。挫伤了职工的积极性,打击大家的上进心。”

“评选结果却不尽如人意,真正的先进没被评上。”

众议纷纭……

“还有可以拍案惊奇的。那次是我去报的名单。结果我自己被和谐掉了。领导把他的名字加上了,最后名字三个字的全部被平衡掉了。”

“无论怎么评,总有不合理的,但先进还是要评的。如果能认真执行参评条件,基本上就可以把庸者阻在先进的大门之外,大家的眼光不会差到哪里的。”

“早就该这样了,以前都是下边报谁,上边批准谁。然后再组织人填写老鼠四指长的事迹。现在好了,要先核实事迹真实性。”

晏班长说:“我们道班近两年连连遭遇‘平衡’。去考评的人,按着考核办法,诸条诸款,按葫芦扣籽儿,当场对我们道班打分。可是工作表彰会上,让人不解的是,没扣分的不是先进,当场扣了许多分的,莫名其妙,堂而皇之当上了先进集体。去年又搞平衡。我和董祚庥不服气,找领导,其中一个具办的领导说,有啥法子,这是领导会上‘平衡’的结果。当时董祚庥说,考核的标准是你们制定的,你们还留一手平衡标准,典型的美国嘴脸。有一个故事,说甲乙两县的地理环境都差不多,都靠着一条大江。在一年冬天,甲县县委书记利用农闲时节组织干部群众修筑大堤等水利工程,乙县没有动静。第二年洪水来的时候甲县安然无漾,乙县的大堤垮了,于是,乙县成为新闻媒体关注的焦点,一篇篇报道乙县干部怎么同群众共安危,乙县干部群众怎么抗洪救灾,乙县领导怎么关心受灾群众见诸媒体。有关乙县抗洪勇士事迹报告会也在全省展开,乙县县委书记也跟着频频露脸。没多久,乙县县委书记因工作突出,知名度高被任命为地委副书记,甲县县委书记调乙县任县委书记。”

有一次晏班长喊干活,强调雨声就是命令。同志们却说:“干啥活啊!等路烂大了再干吧,那时候干有成绩,明年好当先进。”要是再这样平衡下去,只能把基层真抓实干的精神平衡没了,把职工工作的积极性平衡掉了。“平衡”现象的实质是权势的较量,吃亏的总是两者间的牺牲品!明显道班好几次成了这种平衡的牺牲品。

阚局长规定,可以个人申请。这也是一个创新,他鼓励大家晒晒业绩并经公示挤干水分,不提倡搞风马牛不相及的“平衡”,或者是肥水不流外人田的内部消化,这样的先进不但起不到模范带头作用,相反还会打消很多人的积极性,让大家失去信任。

他要求每个人都要写,自己写自己的事迹,不识字的同志可以让家人或朋友代写。大白于天下，糙事捣蛋的就不要好意思往脸上贴金了，让大家看看诚信度。到时候，先进我们公示，那些查证的假事迹也公示。每个人都写，也就没有什么不好意思的了。其实就是告诉大家，从现在开始，要形成一种良好风气。

显而易见，阚局长的意思，就是想通过这种方式，将候选人的事迹摆到桌面上来，让大家共同评比，并在评比中找出相互之间的差距，从而达到共同进步的目的。

一小部分人对这种评选先进持否定意见，认为是瞎折腾。不过，凡是这么认为的，几乎都是最初争抢最厉害的人。

第十一章

大家都想着当先进，说话做事格外小心。

苦姐准备把留的菜给“婆婆”送去。木来新打牌输了钱很晚才回来，苦姐把装好的菜解下来分一部分给他。

晏班长看他的样子，知道他打牌又输钱了。他有个特点，赢了钱从不在道班食堂吃饭，都是到外面吃肉喝酒，回来时哼着小曲，输钱了则满脸丧气地回食堂扒拉着找饭吃。晏班长没好气地对他说，不会从外面吃过了再来吗？对晏班长而言，如果他家里有事，或者回来路上遇到什么事，晚了当给他做饭吃。去赌博回来还管吃喝，哪有这个理，不伺候。

苦姐这才知道他原来每次这么晚回来都是赌博去了。她最讨厌人赌博了，便把菜又倒回来给她“婆婆”送去，这下惹恼了木来新。他说：“哪年评先进我都投了你们俩票啊！怎么吃个饭也不行啊？”

“咦，你还拿先进要挟人，先进是干出来的，不是你送的。”他和晏班长吵了起来，结果一气之下，他把碗打了。晏华诚也气了，随手把他的另一只碗拿来，给他扔到地上摔的稀巴碎。

第二天木来新没有碗吃饭，他心里有想法，“冬蚂蚱”摔碗他给买。他非但不给自己买昨天还摔了自己一只碗，凭什么？有好事者就让他闹，而且要大闹。

木来新到处败坏晏华诚，说是他撺掇苦姐离婚的，说他吃着人饭，当着先进，却霸占人家女人不干人事。

去路上干活的时候，单强讲了一个荤笑话，说要是洗澡的时候让一个年轻漂亮的小妞骑在身上，而自己已洗得血脉贲张，如果这个小妞穿着仅能遮羞的物件，而自己也几乎赤条条，在昏暗的灯光下，在浪漫的情调中，在私密的房间里会怎样？

一席粗话，一阵阵大笑，之后，木来新连讲了几个。不知道为什么，今天木来新老讲这种笑话，说丈夫知道妻子终于怀孕后，喜出望外，他想把好消息告诉所有人。于是用妻子的手机群发了一条短信：我怀孕了！

不一会妻子的妈妈回信:你丈夫不是不孕吗?你和小李又联系上了?

过了一会儿姐夫回信:你打算怎么处理?

接着老同学回信:咱俩都半年没见了,你可别赖我身上。

同事回信:不是吧,这才两天呐!

领导回信:我给你一万,你休息一段时间吧!

客户回信:行啦,别吓唬我了,你明天再来我家一趟,我跟你签合同!

一陌生人回信:你离婚,咱们就把这孩子要了。

另一个陌生人回信:那天还有赵总呢,你不会说是我的吧?

还有一陌生人回信:别开玩笑啊,我早结扎了!

他丈夫看完崩溃了!等大家笑完,七嘴八舌地说过之后,他又说若苦姐怀孕了,你说谁反应最大?没等晏班长骂他。五个人都骂他,让他不要拿苦姐作乐子,这种话永远不要说,谁都不能伤害苦姐。结果很意外!

晏华诚说:"没皮没脸这话,说的就是你这号人。有啥法子?人就是这样。有好茶的、有好酒的、有好文的,也有好武的、好打小报告的、好造谣生是非的。穿衣戴帽各有所好,但不管怎样,还是本本分分为人,老老实实做事的好,夜里任你恶狗狂吠,心里不惊,睡的安稳,活的坦然自得。"

他在大伙面前焗了一鼻子灰,明面上不敢造次,背后到处造谣,说苦姐做的饭每次吃下去有种垂死挣扎的感觉。人苦、名字苦、饭做得也苦、我们吃了都痛苦。苦姐给木来新买了碗,他当着她的面把碗摔了,说嫌脏。晏小山和钱程俩人嚯地站起来,扁了他一顿。他就背地里说晏小山根本不是晏华诚的种,还说苦姐把道班的东西都往家顶,没有道班食堂她们家根本揭不开锅,养着她家三四个人,自己人吃自己的菜还不行。

他又当面说钱程作风有问题,见了小妮子的腥味走不动。田甜整天给他洗衣服,连内裤都给他洗,关系不清不白。别看她病怏怏的,其实不是个省油的灯。

钱程辩解说,从没让她洗过内裤,都是自己洗的,她就给他洗过一次内衣。这下等于承认田甜给他洗过衣服了,倒是越描越黑。还有人说若你们关系清白,她怎么不给小山洗衣服?

这不是等于当众宣布自己是窝囊废嘛!晏小山突然有一种从未有过的被侮辱感!"钱程我操你奶奶的。对不起骂错了。木来新我操你奶奶的。"他比刚才的声音更大了,木来新撒腿就往外跑,他紧跟着发疯似的追上去。

苦姐听到外面的风言风语伤心极了,她要上路养护,不干做饭的活了。大家都吃不上饭了,第一天方便面、第二天方便面,这毕竟不是办法,经过大家好说歹说,苦姐才同意做饭。后来只要木来新去打牌,不要说给他做饭了,连食堂的钥匙都不给他。这让木来新对她更加反感，一直想找个机会发泄报复，说我又不是你男人，你管我打牌不打牌，揭她伤疤。

苦姐的丈夫游手好闲，在外赌博、酗酒，有不顺心的事就回家向她耍威风，在外面赌博输钱，就逼她出去借钱，借不来就打她。他还不许她和别的男人说话。对于丈夫的粗暴行为，苦姐一直退让隐忍，有时她忍无可忍时，也离家出走过，而她丈夫会发疯地去寻找她。找到她以后，他都是痛哭流涕、捶足顿胸、作揖下跪，说不在气头上谁会动手打人？向她道歉，然后他自己扇自己的脸，哀求她不要离开自己，表示没有她，自己就活不下去了。有一次苦姐提出离婚，他当即以死相要挟。

事实上，晏华诚确实劝过苦姐离婚，说善良是有原则的，不是挨打受气，不是逆来顺受。

苦姐却叹息说："老古语了，嫁鸡随鸡，嫁狗随狗。可我命苦，嫁一个鸡狗不如，畜牲不是的东西。"

"咱不能活在别人的眼里，咱要活在平平淡淡的日子里，那样你会很辛苦。他三天两头打你，你受的还不够吗？该离就得离，你是在救你自己。你看现在你的世界已经空了。"

"我不空，我还有女儿。"离婚，对一个女人的打击是巨大的，尤其是一个中年的女人。"我要是不管他，他会犯罪。"她真是太善良了。

晏华诚说："他犯他受，他又不是小孩子，他自作自受。"

苦姐相信丈夫还是深爱自己的，也就每每原谅了他，跟随他回家去"好好过日子"。可是过不多久丈夫又打骂她，周而复始。他娘有病住院，他不去伺候，都是她和田甜伺候的，全班的人都看不下去了。有时晏华诚也派小山去。小山也乐意去，他的心思自然在田甜身上，怕把她累着了。

后来离婚的导火索，是他偷了她给她母亲看病的钱。

"离吧，闺女离吧，我们老袁家对不起你。"连她婆婆都支持她离婚，"我的养老钱都被他偷光了，昨天问我要钱，我没有。他又打又骂的，真是个畜生。没想到他把你给亲家母看病的钱也偷了。离吧，闺女离吧，娘知道你这一走，这个家就塌了。你是咱家的天啊！可是娘也不能害你。"她说完扑通一跪。苦姐这才一狠心，坚持离婚。他故伎重演，又是下跪又是打耳光，请求她原谅。苦姐说："我给你不知道多少次机会了，现在我是给自己一个改正的机会。"软的不行，她男人凶相毕露。有人说只要把爱和善良给人越多，所能收回的爱和善良也就越多。可是苦姐给了他全部，但他还是打她。晏华诚知道她又挨打了，给她买了药。

她和他办完离婚手续的时候，想交代他两句别赌了，被他扇了两个巴掌。

她擦了擦流血的嘴角，被这样打已经不知道多少次了，她没有太激烈的反应，很平静地说："袁昌星，我这两句是替你娘说的。"

"说你妈B，偷男人的货，老子早不想要你了，贱女人。"那一夜他用10块钱赢了8000块，他觉得这些年都是这倒霉女人妨的。

离婚了，女儿陪着她买衣服。她感觉好像这几十年是第一次逛街。这些年她忙里忙外地过日子，把全部的感情和希望都寄托在家庭上，尽量让丈夫和孩子吃好穿好，她这些年就没买过像样的衣服。省下钱来除了孝敬自己的婆婆，还帮丈夫还赌债。她就这样一心一意为丈夫、为家庭忙碌，苦着自己，可是换来的却是丈夫的毒打。她叹息为什么女人这么命苦呢？所以田甜一定要找个好男人才能嫁，不能让她像自己这样。想到这里她伸展一下身子，阳光照下来，她从来没有像今天这样自由，可以什么都想，什么都不想。

记得那一次袁昌星追打她，把他追到南河野头。苦姐说："你再追我，我就从这儿跳下去。"

他说："你说到底给不给钱吧？"

"我没有钱了。"

"你不是刚发的工资吗？"

苦姐哭着说："你关心过女儿吗？我上个月的工资给你娘看病了，这个月的工资要给女儿生活费。你有个做父亲的样吗？你要是输光了，拿什么给女儿生活费？"

"你哭什么哭，尽说丧气话。你怎么知道我输，我要是赢了呢？我可以给女儿更多的生活费。"

"你醒醒好不好？别再赌了。"

"你少废话。你说到底给不给？"

苦姐放声大叫："不给。"

他丧失理智，一边扯着嗓子吼，一边步步紧逼，他真的想逼她跳下去。她站的位置是南河野头最陡的地方，跳下去真的就没命了。苦姐的心彻底寒了，眼睛一闭，就在那时"砰"的一声，苦姐的老公应声倒地。

一个人为她擦干眼泪，叹口气说："唉，走吧！"

苦姐的丈夫被打昏了，倒在地上一直没有醒来。一个放羊的小孩，到道班喊人。晏小山打电话报警，派出所民警把苦姐和他丈夫带走了。

"这是哪个缺德的干的。"晏小山手舞足蹈地说着他救人的经过。大伙都走后，晏华诚把小山叫进屋里，劈头盖脸就是俩响亮的嘴巴。"老子咋教育你的，说话别带脏字，你说说你刚才说了多少脏字，十二次。我都想扇你十二个巴掌的，看在你是我儿子的份上，我扇你俩巴掌让你长长记性。当然你做的好事，救人,值得表扬。你今天负责做一桌好吃的。大家给你犒劳犒劳祝贺祝贺。好好做,以后食堂的事都交给你了。”

晏小山被打的晕晕乎乎的,一听说做好事还犒劳祝贺啥的,高兴地应了一声:“好嘞!”刚才俩巴掌也不觉得那么疼了,“那我现在开始动手了。”

晏华诚一挥手说:“去吧。”

晏小山到食堂洗脸的时候,他一摸脸,嘴角被打得生疼,嘀咕了一声,打这么狠,到底是不是亲爹。他觉得不对劲,做饭是奖励还是惩罚?做饭又不是吃饭,可自己不会做饭啊。

派出所里,苦姐一五一十地说出事情的原委。说她也不知道怎么回事。他逼自己跳河,自己吓昏了,醒来后发现他躺在地上,自己没管他就走了。她掀开衣服,向民警展示自己身上被打的伤痕,说自己的手臂和两根肋骨被打骨折。她身上的伤,实在惨不忍睹。派出所民警都看不过去了,对她丈夫说:“她要是跳下去了,你就是杀人犯了。”

“那谁又把我打昏的,你们要一查到底,这也是杀人未遂。”

“你听说过天打雷劈吗?”

“那天是晴天。”

“你听说晴天霹雳吗?不然你的头怎么被劈到了。你小子幸运,是个闷雷,还能活着。”两口子生气,民警虽然同情苦姐,但也没有更好的办法。他们批评教育一番,让他写个今后不再打人的保证,就放他们走了。走出派出所,苦姐丢给他50块钱。他晚上回家的时候,带了东西,高兴地对苦姐说赢了400块,还埋怨她给少了,不然赢它个万儿八千的没问题。

苦姐冷冷地说:“我们离婚吧。”说完走了。

他听了呆住,然后把买的东西狠狠地摔到地上。

苦姐说,什么叫好男人?不吃烟不喝酒不赌博没有坏习惯叫好男人。晏华诚逐渐不抽烟了,还说对身体很重要。

离婚后,她“婆婆”病了,村里人找不到她儿子,就到道班找苦姐来了。他们也为难,说要不然让田甜去伺候一阵子,毕竟是她亲孙女。苦姐听了二话没说,又承担起照顾“婆婆”的重任。尽一个“儿媳妇”的孝心。

苦姐的“婆婆”想吃土豆丝,她专门去菜市场买,有家卖土豆的,他摊子前一个顾客嫌他的土豆小,他气哼哼地说,“不就是土豆?这是新土豆,小了才好吃哩。要说大,俺们家的土豆一个二斤多!五斤的也有!十斤以上也有的是。你要多少?给你弄一车?”

“哟,那你这么小的土豆都是麻范蛋子了,扔了算了。明天给我整一车十斤的过来。”说得那人哑口无言。

苦姐走近一看是桂枝婶，她就问桂枝婶她娘的情况。桂枝婶说："老姐身体好好的："对了，就是前天还是大前天她脚崴住了。"

苦姐把土豆丝炒好让田甜给她奶奶送去，再把道班的要做的饭准备好，让田甜帮着做饭。她解开围裙说你姥姥的脚崴住了，我去看下。

她在道班门口拦了一辆过路中巴车，想在晌午前赶到20里外的老庙乡的娘家。她回到家没看见她娘，只有小侄子一个人在家看电视，她问大牛："知道你奶奶去哪了吗？"小侄子摇摇头说不知道。对门雪云婶看见苦妮说："苦妮回来了。"亲热地和她打招呼，还邀请她到家里坐坐。

苦妮说来看看俺娘，然后问雪云婶："俺娘去哪了？雪云婶可知道。"

雪云婶说："在村口给王二奶套被子呢，王二奶迂了……"

她们正说着，她弟媳妇抱着一抱柴火回来，准备做饭，看见苦妮，放下一抱柴火，问她来干什么。她说："听说咱娘脚崴了，我来看看，再接她到我那里过几天。"

娘家弟媳妇一听不让她进家门，说她不吉利命硬，他们家就亮亮一个独苗，那是他们老田家的根，万一有个好歹，她怎么对得起列祖列宗。

苦妮一听心烦，说："我都从家里出来过了。"然后就看见她儿子亮亮拿一包好吃的出来喊："妈妈，姑姑买了好多好吃的。"她弟媳妇叹口气说："刚才你别怪我，近来家里老不顺，请个大神来看的，说咱家的缸放的对着堂屋门了，堵着正气了，所以邪气盛行，我搬走了。还说你命硬，不能进家门……"

"这你也信。"她每次回家都给亮亮带好吃的，有时还出钱救济家里，她们家田壮现在开的，往集上送货的机动三轮车，就是苦妮出钱买的。她想想如果不让苦妮进家门，她亏大了，说："不信，我不信，呸，呸。"

"那好，我就接咱娘到我那里住几天。"

晌午，苦妮的娘要带她去看看线绳子村长。弟媳妇说线绳子村长病的厉害，恐怕撑不几天了。四个儿子都没人问他，屁股上长褥疮都焐烂了。他们轮流一周一伺候，这周该轮到老三了，老三家就在她家后面。

苦妮去村口的小店里买了两箱牛奶。他三儿媳见苦妮娘俩带着东西来看她老公爹，欢喜得不得了，然后就向她们诉苦，说他能吃，就是不主贵，吃了就拉……

那是一大间废弃的猪圈，他三儿媳妇捂着鼻子站在门口骂，交过来的时候就臭得不能闻了，都不给他擦。然后就骂线绳子当村长那会儿偏心眼，对老大家好，对老二好，对老四家的妖精更是好得很，对这个好对那个好，偏偏她这么会持家会过日子的人，反而就是不对她好。为啥？还不是因为自己不会玩嘴，不会做现眼子活讨这个老龟孙欢心。现在知道了吧，谁是孬好人，我接过来的时候就给擦了一次。

他又脏又柴，实在不能看，苦妮突然有一种怜悯的冲动，本能地想帮他擦洗一下。她擦到他手臂的时候，那只皮包骨头的手突然抓住他。真的太瘦了，瘦得就像外面包了一层发霉的油皮纸，可以隐约地看见里面的骨骼，就像一部影片里骷髅的手——也正是这只手对她造成很大的伤害，她突然有些害怕。她看见他的眼睛突然湿润了，他已经流不出眼泪了。他依然没有松开，嘴喃喃蠕动，好像被一层胶沾着，使他发不出声音。苦妮问他是不是想喝水。他三儿媳妇在门口喊："喝什么水，喝了尿。"苦妮回头带着商量的口吻对她说："给他喝点水吧，我带的有牛奶，你打开拿一瓶来。"他儿媳妇出去拿牛奶的时候，他说了三个字："对不起。"

苦妮诧异，他的嘴一直喃喃蠕动，是想说对不起。她知道他说对不起，是指他当年欺负她家的事。被他欺负得太多了，她都记不起来了。也许他是专指其中的一件事。她15岁那年，一次在玉米地里上化肥，线绳子尾随到玉米地里强暴她，因为她反抗强烈，没能得手。不过她下身还是被他手指弄流血了。这个苦妮压在心里从来没有对任何人说过。17岁那年她就嫁到15里外的袁家寨，嫁给了袁昌星。新婚第一夜，因为没有流血，还遭到丈夫的怀疑。那时她倒是觉得有点对不住丈夫，自己不是一个很清白的女人。

苦妮连忙摆手说："都过去了，没啥，没啥。"苦妮把牛奶的吸管放到他嘴里，他已经吸不动了。她就用汤匙舀着喂他。

钱程和晏小山一起动手做饭，结果帮了倒忙。他们炒糊了一锅菜，打碎了一个碗，三个碟子，晏小山还切到手了。他们担心苦妮来了会骂他们一顿。结果却是表扬。

钱程见过田甜的姥姥，和几年前第一次见她一样，老人家身体健康，一点都没变。她是一个残疾人，后天造成的聋哑，生了一儿一女。听苦姐说过她母亲年轻时很漂亮，长的很清秀，如果她不说话，别人很难想到她是一个残疾人。那时道班工人没啥地位，常常被人看不起，人家欺负苦姐时，她主动给人家道歉，想想她被人家骂，一定内心屈辱，她是怕苦姐受更多欺负。苦姐16岁就上班了，承包了2公里路，天天都是她母亲陪她上路，当时还是土路，帮她备料、铲路肩、补坑、清边沟，工作异常艰苦。当初能够坚持下来，完全是为了一份额外收入，那时做农民养路工虽然苦，但并不耽误种田。根本没有想到今后还能成为正式工。

那时钱程知道了苦姐的身世，主动去挑水。好几次他发现那缸里总是满的。他发现那个偷偷挑水的人是晏班长。他还给苦姐配了手机，说是养护的时候，从路上捡的。每每苦姐外出的时候，晏华诚心里就发沉，做什么事情都没心思，他算着苦姐该来的时候，总要站在道班门口的马路牙子上张望，但每每看到她回来，等待就变成一个很幸福的过程了。单强开玩笑说，怎么有夫唱妇随的感觉。然后又说一段顺口溜："男人累，去敲背；男人愁，去洗头；男人苦，才去赌；男人忙，所以经常上错床。他问班长你忙不忙啊！"挑衅意味明显。

"哎呀你说的太对了，你们家那张床就是离窗户近了点，都不敢喘大气说话哈。不过你怎么发现的？赶紧还是换换位置吧。"

单强不甘示弱，他们用俏皮话骂起来。晏华诚突然走了，单强显得灰溜溜的。再骂下去必然会扯到苦姐，他觉得有些话用到苦姐身上，会让自己变得不厚道。她心地善良，善良是一种心境，它来自天然，她无论走到哪里，都会像一缕温暖的春风，使人感知到她内心的美丽。她的善良没有任何的虚伪和假象，与她交往，无需提心吊胆，无需加以防备，那种感觉只可意会不可言传。

第二天上午，苦姐的弟弟田壮打电话来说线绳子叔死了，他们家刚来报的丧。说是半夜里老的……线绳子村长，一个当年在村里叱咤风云的人物，一个有四个儿子支撑门户的老头走了，人不过就是如此。听他三儿媳说走的时候，他脸上挂着幸福的微笑，连装殓入棺的时候都是。大家都说是他三儿媳妇伺候的好，是个孝顺媳妇。

苦姐听到消息后一声叹息，上次看到他还是五年前，那次线绳子村长和他四儿子开三轮卖西瓜。被他们道班附近的交警三中队查到了。他就去道班找苦妮。她热情招呼，问清来由，她让晏班长去一趟。晏华诚找到三中队查海生队长，查队长很为难。说上面查得紧，他当队长的现在也不方便放车，下面的队员都看着呢。他们一边走一边聊，他突然说："晏班长，你看我们院里这一股截路咋成这样了？"晏华诚看着那片损毁的路，正想给他分析下成因，却突然恍悟似地说："晚上我来给你们补补。"查队长客套了一番，对一个交警一挥手，说那辆拉瓜的三轮车让他走吧。就这么简单。

他四儿子要给卸俩西瓜，查队长制止说，这里不行，这里有监控镜头，能拍到，放那棵柱子后面就行了。

他四儿子开动三轮车，到交警说的柱子后面时，问他爹："那队长可是说卸这儿？"线绳子说："给他卸他娘个羊熊，走，不卸。"当时已经中午了，她做几个菜留他们吃饭，他和晏华诚还喝了两盅。

线绳子说："这查队长，以前我跟他爹认识，我当村长的那会儿，他爹还找我办过事，日他娘，现在当队长了，我问他可认识查秃子？他爹大号我不记得了，外号就叫查秃子。我说以前查秃子还找我办过事，我是线绳子村长，你没听说过这个称呼？他没搭理我。不是他爹找我办事的时候了。”他感慨着说完，打量着道班说，还是苦妮过得好！

吃过饭，他们爷俩死活要给道班卸几个大西瓜。苦妮又带他们到附近村子里帮他们卖西瓜，一车西瓜很快就卖完了。苦妮让他们过几天再来这里卖。线绳子的儿子说，不到这里来了，这儿交警太黑，一张嘴就要罚 500 块钱，我这一车西瓜才买 300 多。

时间过得真快！

她“婆婆”有病的这段日子没啥吃的，她就给“婆婆”送吃的，她每次去赶集，都是先买好道班的菜，然后再给婆婆买一份排骨或一只老母鸡什么的。她自己出钱。连卖菜的都说，你还用自己付钱，我给你算到一起不就行了。

“那不行，这排骨是我给俺‘婆婆’买的。”

她“婆婆”留着排骨等她儿子来吃，她儿子不领情，听说是苦妮送的一脚踢翻。

晏华诚很气苦姐，知道她苦，老是把事情放在肚子里自己吞，拿自己当外人，他希望苦姐能让他分担一些事。谁能了解她的苦衷呢？她也希望有人能分担她的苦，但她担心说出来的效果并不会像想象中的那样减少痛苦，反倒让别人难过，给自己更大的压力。她要做的是问心无愧。

时间一长，就有人觉得道班的伙食差了，感觉总是不对劲。后来薛义刚和唐大伟俩人去菜市场问了。结果卖菜的老板说，三只鸡 82 块钱，她另外买的一只鸡 30 多块钱，她自己掏的。他们一看，和她自己报的一文不差。

苦姐把老母鸡煮汤送来时，看到“婆婆”躺在床上怎么喊也喊不醒，以为她婆婆去世了，说：“娘啊！你走了。以后的事就不属于我管了。”

原来她儿子昨晚上，偷了亲戚们给她凑的看病钱，她气得昏厥过去。一直到现在都没醒过来。

袁昌星输钱回来，却怀疑是苦妮害的，要她赔钱，否则就报案告她杀人，还说：“都离婚了，谁让你来的？为什么你来了我娘就死了？”

邻居们闻声都过来看，然后七手八脚的帮忙把她抬进卫生院。她“婆婆”的命真硬，又活了过来。

苦姐把自己的积蓄拿出来给“婆婆”看病，没过几天，他前夫因为赌博、盗窃被逮捕。她把“婆婆”接到道班来了，别人让她别管。她说其实我也不想管。记得一次，自己惨遭丈夫袁昌星毒打，不想活了，半夜里起身去厨房，拿个菜刀要去砍熟睡的他，可是一想到女儿，好歹她也有个父亲，心里恨恨地说，你要是个畜生，我就杀你了。她放下刀，转身往外走的时候后，被婆婆看见，那时她还勉强能看见，大喊要杀人了。她丈夫醒来后，知道她拿刀想杀自己，再一次毒打她,把她的胳膊都给打断了。她想到这里的时候,觉得“婆婆”对不起自己。可是她也是个苦命的女人,自己要是不管她了,她就没人管了,她就会死。唉,怎么说我们都是婆媳一场,我不能不管。

苦姐的母亲知道了,也比划着要照顾她“婆婆”,还把她别在腰里的钱拿出来,要闺女给她瞧病。

苦姐把她“婆婆”也接进道班,大家开始一见到俩老太太都乐呵呵地打招呼。可是没过两天,就有闲言碎语了。木来新背地里说食堂是她家开的……

班务会上,晏班长首先说到两个老太太的伙食费问题。他话没说完就被木来新打断,他反对说:“晏班长太抠,俩老太太能吃几个钱?她们还帮咱道班干活呢。”想不到木来新的境界啥时候变得这么高了。

木来新是指苦姐的母亲在道班的菜园里,帮他们拾掇菜地。他们道班腾出一块菜地,菜地前头都整齐地插着写有职工名字的牌子,这就相当于自家的菜地了,谁的谁管理。

苦姐母亲闲不住,木来新的那块地位置好,靠路,她就常常去他那块打理,让他省劲省心。说起他那块菜地的位置,以往最让他心烦,最讨厌局里检查的人来,走的时候摘大家的菜,结果每次都摘他的,哎呦心痛啊!如果摘一次就算了,可每次来人检查,临走时摘菜成为必然科目,而他的劳动果实又必然最先遭殃。他们说摘的是绿色蔬菜,哦,这逻辑很奇怪,绿色蔬菜就该被摘走啊!难不成被污染的蔬菜就该道班的人吃?如果以检查的名义专门来摘菜,就让人恶心了。

苦姐也提出伙食费,晏华诚说,从我工资里扣。他是希望苦姐明白,那也是他的表态。可苦姐说:“从你那里扣算啥事哩。”她有她的苦衷,大家心里明白,都是善良的人。

田甜无意中说,她最近不知道为什么,老想吃公路局后面那条路上,照相馆对面那家店里的老婆饼。晏小山听了记在心上,他换件衣服拦辆中巴车,偷偷地去市里,找到她说的那家店买了两盒老婆饼。他回来的时候,已经没有班车了。他好不容易拦了一辆拉沙子的机动三轮车,途中在一个右拐的下坡路段,因为车速太快,他被甩下了三轮车,翻滚到边沟里,胳膊上腿上背上都是伤,三轮车司机竟没有发现他掉下车。他顾不上疼痛,一摸老婆饼还在,掏出手机打电话,让钱程来接他。

田甜一边吃着小山给为她买的老婆饼,一边给钱程讲她的故事,她希望有个疼她的男人。她的童年几乎就是伴随着母亲无助的哭泣和父亲声嘶力竭的打骂声度过的。而打老婆,则是他醒酒的唯一方式。所以她十分排斥嗜酒的人和见不得女人的泪水,因为它会让自己重新走进不堪回首的苦涩童年。她说:

“有一次妈妈给我的钱,父亲想偷走。我说爸爸我看不起你,我怎么能有你这样的爸爸？话还没说完,他就动手抢了。他狠狠地瞪我一眼,说我是你爸,没有这个你看不起的爸爸,会有你吗？会有吗？他回头又说,等我翻本了,双倍还你。”

她一生不能原谅她父亲。

晏小山听她这么一说宣布戒酒,钱程为了拒绝她却故意喝酒。但她还是喜欢钱程,爱一个人真的没办法。

第十二章

据传坛集道班依然轮流坐庄。重任落在他们道班的小胖子身上。他一个人要在两天内,为三个人整出十几条事迹来,太为难他了。他没有事迹找事迹,憋了三天四夜才憋出来,人一下子瘦了一圈,想不到写材料这玩意还能减肥。后来大家观察了,写材料的还真没有几个肥头大耳的。小胖子写完材料,还专门拿去请肖科长"把把关",有点难为肖科长了,他不好意思说啥,随手翻翻说写得不错。

阚局长让他们把先进事迹报上来,他要亲自看。第一篇是潘班长的先进事迹,有五件具体事例,大约 2000 多字,其中有一段是这样写的:2 月 30 日的早晨,天寒地冻,潘进跳进冰冷的河水里救人……阚局长看完都被感动了。

钱程认识潘进,就是他们培训时同屋住的那位。最后传出的,却是阚局长直接取消他的评先资格。

杨义请客,木来新喝多了,竟然能说出来不要钱的酒,不喝白不喝。杨义急了。说酒是要钱的,你喝了再吐,那是糟蹋粮食。

他说:"酒钱算我的。饭你请,酒比饭贵。"他的话明显多了,然后让服务员拿烟,拿中华的。他老毛病又犯了,别人请客吃饭,他就喜欢拿烟,而且只捡贵的拿。大伙故意分散他的注意力,一惊一乍说刮出一个大奖,钱程一攥说,中了一台电脑,引得大家争相看,木来新说中了电脑那是他的,他说过了酒钱算他的。一打岔他忘记了要中华烟的事了。他急切地想把他知道的东西无偿地传授给别人,说今年的先进他已经被肖科长和席局长内定了。他突然发现他是全桌最有魅力最受欢迎的人,因为他们都认真地听他说话。他还要和坐他旁边的唐大伟打赌,说今年他是先进。谁不信,打赌。他到处找人过招,尤其是那些平时对他指指点点的人。他觉得他是世界上最勇敢的人,又一口干了两杯,顿时进入无人之境,一边唱歌一边哭,大家看不见他,他也看不见大家了。他骂肖长河不是人,侮辱他,总在人前背后对他喝五吆六的,总有一天要给他颜色看看。他真的喝多了,这时的他想做什么就做什么。

第二天他酒醒后问大家要电脑。大伙说你拿个笔写台电脑不就行了吗？还说他输钱输疯了咋的？

有人对阚局长提议说，这种评先方式让一些班长很难堪，不利于工作。

阚局长说："我倒是觉得班长也要轮换交流，在一个地方呆久了，容易瘫住不动了，进取心一定时时刻刻都要有，不存在难堪的问题，要考虑力量均衡，要让新同志有出头露脸的机会，随时都要给，再说我们要的是工作上争先恐后、力争上游的良好氛围。如果我们的工作还有这种歪风邪气。班长会对下面怎么传达？他一定不会说，你们选上了，我没报。他只会说我报了，局里不批。是我和各位不批吗？那些埋头实干的也会对我们有看法，有意见，这种典型的欺上瞒下，会让他们觉得我们在座的各位昏庸无能，那么谁会在以后的工作中多干呢？我对这种行为零容忍。还有隐瞒不报，政令不通的现象也必须改变。关乎选贤、晋级、评职称、职工福利等重要文件，要确保每个职工都能看到，收到文件就扔进抽屉里锁起来，塞进档案盒存起来，和我们没下文件有什么区别呢？"

阚局长发现先进材料上都是带病工作的。健康是革命的本钱，他不赞成职工带病上路工作。如果都这样"舍本求利"，即使路况上去了又怎样呢？继续当先进？但身体就此垮了，这先进又能当多久呢？

席局长说："写的都是带病，不一定是真带病。因为按照我们现在的评选标准，带病工作似乎更能说明工作有责任心。大家心里会想，都带病工作了，怎么不是先进呢？还有比这更先进的吗？事实情况是没有什么事可写，就写带病上路工作，而这个又查无实据，屡试不爽。"

单强发养护服装时，少发给董祚庥一件上衣，他留下了。他告诉董祚庥，肖科长发的时候，就给他这么多，不知道为什么少了他一件。正像他想的一样，董祚庥也觉得为什么偏偏就少他一件呢？不过他接着说一句："少就少吧，家里还有几件呢，穿不完。"

单强听了他的话，心里突然有种空落落的感觉。本来想制造一点儿热闹的，这下没戏看了。

肖科长没有忘记把先进名额给木来新一个，他最强有力的证据是记者对他的事迹有过报道。白纸黑字，而其他人却苦苦整不出事迹来，而又口说无凭。木来新明白这是肖科长恩赐他的。

"评先委"去明显道班汇总先进个人事迹材料时，董祚庥被人打了，带队的席局长见面，竟然说怎么又是你，让董祚庥觉得自己挨打挨的都没趣——本来应该是四中队的事。原来一户村民在边沟护坡上种庄稼，他发现了去制止，就发生冲突了。他被人打了，回到道班，没人说他的理，大家都觉得一定是他的问题才挨打的，把他爱路护路的热情打击殆尽。

正在评先进的关键时期，董祚庥出这档子事，大家都觉得他今年又没有指望了。投票开始前，肖科长帮木来新出主意说，明显道班最有可能的人选是晏华诚、钱程、苦姐。晏华诚按照评选新规则，今年不能在道班参加评选，你只能在钱程和苦姐之间抢一个。民主投票时，有几个人是这样想的，一票给董祚庥，觉得没人会投他，一票给自己，其他人都是对手。大家依然是惯性思维，结果董祚庥的票就高了。当他看到统计结果时的那一瞬间，眼泪还是忍不住在眼眶里打转，这个世界上没有铁人，人心都是肉长的，都会感动。

木来新临时向三个人拉票，他们都说一定投他，结果就两票，他自己投了自己一票，你看这人心。大家都看了看苦姐，每个人都以为别人会选苦姐，自己这一票就不投她了结果想法撞车了。她只有四票。

票数最高的是董祚庥。

董祚庥知道大家并不是真的要选他，而是算计失误，他坚决不要这个先进。

肖科长又帮木来新出主意说，你最有可能的，就是在晏华诚重评做高姿态时，当仁不让。晏班长决定将这两个名额给苦姐和钱程，钱程不要。大家都让来让去的，偏没人让木来新。肖科长迅速控制局面，说晏班长的觉悟高，领导能力强！局领导都说了，今年木来新进步很大。一提木来新，晏华诚已经知道他的意思。他们想起那晚他在酒桌上说的话，果然是真的。

晏华诚略带开玩笑地说："我没说给木来新啊！我是老先进了。让，我也让给肖科长。反正今年，我们是在一起评比。"

肖长河对他这话半烦，万一评上了，不明真相的人会说是他让的。往年他都是"自报"奋勇的。又不能说晏华诚让之前，我已经报了或领导已经定了。

木来新不服，肖科长话说到这份上，晏华诚竟然说不给自己。他举报明显道班的"禅让制"，想一箭三雕。明显道班的同志见荣誉就让，领导都看在眼里，那是高境界。结果阚局长表扬了明显道班。阚局长还说："我们要发扬民主，不能光在种菜还是养猪的问题上发扬民主，职工的眼睛是雪亮的。我们要广开言路，尊重职工首创精神，善于发现职工中的好做法，善于总结一线同志面对新问题、新形势的许多新思路和新点子，并提议多设两个奖：工作创新奖和合理化建议奖，待遇同上。职工好的建议也是生产力，发牢骚终究不是好事情。我们不欢迎背地里发牢骚，把你想说的话写成建议交上来。只要提得在理，有益于我们开展工作，就有奖励。"

董祚庥觉得有话要说："背地里说那叫发牢骚，公开地说那叫合理化建议，这符合自己的性格，况且提好了还有奖。那就提呗！"他一共想到 12 条，最后想来想去就写了 6 条。以下是他的书面提议：

一是建立公路修补的历史档案。过去形式主义让道班编撰许多毫无意义的内业资料。许多路段年年罩面,刚罩完面就重新铺油,刚铺完油又重新修筑路基等,浪费大量资金。建立路档是对我们工作的一项鉴定和经验总结,包括公路的修筑时间、结构和该路的某处(该处桩号)在什么时间出现过什么病害,并于什么时间(哪些人)实施什么样的保养处治等。不能让同样的病害年年搞,结果还是病害。

二是实施交通量自动化观测。我们的流量观测还是几十年前那种人为观测方式,表格还是过去那几种简单的车型,有些车型早就没有了,而表上还有,就连观测的人都不知怎么区分。再加之观测的环境和制度不被认真执行,人工观测基本上是一种没有任何真实意义的数据。交通量观测落后,并不能真实了解公路的通行能力和确定未来公路发展规划,浪费人力、物力、财力。

三是取消不合理的劳动竞赛。道班工人一年四季,忙忙碌碌。夏天顶着酷暑烧油补坑,整路肩;冬季除雪保障,这样的作业就是日常按部就班,也要累得人够呛。每年要举行两个常规劳动竞赛,一个"雨季杯",一个"百日养护"。一开展劳动竞赛,要求高了,任务多了,工人更是倍感辛苦。特别是"养护365行动",工人基本没有休养生息的喘气机会,抵触情绪较大。就是打仗也得有个休整的时候啊。

四是购置新设备。生产工具和方式相当落后,道班的作业工具还是处于刀耕火种般的原始状态,甚至有的道班每人一把铁锹都不能保证,这种现象居然很流行。

五是取消例检制度……

六是为道工配备交通工具……

大家都等着看笑话,他们觉得提那有啥用。费笔、费墨、费纸、费脑子,到头来却是徒伤悲。道班工人中除了他就没人提了。

阚局长找他谈话,说是谈话其实就是唠家常。对他的建议,阚局长给了他肯定,还和他开玩笑说:"你不怕,若不检查一下,领导把用到路上的钱也贪污了。例检制度是对的,应该坚持……"

不知道为什么,阚局长就喜欢和董祚庥唠嗑,他们谈话的氛围轻松而和谐。

阚局长提议给他合理化建议奖,以带动更多的人提出合理化建议来。

对董祚庥获建议奖,有人反对说:"那样会助长他写诬告信,并从长远说,下一年怎么办?达不到他的满意,他就到处告状,这个惯不得。"

有人对阚局长说:"在评选先进上,他写过诬告领导的信。"后来阚局长在莫科长那里看到原信。

局领导：

您们好！首先，请允许本人在此，对多年来局领导、道班工友，对我本人工作的帮助、支持和关怀，致以深深的谢意！

恕我直言，作为道班最普通的一名工人，缘于对工作的热爱，本人对此次评选先进个人表示异议。首先，既然是评选先进，我不明白此次评选，是谁在评，一句话，决定本次评选先进个人结果的主体是谁？是班长一个人说了算吗？

再次，本人认为，此次评选先进，本人理所当然应该是其中之一，本人认为自己当选先进个人也是受之无愧的。人说识时务者为俊杰，本人应该是做不了俊杰不识时务的人了。本人以为拉不开面子，不指出来就不知道改进，指出来是对我们工作的促进，是对领导对组织负责任，单位才能发展，工人干活才更有希望。而不是一小部分人披着民主公正的外衣把持评选先进。

最后，本人作为一名普通的道班职工，深知提此异议，肯定会给自己带来系列或意想不到的种种不良后果，但即便如此，为了最基层道工的权利，也为了诠释公平、公正的原则，我以为，评选先进就是评选先进的问题。相信道工也一样，也认为有耕耘的辛勤就必将有收获的喜悦，而现在的评选先进就是收获，本人为收获而争、而提异议、而说两句再普通不过的道理，应该是理所当然和理直气壮的。何况，本人认为自己的以上异议，并无任何错误或过分之处，本很正常。

谢谢！

恰恰就是这封信，阚局长觉得更应该给他合理化建议奖。最终结果公布，有人一片哗然，有人冷嘲热讽，也有人认为众望所归。有许多人虽然没有评选上，但是这种评选氛围，让他们心服口服，决定今年好好干，来年再评。他们对阚局长更信任了。

董祚庥得奖后，做任何事都敞开胸襟，并且总去多想那些美好的温暖人心的人和事，他再没有牢骚了……后来局里为道工配发交通工具后，董祚庥又有了一个响亮的外号：董六条。

第十三章

汽车奔驰在宽阔平坦的公路上，路旁整齐美丽的行道树迅速向后划过，猛然间身着橘黄色工装的养护工人映入眼帘，一处橘黄色的院子上写着："养好公路，保障畅通"。那是道班的标志。

钱程所在的道班也在这条路上。吴筱然现在已经是一名报社记者，她临时改变行程，在明显道班下车。走在道班的路上，她想见到钱程，要给他一个拥抱。

钱程听见有人找，捧着书低头走出来，眼睛没有离开书。她从树后过来张开双臂，准备给他一个拥抱。一种成熟女人的香味，不是田甜惯用的那种香。他抬头一看是吴筱然，她的姿势把他吓了一跳，惊讶地合不上嘴，激动和兴奋溢于言表，旋即又表现得非常难堪。他用一只手阻止了拥抱，另一只手指了一下自己满是污垢的养护服，这一切田甜都看在眼里。

他们向池塘那边的回廊亭走去，那是一个曲折的廊桥建筑，桥边刷的橘黄色的漆，有些地方风吹日晒得有些脱落了。廊桥沿水而建，通过一个小小的拱桥折向池塘的中央方向，廊桥的尽头，靠近池塘中央的位置是一个六角形的精巧小亭。他们刚踏上那座小小的廊桥，两只不知道什么鸟，从六角形小亭的角檐上扑腾了两下翅膀飞走了。钱程吓了一跳，可能是因为他心里藏着事儿吧！他本想带她去里面坐坐，池塘的对面，有田甜晾晒的衣服。他说："咱们出去走走吧！"道班后面的那条河，因为远离城市，没有遭受到"现代文明"污染，河水清澈见底，有鱼有虾。天上的白云映在河里，画儿一样。河边的草丛里，蝴蝶和蜻蜓欢快地舞动着翅膀，飞个不停，景色美丽极了，让人陶醉。吴筱然坐在河边的青石上，把脚伸进去，轻轻地摇动，荡起片片涟漪，她的心事也如那片片涟漪一样。此行，吴筱然希望能带他离开这里。她说："最近总是做一个奇怪的梦，梦到我把你弄丢了。"然后她看着他的眼睛说："你知道吗？我真的怕把你弄丢了。我都不敢睡觉了……"她说完把目光收回看向远方。

"其实我也做了一个梦，我正不好意思对你说呢，我在梦里娶你做了新娘。

我是害怕醒来,要是一直在梦里多好!"

"真的。"吴筱然一阵惊喜,一激灵差一点掉进河里,钱程眼疾手快上去抱住她。

"真的。"

她迎上嘴唇想吻他,钱程却明显地退缩了。

这一幕被田甜看得一清二楚,喜欢一个人,见到他时会很喜悦,见不到他时会想他在做什么,见到他和别人在一起会很难受。那一刻她心里突然变的空落落的,眼泪不由自主的流下来,然后一个人默默离开了。

没有人知道梦里的那一幕时常激励着他,每当他看书看不下去的时候,他就会想自己想要配上吴筱然,就必须看书充实自己。有一次他坐在小亭子里看着池塘里的荷叶,想到一个智力题,说荷塘里有一片荷叶,它每天会增长一倍。假使 40 天会长满整个荷塘,请问第 38 天荷塘里有多少荷叶?答案要从后往前推,即有四分之一荷塘的荷叶。但是第 39 天的时候就会是二分之一荷塘的荷叶,第 40 天就会长满整个荷塘。在荷叶长满荷塘的整个过程中,荷叶每天变化的速度都是一样的,可前期漫长的 38 天里,站在荷塘的对岸,你会发现荷叶是那样的少,只占领荷塘一个小小的角落。在追求成功的过程中,人们往往只对"第 39 天"的希望与"第 40 天"的结果感兴趣,却因不愿忍受漫长的成功过程而在"第 38 天"放弃。所以自己一定不能放弃,坚持就是胜利。

钱程想对她说:"你喜爱这里,那留下来吧!"可是他觉得那样的话太自私了。他想起上周田甜给他洗衣服的事。晏小山看见她给钱程洗衣服,果然像传言中的那样。他对田甜说:"我的衣服也在这里,你也要给我洗。"

"凭什么?"

"那你凭什么给钱程洗衣服?"

"我……"她脸倏地通红。

"怎么?你有什么把柄落在他手里?一样的人,咋不一样对待?"他说着把他的衣服也丢进田甜的洗衣盆里。

田甜恼了,连盆带衣服扔到河里,他跳下河去捞,田甜让他把钱程的衣服也捞上来。他不捞,说:"我为什么给他捞衣服。""你不捞那我跳下去捞了。""你爱跳不跳,关我什么事。"他看到田甜特别在意的样子心里更气了,一伸手抓住钱程的衣服扔到更远的地方。她就沿着坡试着向河中间走。他急了,说:"这儿水深。"她不听。晏小山游过来拉她,她一挣扎,差一点呛到,他们在水里拽起来。恰好被钱程看到……

吴筱然给他讲大城市的生活。钱程则无话可说。他要说的只有道班工人的酸甜苦辣,而这些他又不想说。想到工资待遇,一种难以表述的酸楚油然而生。和她走，做她的累赘吗？她是一个如此美丽善良可爱的女孩子，他只能祝她幸福。自己一个道班工人，无法给她幸福，但是更不能阻止她幸福，一丁点儿都不行。

远处，田甜在一个偏僻的角落里，注视着他们的一举一动。

他看她一眼说："你是鹏，我是雀儿，胸无大志。"他这会儿很看不起自己。

"你可以干许多事。"

"我能干什么呢？"

"要相信人生就是在上台阶，只要你努力地去做，一个台阶一个台阶地上，总有一天会到达你想往的高度。因为世上本没有路，走的人多了，就成了路。"

"那当然，这个我懂，因为我是修路的。"经吴筱然这么一说，他才发现自己一直没有目标，甚至对目标充满恐惧。

"你现在有事吗？"

"没事。"

"那你送送我吧！"知道她要离开了，一种难言的情绪涌上心头，他心里不是个味——她原本应该是自己的女朋友。现在、将来她是谁的女朋友与自己一点关系都没有了。路上，吴筱然说："记得在学校的时候，你送我……"

钱程则想到那次大巴车上的事，他为她死过。当然她不知道。他也不想让她知道。

晏小山站在田甜背后对她说："你看钱程见到那个女人的样，猥琐。他见你那样过吗？他就是一只癞蛤蟆。"

在宾馆登记的时候，服务员问："是两位吗？"

吴筱然问他："在不在这住？"

钱程说："不了，回家，我家就住在这东边，我妈租的房子，不远，步行 10 分钟就到了，我这几天都没回家了。"

"两位。"吴筱然说。钱程拎着她的包，站在她身后，听她说完，他往前倾了倾身子，用手轻轻敲了一下她的背。这个轻轻的举动依然没有逃过服务员的眼睛，那服务员目光诡异，含笑着说：请这位先生出示你的身份证。

"不是他。我还有一位同事，明天早上到，坐晚上的火车赶过来的，早餐券一起给我吧。

"等明天来登记的时候，前台会给的。"服务员说。

吴筱然在洗手间卸妆，换衣服。他看电视。她卸完妆，他们在房间里聊，聊他们上学的时候，聊他给她布置数学题……说到这儿的时候，她骂他是个坏蛋。他看着她的胸，比以前成熟丰满多了，女人真是越长越漂亮，还比以前有气质了。吴筱然的家，在 80 公里外的丹城县，父母在外打工，留她一个女孩子在家不放心，就让她来二姨家上学。

她接了一个电话，说："二姨要来，钱程你回去吧，就到了，让她们看见应该不好吧。"确实也是，钱程起身，她说："我送给你个礼物吧！"他站住，筱然说："来，抱抱。"钱程出去的时候，她打开门伸出头说："等有时间了，我去看望钱阿姨。"

钱程点头。他走下楼后突然有些不放心，她二姨？他在宾馆旁边的商店佯装买烟，要看看是谁，在商店门口心不在焉，目光游离，这让老板倍加警惕。问他买什么？

"买烟。"

"什么烟？"

"最便宜的什么烟？"

"黄盒中鼎的，三块五一盒。"

"就那种。"他掏出钱夹，没零钱，掏出一张100元的，老板对着光左晃右晃，最后说没零钱找。

钱程指着他半玻璃缸零钱，说："那不是零钱吗？"

"找不开。"一会儿，他看见从出租车里走下来三个人，其中一个人打量着宾馆，像是在确认。他隐约认出来那是吴筱然的二姨，他放心走了。

他一转身，迎头碰上晏小山。

"在宾馆里爽死了吧！还回味呢？"

"你怎么在这儿？"

"我就纳闷了，我怎么不能在这儿！"

"你跟踪我？"

"跟踪你咋啦！你个不是人的东西。"小山一拳朝钱程脸上打去，身后是田甜，他看了她一眼，没有还手，田甜扭头走了。

晚上，田甜喊了朋友去唱歌。小山鞍前马后地伺候着，大家都走的时候，田甜突然说："小山你抱抱我……"她哭了。

钱程当晚做了一个甜蜜的梦，他梦见自己变成了一颗五彩的"铺路石"，然后这颗五彩石变成一颗钻石。他把那颗钻石戴到吴筱然的无名指上。这真是一个奇幻的梦。

第二天钱程去道班上班时，晏小山正砍道班门前的一棵梧桐树。那是四年前他与田甜一起栽的。记得那天是植树节，田甜一大早就去敲他的门，他刚起来，正在叠被子，问什么事？

"这次道班都植什么树种？"

"问它干什么？"

“问问。”

“有合欢、国槐、女贞、梧桐……”

“那你帮我留一棵梧桐树放在道班。”

“你要它做什么?”

“别问了,挑棵大个的帮我留着。”她说完便走了。

他植树回来,她等在门口,说:“我想在你去年砍掉的那棵枯树上,种一棵梧桐树。”

他把坑挖好,她手抚树苗,他细心地向树窝培着土,俩人一边干活一边说话。干完后,田甜说:“今天真是太有意义了!我要看着它长大……”可是它没有长大,晏小山却要砍掉它。他什么意思?

突然间,钱程心里腾地冒出一股无名火气,他要连昨天的那一拳一并和他算,便对晏小山说:“你有病吧!”

晏小山一使劲用手把树从砍的地方折断,然后推到钱程面前说:“你以为你是金凤凰。”不是他躲得快就砸着他了,“看不起你这种人,吃着碗里的看着锅里的。”他充满挑衅地看着钱程。

自从吴筱然来道班之后,他发现田甜和晏小山都对他充满仇视。虽然他们仇视的内容不一样,但他的心里还是拔凉拔凉的。这个女孩一心想着做他的媳妇。为什么不能对她好点呢?可是他心里留着一个人的位置,每次只要一想到吴筱然,就把田甜在他心中的位置挤走了。有时累了或者当他感觉吴筱然特别缥缈的时候,田甜就又回到他心里去了。他想其实娶田甜这样的媳妇踏实,可是他依然忠实于内心的幻觉。

他们俩打了起来,但是对着晏班长和苦姐,俩人打死都不承认打架,相互拍着肩膀笑成一片。背过苦姐的眼睛,俩人都用一个指头指着对方。晏华诚问他为什么要把一棵好好的树砍掉,这不是败祸头吗?他们解释不了连忙走开。这件事让田甜对晏小山好多了。晏小山觉得这是他的胜利!胜利!!胜利!!!那感觉不是一般的好。

钱程想给她一个解释,可田甜根本不听,他又反常了。他发觉自己情感激动时,看书,已经不能让他平静了,他要用剧烈的运动释放情绪,到道班门外的公路上猛跑,跑到自己筋疲力尽。K934公里桩——这里就是他那次推车时看见吴筱然的地方,他给这个桩起了个名字:生死桩。他坐在“生死桩”上认真思考,曾经他一直在现实里半死不活的,很颓废,每天就是上班下班,吃喝排泄,睡去醒来,无聊发呆,他不知道自己人生的意义何在,他一直觉得自己就像快腐烂的红薯,从上班的第一天就开始了,然后化为泥土变成一个名字,不,连一个名字都不会存在,谁会记住一个烂红薯呢?他只是这尘世间的一粒尘土。现在他想做一颗铺路石，而且要做一颗有名字的铺路石，镶嵌在长长的公路上，他知道这很难，但有意义。

他回来后，又到河里去洗澡，他把头长时间憋在水里，感受窒息，然后再猛地窜出水面，大口呼吸。他玩累了就坐在吴筱然坐过的石头上想她，也不说话。阴天，大清早的风吹到他身上，起了一身鸡皮疙瘩。

田甜从身后把一件衣服搭在他身上，走了。

钱程扭头的时候，脖子左侧昨天打草时被树枝嘣到了，此时依旧噏噏的疼。局里给他们配备了打草机，除掉路肩疯长的杂草、藤蔓，一般都要全副武装，头上戴着帽子、防风镜，脚上穿着运动鞋，身上穿着厚厚的冬天的长衣长裤，然后就是把领口、裤脚扎得紧紧的。这样做是为了防止打碎的草屑瞬间飞起，如果皮肤暴露，就会奇痒难忍。另外就是防止飞起的碎石，嘣出的草根、断枝伤到自己。他则没有扎领口、裤脚，也没戴帽子。肖科长来检查的时候，恰好他们都在休息，他看到后不高兴，让他们掂量掂量。他们说不是我们休息，是让机器散散热。但是肖科长觉得他们就是找不完理由，说不准散热，两个小时后，三台打草机因为天气热、工作时间长全部“罢工”，被送回道班修理，大家坐着发呆。肖长河远远地站在一处树阴下，用帽檐当扇子使劲地朝自己扇风。

“我不停地打着路边的草，累弯了打草机的腰，轻轻地我忍心让汗水肆意地流，正如你静静地看着软软的柏油，挥一挥衣袖，忘了戴个蛋壳把风扇走！”单强吟了一首打油诗，大伙听了哈哈大笑。

钱程不知道为什么积压的无名火瞬时爆发。他径直走到肖科长的面前拿下他的帽子。董祚庥本来也想发火，但他闭上眼睛，默默慢数十下，告诉自己别说话。

“干啥？”肖科长没好气地说。

“忘了戴蛋壳了，借来扇扇风凉快凉快。”

肖长河可能感觉亏理，没了以前的嚣张，说：“你扇吧，政府招标采购的设备就是不搁玩……”大家奇怪了，肖长河这次怎么没斥责他。单强说：“他不是看咱们火气那么大，能软的像面条？想找个茬都不容易了。”

下午，晏小山独自在五道汊准备下去清理边沟时，一下子滑趴哧了，下面盘着一条菜花蛇。那条菜花蛇在他小腿上狠狠咬了一口，他知道没毒，但还是拦一辆路过的机动三轮车，去镇上的卫生院处理了一下，他担心万一那蛇变异了呢。

田甜知道他被蛇咬了，没有多想，赶紧拦了一辆中巴车，去镇卫生院看他。她赶到卫生院时，没人。她赶紧打他手机，晏小山说：“我已经走了，没事，是无毒蛇。”当他知道田甜为他着急，还去卫生院看他，他有一种想再被蛇咬一口的冲动。

木来新说："晚上到五道汊逮蛇去，那里菜青蛇多，逮到做成椒盐蛇肉，让大家尝尝鲜，我在饭店吃过一蛇三吃，清炖蛇肉、爆炒蛇皮、蛇骨炖鸡，味道好极了！"

董祚庥说："蛇是有灵性的，不要乱伤其性命。"大伙都不理他。

他们刚到晏小山被咬的边沟附近，木来新就发现一条菜青蛇。他缓慢接近它，然后左手抓起尾巴，右手套住蛇身，往前轻轻移动到头部，再捏住头部下面的位置，没一会儿那蛇就死了。

同去的仨人都看呆了。问他怎么那么麻利，他说："小时候跟父亲学的。蛇的腰身无力，挺不起来，所以打蛇打三寸，三寸是蛇脊椎骨上最脆弱的地方，最容易打断。蛇的脊椎骨被打断后，沟通神经中枢和其他部分的通道就被破坏了。因此必死无疑。"

单强骑摩托车去镇上的超市买回来盐、孜然等材料。

杨义则去捡木柴，烤起了蛇肉。

晏小山挑了五串最好的，说给他老爸留着。他回到道班就敲田甜的门，把留好的五串烤蛇肉都送给她了，压根就没有他爸的份。

田甜问他："什么肉。"他说："野兔肉。"田甜尝一块，感觉骨头那么多，到底什么味呢？说不上来。她问："小山到底什么肉？"

晏小山说："蛇肉。"

田甜一听，当时就恶心，呕吐，把那几串蛇肉扔到地上，还骂了他。结果她夜里做噩梦，惊醒了几次。苦姐知道是小山给她吃蛇肉引起的。第二天说了他一顿，从来没见苦姐这么生气过。小山凭借工作期间被蛇咬伤了没上路干活。

田甜进进出出的就是不理他，好心被当成了驴肝肺。傍晚收工回来后，晏华诚又骂了他一顿。

晏小山气得要命，就去前李庄喝闷酒，越喝越不是滋味，回来的路上，他一屁股坐在马路牙子上，给田甜打电话说自己又被蛇咬了。这次恐怕是毒蛇，自己快不行了。但让她不要告诉他爸，也不要告诉她妈，反正不要告诉任何人。他把自己所在的位置告诉了她。如果她来，就在眼前这片黑油油的高粱地里把她办了，让她成为自己的女人，一步到位。

晏小山不知道真的喝多了还是怎么的，他回到道班看见田甜屋里的灯亮着，就把她的门踢开，把她骂了一顿。然后又踢开钱程的门和他打架。那天苦姐、晏华诚还有薛义刚和唐大伟都在道班，他们不知道发生了什么事，都出来看。田甜被晏小山骂了，心想他这个人就是没素质，真的不能跟钱程比。大伙知道他喝醉了，晏华诚上去扇他时，他竟然和他老子干起仗来，口口声声说不是他亲生的，以后不喊他爹了。晏华诚气得要拿棍子夯死他，他把头伸给他，还说谁不夯他谁是孬种，还骂田甜就是个贱货。晏华诚真去找棍子要夯他，苦姐急得去拉他。唐大伟和薛义刚则拽小山进屋，让他睡觉去。

田甜发誓一辈子不理晏小山。

钱程的母亲突然有了一场病，恰好赶上省局领导来进行养护大检查。钱程白天和同事一起在路上养护，心里像长了草似的，承受着巨大的压力。晚上抽空守护在母亲床前，体力精力的透支使他心力交瘁，一天晚上回去，他发现苦姐和田甜在医院照顾着他母亲，这让他很感动，他母亲也喜欢上了田甜。田甜也烦回道班怕见到晏小山，就借故在钱程家住了几天，陪他母亲说说话。

田甜去土墩家的小店去买醋，又买话梅，他们家正在吃蛇肉，说是木来新逮的送来的，说蛇汤鲜得很，让她尝尝，结果她突然有呕吐反应，就捂着嘴跑到屋外去吐。

土墩家女人见到晏小山，神秘兮兮地对他说："听说田甜跟钱程好上了，都到他家住好几天了，好像看见她有反应，女人怀孕了才有的那种反应，还喜欢吃话梅……"

晏小山不服，那个气呀！自己不过才有想法，结果就让钱程捷足先登了，他天天喝酒，天天想找人打架。

第十四章

距离五年一次的国检还有20天，阚局长正开会布置工作的时候，接到晏华诚的电话，说道班的小四轮被截住，两名道班工人被扣为人质。

代王庄穿路水管严重威胁公路安全。公路部门牵头工商、城建、公安等部门组成联合执法组，对水管进行强制拆除，局路政四中队和明显道班全体人员都参与了。联合执法成员单位除公路部门外，缺乏彻底制止危害的信心和认真完成任务的工作态度，却尽显善心，劝说一下，吆喝一下，露露面，来一个狐假虎威，没等公路部门强制执行完毕，就迫不及待地走了。

席局长任联合执法组组长，他见拆除顺利没有受到村民阻碍，便放心地尽东道主之宜，陪相关部门的小头头们洗澡去了。道班工人按分工是负责具体拆除的，村民包围过来的时候，其他部门都开车一溜烟跑了。他们放下手里的活想跑，可是来不及了，唐大伟和薛义刚被扣为人质。

阚局长联系席局长，电话通着但没人接，四中队长燕飞的电话也一样没人接听。阚局长担心，他们不会也被扣为人质了吧？打电话给晏华诚，了解到他们先走的，不会被扣。阚局长指派肖长河去了解情况，联系席局长和燕队长。

肖长河欣然前往，立功心态明显，几个村民他根本没放在眼里，他去处理的时候，直接让他们先放人，并和代搏牧主任有过一段对话：

“当务之急是先放人，现在是法治社会，你们这属于非法拘禁，我是为你们着想。我会把你们的合理诉求反映给领导。”

“领导说的对，现在是法治社会。我们农民不做违法的事，我们把破坏分子抓到了。我们毁坏的设施怎么处理？请领导给个说法。”

“你放心，你放一百个心搁肚里，我们都是讲道理的，会有相关部门来处理的。”

“说实话吧！还真不放心呢，相关部门是哪个部门？”

“我们是事业单位，说话算话，到时候自然有有权处理的部门来处理。”

“那要是有权处理的部门不来处理呢？”

领导到这个节点上就会烦的,肖科长显然犯了一个大错误,在不知己知彼的情况下,他想冒充大领导压一压或者冒充黑社会老大震一震。说:“我靠,你怎么那么多废话……”

代搏牧显然感觉被轻视了:“还是你们当领导的厉害,连提意见的权利都被强奸了。农民苦啊!领导你坐会儿,我出去方便一下。”肖长河心里好笑,一句话就把他吓得尿遁去了。

代搏牧前脚刚走,后脚就进来俩妇女,手里拿着半截棍,把门反锁了。

肖长河见她们手里拿着半截棍,感觉好笑,他又一想和两个女人打起来自己不能还手,只能吃个哑巴亏。当看到两个女人把门反锁了,他心里发毛了,知道来者不善。他骇然失色,站起来惊问:“你们干嘛?”

“和领导聊聊。”

“为什么带着凶器?”

“这怎么是凶器,半截棍而已。敲核桃这是简便工具,洗衣服这是棒槌,打狗用它这是防身武器。”

“那怎么不是凶器,你们要干什么?”

“要是照你这么说,你强奸她了。”一个年龄较大的妇女说。

“不要胡说,我是什么人,你这是诽谤,是诬告,是要受到法律严惩的。”

“可是你身上有强奸女人的工具呀!”

他也想尿遁去,不过门被反锁了,他遁不了。屋外,代搏牧让人用一头驴把肖科长的坐骑拉进村委会大院。司机给他打电话说,车子让老百姓用驴拉走了,他还没接完电话手机,就让那个年纪较大的妇女抢走了。肖长河在屋里干着急却没办法。代搏牧回来说,我给你们介绍介绍,这位是公路局领导,这位是我们村委妇女主任,那位是管计生的小王。

代搏牧背后指挥,村民兵分两路,一拨人围堵道班,原因很简单:当时执法组除了道班工人都是穿制服的,村民们知道穿制服的不好惹,只好都算到道班头上,说是道班工人干的,他们看到了,谁拆的谁赔。他们闯进道班砸坏了道班的一些东西,有几个村民在道班院子里溜达,顺手牵羊把道班的一些工具捎走。另一拨人到市政府门口静坐,他们说当初穿路铺设水管是经过公路部门批准的,但拿不出手续,却说是交了钱的,他们就口头答应了。他们也举出例子,说光施工就半个多月了,不然施工的时候,路政巡查的人每天都看见了,还有道班的人也都看到了,怎么没人问,没人管呢?所以肯定是经过批准的。

可见这个代主任水平就是不一般。他们一方面对道班施暴,另一方面向社会展示弱者形象,要求保护其利益。

唐大伟和薛义刚在傍晚时被村民释放,他们颇多感慨。唐大伟说:“他们代主任是个很有手腕的人,他每件事都两手抓,而且两手都硬。人家扣押我们是在饭店,说是请我们吃饭,也确实炒了几个菜请我们吃,不过我们没敢吃。不知道是不是他们挖的坑。他感慨一句,说要是我们庄村长有这能耐,我们庄拆迁征地款也不至于到现在拿不到手。我们村委会的干部从委员到主任,开发商倒是每人分了他们一套房子。于是他们都哑巴了,还骑在老百姓头上不准他们出声……"

村民们闹出事端后,联合执法的部门再没人露面了,谁都怕受牵连。还力劝公路部门出钱平息事端。最后协调的结果是镇政府表态,他们对公路部门的执法表示理解和支持,但全村都没有水吃也不是办法,他们希望从和谐社会出发,让公路部门想办法处理。结果公路部门花钱为人家拆了旧的,赔钱为人家又修了新的。唯一能做的是按标准施工,不留后患。

董祚庥感慨一句,在中国最难处理的就是联合,我们的制度设计都是半截子制度,只有不准。而没有如何惩罚,谁来执行,谁来监督,谁来举报,更缺乏责任追究。这种地方上故意贻害公路的现象不能被监督出来,反而又发起了公路财,这种现象居然很流行。

自从"水管风波"后,代王庄就与道班产生了隔阂,关系大不如从前。明显道班养护的这条路沿线有两个乡镇,沿公路居住的村民基本上都认识晏华诚。

晏华诚也能喊出沿路居住的大多数村民的名字。好多人都有他的手机号码,一旦路上发生损坏公路的现象,他们都会直接打电话给他。路过集镇,不时都会有人热情地和他打招呼:"晏班长,你这是去哪啊?"他一一礼貌地回应。这是他们道班平时"微笑服务、温馨交通"活动做得好。

路过代王庄,他们感到头痛,过去检查得少,住在路两边的村民嫌脏,不把垃圾扔在自己门前的水沟里,都拿到很远的地方去扔。现在检查得勤了,他们把路两边的垃圾也拉得勤了,见有人为自己清理垃圾,就干脆把垃圾直接扔在水沟里等道班工人拉。时间一久,便习以为常了,觉得就该道班工人拉走。

晏华诚重新为大家分了任务,他和董祚庥一组,负责代王庄这一段。其他村庄都好说,提前跟他们说上面来检查,让他们检查时别倒垃圾,大家碍于情面,很支持工作。只有代王庄根本不把道班工人放在眼里。距国检还有15天,大家的心都紧张,加班加点干活。他们道班自己制定了国检应急方案,核心内容是:小集合,大分散。小集合主要针对代王庄要集中力量养护,其他路段分开养护,每个人都分了责任路段。

上次道班工人被扣为人质,助长了他们对道班工人的恶劣态度,局面对明显道班非常不利。弄得他们不敢对该处路段进行病害处理,他们除了对人们遗弃在公路及其两边的垃圾不断地进行清理外,其他什么作用也起不了,除了路边小草可以动,其他什么也不敢动。尽管公路两边是公路用地,也没人敢管了。

过去修路穿越村镇,是为了方便群众出行,而如今村镇却成了公路的癌症,垃圾顺着护坡倒,弄得整个公路被垃圾包围。害得公路是不断地改道,绕过村镇,村镇则不断的追撵缠绕公路,最后把养护工人都逼成垃圾工了。

大家因为这种情绪扼腕叹息。上边一检查,就苦了下边的工人,特别是国检。

钱程说:“我辛苦地编了好多资料,检查时,看了还感到欣慰,就怕不看,白辛苦几个月。”

单强说:“唉,要国检了,在这节骨眼上,上路干活铁锹突然断了,郁闷。”

杨义说:“铁锹也让国检整的累骨折了。”

董祚麻说:“国检看什么?看路,给你做新路,划划线、刷刷桥、涂涂漆、丢丢白灰、铲铲草。看资料,给你编纂新资料。国检到底是政治任务还是技术检查?”

晏华诚说:“但五年一次的检查,第一个五年和第二个五年肯定是有变化的。”

钱程说:“虽然是政治运动,但你返回头想一想,如果不检查,还有哪个领导会努力养路?虽然有铺张浪费的现象,但部分公路也确实得到改善。”

单强说:“没办法的事情,不检查的话,估计没一分钱花到养护上去。”

钱程接着说:“实际情况就是这样的!不检查路更烂。国检一推再推,从3月推到6月,现在已经是10月了。”

董祚麻烦烦地说:“可看到代王庄的垃圾,心里就堵的慌。”

杨义出点子说:“干脆代王庄我们视而不见,国检听天由命吧。”

晏班长不同意:“我们若不干活,视而不见听天由命,国检不过关,只会让阚局长难堪,我们整个局都难堪,我们就好看了吗?现在忍一忍不争,我们道班每年清理的垃圾,堆到一起就是一座山,还差他们一车两车吗?”

他们一边清理一边发牢骚,代搏牧的媳妇又旁若无人地出来倒垃圾。杨义觉得自己正在这儿扫,她那边旁若无人地倒,很受侮辱。董祚麻去制止,她就冲上来叉着腰骂他们:“你们瞎叽歪个啥呢?谁让你们拉我家门前的垃圾了,老娘不倒垃圾你们恐怕早就失业下岗了,你们应该感激老娘才是,有本事你们别拉,谁拉狗日他娘。”被人骂了,晏小山和她对骂,被晏华诚制止,若打起来伤了对方,人家免不了又到道班闹事。“咱们自认走路踩到狗屎了。”

“啥?你们踩到狗屎,我还看到狗屎了呢,五泡狗屎。”大家忍了。

第二天,他们又路过时,发现有大堆垃圾,以前都是倒边沟里,从路上看不见,现在直接倒到路面上了,赤裸裸的挑衅。

他们想到路政四中队，但怎么对他们说让他们犯难了，通知他们来，会被说成自己没搞清身份，汇报席局长则会被说成拿领导压他们；协助？谁协助谁扯皮，因为职责上有交叉，关系一直不顺，大堆垃圾原本就属于清障范围；请求？他们没有底气，都明白张嘴容易闭口难，他们有过前车之鉴。燕队长和肖科长两家关系本来就不太好，老辈们为了争权、争地位相互埋汰，积下的怨到他们这辈身上也没有化开，属于面和心不和，是宿敌。最后晏班长还是给燕队长打了电话，说发现公路上有人正在倾倒大堆垃圾……

恰好四中队巡查路过，晏华诚详细说了自己的想法，希望他们能用行政的手段，对这种恶意倾倒垃圾的行为依法处置。但是高山却推说这种事不好办，取证难，执行更难。还告诫他们说代王庄不好惹，并略带责备地说："不就是一堆垃圾吗？不要这样大动干戈，大家都很忙。"说完用相机拍了 2 张照片，证明他们来过。他拍完照片，一招手说："晏班长你们拉走。"

"我们要是能拉走，就不麻烦你们了。"看他们招手的姿势，俨然把他们当成使唤丫头了。

"你们想想办法。"

"我想不出办法，还是你们清障吧。扫路是我们的事，可清障不是，那么一大堆属于清障范围了。"

四中队的同志一听，觉得他们这是推卸责任。想不到道班工人啥时候也这么牛了，以前都听招呼得很，现在怎么了，不听话是吧，反正人来了，照也拍了，话也说了，你们看着办吧！他们气呼呼地上车走人。

董祚麻心想这大爷风范也不能在自己人面前用吧。他跑过去拦住他们的巡查车不让他们走，与他们理论起来："路上垃圾属于我们清扫，但堆积属于路政清障。这些都是路政的事，写在《公路法》里。"

高山本来就是一个牛 B 烘烘的人，想不到一个道班工人敢和他这样说话。虽然高山年度抽考只考了 21 分，但有执法证，董祚麻竟然给自己讲《公路法》，他觉得这是董祚麻故意揶揄他，他哪壶不开提哪壶，用意分明，便气不打一处来："道班不扫路要道班干什么？"

晏小山冲上去说："那路政不清障要路政干什么？"

"路政就一项清障吗？路政要干的事很多。"

"道班就是扫垃圾吗？道班要干的事也很多。"

开车的董万臣也火了，说："道班除了扫路能干啥？没听说过。你们一说话，围那么多人干啥？好像要打我们一顿似的，你看你们像啥样，又要打架，又是上去拦车，怪不得人家都说道班素质差。"然后就听见高山说痒痒腔："恁牛 B，不是还得在道班趴窝吗？"

董祚庥知道这话是说他的。无语。他闪开让出路。因为董万臣开车已经顶着他了,如果自己不闪开,说不定董万臣真敢撞他,他是有名的二半吊子。这种事说又说不清楚,到时候遭罪还是自己受。

话说得伤人,董万臣的举动更让大家丧气。不要说社会了,就是单位里,谁看得起养护工人。看来请他们来被蔑视,不比挨村民骂强到那里去。

谭自高出来打圆场说:"我们没说不清障,清障也不能用我们的巡查车清吧!我们也不知道有这么一大堆垃圾,等我们回去请示燕队长再来处理吧!让让吧。"

晏华诚听他那么一说,赶紧自找台阶下,说:"都怪我没说清楚,那就让路政的领导回去请示请示,再来清理吧。"

谭自高回到车上,高山责怪他话多,当即表态让他们告去吧!咱不管就让他们扫。他们回去后充分利用了燕飞和肖长河的宿怨,向燕队长汇报道班的不是。然后又添油加醋带出上次清理水管,他们去洗澡,晏华诚给阚局长打小报告,让他们挨了一顿训,说他们道班就喜欢小题大做。这次明显就是想把他们当枪使,和代王庄结怨,那个代搏牧可是好惹得,他有黑社会关系。还说他们道班的人都精过火了。燕队长表态,不该咱问的咱不问。道班工人一提意见,更没人管了。大家都知道公路养护到位了,可以延长公路的使用寿命。如果养护跟不上,就会造成巨大浪费。从一定意义上讲,公路建设是积极的发展,养护则是持久的发展。但他们却积极不起来,感受到的只是持久的受罪受累。用他们的话说就是征稽撤了,人员进了路政执法大队,治超站,那么养护工人会有什么好的归宿呢?道班、收费站、路政大队和治超站都是一线,但一线和一线还是不一样的,要不为什么人人都挤扁头要去路政大队、治超站和收费站呢?没听说过有争着抢着要去道班的。记得有个收费站站长在一次会议上公开表态,收费员若有"三乱",贪污受贿,就让他下道班。一个参会的道班工人当时就站起来,打破会场秩序反问:"难道道班工人都是贪污犯,或是下三烂,或者就该低人一等。"后来那个站长因为另外一件事被撤职了。

我们看看高山吧。他接班进入道班,先在蓝湾道班,后到省道 222 线项目组,再进入一路收费站,最后进了路政四中队,成了执法人员。他所持的大专文凭学信网也查不到。一次政工科整理人事档案,大家都知道他的文凭是假的,请示领导说学信网查不到。最后几个领导想想说,那查不到就算真的吧。很幸运,人家花钱买的早,那时候都还没入学信网呢,大家都心知肚明。

道班工人感觉到自己是热脸贴到凉屁股上,既然堆积到一起就属于路政了。那就堆积吧。

席局长从路上看到有垃圾,当即打电话给晏班长,让他们拉走。

大家都提意见,既然都属于席局长分管,咱得把这事给席局长说说。按照分工除财务、工程、办公室由阚局长分管外,其余都由席局长分管。晏华诚认为:“芝麻大的事儿,能说出个屁来,就是因为都是席局长分管的,他安排给我们了,不拉那是我们推卸责任,抱怨则显得我们小气了。既然席局长安排了,别给自己找不咸的盐吃了,不差他家这堆垃圾。干,就我说的。”

董祚庥不干。他说:“这不是差不差一车垃圾的问题,路养联动,可不能光让我们动吧?”

钱程想起来了。每次路养信息上报,四中队说清理垃圾多少处。他们怎么清理的?连个带斗的车都没有。有一次他无意中发现,他们养护动态和路政快讯上,他们清理的垃圾数都基本吻合。据说还有一次汇报的时候,四中队与工养科撞车了,都清理了一样的垃圾数。阚局长当即就问肖长河,雉[illegible]路他们清理了几处,漆彩瓦路他们清理了多少处。肖科长当时就看了一下总数,当场卡壳了,谁能想到阚局长会问这个,还问的这么细,不知道阚局长什么意思。他一时答不上来。阚局长又问燕飞,燕队长你说说?他也只知道一个总数,具体路段的数目其实他也不知道,但他想反正是不知道了,信口说了一个。肖长河很被动,心里不好受。因为就在开会前,燕飞还问他数据呢。俩人都在一层楼办公,中间隔着5间办公室,却轻易不说话互下通知,再经过办公室转交,相互提防的程度可见一斑。

晏小山说:“不在其位,不谋其政。”

董祚庥直言:“可是我们所处的位置上,压根就没有政,只有两个字——干活。”

单强叹息:“连节日都被人谋着干活。”

“做傀儡的是人,不被傀儡的是思想。人家领导根本就不需要你有思想。只要你听话干活就行了。”董祚庥接着刚才的话说完。

杨义说:“这是靠大干能解决的?公路养护与路政治超如同鸟之双翼,都是保护公路的重要手段。路政治超不力,会增加养护难度,养护不力会增加路政难度。尚坡肘弯道那处事故频发路段,大家都深有体会。”

晏华诚使不动人拉,他自己拉。几个人看不过去也开始拉了。在拉垃圾的恶性循环中,在内部压力和外部压力的夹缝中,养护工人真的很无奈。

结果第二天,公路网上就上了一篇路政四中队在代王庄辛苦清理“垃圾山”,受到过往路人拍手称赞的通讯报道。看了让人哭笑不得,他们道班工人清理时,路人能躲多远躲多远,还有站在垃圾堆旁边拍手称赞的路人?!有这样的大傻冒,没见过。钱程还发现这篇报道除了时间地点和名字不一样,其余的和去年、前年、大前年的一篇类似报道一字不差,呵呵!想不到通讯报道也成了可回收利用资源。

第十五章

田甜再没有和晏小山说过一句话,处处躲他。他也张不开嘴向她道歉,或者她压根就不给他道歉的机会。伤在那儿摆着道歉有什么用,即使愈合也会是个疤。他当着那么多人的面诋毁自己,一定是用心的,想到这里,他骂她贱的声音特别刺耳地戳疼她的心,并时时提醒她受到的伤害。

晏小山起了一棵玫瑰,种在道班一块甘蔗地头上,他是想委婉地向田甜说对不起,意思是等花开了,就如同天天送她玫瑰了,就像诗人写诗一样,反正也不一定有人能看懂。晏华诚看见刺不拉棘的一棵东西,不知道啥玩意就拔掉扔了。晏小山看见他栽的玫瑰被谁拔掉扔进阴沟里,火冒三丈。他想以一种幽默的方式吆喝一下,但让某些人听了感觉像骂街,苦姐是最先沉不住气的,她对晏华诚说:"这小山又咋啦?"她赶紧打电话问田甜,是不是又招惹他了。

田甜说没有。她是一个把眼泪葬在心里,却用微笑面对任何突如其来事情的女孩。她开门倚在门边,正好晏小山经过。她淡定地无视他的存在,开口说:"某人长能耐了是吧,没完没了是吧?"

晏小山正想开口解释,晏华诚走到他跟前,一脚把他踢出老远,也不看他,说:"是老子拔得。你以为你是园林局领导,这都快夏天了还能栽活?"

小山也硬:"我就是能栽活,老子拔得咋了,也得给儿子种上。"

晏华诚不种,结果俩人又剑拔弩张。

苦姐把那棵玫瑰重新种上。她走来对小山说:"小山,你要是看我们娘俩碍眼,等等我们搬走……"

这事搞得——压根不是这么回事。这是不是传说中的弄巧成拙?晏小山急得满脸通红。他到土墩家的小店里和土墩唠嗑说:"我现在的心情堪比苦瓜……"

土墩说:"我和你不一样,我心态好,吃苦瓜我都能吃出一丝甜味来。"然后就听见他媳妇像骂小孩一样骂他,他乐呵呵的也不生气。这心态真不是一般的好,他觉得他学不来。都说幸福是个比较级,要有东西垫底才感觉得到,他以前把土墩当作垫底的，现在觉得自己才是垫底的。

钱程无意中问田甜什么牌子的洗发水能防脱发，说迎国检编资料熬夜，他近来头发掉得厉害。

田甜说她也不知道。下午的时候，田甜送给他两袋不加糖的黑芝麻糊。说她问了，黑芝麻是防止脱发的最佳食补材料，脱发的因素之一是由于血液中有酸性毒素，比如过度疲劳，过食糖类和脂肪类食物，都会使体内代谢过程中产生酸性毒素，导致脱发。然后告诉他每天一汤勺即可，也可以把它当早餐吃，一个月就能看到效果。然后她又从包里掏出两盒维生素 E，说："维 E 能抵抗毛发衰老，促进细胞分裂，使毛发生长，你试试吧。"

钱程很感动，他一时不知道说什么好，低低地说了声谢谢！从来没有女孩对他这么好过，自己不过就是说一下而已，她却去了超市和药店给他买了黑芝麻糊和维 E。他望着她的背影长时间发呆，有感动、有喜欢、有内疚……五味杂陈。有时候，接纳不了一个人是因为忘不了另一个人。专一不是一辈子只喜欢一个人，是喜欢一个人的时候一心一意。可是他对田甜连这个都做不到。他觉得要找个时机与她好好聊一聊。国检，眼下最繁忙的时刻……这个可以成为理由吗？

晏小山知道田甜给他买东西治脱发，他见到钱程怪怪地说："人又不是太聪明，还学别人秃顶。"他想回一句，却听晏小山又说："我他妈才是真的垫底货。"

远处晏华诚对着手机拼命解释，喊冤。突然的公路路肩和边沟出现成堆的垃圾，燕队长向席局长汇报了。他们一口咬定就是道班干的，因为他们说过大堆垃圾属于路政清障。还举例木来新说过的"公路路政管理，线长面广，就他们几个人，让他们清理，奔了命也干不了。"并把之前董祚麻拦车与他们争执的事，也添油加醋说了一大通。他们由此推论是道班干的，是报复他们。

明显道班成背黑锅的了。肖长河调查的时候问木来新可说过"路政就那么几个人，让他们清理，四中队奔了命也干不了。"的话，说席局长都知道了。

说者无心，听者有意。木来新当时开玩笑说的，他终于知道了被人冤枉的滋味。肖科长从木来新那里知道了事情的原委，觉得他们欺负道班就是欺负自己，他面子上挂不住，也坚持大堆的垃圾确实属于四中队清障了。

俗话说，闹家窝子是要受外人欺负的。突然之间，垃圾多了起来，成车成车地倒在路边。

晏华诚想查清事实，就和大伙商量在桥头秘密守候，逮个现行，车进入 203 线，必过五家渠桥，看谁在捣鬼。四中队也想查清事实，加大巡查力度，并开展夜间稽查。夜里四中队高山、张自好和董万臣开了一辆私家车去巡查，发现晏小山骑摩托车带着晏华诚从道班出来，开得飞快，他们倍觉蹊跷，跟上去。晏小山的摩托车行至距离五家渠桥附近时摔倒了。他们没停车,过了几分钟,在一个路口掉头回来,发现董祚庥和另一个道工不知从哪里冒出来的。他们觉得这就是个重大发现。

晏华诚脚踝受伤,不能走了,他们就在路边打了120等救护车。

第二天燕队长把昨天夜里四中队巡查的情况向阚局长汇报了。

阚局长去医院看望晏华诚,问他怎么摔伤的?他把大伙守桥,希望能逮个现行的事给阚局长说了。看来他们误会了。阚局长问他伤势怎么样?在场的人忙说,很重。晏华诚说:"重啥?不重。"

晏小山说:"还不重啊!啥叫重?阚局长你不知道,摔得可重了。"

晏华诚打断他说:"我说不重就不重,你们有我知道吗?"在他看来,这就是小事一桩,就像谁跌倒把他扶起来那么简单,不值一提。他站起来想走给大家看看。"哎哟——"晏华诚疼得大叫一声。

阚局长批评他不要逞强。他是了解晏华诚的,他把自己像钉子一样铆在了公路养护岗位上,是个实在人,只知道做事,什么困难都放不到他。

晏华诚受伤后,再没有出现夜里偷倒垃圾的事情。高山引出话题,说事情很明显,晏华诚受伤,路上的垃圾没了,这说明啥呢?我就不要说了吧!

四中队巡查又多了一项额外任务:监视明显道班。

明显道班的同志知道四中队在阚局长那里参了他们一本,十分生气。一天下午他们不期而遇,但奇怪的是他们那辆巡查车跑不过他们的小四轮,他们一定是怀疑什么,难道是跟踪我们不成?

"抬头,抬头,别他妈跟低人一等似的。就像我们真做贼心虚一样。"董祚庥开着小四轮对坐在小四轮上的工友说。看到他们突然坐的笔挺笔挺的,四中队的在车上笑话他们,一群灰鸭子头昂的跟老鹅一样。

单强对董祚庥说,咱也得找点事吧,要不咱去诸王庄一趟,董祚庥问:"跟上来吗?"

"跟上来了,又停了,又跟上来了。我头都昂疼了,你看人家空调车里坐着,咱头顶太阳,天天抗日。人比人气死人,人家个个小白脸,咱们脸黑得跟炭似的,头抬得再高,心里还是低人一等啊!"

诸王庄原来有一个大坑,现在变成一个垃圾场。董祚庥拉着半车垃圾驶向诸王庄。那里有一段路,村民抗旱浇地时从中间挖断了,一共有两处,他们用木板和树叶做了伪装。他们出来的时候,半车垃圾不见了。他们离开后,四中队果然有兴趣到现场去看看,连军用望远镜都带上了。

他们把小四轮停在诸王庄村道出口处,就近开展养护,四中队的车陷进泥坑里出不来了,把他们弄得一个个灰头土脸。

单强说:“终于缺他们一下子了。”

“其实我们每天干完活后,不都是那个样子吗。他们不过就是体验了一下我们每天都重复的生活,没有谁缺谁谁不缺谁一说。”

说来奇怪,晏华诚受伤期间,路上再没倒过成车的垃圾。他的伤好了以后,路上又出现垃圾了。周一夜里倒了一车,周三夜里倒了两车,周五夜里倒了一车,第二周周一夜里倒了三车。道班的同志和四中队的同志互相埋怨,又都想查清事实。晏华诚主动去四中队沟通,说这垃圾明显不是附近居民的,是城市垃圾。

道班工人的意见不被重视,他们爱理不理的,还被认为是给人家添麻烦。他们在深夜守桥时,发现一辆车撞坏一处公路指示牌,三更半夜的,是打电话还是不打电话呢?打吧,怕他们认为多大点事;不打吧,他们心里过不去。杨义给燕队长报告完,补问一句什么时候过来?燕队长只说:“好,知道了。”他认为一块牌子不够出车的油费。现实情况使道班工人对侵害路产路权案件制止不力,报告不及时或不报告,呈现出一种麻木状态。

董祚麻分析说挺规律的,周一、周三……凡是下雨、雨后路边就多垃圾,咱周五守,肯定能逮到。结果周四晚上倒了五车。晏华诚果断下了命令,24 小时蹲守。终于在周末,道班逮到现行,是环卫所倒的。他们把人和车都移交给了四中队处理。

然后就是大家都知道了,四中队把倾倒垃圾的人逮到了。

逮到环卫所的第二天,晏华诚接到村民举报,有一辆车撞断五家渠桥栏杆。

晏华诚一看表,都夜里两点多了,大家几日来都很疲惫,喊谁谁都不愿意去,他就喊小山,小山不去,他就拽他起来。晏华诚很犹豫,要不要第一时间给燕队长打电话汇报,万一要是没有呢。打还是不打?最后他还是打了。

晏小山埋怨:“本身不关咱的事,你电话也打了,责任尽了,问心无愧。他什么正在通话中,这深更半夜的,给谁通话,分明就是不想接你电话。这种事谁接谁烫手,我回去睡觉了。”

晏华诚不让他睡觉,再打电话,这次提示对方关机了。

“你去看有什么用呢?”

“不能处理把车牌记下来也好。”他坐上晏小山的摩托车赶到的时候,车子已经跑了。他再回访向他举报的村民,对方说,是夜里骑摩托车回家时看到的,没注意车牌。

结果早上燕队长的舅舅从破损栏杆上掉到河里,摔骨折了。

晏华诚装作不知道发生交通事故,怕给自己找麻烦。

燕队长为他舅舅出谋划策，反正公家的钱就是唐僧肉，不咬一口白不咬。但他却到处宣扬，这事弄得他里外不是人，一边是自己的单位，一边是自己的亲舅舅，他能怎么办？舅舅都快不认他这个外甥了，为难，实在难为人。并放话说他唯一能做的就是回避。

他背地里律师都帮他舅舅找好了，还利用他职务上的便利，向律师提供了几起类似事故公路局败诉的案件，交代他舅舅狮子大张口向公路局要钱，他再从中间拦腰一半，继续在单位做个好人。

眼看公路局就要败诉了，晏华诚把这事原原本本地向阚局长汇报了。这下燕队长回避不了，好人也做不成了。这样一来，显然是他失职渎职造成的。四中队说，这是他们道班变着法的陷害咱中队。

就在这档口儿，他舅舅撤诉了。谁都不是傻子，人们不是听你说什么，是看你做什么。时间是最好的记录器。

阚局长召开路政与养护专题会。阚局长说："许多问题并不是养护工人多出力就能把问题解决，我们为他们做了什么？我们不能把什么问题都往他们身上推。难为道班的兄弟了——"

太感人了！

阚局长在会上强调，对道班工人举报的损害公路路产路权的案件，不管节假日、双休日还是夜里，该出动就要出动，做到"召之即来，随叫随到"，并举出燕队长这个身边的例子，说以后打不通电话，直接给我打，我肯定是通的。我给他们打过去。

阚局长稍稍停顿说："燕队长写一份检查，周一例会上念念……道班工人对所养护的路段情况最熟悉，发生在他们所管辖路段的侵害路产路权案件，他们都能第一时间知道，对保护现场能发挥很大作用。只有充分发挥道班工人的作用，路政管理才能节省成本，事半功倍。在处理路产损失中，要充分听取道班的意见，这是对他们劳动的尊重，也是建立路产档案所必须的。"

台底下，高山对董万臣说："现在我们属于道班管了。"

"都开始变成路政了，那路政干嘛去？"

局里对道班考核，本来有路政管理一项，并且在部分道班配备了1名路政协管员。但在实际考核中，往往流于形式。因为制度一旦落实，无疑就是对道班进行处罚。道班工人对协助路政管理，心里有爱，又不敢爱。爱上又受气，不爱吧，看到路损不制止，对路有感情，很伤心。

阚局长触景生情提及董祚庥，说："董祚庥报个路政协管员，你们七个八个的说他不照气。这不是对待人才的态度，我倒是觉得他当个中队长都没有问题，不要说是协管员了。"事情的起因是，当前只有明显道班，蓝湾道班、尚疃道班没有路政协管员，局里准备从上述道班各择优挑选 1 名。董祚庥报了名，但四个中队长不同意他报名，而且罕见一致。用燕队长的话说我们要的是协管，不是指手画脚的二爷。所以我们不是不要，而是管不了，还是宁缺勿滥的好。

三年前的一幕在燕飞脑海里呈现。局里派他去省局给几个拟推荐路政员办理执法资格报名，他在车上翻翻档案，发现有好几个是道班的。燕队长想这道班的优秀人才都走了，有肖长河好看的，他瞎屁不懂，全指着这些人撑着工养科。还有董祚庥——他在董祚庥的名字上发了呆，他要文凭有文凭，又整天学习有真本事，一考准过。他心里多少有点酸，有本事的都爬上来了，对他这样的就构成威胁，他觉得不能没有长远打算。他再翻翻还有钱程的，没太多实质印象。还是让董祚庥留在道班，继续和肖长河较劲的好！想到这里他更加坚定了想法，觉得让董祚庥进路政队伍，简直就是替肖长河踢开绊脚石。他清楚他们之间的疙瘩——他才不做这种大傻瓜呢。他站在省公路局大门口抽掉了董祚庥的报名材料，随后又把钱程的也抽掉，他们是一个道班的。不然事后董祚庥或者别人问："为什么钱程的能通过？董祚庥的怎么啦？"不好回答，言多必失。他回来后说董祚庥和钱程没通过省局审查，说他也不知道为什么，对方只说第二期还有机会。

董祚庥明白，第二期等于无期，就是拿来安慰人的，下一次年年有，不过有没有自己很难说。

阚局长一发话，其他人便不再说什么。董祚庥顺利报名，通过局里委托的第三方出的法律法规和业务知识考试，他考了 99.5 分。

董祚庥当上路政协管员的那个月，不知道为什么，路政中队取消了每月 150 元路政协管补助费。大伙一片伤心，一部分人把这归罪于董祚庥当路政协管员才造成的。也有人抱怨说钱被中队长们花了，总比发给协管员强。

董祚庥说，他不在乎每月 150 元钱，他就是为了证明自己，为了对得起阚局长在会上对他的那句评价。

可许多人都说他脑子有病，啥好处没有，却多了一份责任，万一出个啥事你就吃不完兜着走了，他们做得出来，你就走着瞧呗！但他却觉得生活就像愤怒的小鸟，失败的时候，总会有几头猪在笑。随他们去吧！

距离国检还有 7 天。

恰逢文明乡镇评比验收，一切都在突击。我们要学会借力，但在借力之前，我们要踏踏实实地出一把力，不然人家哪那么轻易让我们借呢？他们有迎国检的任务，但还是到镇政府，主动提出愿意分担政府一部分任务。

这事是董祚庥向晏华诚提议的。晏华诚也觉得好，就带他和钱程去了明显镇政府。他们回来后，晏华诚布置任务的时候，意料之中地遭到薛义刚等几个老同志的反对："这国检在即，大家都够忙够累的了，还有去镇里领活来干的，自己份内的活都干不完，还给别人干活，又没有啥好处。这要是养成习惯了，以后镇里的活都让咱们道班干咋办？咱又不是七站八所属于乡镇管。"

晏小山站起来说："我愿意干外人的活。"薛义刚听了他的话龇牙。

晏华诚问董祚庥："你怎么看？"建议是他提的，他当然愿意了，说："我也愿意。"晏华诚接着说："那行，这迎国检份内的活，我们大家一样。从乡镇领回来的活，就我们三个包了。"

后来钱程也加入他们三人的行列，说他也去了一趟镇政府，得算他一份。

晏小山脾气越发暴躁起来，愈发强烈的自卑感占据着他的内心，他开始抽烟，一根接一根，他的记忆明显下降，时常丢三落四，几乎每天夜里都胡思乱想，以至于彻夜失眠，他对这个世界愈发地怨恨，特别怕从田甜宿舍门前经过。田甜住在道班第二排宿舍的第一间，中间是两间荣誉陈列室，接着就是他的一间宿舍，中间是三间盛放物品的储藏室，最头起靠院墙的，就是钱程的宿舍。他从田甜的门前经过的时候，无意中听到她和钱程的对话。

"硬着呢。"

"不硬了，软了一点。"

"可以了，软了。"

晏小山猛地一把推开门。

钱程熬柏油时新买的衣服袖口上，不小心溅了几处小黑点，就像老鼠屎一样，任凭怎么洗也洗不掉，田甜用棉签帮他用汽油擦洗。

田甜鄙视地看他一眼，继续低头给钱程洗柏油。钱程起初很诧异，然后也低头不语。都这么大动静了，他们还把他当空气。

他从食堂找几个碗，倒上不同高度的水，用筷子一边敲一边唱自编歌曲：情之初，谈恋爱，总失败。不懂爱，手放开，别伤害。你不爱，有人爱，要想开。寻真爱，对感情，要忠诚……

公鸭嗓子，大伙忍无可忍，碍于情面还是忍了。晏华诚推开门："你嚎丧，我还好好的呢？别嚎了。"小山停顿，等他一出门，唱得更决绝了……

晏华诚停住，想折回去，但还是扭头往前走了。

在路上干活，晏小山以前像牛犊子拜四方一样。现在他不了，他把他管养的路一寸不落地打扫干净。他不想回去，一回道班就让他心烦和莫名其妙的暴躁。还是在路上干活的好，可以把全身的力量使劲发泄，然后回去一头倒在床上直接睡到天亮，连梦都省得做了。

他试图努力让自己达到一种与世无争的境界，但他心情极度不好，感觉心口压着重重的石头,沉甸甸的,使心和心情变成两股劲而愈发的矛盾。由它们去吧!

他刚刚扫好路,自己一转身准备去另一处打扫,后面一辆六轴车又洒了一大片。拉沙石的车装的本身就满,再加上路面不平,车一颠,成堆地洒。晏小山开着那辆小四轮追上,冒着生命危险把小四轮停在大货车前面,逼停大货车,问他:“治超站没通知你们用布覆盖吗?怎么不盖?”

好言相劝根本不能制止这种现象发生,他扔给他们一把扫帚。说:“你给我打扫干净了再走。”

对方撂给他一包玉溪烟,他不要。

他们僵持了一会儿,治超站吕班长带人赶过来了,说他们处理。

晏小山启动小四轮准备走,他开着小四轮经过大货车尾部时,看见那辆货车的副驾驶员正递给治超员魏柯一条中华烟。他想:“我拦车,他们收礼,这算怎么回事?我岂不是为他们提供生财之道。”他心里特别窝气,打一个方向再次堵在大货车的前头。他感谢那段路特别烂,不然肯定追不上了,他拦着不让车过。两个治超员对车主比手画脚的一番样子之后,他们就上前极力说服他放行。要求放车的理由特别冠冕堂皇:“你这拦住不放,到时候一旦堵塞交通你可能承担起?前面就是尚坡肘交通事故易发路段,万一出了交通事故,你可知道后果?”

“我承担不起,不知道后果。有人收人家一条中华烟,我也想看看某人可能承担起,可知道后果?”

晏小山掏出手机拍了照,他扬言:“不处理我就向阚局长举报,别以为拿了人家的烟,我没看见。”

司机也陪着笑脸过来,这次是给他两包硬中华烟,还极力暗示他,车是包月的,因为被他拦住,已经额外损失了。

“我管不着,他们想怎么办就怎么办吧!”他这一说,他们还真不好办了,对车主说:“走吧,进站卸货。”

带队的吕坚强自告奋勇爬到大货车驾驶室押车。他不知出于什么目的买好说:“他们道班根本没资格拦车,他拦车是公路“三乱”,我们治超员才有权拦车,他多事,他不拦,我们也罚不到你的钱卸不了你的货,这事不怨俺们。既然追上了就跟我们进院吧!其实也不想追你,要想追你早在王庄就逮住你了。我中途故意下去尿泡尿,让你多跑一会,我们正常巡查,回去就说没追上。现在你看我们一车人都看着呢,那小子又拍了照。不是我一个人可以说了算的。真戳出去,对你、我都不利。走吧!这一趟必须处理。”一路上他数落晏小山的不是。说:“他以为他爹是班长,你看能哩,你看那熊样,他算老几?有本事的都进路政大队、治超站了，差点的进了收费站，最没本事的才进道班……”

他给车主上的火气十足。最后治超站按规定对那辆超限车罚了款卸了货。

治超站处理了那辆车后，就有流言蜚语传出，说道班的人白天都敢上路拦车收费，收烟。听说他们晚上也上路干活，有一次晏小山带着他爹骑摩托车上路拦车，把他爹的腿都摔断了。

“真是要钱不要命了，没摔死都是轻的。”

“听说还有一次他们追车，把车逼得撞到桥栏杆上了，他们一看吓跑了，结果燕队长的舅舅不小心从桥的断栏杆上掉进河里，差点淹死。”

“现在国检在即都敢，这要是平时呢？那不收得更厉害，不是钱顶的，是什么给了他们动力。”最后矛头指向晏小山，说有人见过司机给他送过烟，低于硬中华档次的都不要。“你看咱治个超，累死累活的，又熬夜又危险，才抽黄山的，5 块钱一包。我们有一次巡查的时候，晏小山被逮个正着，他过来求我们放行，我们不理他，他还喊吕坚强个叔，说他们有拐弯亲戚……”然后他们把整个带车过程描述的惊心动魄。

局里指派燕队长去调查，那个车处理后，案卷上留有联系方式，车主一口咬定，经常有道班的人拦车，要钱，要烟，不给不让走。这些都是吕坚强事先跟他沟通好的，还教他怎么说，天衣无缝。

燕队长一举解了告状之根。

还是在尚坡肘那段路上，晏小山又见到那辆车，再次拦住，质问他：“你们什么时候给过钱，我又什么时候收过你的一根烟。你们为什么诬陷我。今天不把话说清楚不能走，轧死我，你们也不能走。”

车主主动给治超站打电话，说还是上次那个人又拦住了，还是不让走。这次他不超不怕谁。治超站的又来了，还是吕坚强带队，他们从巡查车上下来二话不说，咔嚓咔嚓拍了一大通照片。他们认为这次终于抓到道班晏小山上路拦车收费的现行了。现在是全省联合治超，交警、运政都有人参加。他把他们都叫来了，逮到一个公路“三乱”现行，不容易。一是居功，二是让外人来监督一下，到时候领导也不好包庇，他们想把晏小山往死里治。联合治超队听说逮到一个公路“三乱”，连忙赶到了。

运政部门发现他是车辆改型，他说不超载。运政员说，我们现在不查你超载，查你私自改型。他们觉得这个事件影响比较大，也许查了一年的车，都赶不上这一辆车来的有功劳，他们也咔嚓咔嚓拍了一通照片，并且要回去报告自己的领导，这下谁还敢放行，事情闹大了，连治超站带队的吕坚强都怕了，他赶紧和运政的同志说情疏通，结果没行通，他就到处传播联合治超运政不配合。

运政部门最后坚持公正执法,割帮加罚款,车主损失惨重。

代搏牧知道后,笑话那车主说:“早就告诉你加入我的车队,我罩着你,哪会有这种事?”然后向他传授上次水管事件的经验,罚过款的车主拉了一车人,暴砸明显道班,追打晏小山。木来新嘀咕,多一事不如少一事。他迅速闪人,把自己反锁在房间里,任他们打砸都与自己没关系。

他们几个人追着晏小山打。晏小山绕到宿舍后面,翻墙头跑了……他在一块玉米地里躲到天黑。

第十六章

国检顺利通过,道班工人松了一口气,晏华诚却哭了,太难为人了,儿子还没有下落,付出的值还是不值?

大伙都安慰他,并为寻找小山积极出主意。

晏小山失踪后,晏华诚向派出所报了案,那天他正在路上进行预防性养护,突然接到派出所通知,说明显镇与尚疃镇交界的一处河汊里,发现一具无头男尸,让他去辨认一下。

大伙的心情十分沉重,他们陪晏华诚急忙赶到现场。尸体已高度腐烂,无法辨认。但那尸体附近有一件很旧的橘黄色反光马夹。有人觉得就应该是晏小山,因为除了道班的,哪还会有谁穿橘黄色反光马夹?还有人说不像……

晏华诚不能确定是不是晏小山,正等待公安机关进行技术鉴定。

田甜在晏小山失踪的这段日子,突然莫名地失落,他总是随时倾听她的忧伤,现在没了他,她像丢失了一半的自己,没有他的烦,她的内心愈发不得安静,这是不是爱呢?有时她也喜欢晏小山,但每当他和钱程在一起的时候,她总是不由自主地喜欢钱程多一点。

晏华诚的姨外甥到道班找他,说自己的货车被治超站扣住了,想让他帮帮忙。说:“你是公路局的,一个单位的,说话肯定好使。”

晏华诚说:“你以后别拉恁些不就得了。”

“不是拉多少的问题,买了车不带不跑的。一窝小兵子,我当时就问他们拉多的你们咋不撵光撵俺,他们就烦了,得罪了他们。啥叫得罪?他们从咱车上得不到利,就得罪他们了。为啥这样说呢?我前面的车拉满斗的他们不追,追我个拉平头的。说拦不住都是借口,拦住就没有利了,还露馅了。他们要想逮,你跑牛 B 里都能把你拽出来。逮着一家什,就得叽歪一声。”

“你不会开快点也跑?”

“我也想跑啊!可他们追车硬穴、硬踩刹车,刹车水平比赛车还好咧,一脚下去……咱又不敢撞他。”他双手一摊,表情极度无辜。

晏华诚为难："虽说一个单位，我跟他们也不熟，你多跟他们说些好话不就行了……"

"我说话他们不买账了，因为刚逮到时没顺着他们的话说，没顺着他们的毛捋。他们就铁了心地要招呼我。我前面的那辆车关系咯嘣咧，谁敢查。俺就多说两句话，逮着就给俺一个闷雷子。俺不超，他们作难俺不处理，俺跟俺媳妇俩像个猴似的在那儿坐着等大半天了。其实每天夜里治超站头起都停十几辆车，治超站的老是那一箍截都困了，过了那一阵车，都不困了。什么困了？是装死。黄牛一打电话，他们都跑车上去了，装没看见。一有露头青下面就乱了。咱就想花俩钱让他们见了我的车也困，花了钱就不怕了。"

晏华诚没办法，再推辞就有点那个了，硬着头皮去了一趟治超站。治超站的一本正经，俨然公事公办的样子，他们从政策到程序，从监控到网上做卷，说每个岗位都一环扣一环，压根就没有人情空间，就是县长来说情，也没有办法，有本事让他到省里说去。然后还问他："同为公路人你怎么能说这种情，轧坏了路不心疼？"还说大家要有爱岗敬业的责任意识，说他们治超全是为了养护，路好了你们道班工人不就省劲了吗？还问他怎么连这么简单的道理都不懂，社会上的人不理解来说情，你身为道班班长怎么也能来说这种情。最后说不行。

晏华诚焗了一鼻子灰，自己怎么一下子成了一个不爱岗敬业的、不爱惜公路的罪人了。

他们还把晏华诚说情，被他们拒绝当成本班组防腐倡廉，清正廉明的典型在大会上交流。晏华诚听到这个消息，很后悔去治超站说情，自己形象俱毁，心里窝气，你说不行就不行，我也没说啥。咋到最后把自己当成反面典型了，还在大会上公开交流，这不是明摆着欺负人，专拣软柿子捏嘛！他一气之下生了一场病，以后再有亲戚来找他说情，一定要拒绝，不能怕得罪人。

公安机关对那具无头尸进行技术鉴定时，司机和车主被控制，他们越想越不是滋味，觉得治超站不厚道，平时他们唱歌跳舞、吃饭喝酒都打电话让自己买单，收钱不办事……他们把事情原原本本地交待了，一下子把治超站的内鬼牵扯进来。通过调取车主的手机信息，他的手机号几乎每天深夜都与两个治超员有通话。

当歌市治超环境引起阚局长的警觉，要治理就要趁早。他在治超站开了现场会，说："治超之初，大家肯定付出过汗水，一出事就什么汗水都没有了……"一番苦口婆心。他特别安排政工科找来警示教育片，一次次地放，一次次警示，让看别人的下场。既有外省的也有本市的，还有发生在身边，大家都熟悉的案例，他希望治超员们看过警示教育片，有启示、受警示、有敬畏。还让治超站那些难管理的，到局里现场观看，现场讲廉政观后感。事情已经明明白白地告诉他们了,悬崖勒马还来得及——即使是他爹娘,能做的也不过如此。

局里拟处理那些治超员,把三班的魏柯和一班的两个内鬼调离执法岗位,让他们下道班。可董祚麻却说,道班也不是筐,啥都往里装。就他们那吃里扒外,瞧不起道班工人的样,他们不配下道班。

世上总有一种猪是不怕开水烫的。有人觉得那是别人的下场——他们看那些镇长、县长之类的大官被逮到了,觉得那是他们手太长,太贪得无厌,不然肯定不会落此下场。他们看到一个乡镇会计贪污6000块被判两年,又嘲笑人家肉头,窝囊,上面没人。反正就是他们最聪明,最谨慎,不会出事。

那就让开水来的更猛烈些吧!

经过公安机关的技术鉴定,那具无头尸不是晏小山。那晏小山呢?

那天,晏小山在玉米地里躲到天黑,他心里不是滋味,决定离家出走。

"呜—呜—呜……"随着火车启动,车轮与铁轨摩擦产生的轻微而有节奏的震动,然后愈发的平稳——晏小山知道自己离开了这个城市。没有人知道他要去哪儿,他也不想让人知道。在车上,晏小山靠在座位上,眯着眼,随着窗外的树木、田野、村庄一闪而过,他脑海里重放着他与田甜……可是往事很伤感。爱就像一张纸,皱了,即使抚平,也恢复不了原来的样子。如果在一场爱情里,一个人连一张纸都没有付出,皱不皱的,与她又有什么关系呢?

他一直想出去,现在是个多好的机会。混好了,与道班拜拜;混不好……不还我一个公道,我就死不回来了。他把手机盖打开,取出手机卡,使劲扔出窗外。人生在世,不如意事十有八九,就像天有不测风云,月有阴晴圆缺一样。他做好了最坏的打算。

日常养护按部就班,代搏牧的媳妇依然往路上倒垃圾,国检结束了,单强和杨义眼神交替的刹那,俩人心里会意。

第二天,代搏牧媳妇妯娌俩找上门来,单强吓一跳。想想没啥纰漏,再看看来人,满脸堆笑,不对吧,吃错药了怎么的?

他们打扫的一车垃圾,昨天深夜,倒她家门口了。她们还坐等道班工人来拉。见没有人上路养护,她们俩就找到道班,想让他们拉走。道班不拉,说零星的清扫属于我们,堆积就不属于了,她们妯娌俩一听立马变脸。后来代主任把工作做到肖科长那里,托一个亲戚,撂给肖科长两包烟。肖科长考虑代搏牧不好惹,就顺水推舟做个人情,还他一个面子。上次,局里给他们铺好水管后,代搏牧给肖科长送去一面锦旗,还拉了几棵大盆景,很让肖长河长脸。

肖科长打电话让道班拉,道班拒绝执行。肖科长见道班工人敢不执行他的命令,恼火。不执行办法只有一个,肖科长给明显道班开出一张罚单:某某路段有垃圾,罚款多少钱。

晏华诚也火了，他这个班长，一辈子没有违抗过领导的命令，兢兢业业。说："你罚吧，你不给大伙罚完，你肖长河是个孬孙。你得把我儿子找回来。"

肖长河顿时软了，这事若是闹大了，不好摆平，再说晏小山失踪还没有找到，这个时候，的确不合适，只好作罢。可是晏华诚也不该这样骂自己的，好歹自己是个领导，他心里还是十分气，但对晏班长多了几分敬畏。

肖长河被晏华诚骂了，大家都有想找个机会骂他一下的感觉。似乎他时时刻刻都该骂，因为和他一起共事，时刻都有一种被出卖的风险。做事的时候他不参与，你把事情做完了，他把东西拿去汇报了，好事都是他的了，坏事则变成了他交代过了……肖科长在大家眼里就是那种"嘴尖皮厚腹中空"的感觉。初中毕业，起先是在聃州养护公司开车。因为娶个"好媳妇"后，进入当歌市公路局任道班副班长，然后又去了市政办开车，最后调入当歌市公路局，担任工养副科长，没过半年又主持工养科工作。

代主任的媳妇找人把垃圾往路上撒。这次道班软硬不吃，撒了也不拉，他们没办法。风一刮，直往他们家里钻，臭了他们半个月，从此再不乱倒垃圾了。

单强总结说好人用好法，坏人用坏法，要是癞蛤蟆就得给它一身疙瘩皮。

晏华诚的姨外甥见到晏华诚说："俺三姨夫，自从你去治超站把我的车号报给他们，现在比以前逮我逮的还勤了。找你不好使，还是黄牛好使，黄牛说话比他爹都好使。我每月花三千块，把车牌卸了，过了治超站再装上。如果不是你上次去治超站给他们说了我的车号，我连车牌都不用卸。"

晏华诚无语。

全省文明乡镇评比结束了，明显镇通过验收。镇领导很感谢明显道班所做的贡献。以前慰问，从不把道班列入慰问对象，他们认为道班不能为地方政府做任何贡献。但这次通过文明乡镇评比验收，镇领导觉得道班是有用的。

燕队长和明显镇的一个副镇长是亲戚，他向其传递了明显道班的借力计划，是利用他们。

阚局长非常赞同明显道班的借力。还带着他们到明显镇政府，拜访了他们的书记和镇长。大家坐在一起畅谈了美好乡村建设和路域环境管理。董祚庥认为公路养护没有责任和义务，去担任清除和解决公路所穿越村镇的垃圾，村民都往公路上倒，那么工人又能把这些垃圾清往何处呢？只会造成二次污染。如要保持这种美好的环境，必须由公路穿越的村镇解决垃圾问题。他们提出的长效治理机制，被镇政府领导采纳。

阚局长在全市"路域综合整治"动员会上，将传统意义上的公路养护、路政管理辐射到“路域环境”为概念的大公路范畴，认为“路域综合整治”作为一项涉及社会方方面面的浩大工程，没有各级党委、政府的决策和领导，没有老百姓的倾力支持，仅凭公路部门、凭道班是难以想象的，必须借力地方政府的政治优势。

乡镇政府也认识到随着文明乡镇和美好乡村建设以及城乡一体化进程的加快，公路的功能、作用、属性也在发生潜移默化的改变，公路日益成为城镇健康发展的重要组成部分。

燕队长的亲戚还真对书记婉转表达了燕飞传递的信息。但书记却说：“公路部门的道班向咱们借力，咱们拿公路部门的道班做合力，我们是双赢。”

当歌市市委书记亲自到公路综合整治现场进行调研，并当场指示，要高标准、高质量地搞好公路综合整治工作……这实在是一个了不起的转变，充分说明了近年来公路工作得到了大家的认可和社会的肯定。俗话说，公路通百业兴，政府已经充分认识到了公路对一个地方经济发展的重要性，也认识到公路综合整治是提升当歌市外在形象的重要方式，从心里重视公路养护了。

当歌市成立了由副市长万鸿任组长的公路综合整治工作领导小组，并通过层层签订责任状，把公路综合整治纳入综合目标考核，形成了“政府牵头、部门联动、社会主动”的良好机制。

万市长在一个阳光明媚的日子，带着一大帮子领导来到明显道班，以前哪有这么多大领导来道班的。他在明显道班略带开玩笑地说：“老晏，可有空房子了，这环境不好找啊！”明显道班俨然是一个景点，小小的院落被鲜艳的橘黄色覆盖，让它区别于四周的那些农家小院。院内空间被划成了若干个小块，有树木、有果园、有菜地、有池塘，池塘里有廊桥和亭台，真的像画儿一样。院墙外的喧嚣与院子里的宁静，都不可思议地共存在这偏僻的道班，真是个奇迹。万市长说如果有三分之一的单位都像明显道班这样，我们当歌市的文明创建工作就不成问题了！

当歌市开展全员作风大整顿，阚局长指出：养护、路政人员要统一思想，一种身份两种职责，改变过去路政、养护分别巡查，重复巡查，单打独斗，各自为战的状况，实现一岗多责。设有治超站的路段，路政巡查的任务就由治超站负责，给路政腾出精力到没有治超站的路段上去。要真正体现路政、养护和治超你中有我，我中有你，“一条路、一家人、一条心”的大局观念，虽然职责不同，但是目标一致。没有了公路，你路政也就没有政了，你养护也就没得养了。治超作为路政的一部分，是当前阶段最重要的一部分。没有了公路，你治超同样也没得治了。没有路，就没有公路人，就没有公路人存在的价值。原本都是资源共享的，现在掰哧的像烫手山芋。治不好超限，把路轧得稀巴烂，怎么养护？你治超站的，更不要看不起公路养护人员，云南省早在三年前实行管养分离的时候，治超站就属于养护部门管理。

有人问："养护人员没有执法权怎么联动？他们上路拦车岂不是公路'三乱'？"

"问的好，养护人员没有执法权去上路拦车的确属于公路'三乱'。没有执法权不能上路拦车，但可以举报吧，发现可疑超限车就向治超站举报，没有人能阻止举报吧！举报超限车肯定不是公路'三乱'，还要有奖励！这个大家有权利，那就用好这个权吧。要在我们当歌市做到，全体公路人人人都是'流动治超站'。我们不要只在书写纸上联动，不要关起门来下通知，别浪费公家的纸了。发现问题，不是揭问题，有人掌个眼，有人帮忙是好事。如果你就偏偏不主动，那就动你，让有能力联动起来的同志联动，要用行动联动。如果我们自己都联动不起来，还指望跟别的部门联动，不是扯淡吗？"

当歌市建立了路政、养护、治超"三位一体"联勤联动机制，将工作责任进一步量化、细化、具体化，建立既紧密配合又互相制约、互相监督的新机制，尽量缩小养护管理与路政日常管理联动缝隙。同时建立激励机制，树立"养护为路政补位，治超也是养护"的理念。公路养护人员对各种破坏、损坏或者非法占用路产和影响交通安全的行为给予制止，无疑难度大，又得罪人，致使道班工人积极性不高。设立路政、治超案件举报奖，对养护人员在发现路政治超案件能及时举报的，在案件结案时给予适当的奖励。

阚局长还提倡路政、养护和治超都要想方设法向政府借力。

通过开展作风大整顿，治超站许多人觉醒过来，趁着自己没被发现的时候，与以前的自己划清界限，从此廉洁起来，以前所做的一切，都将在时光里逐渐模糊，以至消失，自己还是干干净净的人。

代王庄的代搏牧是"路路发"车队的幕后老板。他没有找治超站长，觉得那样有点复杂了，还费劲担情的。他就通过熟人和班长吕坚强取得联系，他七辆车包月 5 千块，按年一次交清八五折。吕坚强取整收了他 5 万块，向他保证从他班组过畅通无阻，但其他班组他保证不了。代搏牧觉得三个班组都这样吃不消。就采取 AB 岗的办法，A 岗为吕坚强所在的班组，B 岗用于货主催的急，等不及从 A 岗过，就碰运气，如被逮到则通过吕坚强协调，按次缴纳"通行费"。他们都给吕坚强面子。

吕坚强对代搏牧说，现在严。

代搏牧却说，我不管，这三个月我的车队必须过，现在是旺季，否则我们损失大了。再说我也是向每位车主收的钱，给过他们保证的，现在不让他们过了不好办,除非把钱全部退给他们。乖乖!这代搏牧确实相当黑,他每辆车一年收人家两万块,这一年都过的还剩不到三个月了,他还想5万钱全部要走。吕坚强听完懵了,答应吧,便宜都让代搏牧占了,自己白给他提心吊胆辛苦几个月,自己太亏了,便铤而走险。事实上这个钱都被他一人独吞了,他是班长,给组员说代主任是黑社会惹不起,只给大伙一点小恩小惠。

魏柯劝过他,现在太危险,让他见好就收。

可是他收不了,就把头别在裤腰上玩心机。结果没过多久就东窗事发了。魏柯知道吕坚强被批捕的时候,突然对晏小山充满感激,如果不是因为他戳到阚局长那里,如果自己再陷得深一点,就和吕坚强一个下场。他看到吕坚强在狱中忏悔的那一幕,与当初他们看到局里为他们放的廉政片如出一辙。魏柯感触颇深,他和吕坚强是邻居,又在一个班组,如果当初局里不狠一点把自己调离执法岗位,他不敢再想下去……

吕坚强也不坚强了,又是给人家磕头又是作揖的。好小子!记得你只在小时候逢年过节希望爸妈给压岁钱的时候才磕过头。长大了,你给你的爹娘磕过头作过揖吗?不孝顺啊,磕头都不找父母了。

魏柯的媳妇看完新闻总结说:“朋友是宝贵的财产,他们让你开怀,让你更勇敢;朋友有时也是一场噩梦,他们会让你受伤,会让你一无是处。”

魏柯:“你说的那是朋友吗?充其量是以所谓‘朋友’的名义做的一场交易,压根儿就不是朋友。我们和超限车主就像猫和老鼠一样,大家都有各自的生存法则,一旦一方有和对方成为朋友的企图,则注定是对粮食的败坏。”

对门,他们听到吕坚强6岁的儿子哭闹着要爸爸,说老师说过,要爸爸妈妈一起参加家长会。

他妈妈说:“你爸爸出差了。”

“怎么这么长时间,动画片《灰太狼和喜羊羊》都放完了,怎么还不回来?是不是爸爸不要我了。”他说完哭得更伤心了。他之前用妈妈的手机给爸爸打电话,总是说对方已停机。所以他觉得一定是爸爸嫌他淘气不要他了。“妈妈,我以后听你的话,听爸爸的话,做一个好孩子。你让爸爸快回来吧!我想爸爸了。”

吕坚强的媳妇听了,泪流满面,安慰儿子说:“爸爸就回来了,下次一定会参加你的家长会。”

她儿子听了乖乖地点点头。

吕坚强的媳妇每次看着对门魏柯两口子,上上下下,进进出出的有说有笑,她觉得那就是幸福。连看着他们的背影她都觉得是幸福,每次遇到他们,她都有些莫名其妙地抬不起头的感觉。她恨吕坚强怎么那么不争气呢?魏柯和吕坚强一起进的收费站，一起又去的治超站。那时候吕坚强是班长……现在呢？他被判了七年。她每次想他的时候，就翻看她们当年的QQ聊天记录，那里记录了他们全部的幸福和甜蜜。夜深人静的时候，她坐在电脑屏幕前，不厌其烦的翻看聊天记录，从前看到后再从后看到前，权当聊天了，她多么希望他的头像能突然亮起来……突然有一天她的电脑坏了，重做系统后，那些聊天记录再也没有了。

一年后吕坚强的媳妇提出离婚。想想人有时候也真是的，你满足一时对金钱的贪欲有什么意思呢？连媳妇都不是自己的了——这是后话。

第十七章

一年后明显道班建成了集"公路养护、路政管理、公路基本信息采集、应急抢险救援和便民服务"等五种职能为一体的现代化中心道班，致力打造司乘人员的温馨驿站。

晏华诚给苦姐打电话让她多买些菜，说阚局长和局领导要在食堂吃饭。苦姐挂了电话转身去了一家农药店，买了一大瓶剧毒农药敌敌畏。她小心翼翼地放好农药，买好所有她认为要买的菜。

他挂了电话，旁边晏小山说，老爸，这房子要是咱家的，那得有多少美女排着队要嫁到咱家当你儿媳妇，那个大队王书记的女儿，王二丫。我根本不甩她。

"想啥呢？想啥呢？阚局长就要来了。你想啥呢？"

"爸，你是忙昏头了吧！他阚局长来了还耽误我想会儿媳妇？谁不想媳妇？你当然不想了，可我没有。"

"我咋当然就不想了？看你那熊样。这会儿你多想想阚局长来了，咱还有哪儿没做到的地方，多长点心眼吧！"

大家忙得一塌糊涂，苦姐买菜回来喊晏华诚过去。晏小山回头看了她一眼，老大的不爽。心想：我都把你当妈了，你把我当啥？田甜有啥好的？瘦的跟干柴火棒似的，还得瑟……背后有人拍了一下，他吓得一激灵。杨义也下了一跳。

晏小山火冒三丈地吼道："你干啥？"

"帮我把横幅挂上。"

"不帮。"扭头走了。

杨义冲着他的背影嘀咕，不帮就不帮，牲个啥屌玩意儿。难怪田甜看不上你，德行。

晏小山出去打了半年工，因为没有知识，他只能在建筑工地干活，那个苦没法形容。他觉得还是养路好，并且变得爱学习了。晏华诚看到小山回来后知道学习了，打心眼里高兴，他对小山说："进步，就是向前走，跟我们扫路一个道理。

我让你考大学那不现实。每天进步一点点,真是不错,因为它很务实。”晏华诚让他报了电大,说有阚局长这样的领导,有本事、有才能、有知识,就有机会、有前途,所以要多学习。还对他说:“想成为什么样的人,就要选择跟什么样的人在一起。要多向董祚庥学习,向钱程学习,向田甜学习。”

“打住,向董祚庥学习,学他啥?发牢骚。我才不呢。”

“我让你学习他学习的态度。总有一天,会有用的。”

中心道班落成典礼上,阚局长说:“公路是公益性的,公路需要畅通,离不开道班建设,更离不开有奉献精神、懂养护技术的养护职工队伍。这就得把道班规划好、建设好、管理好。道班不力,队伍不力,拿什么去养路。不养路,这个行业还有存在的必要吗……”

一片鼓掌。

阚局长接着说:“中心道班建设已在明显道班进行试点。这不是原来两三个道班的简单合并。它的职能将由生产转变为管理和服务,这有利于集中使用养路机械和交通工具;有利于劳动力的合理使用,便于集中作业,提高劳动效率;有利于满足职工的物质文化生活需要,方便职工的生产生活。中心道班将是保障公路畅通的守护者,是具体实施公路养护最基层的管理单位,也是地位最突出的行业窗口。”

阚局长的描绘让大家更有盼头。中心道班将调整为正股级建制,班长则是局中层干部,实现了自有道班以来的第一次级别提升,并说:“随着时代的发展,养护的发展,以后还可能会是副科级建制。它有利于道班工作的有效顺利开展,提高道班的社会地位,便于融入社会工作环境,顺应公路事业快速发展的需要,符合社会主义市场经济体制要求。随着公路的发展,里程的增加,路政管理前移是未来的必然趋势,路政执法中队将进驻各中心道班,中心道班加挂路政中队的牌子联合办公。”

未来随着道班新生力量的加入以及文化层次的提升,道班班长或者有条件的同志还可以通过执法考试,取得执法证,使道班具有执法功能,在维护路产、路权方面有法律支持,公路管理力度和手段会比以往更加到位,更能得到当地政府和群众的尊重。”

阚局长给了道班和道班工人一个清晰的未来。

此处有掌声,掌声经久不息。

行业的特殊性使他们日复一日,年复一年远离城市的喧嚣,终生与铁锨、十字镐为伴,成为一种固定的劳动方式,如果生活上再让他们孤独、寂寞、单调泛味,实在不人道。不下基层的领导,永远不可能真正理解基层的需要。以前局领导来调研道班职工工作和生活情况,每次总是拿出几张表来,请人到隔壁的房间谈话，搞得那么神秘，其实又解决不了什么问题。说来说去无外乎物价上涨快，收入低，劳动量大，生活娱乐设备缺乏。问啥时能解决呢？回答，领导会考虑的，大家放心。其实大家根本没往心里去。

这次也一样，本来他们都不想说了，但又一想既然阚局长来了，还是怀有一丝希望地认真提了，例如为食堂配电冰箱、消毒柜；配备太阳能热水器；配备娱乐设施……结果都成真了，其他道班都务虚地提，和没提一个效果，后悔死了。

阚局长厉行节约，中午在食堂吃的，氛围很温馨。晏华诚回忆他刚上班时，道工都是带着饭锅等餐具徒步十多公里去修路，午饭就在路边做，用肥猪肉榨油，榨的油用来炒青菜，猪油渣则是大家美味的荤菜。天黑了，回到宿舍——40平方米左右的两间瓦房，摆放着8张床，8个工人一起住。厨房就是在瓦房外头搭起架子，盖上石棉瓦……

薛义刚说，想想咱那时真不是人呆的地方。夏天屋外哗哗下着大雨，屋里下小雨，摆满盆盆罐罐的"龙门阵"。冬天日子更难熬了，呼啦呼啦的北风无休止地撕扯着窗子上那破旧的塑料布，跟死孩子找娘一样瘆的慌。

大家叙着旧，说着从前的事情。阚局长一点领导架子都没有。他与大伙亲近不是那种装出来秀一下，也不是在电视镜头里现一把的那种，是他身上自然散发的一种魅力，是一种内心的吸引，他能把大家吸引到他身边来。

阚局长走后，他们对阚局长的讨论却没有停止。"现在条件比以前强多了，阚局长说以后会更好。"晏华诚高兴地说。

"光说有啥用。"唐大伟插上一嘴。

董祚庥不允许别人说阚局长不好，他反驳说："你知道啥，提出这些问题需要勇气，不是说说就过去了，现在道班队伍急剧萎缩，养护工人青黄不接已经是不争的事实。提出这些问题而又不解决，那就只能讨个骂名。我相信阚局长是真心为我们道工着想。公路道班点多、线长、面广，住房好了，生活水平高了，有文化才有品位，才有社会地位。"

唐大伟感慨一句："好日子都让你们年轻人赶上了，俗话说苦不苦，想想红军二万五；累不累，想想父亲那一辈。你们这一辈……享福了。"

木来新："嗨，嗨，你别对着我说。对那俩小子说可以，你才比我大几岁？我也算父辈了。"

"算，谁说你不算，做父亲的都算。"

"那我也算了，我女儿两岁半了。"杨义说。

"你不算，我和你爸兄弟把式的，呵呵，你小子还冒充'屎壳郎'。"哄堂大笑。他爸的外号叫"屎壳郎"。

"你冒充'屎壳郎'。"杨义红着脸反驳他。

唐大伟笑呵呵地说:“你说的啊！太高兴了又当爹了。”他说完又是哄堂大笑。他有点兴奋上了,用手一指说,“这条路是 1983 年修的,这路和你年龄一样大,哈哈！娃娃呀那年你爹才有的你。”

“那年我爸比你大 10 岁,该叫我爸叔叔了吧！咱俩是一辈的。”杨义不甘示弱。

“切！你懂啥？一轮以内的叫哥哥,一轮以上小于两轮的叫叔叔,两轮你就得叫大爷了。”

杨义不服气,问他:“那二爷呢？”

“大爷修的是断头路,没有二爷了。”

“都说修路铺桥是积德行善的事,怎么你却是个绝户头。”他刚说出口就后悔了,但不过又觉得他活该。唐大伟果真恼怒成羞了,他媳妇不能生育。他脖子上青筋暴跳,然后突然走了。

几个人用明显的身体语言暗示杨义,话说得过头了。接着又继续他们的话题。

晏小山说:“别说那么远大的理想了,就目前最实惠的,最主要的是解决洗澡的问题。这方圆那么大……”

单强打断他说:“还这方圆,你用手揸的吧？”

小山没理他,继续说:“距道班远不说,就那么一个洗澡堂子,卫生状况大家都见识过了。那大池上面总漂着一汪油腻,大池四角的水面更是明显。我下去洗澡总觉得是吸灰。还记得吗？我去洗澡后的第二天,传出大池里有艾滋病人死在里面了,可把我骇死了。后来又传出一个小孩子感染上了,我记得当时一个小孩读墙上贴的‘贵重物品请妥善保管’的告示,问都脱光了,小偷偷什么啊！浴池怎么会有小偷啊！我说怎么没有呢？小偷也要洗澡呀！不会是那孩子吧？”后来证实是谣言,但也确实证明水是真脏。

“阚局长不是说了嘛！让咱看着买。咱就买个带电加热的,冬天也能用。到时候谁去城里的时候喊我一声。”杨义说。

“啥时候说的,我怎么没听见。谁去的时候也喊我一声。”晏小山赶紧插一句。

“你心里跟长草的样,跑哪个女孩子身上去了,哪有心思听。”说着,单强呶呶嘴。“看,你看。”

钱程正跟在田甜身后……

“你们谁想去谁去吧,我不去了。”晏小山跑过去追他们俩去了,“钱程干啥去？你干啥去？”

田甜继续走,转过屋拐角就看不见了。钱程站住等他:“田妈妈,昨天买的农药不见了……”

晏小山听了特别激动，一把拽住他的衣领，表情纠结：“你……你……你说啥？”他一下子变得结巴了。

“田妈妈买的农药不见了，我们怕她寻短见。”

“啥？你们都啥了，怎么不早告诉我？”

“我也是才知道的，田甜刚刚告诉我的。”

“我怎么不知道。”

“她本来要对你说的，不过看你和他们聊的正热就对我说了，让我帮她找找。”

“啥，啥！别扯，别扯。田妈妈怎么回事？”

“我早就这么叫了。”

“我怎么不知道？”

“你再走半年就知道了，还好意思说。”

他知道这是钱程故意指责他。“你就只是这么叫？和田甜没啥？”

“没啥。”

晏小山听完松开手。

苦姐再次走进当歌市公路局。局里重新进行了装修，布局和格调焕然一新。但是她没有任何新鲜感，这与她没有任何关系。苦姐一年也就来一次局里，还是年终获个先进之类的才来。但今年这 5 个月的时间里，她来局里的次数，是她干道工 20 年的总和。她为了女儿的工作而来。她听说 9 月份要通过考试招一批新人，问了许多领导，都告诉她等候通知，但是越等越让人心里不踏实，不知道为什么。领导再三安慰她说会下通知的。只要符合条件都可以考，他们问了她女儿的条件，说完全可以考。可是通知没下，却听说有人没有通过考试就进去了。原来领导给的那粒“定心丸”一下子变成了“跳跳球”。说是临时聘用，她就想问，为什么不临时聘用她闺女呢？这下，连她说服自己信任他们的根基都动摇了。让她变得对谁的话都不信了，再加上周围的人对她说，能进局里的都是有后台有背景的，田甜是没多大指望了，还对她说，领导的话你也能信？口说无凭，而且各级领导的记性一般都不太好。说过的话，一眨眼，一扭屁股他们就忘了，让她愈发变得不安。她觉得这么久以来，自己都坐以待毙，她对那些让她等通知的领导，充满怨恨，为什么要欺负自己一个苦命的女人？

她明显的一下子老了许多。

晏华诚看在眼里，心里觉得必须帮她。可是，咋帮呢？自己不过就是一个小小的班长。晏华诚背着苦姐找阚局长，说田甜这孩子是我看着长大的，是我们道班长大的苦孩子。从小营养不良，身体不好，弱弱的，然后给他讲苦姐这大半生的遭遇，说知道给阚局长添麻烦了……

阚局长认真倾听，说："局里正调研，摸摸底看有多少公路职工子女，会制定考试聘用方案，保证会公平公正地对待每一位职工子女。这之前已经安排政工科，社会上有招聘竞聘信息，要及时通知咱们职工子女参加。他们消息渠道来源广，许多人，特别是道班工人，平时整天埋头干活，没有什么消息渠道，一定要用心做好这个事，关心不是挂在嘴上说的，要落实到行动上。

"可是——"晏华诚欲言又止"有人先进了……"

"有人进了？谁？"

"常得志的儿子常祎。席局长安排的，说是因什么工作忙不过来，临时聘用。"

"行，这事我知道了。"

他走出阚局长的办公室，心情舒畅，走廊上张贴的文化墙，感觉亲切而新鲜。这个有一段时间了，自己以前从来没留意过——匆匆地来了又匆匆地走了，感觉与自己无关。今天，他特别认真地看了，觉得现在局里和以前不大一样，具体哪里不一样呢？他又不能一一说出来，但感觉是有的。阚局长是有文化的人，不再是到一个冰冷的办公室里看一张冰冷的脸，而是有什么心里话都可以和局长说说，得到的不是轻蔑的眼光和空话、套话，更不会发出斥责和拍桌子。这是不是公路文化呢？晏华诚走到走廊尽头，然后又回头发现阚局长的办公室的灯亮了，灯光从开着的门里洒出，一个影子投射到对面洁白的墙壁上，那是阚局长——亲切。他长长地舒了一口气，再次确认就是和从前不一样。

第二天一大早，阚局长让政工科莫默行来一趟，问他常祎的事怎么回事？莫科长说不清楚，他马上查查。一下子机关里的人都知道了。当她们知道晏华诚找过阚局长之后，纷纷都到局里去找，而且都说是听晏华诚说的，局里某某进局了，她们的子女为什么不能进，让阚局长给个说法。这时的晏华诚正在道班挑粪浇菜，压根儿不知道他已经被推到风口浪尖，别人正往他头上泼粪。

其实对于这个消息，她们知道的比晏华诚要早，好几个人早都想到局里找找或者闹闹，但是都不想带头，她们拉不开脸，又怕得罪席局长，以后对自己的子女安排不利。晏华诚找阚局长的事，他连苦姐都没说过，更没对任何人说过。却被素不相干的人捏成麻菀蛋子，他一边被大家利用着保护自己，一边被笑话着轻视着。他们还关心晏华诚为什么要关心苦姐的女儿，晏班长咋恁操心，好像跟自己亲闺女似的。同样的话从她们嘴里说出来，总有那么点耳熟，但心里不舒服。于是许多风流韵事的笑料从他们嘴里流传出来。

他心里疼她真跟亲闺女一样，可是对一个鳏夫和一个离过婚的单身女人……但不管别人怎么说，该帮还得帮。

两天后，田苦妮听说许多人都去局里找了，她再也坐不住了，也去找阚局长。局门口一帮妇女给她出主意说，田苦妮你太善良了。有时候，太善良也是种危险，偶尔你也得厉害一点，才能免受伤害。她听完情绪激动，觉得一直以来自己确实太善良了，领导哄哄她就走了。这次绝不软弱——她不知道这帮妇女也是准备来局里闹的，她们正想找个领头人。

阚局长说："田甜的事，我都知道了，前天老晏为这事来过了。相信我，局里统一考试，择优聘用……"

"阚局长你别哄我这个苦命的女人了。"她说完放声大哭。

她二十年来几乎年年是先进。都知道在一线只有多干活，踏踏实实、任劳任怨，才能评先进，她是一个"先进"的妈妈。可是她的女儿为什么不能先招进局里呢？不是要等通知吗？为什么没有人通知她？她是一个倔强的女人，她带来了近二十年来的先进证书。她今天要理论出个子丑寅卯。如果今天阚局长不给个说法，她就会当场死在阚局长面前，她另一袋子里拎的是敌敌畏。

办公室里几个女同志闻声都过来劝她。

她连去死的想法都很单纯，那就是她死了，她不讹局里，只要让她女儿接班进局里就行了，不能下道班。她自己觉得她是一个只会干活却没有门路的母亲，她能做的只有这些，包括不要命了。

"农药留在这里吧！我要是不主持公道，到时候我喝。"后来凡是打招呼的，走后门的，上面安排的，阚局长就一句话便给挡回去了："苦姐的农药在那儿呢，你们就那么想让我喝吗？"他很感谢苦姐留下的农药。

席局长内心正泛起小小的波澜，自己被组织上宣布当副局长的时候，常得志的媳妇生孩子，他以副局长的身份参加的喜筵，倍受追捧，风光无限。可这副局长一当就是25年，人生有几个25年，如今他儿子都结婚了，自己还是以副局长的身份去赴宴，几个熟识的人嘻嘻哈哈和他打个招呼，再没有当年的追捧，就像那夕阳的景象。他心里有住着一条毛毛虫那样的感觉，那孩子的名字还是自己给取的，常祎，后来还认他做了干爹。

道班已经是青黄不接，确实需要补充一部分人。常得志求过他几次了，红城子道班班长项昊也找他反映几次了，想要个有文化的人。他想让常祎在道班先干着，等正式招人的时候，也有基层工作经历了，再找个机会调进局里。谁知道就这也有人盯上。因为苦姐找阚局长闹事，常祎被辞退了。从常祎的角度讲，他是压根儿不想进道班的，对公路部门也没太大的兴趣，他想出去闯闯，只是因为父母反对才留下的，所以他是无所谓的。但是对席局长而言，则非常在意，连这么一点小事都不顺，感觉自己的存在轻飘飘的，对许多人可有可无。他觉得必须做出一点事情，让他们知道自己是有分量的。

明显道班里，钱程在食堂做饭，他说晏班长这不是办法，有上顿没下顿的。“唉，苦姐也难啊！”晏华诚叹息一声，也下手帮他干，然后是晏小山。大家一起干，才知道苦姐工作的分量。

肖长河看出了席局长的心思。他在明显道班宣布，所有人都得到路上养护去，不存在有人专门做饭那种事。晏华诚问他：“道班‘三产’怎么办？田苦妮不是只做饭，她主要负责道班‘三产’，种菜、除草、养鸡、鱼塘……一天做下来不使闲，然后还要兼顾买个菜，做饭，这活可不轻。再说她把道班‘三产’搞好了，把道班伙食改善好了。我们没有后顾之忧能更好地在路上养护。

肖科长显然不是听他们来讲道理的，要扣田苦妮的工资。晏班长说：“她的活我们干了。”

“你们都能干还设她这个岗位干啥呢？以后你们干就是了。还能腾出一个人养路去。”

“她不是有困难嘛！”晏华诚为田苦妮辩解着。

“她有困难，你们帮她解决困难，让她腾出时间去局里闹事，那你们这不是给局里制造困难添麻烦吗？可履行手续吗”

晏华诚赶紧说：“请假了。”

“那把请假条拿来看看。”这个还真没有准备，他们一时拿不出来。肖长河认为管理有问题，这下有事做了。

他让木来新打击苦姐，木来新很为难，苦姐是一个像明矾一样善良的女人。她是个好人，你有难处她会帮你；你有喜事，她会为你高兴，和她在一起有一种轻松感，不用高度紧张；就算你有时不经意间得罪了她，她总会原谅你，给你一个改正错误的机会。善良，是人人都喜欢，人人都愿意亲近的品质。木来新左思右想，他下不了手。对谁使坏都可以，但对苦姐他做不到。他想到这里时又作了一次修正，他觉得自己不坏，都是别人说他坏，他才“坏”的。这个怨不得他，是他们活该，还有男人就要用男人的方式解决，不扯苦姐。他又想隔山打牛，打击到晏华诚就可以打到苦姐，可是晏华诚也是好人，下不去手，另外呢！道班还有晏小山这个虎崽子，下不了手。万一……自己不得挨的头破血流。这水不是想搅浑就能搅浑的。

第十八章

公路行业正面临着一个前所未有的、急速变化的时代。发展的动力一方面来自于经过长期历史积淀的传统,另一方面来自于新生力量的融入和现代先进养护技术的应用。当歌市公路局张榜公布了招聘事宜,凡具备大专以上学历,符合条件的公路职工子女都纳入招聘范围,同时还拿出一定名额面向社会招聘。丁喆大学毕业后一直没找到合适的工作,他看了当歌市公路局的招聘信息,向钱程打听情况,想回家乡发展。钱程说:“可以啊!我们养护部门稀缺计算机专业。”结果丁喆一考就通过了。公路行业要发展,必须要有一大批有经验又掌握现代养护技术的人才,局里对新招聘人员进行统一培训,规定了半年的试用期,希望他们能全面掌握养护技能。

阚局长指派董祚庥给实习生们培训,董祚庥自编了简易教材,对每一种病害的处理,他都在路上言传身教,示范给他们看。

董祚庥没有辜负阚局长的期望,他带实习生对病害的处理非常严谨,严格执行操作规程和施工工艺。对坑槽裂缝的处理,他先在路面上划定施工区域,设置好安全标志、标牌。然后对细小裂缝和狭窄坑槽进行清理,同时把裂缝边缘松动的混凝土清理干净,挖出碎渣,最后用大功率吹风机彻底清除修补区域的灰尘和杂物,他说这些是必需的。做完那些,他又在修补区域涂刷乳化沥青。对修补构造深度小于 1.5 厘米的裂缝,他一般分两步,沿裂缝灌入修补材料。对构造深度大于 1.5 厘米的裂缝,他在修补材料中添加粒径为 0.8 至 1.2 厘米的玄武岩骨料、石粉、水泥,搅拌均匀后进行填充修补,把那些坑槽裂缝修补得漂漂亮亮的。

在处理一处啃边时,他和前来检查的肖科长发生分歧。他认为病害产生后,必须要查明病害,不能头疼医头脚疼医脚,一经修补就要治本。水泥混凝土路面裂缝分表面裂缝和贯穿裂缝,董祚庥指出这种不是表面裂缝,不宜用灌浆的办法,灌浆是治标不治本。很显然是贯穿裂缝,最好用加筋维修法。

肖科长坚持用灌浆。实际操作上最怕半瓶子咣当的领导。这是一个关乎威信和真理的问题,怎样做能延长公路使用寿命就怎么做。他觉得在这种情况下,必须要培养实习生们认真做事的态度,错了就要反对。董祚庥没有退让。

第二次来检查时,肖科长明显是带着鸡蛋里挑骨头的使命来的,那是一处沥青路面病害。肖科长看见那么多实习生毕恭毕敬地欢迎他,他背着手查看了现场,觉得要讲点啥,要贬低一下董祚庥,还要证明他什么都懂,便发表了一下高见,说:“大家辛苦了,以后你们都是咱公路部门的人才,你们的老师董祚庥就是人才啊……”然后仔细研究了一下现场,说:“像这种路基不实,要用自然土才能碾压的坚硬密实,就不会变形了,最后再铺上面皮。”董祚庥一听,面皮?还凉粉嘞:“肖科长,纠正你几个错误概念。路基不实应该是路基失稳,你说的自然土那叫原状土,变形是相对的,荷载作用在水泥混凝土路面上也会产生变形,只是我们肉眼看不见而已……”

肖长河的脸都成酱紫的了,他极力想维护自己的面子,觉得在新人面前必须树立自己的威信,绝对不能丢面子。考虑问题的面不一样,站的立场不一样。其实大家心里都明白,肖长河关心的是怎样做出政绩,怎样做能给自己创造更多升迁的机会。但是大伙都记住肖科长的“面皮”。他们开玩笑时,要挖苦谁便说:“到时候让肖科长给你来份‘面皮’”。

董祚庥认为是阚局长安排他给他们培训的,没有搭理肖长河。回来的路上,董祚庥发现了两个新出现的小坑槽,说:“这样的小坑,如果现在不及时垫补一下,到时面积就会不断扩大,还会影响路基,增加维修成本。正好我们车上还有料子,修好再回去。”

单强对肖长河和董祚庥的评价是:想当年他们俩都是平级的副班长,现在呢?差距大了。被偏爱的都有恃无恐,得不到的永远在骚动。

董祚庥不鸣则已,一鸣惊人,他在业务技能上已经显得出类拔萃,深得阚局长信任。阚局长对董祚庥越来越信任,并对他委以重任,是一般的挑唆或离间所不能动摇的,这越来越让肖长河不安。看来铲草不如铲人了,他愈发感觉压制董祚庥已经力不从心了,更可怕的是他感觉自己的位置已经岌岌可危了,想要下手就得趁早。他向席局长汇报说,董祚庥工作不负责任,还举了好几个例子加以佐证。

道班年轻的同志都有一技之长了,木来新感觉再这样是混不下去了。他突然有一种压力,有一种需要学习,需要技术的冲动。恰好此时面临局里配备的常用机械缺乏专门的维护人员,木来新想学,但他怕大家不信任他,因为他曾一度与大伙关系紧张,出现过冲突。他感觉大家都在疏远自己。他还对大家造成过伤害,整个环境让他有强烈的排斥感。但他还是想争取一下,便把想法对晏班长说了,没想到晏华诚爽快答应了。

木来新终于明白一个道理:尊重一定来自于独立,而不是依附。

迎接全省公路养护管理检查时,肖科长让沿线道班挂 1 至 2 条横幅,并让他们道班自己出钱制横幅。还是当领导好啊! 一张嘴就行了。自己出钱,就拉一条吧! 写点啥呢? 既然是自己花钱,就得写点自己想说的。

“就写屎难看,钱难赚!”屎当然不是真屎,指的是肖长河的脸,他那脸型加发型,典型的一泡屎造型。

“这要是领导来的那天,记者咔咔一照,准火。”

“挂出去火是火了,那咱们的素质也太低了点。”

“咱低点不怕啥,怕就怕领导低。俗话说职工素质低影响的是个人前途,领导素质低影响的则是一个单位的前途。”

“不是有句话吗? 不想当将军的士兵不是好士兵。借鉴一下,我们就该做一辈子的养路工,那些有关系的酒囊饭袋就该做一辈子的机关办事员?”

晏小山说:“那我们就写,不想当领导的道工不是好道工。”

董祚庥说:“还是换成‘不想进机关的道工不是好道工’合适。”检查那天,他们在道班的路上真拉出那个条幅。桥梁养护师和中心道班班长竞聘前夕,这不是故意捣蛋吗? 这下惹得有些人不高兴了。本来不让机关人员参加,说把机会留给道班一线工人,就让一部分人有意见了。如果道班里那些有才能的人进了机关。那机关里的酒囊饭袋岂不是真要下道班,颠覆啊!

肖科长追查起来,大家都卖个耳朵一言不发。肖科长的手机响了一声,他掏出来看一眼,又装进兜里,说:“你们都不承认对吧,那这是谁的主意? 晏班长你也有责任。董祚庥你有种做,怎么不敢承认呢?”

董祚庥强压怒火,想说:“我没……”他话说到一半,觉得装软蛋不是自己的风格,此刻不能装怂。便说:“我没说不是我做的,就是我。是我让那样写的,咋啦? 错了?”大家奇怪肖科长怎么知道的。

第二天一大早,凡主任打电话让董祚庥去一趟局里。道班的兄弟感觉凶多吉少,都要一块去。木来新更是坚决反对,力主不让董祚庥去局里,说肖长河不是啥好鸟,啥坏点子都有。没有人注意他表情里一瞬间划过的复杂。

董祚庥表示感谢,说:“你们都去,不妥,又不是要找谁打架。我自己去。”最后晏班长还是安排木来新和他一起去。晏华诚的意思是木来新和肖长河关系不错,让他多美言几句。

路上,董祚庥想象着肖长河大发雷霆,把桌子拍得啪啪响! 他也许会说就你光文,就你能,然后出口骂人。如果他敢出口骂人,一定要扁他。

木来新比董祚庥还紧张,力劝董祚庥一定要息住性子,还说由他先和肖科长谈谈,套套对方的口风。出乎董祚庥意料,肖长河劝木来新要爱惜岗位,不过这次没说他著名的口头禅:"掂量掂量你能干啥?"他明白这不过是肖长河借着木来新说自己而已。威吓吗?自己什么时候不爱惜岗位了。然后他又沾沾自喜地炫耀着把玩一只镀金的钢笔,自鸣得意。又说了一段不明含义的话:"当这个工养副科长真的很没意思,不过我要是离开这个岗位,就什么也不会干了——鸡肋。"但这在董祚庥看来,是占着茅坑不拉屎,只说人话不干人事。他说:"我们不当道工了,离开这个岗位,我们还是什么都能干,我们就这穷命,比不了你们领导啊。"肖长河笑笑,接着却对董祚庥一阵表扬,听得肉麻。又说他那天有点情绪化,说错了什么话,请多谅解。董祚庥不知道他葫芦里卖的什么药。

他从工养科办公室出来,迎面碰到阚局长。"祚庥,你到我办公室来一下。"这称呼怪亲切的,上班十几年了还没有人这么称呼他。他到阚局长办公室,没等阚局长说话,开口就说起挂横幅的事,他主动道歉说是头脑发热,让大伙干的,都是自己的错,与他们没有关系。但阚局长却给予了肯定:"这是好事情。我们道班工人中大有人才,我们公路行业相对封闭,内部竞争不强活力不足,倒是我们机关有些人,我看有到道班去锻炼一下的必要。"

阚局长深入道班调研,总是微笑着,给大家一种相识很久的感觉,少了陌生感和生硬的距离感。他见苦妞在读书,很好奇:"她不是不识字吗?读什么呢?那么津津有味。"苦妞说《女子道班》。她只上过两年学,识字不多,她说:"那时没有条件,现在有条件了。学,要活到老学到老。"大家对她刮目相看。

阚局长说,赶明儿,咱也成立女子道班,让田苦妮当班长去。

苦妞不当,并说纯女子道班不符合科学道理,不利于保护我们女工身体健康,都是搞花里胡哨的形象工程。要正视男人女人身体上的差异,零件不一样……

哄堂大笑。

苦妞斥责他们:"笑啥?女人能干啥?做饭,清扫路面,这种轻、中度体力劳动还行,到了女子道班,女工必须承担几乎所有的养护工作,对体力劳动强度高的作业怎么办?补桥涵挖路基,女人行吗?又不是绣花。还要经受毒物和高温的危害。还有女人每月都有那么几天。万一赶到一起了活怎么干?局长你们男人没那么几天,但你必须考虑……"

田苦妮自从离婚后,变得开朗了许多,经常说些开玩笑的话。这在以前她是不敢想的,更不敢和男人开玩笑。

那些天晏华诚一筹莫展,不知道局里啥意思,是不是真要成立女子道班。他绕了一个大弯子,找她啦呱,说局里要成立女子道班,问她想不想去。苦妞说不去,她才不会去呢。晏华诚听完吃了一颗定心丸。

局里举办《中国梦·公路梦》征文。钱程、晏小山、田甜和许多实习生都参赛了,纷纷说出他们心中的公路梦。大家都没想到的是田苦妮也参赛了,她没想获奖重在参与。

评奖那天,局中层领导都被邀请当评委了,有作品参赛的除外。肖长河也被邀请当了评委,他经过燕队长办公室时,燕飞说他有作品参赛。

有一篇《母亲》的征文引起肖长河的注意。从文字的经历上看,他断定就是燕飞写的。但是写得又相当好,让他不服气,他潜意识里认为不应该写这么好。肯定不是燕飞写的,一定是别人代写或是剽窃的。他这么想便觉得气顺了些。他又看了一遍,觉得要是再写得烂一些,倒是可以给他个名次,对于他认为虚假的两段话,一字不落地看了三遍,揭露的台词已经荡然于胸:题目是《母亲》。其中三件事,根本不真或者压根就没有的事。第一,燕飞说他母亲年轻时是个美女。不可能,自己打睁眼认人的时候,就知道他母亲长的很难看。第二,他说他母亲上过高中。那个年代,能上高中的比现在的大学本科还吃香,谁没有个正儿八经的工作,他母亲用现在时髦的话讲叫全职太太。第三,文章里说他妈管他姥姥叫妈。那不可能。肖长河推算了一下,应该在六十年代,那时不可能称呼妈,都是喊娘,叫父亲都是喊大。

公布评奖结果的时候,燕飞也纳闷,所有参赛的作品都得了鼓励奖,自己怎么啥也没有。尉迟剑锋说没收到他的稿件。他特别生气,认为尉迟剑锋很不负责,局里举办大赛这种事怎么能交给他这种人,自己明明投过去了。

他打开邮箱查了下,来火,明明投了。再打开就写个题目,忘记插入附件了。等于投了一个空信封。但他还是生剑锋的气,明知道他投了一个空信封,为什么不提醒一下?

肖长河知道是凡芃的稿件后,后悔得一塌糊涂。他几天都没敢直面凡芃,觉得对不起人家,《母亲》那篇征文确实应该获奖的。燕飞和凡芃从小学到中专一直都是同学,他一门心思想咗挤燕飞,忘记了凡芃和他是门对门的邻居,从小一起长大这一档子事。他再回过头来想想,凡芃的母亲确实很漂亮又洋气,还是干部……唉!他一声叹息。自己当时想啥来,头脑短路了或者鬼捂眼了?他还知道凡芃一直喜欢燕飞的,她把第一次都给了他,还被他们家说成她不正经,因为他们家反对,燕飞装怂,她落了个坏名声。她对燕飞的一丝怀恨从来没有轻易抹去,因为她觉得她付出最珍贵的,不但没有得到回报,反而被伤害的很深。

肖长河和燕飞的几次暗斗,凡芃都不那么明显地站在他这一边。遇到什么动静,还会委婉地提示一下,让他一直弱弱地占据上风,他愈发觉得太对不起人家了。况且当年他也暗暗喜欢她,可能是感觉条件不够吧,他就那么一直暗恋着。当然现在还是喜欢,只是和那时的喜欢不同。

凡芃说，有些人啊，你不知道的事不等于没有，不要把你的无知理所当然地类推到别人的头上。

肖长河知道她这是说给自己听的，他只能听着，突然萌生一种很内疚的感觉，他已经很久没有内疚过了。他想不动声色地为她做点什么弥补一下，可他想不出究竟要做什么。

阚局长自从调研后，有一个大胆的设想，要调动大家爱护公物的积极性，能不能让公物等于自己的？能不能由个人出资购买，局里统一招标采购，再由局里分月返还个人。比如一台笔记本电脑3600元，局里按3年返还，每月就是100元，3年后该笔记本电脑归本人所有。使用过程中的维护和修理费用由本人自理。凡是能按这种方式购买的产品以此类推。随着这批新人充实到养护岗位，道班的整体文化水平也上了一个新台阶，相应的，道班的科技与信息化水平也必须与时俱进。他认为怠工、误工、浪费掉的也比一台笔记本电脑贵。

局里为明显道班配置好电脑的那一天，大家激动啊！决定杀一只鹅庆贺一下。凡是会上网的，都加了省公路局的养护交流QQ群。

钱程咨询建立公路养护电子化管理的事，经过与丁喆的努力，建立了公路养护电子档案。这是丁喆的长项，他们现场采集数据后，第一时间上传，保证了数据的真实性、实时性，打开公路养护电子档案，以前用的什么方法，工艺，谁修补的，使用了多长时间，需要再用什么工艺改进……为大中修等养护作业的科学决策提供了真实有效的支撑平台，又大大降低了道工的劳动强度，还为领导科学决策提供了技术依据，同时为全市公路系统逐步实现数据和资源共享打下基础。丁喆、常祎和田甜统一培训结束，留在明显道班实习。

董祚庥看到别人有养护新经验，便钻研工艺。他们及时了解时政和行业工作动态，做到学有方向，干有目标，钱花在刀刃上的感觉真好。

晏华诚去局里开会，被人羡慕，他觉得很神气。

董祚庥变得越来越开朗，他曾经拒绝工作之外的往来，并和所有的人保持一定的距离，因为过往的一切无时不在他脑海里呈现。最初大伙在一起娱乐时，他参与就会有人回避，不回避也会因为他的存在变得非常不自在。所以有什么好的活动或者机会，他们也不会将他放在活动名单里面。时间一长大家都各自习惯了，看透了就不会受伤了。

几个人喝闲酒时，有真源道班和蓝湾道班的。木来新吹嘘，他和省局分管养护的胡副局长是网友。大家都羡慕，问他是怎么成为网友的，他说看过胡副局长的空间。

丁喆切了一声："这个不应该算是网友吧？"

他急了，说："咋不算？"

董祚庥说："如果因为看了他的网页就算网友的话，那我也是陈省长的网友了，因为我看过他的微博，我还是莫言的网友了，因为我看过他的博客。那能算网友?！你至少要和他们一对一聊过，留言不算。"

"那我是陆书记的网友，我就当面聊过。"木来新说。

大家嘘了一声，急切地想知道他们在哪里聊过。丁喆说："QQ 上能叫当面吗？你们视频聊了！"

"没有，但我确实亲自和他聊过。"难道聊天还有不亲自的。他又补充说，"反正……不说了。"

第二天木来新、钱程和丁喆上 QQ 群时被效能办查到。晏华诚坐在他们身后思考，也被算上了，用效能办同志的话说，单位给你们配电脑是让你们工作的，不是做其他事情的，不是上班聊天的，也不是让你发呆的。他是来上厕所的，苦姐给他指的路，上完厕所，他就随便看看，结果就出了这档子事。晏华诚陪着笑脸说："他们上 QQ 是工作，他们上的是省公路养护群。"

"我们没聊天，我们是向省局领导汇报工作，现在用 QQ 就是为了方便工作啊，与领导进行在线交流，促进工作效率哦！"木来新辩解说。

"现在有的部级单位都在用 QQ 群与各省市县联系工作，不然现在也不会出现各行各业的 QQ 群了"。钱程补充说。

来人可能感觉被顶撞了，说："上什么群都不行。"他说完问他们叫什么名字，准备掏笔记下。可是他没带笔。

丁喆急了，反问他："效能办是查效能的，现在科技发达了，有这么好的产品不让人用，怎么谈得上提高效率？当面汇报要不要说话？打电话要不要说话？写信要不要写字？发电子邮件要不要写字？QQ 就是一种快捷、高效的现代化沟通方式，怎么就上错了呢？为啥 QQ 上说话就不行？QQ 传送照片等较大的文件速度很快的，现在一竿子打死也太藐视科技了。这要给国家节约多少资源，节约多少纸张，保护了多少棵树，为生态文明做出了多大贡献？"

来人很武断："就你，做贡献？你 QQ 备案了吗？"

"我是计算机专业的……"他想这种人让他屙裤子，就啥事没有了。他是初生牛犊不怕虎，问："你来道班解手备案了吗？"对方十分恼火。

晏华诚急了，看见对方喝多了，极力赔不是，还倒了茶让他喝。

木来新接着说："你们中午饮酒备案了吗？现在的智能手机都预装了游戏软件，删都删不掉，是不是上班连手机都要禁止了？你手里拿的不就是智能手机嘛？"他一提手机，对方掏出手机给他们一一拍照。

肖长河知道明显道班被效能办查到后，没向领导汇报，而是压在手里主动做工作，他不是去做消除影响的工作，而是扩大影响，希望从重处罚。杀一杀明显道班的“嚣张”之气，他想到木来新时犹豫了一下，这会儿顾不上了。他和那天去拍照的人是朋友，还和盘托出阚局长的办公设备购置方案，他认为这也是违规的，让他们来捋捋阚局长。

明显道班被查到了，被人唏嘘，让一些人幸灾乐祸，说他们明显道班的尽出风头，终于冒泡了，这下有他们好看的，有一种应验了什么的感觉。

大家讽刺木来新，说：“你这陆书记的网友，也有人敢查？”

过后不久，效能办一纸通报，让阚局长在基层推行无纸化办公计划受挫。

效能办主任和阚局长是高中同学，他出差回来给阚局长通了气，还略带开玩笑地说：“你的部下让捋捋你。但我觉得你们的办公设备购置方案不错，我也准备在我们效能办推行。”

周一例会上，阚局长开会说：“职责在哪？在墙上，希望大家都看看，一、二、三、四、五，是党对你的要求。权责对等，这叫作为。反之，这一、二、三、四、五，你没完成，叫不作为，如果违反程序，叫乱作为。科室负责人，即使就两个人，你能把另一个人领导好，你就是个负责的同志。每周要干一件、两三件实事，如果你能干好十件八件事情，我阚启向你学习。即使干那么一两件事，也要往正能量上靠近一些，不要尽干些斜撇子的事，大家要多补台，少拆台——公路局是大家的公路局，不是我的，也不是哪一个人的……”

大家见识了肖长河这样对待下属，又公报“私仇”，连和他穿一条裤子，经常向他通风报信的木来新都不惜毁之。木来新明白了，他所谓的交情都是通过热脸贴在人家凉屁股上换来的，因为从一开始就缺乏平等，所以无论他们关系多热或持续了多久，那都算不上交情。

木来新举报肖长河有一次去慰问，一人一箱绿茶，一箱易拉罐啤酒。都是他店里卖的，都快到期了。超市里卖的都够贵了，就那一箱还比超市贵 11 块钱。为什么呢？发的是爽 P，开的发票上是干 P，一箱贵 11 块钱。肖长河家的超市是万能超市，代理安利产品，其他差不多与公路养护有关的小东西都卖……

阚局长让肖长河写个情况说明。他写起来简直就像捉虱子一样，那个慢，一只蚂蚁背负一个屎壳郸也不至于那个样子，那个吃力简直没得说了。指望他这样的办事效率为民服务，谈何容易。就在他费劲“捉虱子”的时候，董祚庥和晏小山出大事了。

他们在明显镇养路的时候，突然听见一个女孩大喊：“抓贼，他们是抢包的……”一辆灰色摩托车向他们驶来，后排座上的男子手里拎着一个女式挎包。董祚庥一个箭步冲到路中间把他们推倒。他们撕扯了一会儿，旁边涌上来好多人围观，其中一个男子拔出一把长刀，刺了董祚庥两刀。晏小山上前救援时也被他刺了一刀，两个歹徒骑上摩托车逃跑了。被抢包的女孩在他们被刺伤之后不见了。围观的群众这时纷纷打110帮他们报警。

他们见义勇为受伤了，中国职工保险互助会当歌市代办处的同志给晏小山送去5000元，却没有董祚庥的。这是怎么回事？一打听说是董祚庥没有入职工保险互助会。不可能！这是单位出钱所有职工都参加了。代办处的同志仔细核对后确认没有董祚庥。养护部门的是由肖科长统计报上去的，肖长河说他报了，怎么会没有呢？是不是工会的同志疏忽了？他一句话想把责任推掉。工会不同意，认真查了一下档案，又和肖长河发给他们的电子版对照了一下，确实没有董祚庥，是肖长河没报。

肖长河越描越黑，连单位给大家的福利他都剥夺。他损人不利己，却对董祚庥个人造成了巨大损失。他给大家留下一个清晰的印象：此人不地道，他借别人的钱，然后用他代理的安利产品抵销。他借钱不是真缺钱，是卖产品，价格死贵。他关心的仅是政绩和头上的乌沙帽，有了权，就自然会生出更多的钱，苦的就是下面的职工了。有一段时间大家最怕肖科长说两句话，一句是掂量掂量你能干啥？另一句是安利，用用你就知道了，来一套吧。刷树的料都是过期的……

钱程把这事对阚局长说了。他觉得对阚局长要说实话："同样是人，他干自己的超市、开饭店，却从来没有请过假，扣过钱，我们经常早出晚归努力工作，还是会被处罚，甚至干了正事，因为没请示他，也会被扣钱。处罚的多少理由全凭他随嘴说，现状是这份养路的工作是道班工人赖以生存的根本，为了生存也就不敢说啥了。谁要不服就可能被排挤，而弱势群体，得到的只是同情，同情总是解决不了问题的！尚疃道班的就没被罚过，因为他们在肖科长的超市定点采购。这说明啥？制度等于废纸。"在他看来，肖科长是个以自己为重，遇到困难，能躲则躲，不躲则推，怕惹麻烦。喜欢推过揽功，看不起职工，整天把"掂量掂量你能干啥？"挂在嘴边，高高在上、目中无人，喜欢对比他地位低的人品头论足。无知者无畏，他就认为自己的水平高、能力强，除了他别人干不了。拟个小文，错别字就像头皮屑一样，说话和做事自相矛盾。

他们聊到董祚庥的时候，钱程认为都是原来的班长和肖科长遇到矛盾问题，要么绕道走，要么能拖则拖，能糊弄则糊弄，最后小事拖大、不可收拾。才造成了他现在这样的性格。

阚局长对董祚庥的评价是，他是个真性情的同志，是我们养护事业不可多得的人才，得用到刀刃上。

就在这节骨眼上，肖长河大侄子承包的养护工程又出了问题。事情都赶到一起了，真是烂眼子好招灰。肖长河心情不好，睡不好觉，吃饭不香，偏偏去饭店吃饭饭里有虫,话很难听。服务员微笑着道歉端走,把虫子挑掉,随手拿了一只未洗的脏碗,把饭倒进去,端来。都是开饭店的,肖长河竟然没有吃出来。

当肖长河要对工人下手报复时,他被停职了,正应了那句“陷阱起初都是给别人设的,后来却往往陷住了自己”。这些年,总是听他说掂量掂量你能干啥?耳朵都起老茧了。这下该他掂量掂量他能干啥了吧?大家都觉得他早应该滚蛋了。还有人说“小科长”水又不多,还冒充长河,这下不淌了吧!后来又听说是另有任用,大家都希望来年2月30日重用他。

阚局长说,群众的眼睛是雪亮的,一个呆在办公室闭门造车,走出办公室就花天酒地,用错了干部就会挫伤更多干部。肖长河不服气,说阚局长太势利,他当副市长的亲戚下台了,如果葛市长不下台,阚局长可敢动他。他特别不服气。

第十九章

工作环境得到全面改善。这种充满人性化的关怀，让从事体力劳动的道班工人深受感动。下班后，他们经常会打打乒乓球、下下棋、看看电视、唱唱歌，到阅览室读读书。田甜除了画漫画，还经常写一些优美伤逝的小散文，钱程也经常写东点西，晏小山看他们都有爱好，也学着画漫画。后来证明这个爱好有与田甜无限多的接触机会，除此以外他还喜欢上了摄影。

晏华诚和钱程从局里开会回来，大家都已经坐在道班会议室，等他们传达会议精神了。

晏华诚咳嗽两嗓子说："我也不说啥了，钱程记着呢，让他说吧！"

薛义刚插一嗓子说："晏班长，你也说不出啥来吧。"

大伙都笑。

"别笑，别笑了，我开始念了。阚局长说，长期不抓教育，就会一盘散沙，各有各的想法，各有各的盘算。那么教育怎么抓？阚局长说再完善的制度，没有一支素质高的干部职工队伍，也很难落到实处。而建设高素质的干部职工队伍，除了传统的方法之外，公路文化对于打造高素质的职工队伍，有着不可代替的作用。阚局长说制度带有强制性，是刚性的，具有约束力。而文化是柔性的，具有引导、激励、熏陶、潜移默化、春风化雨、润物无声的作用……"

唐大伟打断钱程的话说："哎呀！你就说阚局长可说给咱发补助，提高待遇啥的吧！可是'鲜灵人'发一万，'眼子'发四千，捡重点的。"

"没说。"

"那我们在这儿听个啥啊！瞎等了。"唐大伟说完准备和薛义刚起身离开。

"阚局长也说了，有福利。"

他们听说有福利，又重新坐下。钱程接着说："在道班推广公路文化，这是给大家最好的福利。阚局长说不能只给道工洋镐、铁锨、扫帚，还要有文化，让每一个职工享受文化成果……"

"扯蛋，公路文化是啥福利。是当饭吃还是抵钱花，多发钱才是硬道理。"薛义刚说。

晏班长打断他:“不说话没人把你当哑巴,等钱程说完再说话。”

“阚局长还说了一件事。说这是一种怎样的情景呢?一个单位要把一个人才逼的整天想着离开。而我们整天喊着公路部门缺人才,长此下去,怎么会不缺人才呢?董祚庥5年参加公务员考试,第4年那次,只差2分。他学习的态度,他持之以恒的决心值得学习……”

木来新说:“可是……可是与我们有什么关系呢?”

晏华诚说:“怎么没关系,‘董六条’不是我们道班的人吗?他能看见‘六条’,那也是把我们所有人都看见了。我们努力工作不就是想让领导看见吗?他看见了,才会想着给我们提高待遇啊!他故意使用‘董六条’这个外号,提醒他曾为大家带来的福利。

唐大伟说:“把我们看见了就能提高待遇?我们又不是见不得,怕谁看,可是又怎么样呢?领导要是不下来看呢,或者下来了就甘心做睁眼瞎呢?”

“你才是睁着眼说瞎话,你看咱道班的环境、设施……哪个年代比这强,以前想都可敢想?”

“阚局长说把我们道班定为公路文化试点道班,每年给咱道班拨专项公路文化经费2万元。”

董祚庥想阚局长果然给力。他真是一个把道班和道班工人放在心上的局长,记得那一次参加公务员考试,他找肖科长批假,这么冠冕堂皇的事情,肖长河竟然说他做不了主,让他找席局长,席局长让他找办公室,办公室让他找阚局长。为什么事情一到他这里就这么难呢?不过就是请两天假而已。他找阚局长请假,说:“本不想麻烦你的……他一五一十地把请假经过向阚局长说了一遍,说他们做不了主。”

阚局长是带着赏识的目光批的假,还鼓励他好好考。可是后来却传出他那个人就爱炫耀小本事,请个假还要到阚局长那里,不就是想让阚局长知道他参加公务员考试了,他有本事牛气冲天,好像我们公路局没有人才一样,可是考几年了怎么就考不上呢?心比天高命比纸薄。

董祚庥在心里叹息:“真他妈一荣俱荣,一损俱损。”但他们偏偏不知道这一点。他听到阚局长在会上提到自己,因为没想到,他的心为之一震。阚局长曾找过他谈话,当时就他们俩,他对阚局长说:“我爱我的职业,但我看不见希望,被逼无奈——就像那些被逼上梁山的人一样。不过他们是为了活命,而我是为了让命活的更好一些。”他掏出第6年的准考证,说阚局长来了以后,风气逐渐地正了起来,我是不想走的,他又把请假条退了回来,不考了,又看到希望了。他出了阚局长办公室把准考证撕掉。

他想到这里心又暖和一次，上次培训结束，局里派车把他们接回来，还举办了欢迎晚宴。他临时回家有事，局长敬酒时问董祚庥怎么没来吃饭？事后，钱程对他说的。阚局长这样细心，少了一名小卒，他也知道。大家都很感动。

薛义刚的话把他的思绪拉回现场。他说："那算算咱一个人能分多少？咱分了吧！要不晏班长多拿俩。"

"扯蛋。这钱一定要花在文化建设上，一定要见效果。"晏华诚说。

董祚庥更佩服阚局长了，可见科班出身有文化的领导就是不一样。对一个没有文化的领导，却指望他进行公路文化建设，开玩笑。还有的领导说公路文化都是虚的，那只不过是他们自己虚罢了。

钱程也觉得阚局长把明显道班定为公路文化试点是英明的，因为缺少了基层参与的文化，如果一定要加文化的话，也是纸上谈兵的文化。再说明显道班有这个氛围。记得前年举行《道班之夜》文艺汇演，规定每个道班出一个节目，有两个道班自以为聪明，就在他们镇上找个办红白喜事的唢呐班子，高价请人去演两个节目。结果人家跳着跳着，就把衣服脱了，可能是草台班子吸引眼球的习惯使然，影响很坏，可见花钱拿来主义是一种可耻行为。哪怕你把赵本山请来演一个小品，能说明啥呢？充其量就证明你是个暴发户而已，与文化建设没有一毛钱关系，公路文化一定要培养自己的人。

他们道班养护着 24 公里的路，工作辛苦。以前每天收工回来，他们吃完饭，就是看那台被董祚庥砸了的电视机。雪花太多，看个美女，也总是一脸麻子。业余生活除了看电视就是打牌。打牌，经常又不够手，如果不自己找点乐子，那就真的会憋出病来。沉默寡言的薛义刚经常被大伙揪出年轻时的相亲故事来逗乐。那时候在道班找媳妇困难，他三十多岁才结婚，媳妇是他妹妹和人家换亲换的。在巨无聊的时候就是听晏班长给他讲道班的历史、讲管养的公路……

道班在长达半个多世纪的发展中，已经成为一个具有象征意义的公路文化符号。道班公路文化的建设，一定要有文化发展的环境，要有施展文化的舞台，要有让人处于民主、和谐的氛围。

干一行爱一行就是激情的动力，其实有激情是一个人生存和生活最重要的动力，无论你有没有，你必须找到这种激情，挖掘这种激情。

董祚庥表现得特别有激情。那就用公路文化挖掘大家的这种激情吧！

他和钱程、田甜正在为道班设计 LOGO。

"道班还可以有'楼狗'，'楼狗'是啥模样？"晏华诚好奇地问。

董祚庥想了想，说："楼狗"就是徽标或者商标的意思，他看到桌子上有一袋板蓝根，说就这个商标，大家一看到它就知道什么牌子的，对吧！LOGO 起到对商标拥有者的识别和推广的作用,通过形象的LOGO可以让使用公路的所有人都记住我们道班,"楼狗"就是我们道班的品牌文化。再通过推广公路文化和省局的"温馨交通、微笑服务"活动,我们道班的层次就上去了。

晏班长说:"这个'楼狗'我们道班也可以有,应该要有的。"

他们为明显道班设计了LOGO,也许是全国唯一的吧!

阚局长看了他们设计出来的LOGO,为他们新颖而鲜明的构思深深感动,想不到道班还有他们这样的人才。他不认为文化是虚的,文化是一种文明程度的体现,不让谁家孩子上学试试。人的聪明才智,从形成到发挥出来,都需要文化。在时间的冲洗下,没有被文化留下来的政绩,压根就不叫政绩。

晏班长准备请镇上的陈光头做些张贴画,他是镇上唯一做广告喷绘的。钱程说:"做那些东西不便宜,花那个钱没有必要。文化建设不应该仅局限于那些表面形式上的东西,不能说弄了一个小册子,贴点图片那就叫文化了。我们要把它延伸下去,要跟我们养护的公路,跟我们道班的建设结合得紧密一点。这个听上去可能比较抽象,但仔细想想,在公路的线形设计,尤其是一些细节设计中,有意识地去呈现美感和人文关怀,让人走在路上觉得舒适,觉得美,觉得有情调,这不都是公路文化的一种体现吗?目前,更具体,可操作的结合方式我们还在考虑之中。总而言之,公路文化一定要落地,不能光贴在墙上给人看。"

田甜充分发挥了她的特长,把道班管理制度等都用漫画的形式表现,张贴上墙。形象生动,大家都记忆深刻,过目不忘。

站在明显道班里放眼一望,新铺的柏油路面标识功能区域界线清晰,让人赏心悦目;办公室设备也都是新的,办公环境整洁明亮,让人心旷神怡;钱程对道班资料进行分类整理,晏华诚看过后,有种心里有货的踏实感。

他们对照省局文化建设手册,细细地梳理了一下,准备缺什么补什么。绿化方面没什么欠缺;美化方面他们准备增加图片展,在道班的宣传橱窗里,展示集体照片,道班建设,人物故事,营造道班文化氛围;亮化方面,他们着手把道班门前匾牌和路政标识做成灯箱,让它成为乡野漫长公路线上的一个希望;净化方面,增加垃圾箱即可……

董祚庥把他想建个公路文物陈列室的想法给阚局长说了。阚局长大力支持,把会议室调整到三楼,一楼做陈列室。

准备迎接检查时,钱程对大伙说:"我们要换一种思维,我们迎的不是领导,用一句流行话就是:哥迎的不是领导,哥是在展示自我。"从他们兴高采烈的脸上,可以看到创造者的快乐。

一个单位只有动起来才有活力,否则就是死水一潭。木来新开始练乒乓球,多年不打手生了,几个比赛他都报名了。局里的活动也多了起来,但每一次举行比赛都不是单纯的娱乐和活动，而是注重把脱颖而出的同志，作为各类人才，储备起来，建立人才库。

唐大伟以前喜欢拉二胡，现在也拾掇起来。省局举办文艺汇演，他表演的二胡独奏《赛马》，把观众带入万马奔腾、奋蹄疾驰的草原。他精彩的表演受到省局领导的赞扬。这对他鼓舞很大，回来之后干活也有劲了。这会儿，他正一丝不苟地炒油，冒着白烟的滚烫的炒盘旁，汗珠子从他额头上滚落下来，摔在地上，即刻就蒸发了。他今天要加紧干完，明天他还有演出，因为心里有一股用不完的劲，他干起活来一点也不觉得累，可见文化的力量是巨大的。

因为有公路文化的积极引导，他们都释放出积极的能量。那些埋头苦干、坚持原则的老实人，都感到温暖的关爱，并产生温暖的力量。反倒是原本那些安于现状的人，都感到了实实在在的压力。也因为文化，大家特别的团结和友爱。"让唐叔先休息一会儿，他明天还有演出。"钱程说。

"秋老虎"肆虐，唐大伟看了看天说："这天热得不叫人活了？"他们在没有一处庇荫的地方，用几把铁锹搭成临时"帐篷"，再在上面搭几件衣服，让唐大伟躲进去小憩一会儿。

唐大伟老了老了有了用武之地，闲暇之余他就开始练习几个名曲。大伙突然发现他脸上竟然长出一颗青春痘，说自从搞起了公路文化，唐大伟返老还童了，他身上憋了几十年的痘都冒出青春了。他急得到处解释，那不是"痘"是个"瘊子"。

几个人让木来新去打牌，他说："哪有时间打牌。我跟董祚庥收集养护工具，俺搞公路文化去。"

几个人不甘心说："约个时间，后天来搓一把怎么样？"

"后天？哪有时间约给你。"

他能戒掉赌？就他，不可能。大家都不信。单强说："谁不知道他是个瞎哄篓子，还记得那次道班剪枝刀的事吧！"

那次修剪花木刀被偷，大家起初都怀疑薛义刚。因为他有个把旧东西拿回家的习惯——那可是新买的，还没用。

木来新拿去从黑蛋爹那里当了40元钱，结果那次赢了500多，他给了黑蛋爹100元赎了回来。剪枝刀重新回来了，大家都觉得是薛义刚拿的，因为怕大家说，他又拿回来了。没过几天，剪枝刀又丢了，薛义刚说这次我没经手，丢了不怪我了。大家一听更觉得是他偷的，哦！上次你经手，大家一说你拿回来，这次你不经手，正好又拿走，制造一个错觉让大家怀疑不上你，这不正是此地无银三百两吗？你当大家都是傻子。

木来新又拿去当了，黑蛋爹给他100元，结果木来新赢了2000多，这次他给黑蛋爹300元赎回来。大伙都觉得他们说了狠话，剪枝刀才回来的，反而更觉得他这个人没意思。于是有人故意说，薛义刚没说你，你看刀又回来了。他憋得脸通红，更加印证了大家的猜测。

又过了几天，木来新又拿去当了，这次黑蛋爹给他500元，结果输了。

剪枝刀再次丢了，大家把目光又盯在薛义刚身上，觉得他这个人真没有意思。他好像跟那把剪枝刀较上劲了，正印证了他的性格，不到手、不罢手、不死心。他气得赌咒，谁偷了全家死光光。木来新还在一旁贺，再骂狠点。他这一说大家都不怀疑他了。薛义刚骂是谁拿回家了，木来新心里是这样想的，反正我又没拿回家，我只是暂时放黑蛋他爹家了，等我赢了钱就赎回来，又不是想占为己有。他要骂也是骂黑蛋他爹，反正在他家。所以他也替薛义刚骂两句狠的。

黑蛋爹左等右等，不见木来新赎走，他坐不住了，因为那把剪枝刀新的也就几十块钱。他找到道班，真相大白。木来新感觉丢面子，死活不给钱，说他这次不赎回来了，反正不要脸了。

木来新原本是个好人，因为赌，手头没钱，依附于肖科长给点小恩小惠。他自己也说不清自己从什么时候沾染上赌博恶习的。他印象最深的是那次劳动竞赛检查临近的月份，任务完不成，田班长召集大家自掏腰包请小工，每人出100元，雇请民工将完不成的那部分劳动量包给他们。木来新没有钱。结果家里有急事又向他要钱，他实在没法，孤注一掷，想到赌博。结果赢了200元，从此一发不可收拾。

董祚庥听说一个道工家里有个60年代筑路的大石磙。他辗转联系上了，他原来是班长，据说这石磙原来就是道班的，后来筑路有压路机了，用不着大石磙了，被他“借”回家打场了。后来农村也不打场了，改用农业机械了。大石磙彻底淡出大众的视野，老班长退休后，道班的大石磙就留在他家了，放在老屋墙根下。钱程说明来意后，老班长很高兴，现在乡下早不打场了，也不喂牲口了，就同意他们拉走，那大石磙放置久了，有半截被埋在了土里。他们起出来以后，他儿媳妇不同意了。

钱程给她讲大石磙的意义，说放在她家也是埋在地下，时间久了不利于保存，说他们正在搞公路文化，局里会保存好，放在道班里展览，可以写上老班长的名字戚爱国，说是他提供的，让大家参观，让大家了解公路发展的历史变迁，文化传承。

“你说那些管我们老戚家啥事，写个名字又不能当饭吃，俺爹才不让写名字呢。埋着才好呢，越埋越值钱。”他儿媳妇的话有股火药味。

木来新不高兴地说：“这以前……就是道班的。”

女人一听火了,叉着腰问他:“道班的东西怎么能在我家?你啥家什意思说我们家是小偷。”

木来新说:“我也是听说的。”

“你可以听,但是说出来就跟放屁一样。”

“你骂人?”

“我没骂,我是乡下人不会说话,你别跟我一般见识。你长眼吗?你没看见它半截身子都入土了,你是道班的,你喊喊看它可答应你。”

这个女人真不会说话,说话气死人。木来新说:“那你喊喊看它可答应。”

“答不答应,我有证据,当年生产队大包干,分责任田时。大石磙就是俺老公爹家分的,当时还分一头牛,牛拉着石磙来的。”她让他拿出证据来,不然就是埋汰人。然后就开始轰他们,不容商量。

木来新也火了。可干火没办法,他们再找戚班长,找不到人了。

钱程他们回去后,大家商量了一下准备出钱买下来,但不知道,她能要多少钱?大家觉得出300块就行了。最多给500块钱。

两天后,晏华诚喊上老班长方怡,又去了一次。这次没让木来新去。他们哥仨相见,分外亲。

他们最后把目光定在方班长那儿。方班长又把目光定在戚爱国那儿。

“原本我不应该要钱,可是没办法,让你们拉走了,我以后的日子就没法过了。”戚班长为难地说。他们正说着,他儿媳妇来了,听说他们出钱买,说这石磙是他家的传家宝,正准备到河南鉴宝节目鉴宝呢。这石头里有没有藏着未开的玉还不知道呢?她意思是要钱,但又不说要钱。方班长和她拉了一会儿家常,然后说想给她300块钱意思一下。她说300块你打发要饭的,她家不缺钱,说至少值2000块。

听着他们和儿媳妇讨价还价,老人家也不说话,坐在那里抽旱烟袋。“500块,妞妞妈就500块吧,不行你们就别拉了。”他头也不扭一下,背着他们说一句。他们听到声音回头看他,然后又把目光定在他儿媳妇脸上。

他儿媳妇依然不吐口。

“这大石磙就是道班的,老戚我是班长那会儿,你说借回家打场,我就同意了,咋?你还记得吧!咱道班现在准备展览,你还好意思要钱。”方班长忍不住了。

他儿媳妇逼着戚爱国说:“俺大你说话啊?”

他啪嗒啪嗒抽着旱烟袋:“你们不要走吧。现在涨价了600块。”他儿媳妇听了,腰杆一挺:“对,俺大说了,600块,少一分钱都不行。”

方班长恼了,被董祚庥劝住。他们起出来装在车上,戚爱国坐在那里抽旱烟袋一声不吭，猛猛地吸一大口，再猛猛地吐出来，那烟雾遮住他的半边脸。他们走的时候都没跟他打招呼，戚爱国却执意跟出来送他们到村口，开始大家都不理他。后来方班长忍不住了，一路上骂他老糊涂了，钱迷，不是人。方班长把他骂得不成样子，老人家似乎自感理亏，默默地低着头一声不吭。

不知道他出于怎样的心情，他一直送，几次欲言又止。董祚庥让他别送了。戚班长拽了拽他说："我等过一段时间去看你们。"董祚庥没在意，笑了笑。

一个多月后，戚爱国带来了几件养护老工具，董祚庥如获至宝。他还带了600块钱要还给董祚庥。一块旧手绢里裹着的，有50的、20的、10的、5块的，还有一叠1块的。钱都压的很平，应该是他攒了很长时间的钱了。说拿着吧，家里的事，没法说，家家都有一本难念的经。儿子几年前在代表工上访中，出了交通事故，残废了。工资本在我儿媳妇那里，为了保住家，我说啥呢？我得贴补贴补他们。家里都是儿媳妇操持着，其实她心眼好，就是嘴不照，也不容易。我才来，我捡的豆子，卖够了就过来了。咱自己的钱不能收，我一辈子都是公路人，我老了也做不了啥贡献。你要的这些老工具，我有的都带来了。

那天阚局长也在明显道班。阚局长很感动，嘱咐董祚庥再把钱退回去，这几件老工具也折成钱——多折几个钱。又安排工会的同志去他家了解一下情况，把他家列为"特困帮扶对象"，别等他提出要求，咱就把温暖送过去。并且要扩大公路文化范围，让老一辈公路人也享受公路文化的成果。想当年老辈们在道班工作时，找对象是天大的难题，现在道班这环境——上下班有通勤车，养护巡查有了福田小卡。每天在这样的环境里工作，职工们不知不觉就会开始用文化理念的具体要求来规范言行，连走路都不由得把胸脯挺了起来。亲戚朋友们在一起吃饭的时候，敢大声说我是道班的。

大家都在一起搞公路文化，心拉近了。明显道班去年的"三产"收入没分红，全部拿来建个大棚，各种菜都有，吃不完的就拿到集上去卖。道班"三产"收入，按股分配后，有一点小结余，最高兴的事是"打牙祭"吃火锅，想想都是很惬意的事。自己做物美价廉，买些撒尿牛丸、腐竹、再到大棚里择菜，大家一起洗菜。当然更重要的是气氛，多少年了，道班从没有这么好的氛围。冬天下雪的时候，晏班长发话杀一只羊。

全道班的人坐在一起吃一个圆锅，粗瓷大碗里盛着鲜鲜的羊肉汤，聊着工作中的得与失，讨论养护，讨论市局的新举措。吹着哈哈牛，说话没边没沿，大到国家大事，小到单位针头线脑。涮着自己爱吃的菜肴，特别是晚上，喝两杯助兴。一头汗一团火一席粗话，大家无所顾忌。

单强说："下次买些羊外腰，还有牛鞭花，给班长补补。"

"班长补了有啥用，你自己补吧。"

“屁话，班长补了啥用？你问问苦姐可有用。”被苦姐当头一铁勺。

“你当我是铁头？”打疼了，单强生气了。

“你想的美，还冒充铁头，我敲敲还怪硬的，都是吃羊外腰牛鞭花补的吧！”一阵大笑。

有人着急尝尝咸淡，想下手拿一块儿，被苦姐一巴掌打回去，又是一阵笑声。炖羊骨头的大锅冒着热腾腾的雾气。“让苦姐盛，你盛羊肉都被你捞完了咋办？吃饭不讲人。苦姐给他盛一碗。”

火锅吃的是热和辣。望着满锅翻滚的红汤，飘着独特的香味，大家你一筷子我一筷子的，热气腾腾，吃的东西感觉就不是很重要了，主要是大家的氛围。“火锅真给力，为了道班和谐，我们要多吃火锅——”谁说了一句。

苦姐给钱程留一碗肚肋肉，被小山看在眼里。吃火锅当中，忽然有人说，看见钱程和一个女孩子见面约会呢？

真是哪壶不开提哪壶。

晏小山生气在于，钱程都那样了，苦姐还捡好的给他留一碗羊肉，生怕他吃不上。她对钱程那么好，让他一直如鲠在喉。等人都散了，他特意留下来帮苦姐刷碗，然后故意在她面前说：“田妈，哎呀，没想到钱程的妈妈打扮的那么洋气，明天我找人撮合撮合，让她和我爸过算了，我这也有个妈啊。”当他得知钱程喊苦姐田妈妈之后，也改口喊田妈，比钱程少一个“妈”，显得更亲切。

田苦妮一听，手里的水瓢啪的一声掉到地上。小山故意说，田妈你咋啦！心想，气死你。当她听说晏华诚要去相老伴，而且还是钱程的妈，苦姐心慌，罢工了。当时田甜的奶奶又有病了，她便说要照顾她，要请一段时间长假，至于多长时间不好说。

晏华诚没明白什么意思，说行。苦姐有点生气了：“行，那你不如找个长期的吧，我以后都不准备做饭了。”她说着解下围裙扔给他。正当他困惑不解的时候，苦姐说：“你再找个伴儿让她来食堂做饭吧！钱程的妈年轻又漂亮，还有文化。”晏华诚沉默不语，他不知道她这是哪来的话。苦姐看他那样更气了，突然哭着说：“都那么老了，心里够花的。”她把水瓢使劲扔进水缸里，吧唧！溅了晏华诚一脸水花。

晏华诚丈二和尚摸不着头脑，一边抹脸一边说，这到底咋啦？

苦姐说，小山说的……

晏华诚明白怎么回事了，骂小山万恶。她“婆婆”入冬后事蛮多的，住在家里吃不好穿不好又病了，结果弟媳妇知道她还照顾离过婚的“婆婆”，就不愿意了。忽然有一天，弟弟两口子闯进道班，要求她抚养母亲。她很奇怪，自己一直不都抚养着吗？原来是弟媳妇对她照顾“婆婆”不满，说都是离婚的人了，你自己的亲娘你不管，离婚了你还管别人的娘。母亲以往有病，都是他们治的，这次有病该她治了，就得她瞧好病她伺候。说完就把她母亲留在道班。

晏华诚挖道班池塘清淤时，捉到一只野生大老鳖，一家饭店闻讯后，出了500块钱要买，他说不卖，要放生。后来偷偷地炖了，让苦姐给她母亲吃。每次吃老鳖的时候，晏华诚都带她“婆婆”出去溜达。苦姐自然领会他的意思，但还是给她“婆婆”留一份。她母亲也比划着好吃，让她给她“婆婆”留一份，给田甜一份。母亲让她也尝尝鲜，她背过去，把肉放到“婆婆”碗里。

今天是田甜的生日。竟然没有人记住它，连她妈妈都忘记了，好伤心。但她原谅了她们，妈妈照顾生病的姥姥、奶奶，一定是累得忘了。她想起那天她说常祎很优秀……她还没说完就被晏小山打断：“很优秀？你怎么知道他优秀？来，你说说看他优秀在哪里？”

钱程打圆场说：“客气话，不要抬杠，不要抬杠，就像——”晏小山的确生气了：“我每次听到这种虚伪的话，非常难受，你知道吗？”

钱程又圆场说：“哎呀，就是个客套话嘛。就像谁夸你小山文质彬彬的长得好帅！人家随便说说的嘛。你非要往心里去。”

她噗嗤笑了，晏小山脸红脖子粗地质问钱程：“啥？我不帅吗？”他圆场把自己给圆进去了，俩人都不理小山了。她越想倒是越伤心——她闭上眼睛吹蜡烛的时候，特别希望身边有一个人和她一起许愿。有些事让她心烦，特别是一些客气的场合，有人来搭讪，话题总围绕她没找到婆家的原因，而她们最后给出的结论是她太挑了……

其实她自己知道，为什么不能好好谈一场恋爱？男人，总有她父亲的影子在她心里留下疤痕，所以不敢轻而易举把自己交出去。她给自己留下足够的时间等，她想要一个未来……

晏小山看到田甜却多了心伤，总感觉身边危机四伏，潜在的对手一下子增加了，而且他自己衰衰的，感觉到他随时都可能出局。他对田甜说：“你看常祎整天一副目中无人的样子，他好像对你和你妈妈有仇似地。丁喆标准的大色狼，你看到没有，他才来道班多长时间，都有俩女孩来找过他了。还有钱程，你看他整天和丁喆在一起，在外国都那啥同性什么了……他眼里还有我们这帮朋友吗？也没有你了。”

田甜关上灯，点上一支蜡烛，吹灭，点亮。远处，两个角落里，有两个男人都看着呢。他们不知道怎么回事。忽然一团大火在田甜的房间燃起，俩人赶忙冲过去。田甜拉开门，两个影子向她冲来，把她吓一跳，然后冲他们说：“有病。”她说完，啪的一声把门关上了。

他们俩怔住，钱程轻声问晏小山：“你有病？”

晏小山大声回敬他："你才有病！"

田甜开门："晏小山你混蛋。"

晏小山："我……"田甜啪的一声又把门关上了。钱程双手一摊，对他耸了耸肩，走了。留下他长时间发呆。

俗话说一夜出人头地的背后，都是一天天干出来的。明显道班把文化管理用在道班养护上，他们道班管养的路况好是出了名的。很多人都来向晏华诚取经，让他传授些"秘籍"。按说这是件好事，却苦了晏华诚："我真的不知道该说什么，我们每天就是在路上修修补补，该干什么干什么，跟大家没两样……"

他觉得自己做的事至少要自己看着满意、舒服才行，如果自己这一关都过不去，别人也肯定不会觉得好，那么就返工重做，直到满意为止。在他看来，做事本应如此，人人都知道的道理，哪里算什么秘籍。

晏华诚总是被他们问的一脸痛苦的样子："对于文化上的事，都是他们几个年轻人搞的，我所做的就俩字，支持！如果一定要说四个字，那就是全力支持！"

当歌市公路局大力推行公路文化建设，给他们提供平台，提供展示的机会。对董祚庥而言，遇到阚局长是他的幸福。能被局长看得起，认为他是个人才，更是幸福。他干起活来，加班到深夜，伸个懒腰，不累了，呵呵，幸福啊！工作一天回到道班，洗个热水澡，上上网、学学习、摆弄摆弄自己的收藏，搞个小创意，哎呀，幸福。特别是自己有了一份小小的成绩，换来领导、同事、朋友赞赏的目光，于是，幸福便像春天般环绕自己。幸福就这么简单，不过以前咋没遇到过呢？

有了这样的衡量标准，有晏班长这样的态度，有像钱程和董祚庥这样的养护工人，明显道班管养的公路路况不好都难。

第二十章

明显大桥桥面人行道面板倾斜，养护人员束手无策。局里只得从外地聘请人员制定修复方案，成立“明显大桥修复维护小组”。董祚麻希望能加入“小组”学习经验。有人就说：“你现在揽到身上，以后就是你的活了，责任重大，万一哪里有个闪失，弄不好就会把你当成替罪羊，还是离远一点的好！”

董祚麻有的是理论，那些标准、规范、工艺、措施也许有，但都放在书本里，他就是要把藏在书本里的知识拿出来检验，应用到养护中去。他到局里等阚局长时，没事干就帮政工科整理人事档案，无意间发现肖长河的职称剽窃了他的论文，这个他不知道。他记得当时把论文和相关材料交给肖长河了。几天后，肖长河给他打电话，说他材料不全，论文光发表也不行，还要获奖。那个时候他刚和席局长吵过。肖长河说，席局长不同意。他当时想都没想就说，不同意算了。从这以后，肖长河连升两级，他掉了半级，真是一步赶不上步步赶不上。他不知道他许多次的失败都是肖长河从中作梗。他默不作声地放回去，就当什么也没有发生过。

阚局长当然同意他成为“明显大桥修复维护小组”成员，当前大吨位车辆比较多，桥梁损坏程度也日渐明显，该处“伤口”就是超限大货车撞击造成的。明显大桥的人行道面板断裂，让局里知道了桥梁养护管理没有专业的技术人员，谈何做好管养。工欲善其事，必先利其器，有必要实行桥梁养护师制度，通过各种方法使用人才。会议确定，全局首配五名桥梁养护师，从道班择优挑选。为了防止一到道班就没有名额，文件规定必须现岗在道班。从道班抽调、借调走的不参与选聘，并特别强调要尽快落实，别在那儿绷着。

局里有人说风凉话了，说现在道班舒服。阚局长在周一例会上问局机关人员：“谁愿意去道班，我特批。为什么不愿意去？道班无非是苦、累、脏。我们在局机关坐在这么舒服的环境里办公，就不要讲道班工人的风凉话了，今天在座的好些人不也是从道班、从一线抽调上来的吗？不是说你一到机关就比基层同志的素质高了，不是这样的，基层有本事的大有人在，各方面比起来都不比在座的各位差，只是没有机会罢了。有些人必须要改变认识问题，改变思想问题，和工地、道班、一线治超人员比一比，比我们的责任心。浮在上面，那么他就觉得什么事都做得差不多了，几乎没什么事可做了。沉下去，到基层，就能看到许多问题，解决许多问题，就会发现有事可做。我们每个同志若都拿出孩子上大学，上哪所大学，孩子到哪里工作的劲头，没有干不好的工作。”

阚局长鼓励职工“充电”。让更多的人成长起来，他不像过往的领导那样害怕职工成长和壮大。在他看来，必须让所有的劳动者为了工作而不断学习，学习是为了更好地工作。他带来一个明显变化，改变用人唯亲和碌碌无为的现象，那是公路发展的最大障碍。

局里很快制定选聘规则。没过几天，又传出话来，说中心道班班长和桥梁养护师一并竞聘。

大家一致认为钱程该上，董祚庥平时得罪不少人，会在民主测评关失分，其他两项他和钱程差不离。晏小山文化程度不是太好……

董祚庥听着他们唠嗑，表面上看心不在焉，其实他认真地听着呢。每个人都希望进步，董祚庥自然也不例外，可是听了他们的话，他心里不是滋味。他的情绪近来又开始变化无常了，抱怨的种子在他心里又开始发胀了。钱程看出来了，晏华诚也看出来了。他们都非常了解董祚庥，是他为数不多的知心人。晏华诚眼里的董祚庥是一个奇怪的结合体，抱怨就像他思维里的一种慢性毒药。但他又喜欢学习，像是在找解药。所以需要有人给他打碎那个毒药瓶子，一直以来晏华诚都默默做着那个给他打碎瓶子的人。

晏华诚和董祚庥聊着竞聘的时候，木来新进来了。晏华诚没拿他当外人，继续对董祚庥说：“人活着就像走在路上一样，都想大步超在别人前头，遇到困难不顺的时候，积极的人，都会想着解决问题，遇到死结，知道拐个弯或低下头，那是聪明的表现。你不要有什么埋怨，该竞聘就大胆竞聘，我们支持你。”

木来新问晏班长他可以参加竞聘吗？晏华诚说：“可以，咱道班的都支持，都鼓励竞聘。”

董祚庥很担心，因为根据他以往的经验，每到这个时候总有人举报他，他又何尝知道呢？对他的那些举报都是肖长河一手导演的，目的就是让他永远在道班趴窝。因为受到晏班长的鼓励，他觉得要成功必须从改变自己开始，不改变对别人、对自己没有任何好处。

钱程和董祚庥依旧养着他的路，单强则去了几次市里。和大伙干活时，平时只抽中鼎烟的他，总掏国宾迎客松烟敬大伙一支，说话也比平时和气多了。唐大伟说：“又是国迎啊！最近破费不少啊！你是个好苗子，反正我是铁杆支持你。木来新虽然水平不高，但人家有证又会跑，据说上面还有人。看来竞争激烈，你还要多当心啊！”

经道班推荐和自荐，领导审核后，确定13个人有竞聘资格。他们相互打听消息，可也少不了闲时发表一番议论。

“跟你透露个事，木来新走后门活动呢！”晚饭的时候，单强见四下无人，神秘地对杨义说。

“不是说好公平竞争吗？他活动能管用，他向谁活动？阚局长？”杨义十分焦急，他夹的一块土豆从半空又掉进碗里。碗里的油水溅了他一下巴和脖子，他用手抹抹，显得有些紧张。

“这个世界不是除了黑就是白，在黑与白之间还有很长的一段灰色地带。你懂得！”

杨义摇摇头说：“不懂。”

“你怎么能不懂呢？我可是就指这混世了。”单强示意他小点声，他们左右看看，端着碗出去了。“要不，咱俩也活动活动，咱兑钱活动。就咱俩一起。”

杨义一听，眼睛闪亮起来。

“决定了？”

“决定了！我听你的。”杨义连咽两块土豆，下了决心。

他们正说着，董祚庥走过来：“你们俩嘀咕啥呢？”

“我们在说，今年咱也在道班种点土豆吧！听说这玩意儿高产又好吃。”

“咱这地不适合种土豆。”

他们看着他的背影，觉得他十分像一个种土豆的人。然后相互看一眼，都笑了。

每个人只要符合条件，都可以报桥梁养护师或者中心道班班长，也可以两个同时报，结果都是报俩，大家似乎认为二选一比一选一更保险一些，总能落手里一个的。

董祚庥压根就没报，他觉得报不报，结果都一样，没戏。晏班长和他促膝长谈，说如果你不给自己一个机会去尝试，那么你永远不知道成败甘苦，不能证明自己。一名言：把握机会，就是把握将来！这个世界没有“怀才不遇”。机会，不是别人给你的，而是你自己把握的。为什么就不能抓住机会，证明自己呢？！哪里都会有暗流涌动，关键是要力争，要争桥梁养护师，还要争中心道班班长。

“谁都可以打败我的，都比我聪明，我对竞争从来不报信心。”董祚庥说完叹口气。

“谁比谁聪明？竞争对手常常不是我们打败的，是他们自己忘记了每天进步一点点。我倒是觉得在道班，论真才实学，没人能和你比。”

董祚庥陷入长久的思考，他对自己的要求就是每天学习一点新知识，每天进步一点点，让自己每天都过得充实。

“报吧！”晏班长的话总是很温暖。

他望着晏华诚的背影，兀自叹息了一声：“他妈的，老子就是命不照气。”

背后，钱程说：“董哥，我不相信。”

“你吓我一跳，啥时候来的？”董祚庥回头问道。

“刚刚。”

“你不信啥？”

“失败的人总说自己命不好，那是借口；成功的人爱说自己时运好，那不过是一种谦虚，一种成熟男人的自信。其实吧！命运从来都是掌握在我们自己的手里，埋怨那是因为懦弱了，努力才是人生的态度……”

“钱程你是说我懦弱了？”

“不是，在学习的态度上，我一直把你当作榜样。所以我已经到局里给你报过名了，俩都报了，你就做好竞聘准备吧。还有，记住周五前把大专毕业证原件交到政工科。”

局里决定，撤并当歌市 11 个道班，成立 6 个中心道班，中心道班班长为正股级。桥梁养护师和中心道班班长同一天竞聘，上午桥梁养护师竞聘，下午中心道班班长竞聘。

很快，竞聘人员名单公布出来，没有钱程的。

董祚庥知道是因为文凭的事，他力挺钱程可以参加，比办自己的事还操心。

钱程本科在读，还有一年半才毕业，因为是高中肄业，他只有一个初中毕业证和一个高中学力证明材料，这是硬伤。大家都觉得钱程不参加可惜了，晏小山每听到别人这么说就感觉特别刺耳，心里就像猫抓的一样痛，他就特别有意见，说：“不能什么好事都该是钱程的吧？我们也一样干活了。制度有规定，没办法。”他听说钱程没通过报名关，心里没什么理由地就平衡了。

董祚庥是自考的大专，是真文凭。他在被打击的那段日子，上面领导给他颜色看，下面道工又怕引火烧身，疏远他。他就看书，看公路、桥梁和筑路机械方面的书。这段经历，后来受益终身。

晏小山的文凭是假的，举报他的消息已经传出，晏华诚觉得被人举报了没有面子，万一局里来查，纸包不住火，他让晏小山弃权，理由是生病了。但他却极力支持钱程，建议局里考虑钱程的实际情况。在人员选拔方面，一张文凭可以保全一个人，也可以压死一大片人。局里考虑到道班现状和实际管理能力。对大家反映的钱程本科在读“特事特议”。

有人顶他，被人举报了，晏小山很不服气，思想斗争激烈：为什么我这么倒霉？通往成功的路，总是在施工中，而且每次都是。也有人告诉他，你不能竞聘,让钱程也不能。如果没人对他这么说,他也许就是这么想的,但有人对他这么说了,他反而不这么想了。想想自己被人顶怪难受的,把钱程顶掉了,自己也上不去,属于损人不利己,到时候便宜不知道会被哪个孙子占了,他想通了不争了。况且钱程也真有能力,他想想自己也怪有能力的,文凭能说明啥呢?只有团结才能出人才,他义无反顾地支持钱程参加竞聘。

木来新总在人前背后说钱程在读,尚没有毕业证,按规定不能参加。

晏班长忍不住发话了:“木来新你他娘才是个大专,钱程是本科,比你高一等。读两年也就等于你一个大专,但是钱程更有潜力。”这话说的就好像他还没开始竞聘就已经被淘汰了一样,他对晏华诚大为不悦。

竞聘前夕,别人都看书,杨义玩游戏。唐大伟说,玩游戏有什么用呢?他说有用。俄罗斯方块告诉我们犯下的错误会积累,获得的成功会消失;植物大战僵尸告诉我们须常调整状态,方能应付不同挑战;愤怒的小鸟告诉我们有时沉下身心,是为了飞的更高。

木来新看着杨义得瑟的样子,决定拐两个弯把他带沟里去。他就用文凭那档子事刺激他,说他文凭上的公章是用萝卜刻的,还和大家打赌是用红皮的秋萝卜刻的。大家都争相拿他的大专毕业证看看,一下子把他激得头脑犯病,原来有一年杨义要办文凭,同时又帮别人办,后来被骗了。他收了人家的钱,人家没得到文凭,这个要赔吧!他去报案,摩托车在派出所门口又被盗了。报案吧,派出所说案值较大,让他到刑警队;刑警队说属地管理,让他到派出所报案。年底,人家有办案率指标考核,结果报案无门。媳妇骂他是丧门星、窝囊废,他一激动服药自杀了,后来送进医院治好了。脑子可能是受了农药残留的刺激。一提文凭他就吹牛,吹他能办文凭。媳妇也不敢说他了,怕他再喝农药,还得花钱。这会儿,他能办文凭还喝过农药,都成光荣的事了。他现在的电大文凭是真的,是那种交了钱,走个时间的程序,就发证了。

杨义则揭发他好多年前在漆彩瓦路工地施工时,勾引过良家妇女。俩人相互诋毁,大打出手,结果都挂了彩。

阚局长知道后说:“你们无论谁当上班长,能有什么形象?怎么开展工作?”取消了他们俩的竞聘资格。有人讽刺木来新,说有的人是那么需要文凭却没有,但是你捣鼓来了文凭却对不起文凭,有点糟蹋文凭了。晏华诚事后批评他两句,说只有团结才能出人才。木来新不服,顶撞他说:“不是你说的吗,遇到事要拐个弯,我只是把弯拐多了一点而已。”

“你这哪是拐弯,你这是损人不利已。”

“反正都是你教的。”他话说的好像晏华诚缺杨义一样。结果杨义就信了,他媳妇还来道班闹一场,让晏华诚赔医药费。

竞聘前，木来新听说有民主测评一关，他想自己道班的，除了唐大伟和薛义刚，其他人不好意思说，更怕有把柄落人家手里。听说真源道班要并入明显道班，他与真源道班的霍恩涛和郑家贵老早就认识，便提前送给他们四个人四条烟，希望民主测评时他们投自己一票。现在他竞聘资格被取消了，送出去的烟他想要回来，唐大伟说："那不行，我都吸完了。"

"吸完了，你按批发价给我钱吧！"

"你要不送，我又不吸那么好的烟，这个你是知道的。"

"你吸啥烟？"

"中鼎的，最好也就是红梅的。中鼎的三块五一盒，红梅的五块五一盒。"

"那你按红梅给吧。"

霍恩涛说："要钱没有，是你送我吸的，我又没问你要。我还有四包没抽完，你想要你拿回去。"

"我想要我拿回去，你这话说的，像我欠你似的。"

"那也不能算我欠你的啊！谁知道呢？我也纳闷，你不欠我的你送给我干啥？是你主动送的，又是你主动要回去的，你算哪号人呢？"

薛义刚说："你送我的烟，我又送别人抽了。要钱不可能，我当时就告诉你我不抽烟。我死活不要，你硬给撂到地上就跑，你就当丢了，我没捡吧！反正我不抽烟的。"他坚持一毛不拔。

"你不是说你送人了吗？你再要回来。"

"哪像你送给人家的东西还想要回去，可是人干的事了？"

木来新干气没办法。

郑家贵说，烟是没有了，钱我也没有。不过，我有一瓶酒给你兑吧，虽然不是好酒。木来新见到酒后，说好一瓶的，生生要了人家两瓶。郑家贵见人就说木来新太孬，赖了他一瓶好酒。

众口铄金，大家都说木来新太孬了：是你生贱激杨义，是你以前有劣迹，是局里取消你竞聘资格，又不是我们不选你。

木来新把人得罪了一遍。大家都说今年有评先进之类的都不要选他，人品太差，用人可前不用人可后，送出去的东西还想要回来。

本来单强找领导活动的时候，压根就没提杨义。节骨眼上杨义出了那档子事，单强如释重负说："这个都怪你，本来领导都看好你的。"杨义只好吃个哑巴亏。

唐大伟讽刺杨义说："俄罗斯方块对愤怒的小鸟说，植物大战僵尸养护师惨死，班长黄了。"

经席局长说情，肖长河获准竞聘班长。改革的步子迈得大了些，肖长河觉得这是阚局长摆治自己，明知道他不行，还要他和别人竞争，这不是办自己难堪吗？参加还是不参加？不参加，自己就能力这一块可以发挥阿 Q 精神，自由释放能力无边的说辞，但也和局里的硬杠杠相抵触，还让人觉得是他不珍惜领导给他的机会似的。他下决心，就道班那些货色，有啥，自己混这么些年还怕他们不成？看书，竞争就竞争。与桥梁养护师一并竞聘，反正得给自己一个。他想找一本考试攻略，可是压根就没有公路方面的考试攻略。这些年来公路部门就像一个老旧的固若金汤的城池，出不去又进不来。有人觉得所谓考试攻略根本不可用，阚局长不按规矩出牌。测试什么？不知道。结果测试没那么复杂，没有马列等要死记硬背的东西，就是平时的积累，实地查看一处桥梁，观察存在的情况，结合平时的养护，桥梁可能存在哪些常见病害，如何预防，出现上述状况，要采取哪些防护措施？

对一条裂缝的看法，董祚庥与其他人的观点迥异。他说桥梁结构物在施工和使用过程中，不可避免地会产生一些损伤，出现裂缝，很正常。大致可分为无害裂缝和有害裂缝。有害裂缝主要指对桥梁结构的承载能力、变形、节点构造的牢固程度等有直接影响或严重影响的裂缝。如由于墩台不均匀沉降、倾斜造成上部结构的裂缝，由于主筋腐蚀膨胀所引起的顺向裂缝等。无害裂缝，例如钢筋混凝土梁跨中部分竖向弯曲裂缝，其出现是正常的，但若裂缝的宽度及高度发展很快，裂缝条数显著增加，就预示着可能会由此发生破坏。

在场所有参与竞聘的人，除了董祚庥没有一个敢说出现裂缝很正常。他们对董祚庥很佩服。肖长河和他们处在一个平台上，这一次比试就让他知道，道班还真是藏龙卧虎。他平时只会掂量人却不会掂量事，他这会儿知道了胸无点墨的难堪，但嘴上死硬，说是因为自己一心扑在工作上，没时间学习，要不让领导都考考试试。

肖长河从厕所里出来，迎头撞见木来新，脱口而出说了一句怪怪的话："你在我眼里就是个屁。"

木来新也说了一句："我也是这么看某人的。"

肖长河还是学聪明了，接下去一定不能再比了，回去的路上，他受伤了，呵呵，自己可是因公受伤哦！

董祚庥让钱程保持实力，说："我陪你到最后一关，这是展示，让别人见识你的能力。竞聘上了你就会明白，文凭不过就是敲门砖，敲开门就没人看了。"在二选一面前，他们依然把对方视为朋友，这是少有的。

下午，中心道班班长竞聘，阚局长出的题：从红城子道班骑养护巡查摩托车去仙霞路，15 公里。规定时速不高于 40 公里/小时，10 分钟的时候骑到哪里停在哪里待命。不准超速，否则一票否决，就这一题。

这叫啥考题。道班工人知道远近，嘀咕说阚局长终究是坐办公室的，不够深入生活。按这个速度至少要20分钟以上，有人抱怨，根本跑不到。为什么又要10分钟骑到哪停在哪里？还每隔5分钟走一个人，每人发了一块电子表——这是啥意思？

原多河道班的江上明车坏了，董祚庥停下问他可要帮忙，把修车工具留给他。其他人都笑着过去了。下坡处有几块砖头，肯定是哪辆车坏了，在这里修过——司机只知道捡几块砖头支轮胎，车子修好了就扬长而去。董祚庥下车将砖头捡走。

考试结束，阚局长说："既然是考试，你们就要思考我为什么要出这么个题？不可能让你们去兜风。这15公里的路上，你看到了什么？这一题包含了爱岗敬业、守信誉、责任心和执行观。董祚庥说他大约看到4辆超限车，两处百米桩倾斜，一处公路标志破损，一处行道树遮挡标志牌和一处路面遗弃物。只有钱程和董祚庥停车把砖头搬走。"

肖长河知道竞聘班长的考题后，后悔死了，这也叫考题!？早知道自己不装受伤了。

后来又临时增加一项演讲，每人5~10分钟。演讲的题目是《假如我是班长》谈如何把道班管理好，谁的肠子长肠子短一目了然。董祚庥讲他的管理方法——句句肺腑之言，得到了现场评委们的肯定。钱程有点心理负担，虽然规定不限制文凭，可是文凭这事还是对他造成了影响。蔡扬上台演讲就像屙裤子里一样，传说中的嘭料豆子出现了。张有才上台把凡是……我觉得……啰里啰唆的重复了十几次。

单强事后为张有才作了一首打油诗：张有才真有才，老觉(脚)凡是上台来……

从演讲上看出：明显道班的特点是团结，团结就出人才；坛集道班，每个人都觉得自己了不起，各自为政，言语里掐架的色彩明显；红城子道班的人本分踏实；真源道班就想歪门邪道……

阚局长听完演讲感慨："刚刚听演讲的同志反映，竟有班长教别的班长如何扣工人的奖金和福利，道班工人已经很辛苦了，他们的每一分钱都是靠挥汗如雨、辛辛苦苦获得的。世俗的偏见已经让大家抬不起头来，克扣职工奖金和福利，这样的班长实在是可恶，我们每一个做领导的，都应该维护他们的合法权益。刚才的演讲，有的同志讲出了道工的心声，他们确实没有太高的文化，苦点累点也没啥，只要有个好班长，他们就能齐心做事。他们的愿望极其朴素，就是希望公路能永远畅通。坚持修路就是修心，是做好事、做善事……公路养护应该像医院一样，对公路病害进行诊断和根治。在座的每一位都是公路医生，还不是一般的医生,是专家。公路养护还应该是一所学校,要对职工不断地进行培训教育……”

最后就是民主测评这一关了,董祚庥出人意料坚决要退出中心道班班长竞聘。他对钱程说:“因为你的人缘比我好。我以前树敌太多,方方面面你都是比我更合适的人选。我如果当了班长,若协调不好,会连累大家的。我就是胜出了,他们也会用种种办法把我‘和谐’掉。我竞聘一项桥梁养护师就满足了。”说完仰天长叹,然后扭头走了。他的眼眶里噙着泪水,只是不想让钱程看到。

董祚庥不是一个自私的人,一下子打破了大家对他的成见。公示期间有人检举。检举的是钱程,不是董祚庥。

第二十一章

晏小山对着手机发呆，那是一张田甜的照片，当相思穿越那张照片，他仿佛看见她托腮凝眸，若有所思的样子，是如此美丽可人。他强烈地感到她身上散发出一种妙不可言的温柔气息。她微笑着温柔地向他走来，轻飘飘的，风吹动她的长裙，非常动人。他起身相迎——台灯投射在墙上只有他孤独的身影，相思让他夜夜失眠，他想象着娶田甜做老婆的情景，慢慢地睡去……

他无意间看见钱程站在田甜的小屋前，于是他怎么也睡不着，趴在一旁偷看……田甜还让他去买老婆饼，他放心不下说，我请你喝咖啡吧，那是一间优雅安静的咖啡厅，置身于浓郁的咖啡香味里，他吻了她，她的唇甜甜的，他还想吻她……天又黑了，他们拦到一辆三轮车，风吹到脸上柔柔的、暖暖的，像是一种软软的抚摸——他抱住她，想解她的衣服。三轮车又一个右拐，把他们甩下车，他找到田甜发现她已经死了，他背起她拼命向医院跑去——下面是悬崖，小山掉下去，他吓醒了，一摸身上全是汗。

一阵哭喊声拼命敲打道班的铁门。怎么回事？还是做梦？他仔细听听，确实是敲打道班的铁门，然后他听到父亲的声音，接着陆陆续续的有好多声音。他听出来了，那哭喊声是土墩女人。接着就有人敲他的门，他装作熟睡了不吱声，过一会儿就不敲了，然后就听到道班的养护巡查车开出去了，渐渐恢复了平静。小山打开门，田甜也打开门。他吃了一惊脱口而出：“你——”他差一点说出来：“你不是死了吗？”苦姐关好道班的门，说：“都回去睡觉吧。”小山问她怎么回事，原来是土墩赶早去城里进货，刚出门不远就出了车祸。

肇事车跑了，他们报案后开着养护巡查车把他送到医院。

土墩伤得很重，可能双腿保不住了。晏华诚倡议大家捐款帮帮土墩。有人说就他吧，咱们平时到他小店里买个东西还缺斤少两……听出来了，他们似乎不情愿捐款。木来新说什么生命最重要的不是长度，而是宽度！

杨义想嘲笑木来新，说：“你给晏班长讲哲学……”

晏华诚不爽：“给我讲咋啦？我还听不懂，纯粹扯淡，长度大家看得见，宽度怎么看？净拿没法比的说事。就像咱修的路长了没有宽度不行，宽了没有长度也不行。我看还是长度、宽度够长、够宽，能成比例的好。再比如，咱们都出钱帮帮他，是不是我们的生命都有宽度了，土墩的生命也就有长度了。邻居做这么久了，总要去看看吧！其实土墩还是不错的，咱道班有事找他帮忙，代王庄闹事，还有上次来道班打晏小山，土墩女人不都极力劝阻过吗？大伙说是不是啊！”

木来新想乘机拍他一下马屁说：“刮目相看。”

“别，你就别刮目了，本来就是个单眼皮，再刮就找不到你眼睛了。”

大家纷纷捐款，钱程想起刚上班时，大伙兑钱买豆豉，就因为唐大伟多吃一点，他们就不愿意兑钱买了，他当时觉得他们抠门，其实不是的。他因为一种伤逝，这几天突然莫名其妙地想吴筱然，特别想。他在梦里走了许多路，醒来后发现自己还在床上——他想给她说点自己的进步，可是很悲摧。因为文凭的事，桥梁养护师没有他，竞聘中心道班班长因为被人举报，也迟迟没有批下来……

吴筱然去采访的路上，从车里看到一抹橘黄色一闪而过，突然有一种亲切感，她想钱程了。有一个公路作家这样说过，道班是基层养护管理最小的生产单位，有人把道班比喻成根，公路则是它长出的藤，公路延伸到哪里，哪里就有橘黄色的身影，他们就是养护工人。只要有路的地方，就有道班工人的身影，一群平凡得容易被人遗忘的群体。他们穿着橘黄色的工作服，无论是天晴还是下雨，他们的身影如同公路上一个个流动的里程碑、一抹鲜艳的方向标，让远行的人们平安地抵达目的地。

她拨通了钱程的电话。

“什么？要采访我？”钱程在电话里略迟疑一下，说：“在当歌市比我优秀的养护工多着呢，何况我没看出来自己有什么比较突出的地方。”

“那我以什么理由去找你呢？”

“你找我！？有什么事吗？！”他违心说出的话，十分痛苦。

“听你的意思，没事就不能找你了，你确定你不想我？”

“我确定——想啊！”

“那就好，你不找我，还能管住让我不找你。好难哦，我找个事去采访你，你不让，当道班夫人有那么难吗！”

“扯什么……”

“我是认真的。钱程不是我说你，你连自己的职业都看不起，谁还能看得起你呢？”

“你不懂。我是命运的安排，你可以安排命运。”

“那我就把命留着，把运安排到你那里。”

“不行。你是记者,你可以报道更多的公路人,让社会了解我们,但是你不可以做我的女朋友。”

“这个可以考虑省略,直接做老婆可以了吧。”

“你觉得我配吗？我听着自己都难受。”钱程一开始觉得自己年纪轻轻去扫马路,有点难为情,面子上挂不住。但他干久了,便对这份工作产生了感情。尽管手上磨出了一层厚厚的老茧,腿脚上磕得疤痕累累。对于他这种有着远大志向的人来说,从事养护工作,没有意志是做不来的。

“你觉得哪里不配呢？”

钱程无言以对。她接着说:“你越来越像一个农民了!”

他想岔开话题,颇有点得意地说:“我们明显道班被评为‘花园式文明道班’。”

吴筱然反问他:“那又怎样？”

是啊!那又怎样呢？他还是挤出笑容。虽然她看不见,但是他要把笑容传递过去,他呵呵两声,但是他自己听了,声音发出来有点瘆得慌。他想幸好刚才没说自己竞聘班长的事。否则,她说那又怎样？那才叫难堪。

生活就是这样,有时来的现实又残酷。他从小在家里,父母几乎不让他下田,也从不做重体力活。刚到道班那会儿,每次干完活,整个身体像散了架,浑身上下左右都疼痛。他打心眼儿里不喜欢这份工作,没有谁会喜欢又脏又累的工作。时间真的可以改变人,他发现自己爱上养护工作了。

吴筱然再次来到道班,她今天要向他摊牌。在这个物欲横流、纸醉金迷的年代,这么多年来她发现自己一直爱他,能坚持这么多年,说明她是真的爱他,她甚至规划好了未来的生活。

他们谈着各自曾经发生过的感情。吴筱然说,她认识了一位帅气的男生,成为朋友以后,才发现这位帅哥除了整日夸夸其谈外,根本毫无志向可言,但偏说自己是商界奇才,是未来中国的乔布斯和比尔盖茨,尤其是他自以为是以及天下所有女生都逃不出那张面孔的感觉令她日渐恶心,之后不了了之。

钱程说了苦姐有意想把她女儿嫁给他,但是他心里给吴筱然留了一个很大的位置,其她人进不来。

他的眼里充满落寞。吴筱然的脸上荡起甜甜的笑意,反问他:“真的吗？”钱程点点头,这下更坚定了吴筱然的决心。时间虽然变了,可是他们心里依然想着对方——就像许多年前,在校园里一样。

人生就像十字路口,一切皆有可能!

“世上本没有路,走的人多了便成了路,所以,路是大家的,你在走自己的路的同时,也走着别人的路。人生的道路有很多,不同时期面临不同的选择。一个人的一生不可能只走一条路——因为你要不断地前行。一个人的一生也不可能走同样的路——因为即便是你刚刚走过的路,也可能由于下雨了、刮风了,发生了新的变化。路对于行人来说永远是陌生的,充满变数的……"

"你别给我讲路好不好?我是修路的。"

"你是修路的,你修心吗?你懂心路同修吗?我可以帮你找人到省路桥公司,他们也需要人才。"

"可我不是人才。"

"你可以想象一下你就是人才,思想上的懒惰要比行为上的懒惰更可怕!你可以想象我们在一起的样子,还可以想象我们在省城有自己的房子,我们自己装修,你喜欢什么风格的?然后你再想象我们——嗯,有个可爱的 Baby。是一个女孩吧!嗯,还有……"

她说话的样子特别可爱。

她接着说:"走自己的路,我来给你说说,你可以少走弯路的。"她要带他走,而且说为了她,他必须走。她和他约定两天后的 10 点在火车站等他,她已经从网上订了两张火车票,因为有采访任务先走了。

当得知钱程要走了,大家都一致觉得舍不得。钱程走在道班里,脚下这条走过无数次的小路,安静地躺着,就像走在从前无数的日子上,它并不知道他就要走了。菜园里各种蔬菜翠绿地长着,他走到属于他的那块菜地,蹲下来抓一把松软的泥土,以后也许就再也不会回到这里来了,他看着青菜绿油油的长势,特别亲切和招人喜爱——他起身挥一挥手,像要告别亲爱的朋友。他向池塘走去,路过那棵歪脖子柳树,这里是他曾经产生梦想的地方,他喜欢在它的树荫下学习,乘凉或休息,唐大伟喜欢傍晚坐在这里拉二胡。他抚摸回廊的柱子,似乎池塘中央的亭子里,田甜斜斜地倚在上面。就是在那里——那是一个明月朗朗的夜晚,他第一次吻了田甜。还又一次,他骑着单车,载着田甜穿过乡村的小路,她伸出手,轻轻地环过他的腰……他不想再回忆下去,觉得对不起田甜。远处是一片果树,有桃树、枣树、石榴树和柿子树。他走回宿舍,以前隔着一排房子总能听到他们的说话声,每个人的声音他都耳熟能详,或者是那种熟悉的阵阵笑声,然而今天却特别的寂静。他宿舍门口有一棵合欢树,还是他刚上班时栽的,现在长得都有碗口粗了,时间过得真快,一晃都六年多了。一种依恋情绪缠绕着他的身心,离开这里他将独自飘摇。

他在道班走了一圈之后,忽生一种依依不舍的感觉。他赶紧阻止了刚才的想法,他给自己想好了走的理由:没文凭,竞聘个班长还被举报,看来当班长也没有指望了,他觉得没劲,想出去闯闯。

晏小山却对父亲说,让他走吧,出去闯闯也好。晏华诚明白,本来想劝他,碍于小山在跟前，他闷着头抽烟，钱程闷着头收拾东西，相互都明白。晏华诚使劲把烟头摁灭说："孩子走吧！想闯一闯就闯一闯吧！只是苦了田甜。"钱程心里咯噔一下，他没有说话，继续收拾东西。

小山心里不爽："爸你看你说的啥，钱程出去闯与苦了田甜有啥关系？他能闯出一片天地，还不是咱道班的荣耀！"晏华诚给阚局长打电话说钱程要走了，挂了电话不久，晏班长的电话就响了。阚局长让晏班长留住钱程，他马上过去一趟。晏华诚把阚局长说"钱程是个人才，要留住他"的话对钱程说了。小山说，阚局长这一招是温水煮蛙，他一个劲地劝钱程走。钱程自然明白他的心意。

阚局长说了准备让他们去长安大学进修半年的打算，并挂职当歌市公路局工养科，说他是人才，局里需要他这样的人才。阚局长看到钱程的犹豫，叹气说："如果你决意要出去闯一闯，我也支持。年轻人嘛！坐我的车去，风风光光地走。工养科的大门永远为你敞开着。"

晏班长伸手拽他的包，他攥着不放。苦姐也来了。他想起苦姐的话："我们一帮大老粗，养你一个文化人，你怎么能混日子呢？你对得起谁？"晏班长使劲登了一下，他松手。阚局长说："当前局里特别需要你们这样的人才……"

他心想自己真不是人才，又想起吴筱然对他说的话："跟我走吧……"吴筱然给他发了信息，她正在车站等他。此时，他非常矛盾，有着选择的恐惧，他想起晏班长曾说过阚局长有文化，当过老师又在政府部门干过，有胸怀有气魄有眼光哩！如果你以后有出息了，你一生都要感谢阚局长。他何尝又不知道呢！阚局长两次提到人才，作为基层一线的职工，局长能把他看作人才，他很感动。

他此时特别明确清晰地告诉自己：吴筱然她不属于你钱程的，她属于更优秀的男人。他的心碎了，感受到自己的心在汩汩流血。时间像是倒在掌心里的水，不论摊开还是紧握，终究都会从指缝中一滴一滴流淌干净，却总会有痕迹留下，那就是美好的回忆。他明白这是他与吴筱然之间最好的结果，学会满足方能常乐，他一狠心决定留下来。他唯一痛恨的就是，自己什么时候变得不优秀了。

钱程突然哭了——出乎所有人的意料。

"钱程你去死吧……"吴筱然用这句话刺激他时，他觉得自己可以小瞧自己，但别人不可以。记得他对吴筱然说过："我觉得任何一个行业，只要坚守，都会有收获的，主要是看你追求的是什么东西。现在从事高速公路建设比较有前途，待遇很高，但是终究不是长久之计，一旦高峰期过后，就不好找工作了，但是公路养护是个长期的工作，以后还有文化公路可以养护，那个时候等这部分人回归到养护行业的时候，我们已经是老大啦！"

吴筱然给他发了最后一条信息：如果你爱我就跟我走吧！我就是你的人

了；如果你留下来，我们以后就再不要联系了。

没有人真正知道钱程刚才哭什么，他们觉得是阚局长让他感动地哭了。

爱屋及乌，恨屋也及乌，阚局长不让钱程走，晏小山觉得阚局长太可气了，到处说阚局长这一招是温水煮鳖，说让钱程走着瞧，以后他就会明白的，他会后悔的。

田甜知道钱程要离开道班的真正原因后，难过，眼泪如同应该流淌的样子，生生地掉了下来。她拿着镜子照自己，让真实浮现眼前。她没有办法假装不发生，因为它以别的形式烙印在心里……她想安静，想听音乐——而心里却是烦躁的。

田甜得不到钱程的爱，她觉得自己不仅仅失败而且还非常无奈，便喝酒消愁。刚偷偷喝一点，然后听见钱程说话，赶快嚼口香糖，她是淑女。然后又想凭什么啊！于是钱程在院子里说一句话，她在屋子里喝一口酒，结果送进了医院。

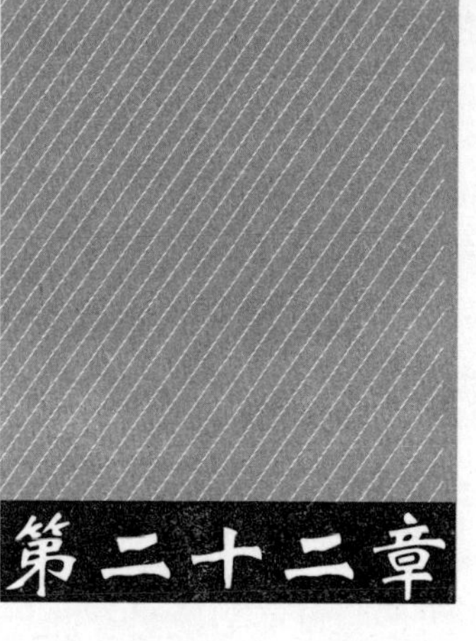

第二十二章

通过竞聘，明显道班的钱程和董祚庥榜上有名，成为班长，董祚庥还是桥梁养护师。机会是自己把握的，他们觉得自己很幸运。在排资论辈的恶习还不能完全消除之时，如果不是班长竞争上岗，如果不是阚局长当一把手，也许他们就会这样在道班“埋没”一辈子。单强看到竞聘结果后写了一首诗：

从明天起做一个勤奋的人
扫路铲草修补坑槽
从明天起关心学习和文凭
我有一个马甲
上面写着公路养护
从明天起给每个领导打电话
告诉他们我的勤奋
那是一块闪光的铺路石告诉我的
我将告诉每一个工友
给养护的每一块公里桩取一个温暖的名字
开大车的我也为你祝福
愿你们都爱公路
愿你们多挣钱发家致富
我只愿拿着扫帚穿着马甲在公路上养护

董祚庥和钱程要有一个人去蓝湾道班，晏小山列出十条钱程去蓝湾中心道班发展的光明前景。

晏华诚是个大老粗，但他用行动影响了钱程、董祚庥、木来新和晏小山等人。他们是道班里文化素养较高和最有培养前途的同志。他对钱程说：“你必须了解道班工人的想头，生活上处处关心他们，尽力为他们排忧解难。不是有句话嘛！天生我材必有用！现在的领导都喜欢用年轻人，有知识又有干劲。‘铺路石’里也有金子，阚局长是个好领导，他懂人才，好好干不会吃亏的。”

董祚庥吃过不少苦，受到许多排挤，当一切尘埃落定时，他觉得吃苦是一种成长，因为它能刺激人一直处于清醒状态，化解生命中许多窒碍困厄。在“痛定思痛”之后，可以修正自己的行为，让自己成为一位通达睿智的人。

明显道班成为中心道班，合并了尚疃道班。局里派政工科莫科长去明显中心道班宣布聘任决定。钱程被聘为明显中心道班班长，董祚庥被聘为蓝湾中心道班班长，晏华诚则就地解聘班长。结果没如小山的愿，是董祚庥走了。莫科长走后，钱程觉得晏班长似乎有意躲避他。摆在眼前的，是如何与晏班长相处？他想的很多，会发生的，不会发生的，他都想了。刚刚晏班长明明向食堂这边走来的，看见他一转身，到池塘那边去了。

食堂里晏小山正讲着他的家事。他说：“老家的人有什么急事要俺爸回去看看，或是帮忙什么的，捎个信儿都得到路上去找。俺五爷，俺亲五爷老了，俺幺叔来报丧的时候，就在路上跪下给俺爸磕个头，说俺爹老了。

俺爸说，好你先走，我马上就到。他把那条长长的路边车辙整平才收工，就近把工具寄存在一个老乡家里，拦个中巴车就走了。还有谁家农用车、三轮车被扣了，托他去要。他常常碰壁，但还是硬着头皮去要。唉，老家的人以为道班离交管站还有交警队近，人家会给面子。可是压根就不是那么回事，人家也是爱搭理不搭理的。他借给几个人的罚款，到现在还没还呢，他也不好意思张嘴要。一年四季，起早摸黑不说，逢年过节的，留在道班里的哪次不是俺爸。可是又怎样呢？班长说给捋掉就捋掉了。这算什么事？”

“留在道班里的都是你爸，我还留在道班呢。”薛义刚接他一句，不过也是实话。

小山说：“老薛头，你别倚老卖老，杨义怕你，我不怕。”这哪跟哪的话。

钱程听了几句，从食堂向池塘走去。晏华诚正在薅草喂鱼，他也蹲下来薅草，然后说：“叔，对不起你。”

晏华诚诧异，说：“对不起我啥？”

“对不起你，因为我是班长了，你不是班长了。”

晏华诚回过神说：“扯淡，就像人都有生老病死一样，这是规律，有你们在，我们的养护事业才能兴旺发达，我高兴。再说，当班长也不是我的‘私有财产’，你有啥不好意思？你不当，我不当，就没有人当班长了？”他们俩在池塘边的菜畦上聊了起来。他对钱程说：“以后人多了，管理起来比较复杂了，你要记住有些事情，并不一定要求你比别人强。但有一点，你自己一定要尽力，要有合作精神。要讲团结，遇到什么事情要敢担当，要记住每一个对你好的人，因为他们本可以不这么做的。凡事不要揽功，更不能推卸责任，要站在道工的立场上说话，我们原本就没有多少权利,必须维护他们,尊重他们,让他们心里暖和。咱们工人有的是力气,再苦再累他们都会跟你干的。任何地方干什么事业都是一盘棋,车马炮和小卒子,一个都不能少,哪一个都有自己的岗位和作用,在一定的时候,都可能起到关键性的作用,比如董祚庥、比如木来新……在路上养护,不是单打独斗就能出英雄的。就像路是由无数的铺路石筑成的,没有成千上万的铺路石,就没有平坦畅通的公路,我们就像这些铺路石一样——大家齐心协力,才能保畅通……"

钱程用心听着,只有晏华诚这样的班长才会对他说这样的话,换一个人也许只有刁难。他继续对钱程说:"一步登天做不到,但一步一个脚印能做到;一鸣惊人做不到,但铆足一股劲,做好一件事能做到。你现在能当班长就是一个很好的证明,不要小看这'一点点'。只要这一天着实没有白过就好。"

同样是做过班长的人,尹福庆就拉开架势要跟钱程斗斗法。无论钱程怎么做他总要挑出毛病,却口口声声说支持工作。他把挑出的"毛病"摆在尚疃道班的同志面前,想让他们看看明显道班是怎样"对待"他们的。他希望尚疃道班来的同志能够齐心协力拖后腿看笑话。大家新来一个地方一下子不适应,无形中便受到他的影响。

单强看不下了,可是也不好说啥。一天,他蹲在道班那辆破四轮车上看得出神。尹福庆恰好从他旁边经过。他轻声说:"别动。喏,你看——"

尹福庆顺着他表情指示的方向看去,远处有两只小虫意正在为争一条虫子,在地上和空中斗得不可开交。结果那小虫子在它们激烈的战斗中,钻进地缝躲过一劫。单强一首打油诗脱口而出:"正可谓——门前两只雀,筑巢两三载。只为一条虫,斗得浑身血。"然后看一眼尹福庆说:"尹班长,你看我们道班工人也没必要窝里斗吧?"

尹福庆就拿这事,到处说明显道班的埋汰人。晏华诚知道后说:"老尹,不是我说你,现在都是一个道班,咱不能再说什么这些明显道班的,那是尚疃道班的,还分得那么清楚。咱可不能拧成两股劲……"

尚疃道班的同志终于知道了干活也要靠技术——轻松、效率高。

晏华诚不是班长了,但是每天清晨,他都会在别人上班之前赶到自己的责任路段,提前工作;而当一天工作结束时,他总是最后一个离开。他 50 岁了,钱程不忍心让他干重活儿,想找他谈心,晏华诚说:"我正要找你呢。"

"我要和你说的也是这个事。"他们想到一块去了,但是晏华诚不同意钱程的说法,他说:"那不行,大道班组建之初,人员复杂,我没啥支持你的,就做个榜样带个头多干活,算支持你吧!"

在钱程的眼里,晏华诚心里装有一个太阳,他任何时候都是温暖的。每当钱程遇到解不开的疙瘩,他都会毫无保留地传授经验,说:"你当了班长要勤跑。

公路的特点是线长、面广、点多,只有勤跑,才能到达工作面,准确把握养护动态,才能通过巡查、检查及时发现路上的安全隐患,及时拿出整改措施修复。再就是要勤看,在路上干活安全很重要。最重要的是看养护作业情况,比如对一片坑槽的修复,你还要勤操作示范给他们看,不然他们心里都没有一个准头,稀里糊涂的。最后还要勤说,大家的水平就那么高,你再不讲讲,有时真的不知道该干嘛。你有文化说的比我好,我是茶壶煮饺子倒不出来。你有文化懂管理,布置工作会比较合理……"

晏华诚依然把道班的事当作自己的家事去做,跟着大伙上路巡查,他还是像以前一样,凡是跟公路有关的事情,他都要管。路过村庄,他都会停下来,看看路边有没有堆放的杂物,乡亲们还是热情地和他打招呼,还喊他晏班长。他累了就到路边村民家里或田头坐会儿,喝口水,拉会家常儿。有时正弯腰忙着,一辆车子会在他身边慢慢停下来,司机摇下车窗向他问声好,道声辛苦。每当这时,晏华诚心里都感到无比温暖。

他踏踏实实地养护着公路,每天只要往公路上一站,他就觉得这一天没有白过。一天下大雨,钱程让晏华诚值班,大伙都去烂泥坳村去了。那里地势低,若疏通不及时,一旦水浸泡公路,行人、车辆和公路都有危险。

晏华诚留在道班,看雨越下越大,他估摸雨下到这个程度,如果还不停,上古留村那处涵洞会积水。一旦被堵塞,水就会漫上公路,就很容易发生交通事故,非常危险。道班里只有苦姐和田甜了,雨没有停止的迹象,反而越下越大了,他给她们娘俩打个招呼便独自去了。雨像瓢泼的一样,苦姐不放心他独自去,她举把伞冲进雨里,顷刻间那把雨伞就被吹翻。她又退回道班,赶紧给钱程打了电话。钱程说他也想到那里会积水,留一部分人在烂泥坳村继续疏浚,他已经带着两个人,正往上古留村赶。正像晏华诚想的一样,那处涵管阻塞了,他挥起铁锹清淤,结果又用力过猛,膝盖撞在水泥管上,走不了路。钱程赶到的时候,他们看见晏华诚被水冲走了。他们跳下车,赶紧沿着河沿跑,追了几十米才追到,把他拉上来,太危险了。

晏华诚因为昨天泡在水里,老寒腿复发抽了半夜筋。第二天他依然照例和大伙去路上养护。

钱程看着他吃力的样子,决心不让他上路养护了。话不投机,他们吵了起来。钱程说:"就是班长不干了,也不让你上路了。"然后问他,"你是想让我当班长还是你上路养护?"他撂下话走了。

"你啥意思?你这不是难为老人家呢?"晏华诚看着他的背影嚷嚷着。

晏小山知道钱程为难他爸了,质问他:"怎么你当了领导就变了,跟其他领导一样了?别的领导还没有欺负我爸的。你倒好欺负到我爸头上了。"他正想找点茬,真是想啥来啥。他已经想好了:"今天说啥也要揍他一顿。到时候大伙也不会说他的理，因为他欺负到我爸，我爸曾救过他的命。”他甚至想把忘恩负义的罪名也扣到钱程头上，这么好的机会十年不遇，所以今天要揍他，必须的。

田甜走来，好像是为了气钱程，对晏小山说：“你过来一下。”

“啥！”小山一愣。当然还是过去了，他在钱程面前晃了晃拳头。钱程倒是觉得今天晏小山怎么神经兮兮的。

钱程为了让晏华诚休息，上路养护时特意不“惊动”他。他们劳动回到道班，晏华诚就骂他，是不是想报复。说他一闲就闲出病来，这么多年了，都这么过的，不到路上看看就难受。

“不行，现在我说了算。”

晏华诚火了：“咋，翅膀硬了，今天就不让你说了算。”他闲得心慌。

尹福庆听到他们争吵，赶紧凑过来，想趁机添一点油或者加一点醋。本来钱程安排他管道班“三产”，但他老是围着苦姐转，怕人家说闲话。他犟不过钱程，便稍微软了下口气对他说：“你们干活，让我去半天吧！我不动手，就看你们干活。”

他每天上午就在道班帮苦姐打下手，挑水，整理道班“三产”，下午就跟他们上路养护，他们劳动的时候，他就在旁边指点，时间一长，有人心里就不舒服了，自己干活累得跟熊样样，还被人指点，然后就传出闲话。特别是尚疃道班的，说道班养闲人偷人，这话从土墩家女人那里先传出来的。

晏华诚对钱程说：“你看看，我还是去养路吧！你就是班长不干了，我也得上路养护去。你看着办吧！”他撂下话头也不回地走了。

“晏叔，你啥意思吗？你这不是难为我们做小辈的吗？”钱程看着他的背影毫无办法。

钱程让他和自己一组，晏华诚不同意，说：“你是班长高攀不起。”让他和小山一组。晏华诚直勾勾地瞪着眼问他：“你安的啥心？你这现世报也来得太快了，你想让大伙看俺爷俩笑话是吧。”最后，他和单强一组，正好和他养护的路段挨着，他从单强那里划来一公里。还交代单强让晏班长少干点，让他多辛苦一点。

单强不是个省油的灯，但对钱程打心眼里佩服。他当班长以后大胆创新，提出“数字化”理念，日常工作中注重用数据量化考核职工。不单靠印象和感观去评价和主观臆断。记得董祚庥曾说过，当前必须解决为了应付检查就大干，花钱。大干是暂时解决表面问题，不是长远机制。长远机制不是长期大干，劳动者努力工作的目的，无非就是要获得多余的休息时间和更多的劳动报酬，如果这两者都得不到，他还会努力工作吗？必须让职工能够感受到行业的自豪感，让职工找到差距，查找不足并自我激励。因为考核公开，并将量化考核的结果张榜公布。他们均无怨言。

钱程在道班例会上，举例说晏班长把全部的精力和热情倾注到了路上，以站为家,没有做不好的。但尹班长却说,他是没有家才当家的,我要是道班有个相好的,我也当家。

单强一旁插话说:“喂,喂喂,大伙都别出声,我刚刚听到一个笑话,很搞笑,我讲给大伙听听。说蜈蚣被蛇咬了,为防毒液扩散必须截肢!蜈蚣想幸亏偶腿多!!大夫安慰它说,兄弟想开点,你以后就是蚯蚓了。”他讲完大伙没有笑的,“咋,不搞笑是吧?那我再讲一个。”

晏华诚打断他讲下一个,说:“以后别喊我晏班长了,我听谁喊我班长够够的,以前的班长那素质算个什么屌玩意,俗话说一口唾沫一个钉,乱嚼舌根烂嘴。”大家听出来了,晏华诚生气了,有指桑骂槐之意。薛义刚接着说:“这俗话贫我说了,可俗话又说:人嘴两张皮,咋说咋有理。”晏华诚瞪他一眼,正想发火。薛义刚接着说:“我说老晏,我还没说完你激动个啥?这俗话还说明人不做暗事,所以尹班长这就是你不对了。”

尹福庆想把“受排挤”的情绪传染给尚疃道班过来的同志,他想拉帮结派搞对抗,但大家都觉得钱程的管理方式比他强多了,他又不是什么好鸟。

不过尚疃道班过来的同志,老思维还没有转变,总认为路还没坏,养护什么呢?侥幸不按照钱程的要求去干,并认为干不干都一个样,他不会知道。结果钱程知道了。怎么处理这种事,他请教了晏华诚。晏华诚的意思是心急吃不了热豆腐,凡事有个过程,只有落实了,问题才算解决了。这个不是说一下就过了,也不是写到制度里就万事大吉了,关键是执行。但又不能让尚疃道班来的同志觉得这是针对他们才这样执行的。目前情况下,团结比什么都重要,要把好事先给尚疃道班过来的同志,免得尹福庆又从中捣乱生是非。

钱程准备把他们养护的那段路报给市局,当作精品示范路,结果两个人都不好意思,主动找钱程让他别报他们的那段路。他借这个机会,把他的养护心得传递给大家。在他看来,任何侥幸心理的存在都是养护工作的大敌。他坚持把精细化养护理念融入到每位同志的意识里,处处体现精细精神。钱程觉得,一定要让他们改掉陋习,并坚持让他们把精细养成习惯。优质的工作是一种习惯,在养护作业层面,要由以前“不拘小节”的粗放式管理,向“细节决定成败”的全方位、全过程的精细化管理转变。他坚持灌一条缝也要达到“看得见、摸不着”的境界,补一个坑槽也是一个精品,修一道涵也要达到“内实外美”。他深信虽然现在大家都不理解,以后会理解的。

他每天出工前都要检查机械,不让设备带病工作。养护作业路段一定要按规范放置安全标志,铺补沥青路面时,他都督促穿好防护服,戴好防护手套。沥青的温度很高,稍有不慎,就可能出现烫伤事故。他当年被沥青烫过的手背上还有一个大疤。

他们养护的那条路交通量大,钱程积极推行微表处封层技术。在他的带领下,先进的养护技术得到应用。他提出了新的道班绩效考核方案。该方案大力推行定人、定位、定责、定质量、定检查的管理办法,按月初目标任务完成情况计发工资,彻底打破档案工资,对上岗职工按基础工资加出勤天数和工作效益计发工资。同时,也有因工作出工不出力、劳动效率低下的职工拿不到以前的档案工资,并将考核结果作为年终评先评优和来年竞聘上岗的依据。该方案分配管理上打破了“大锅饭”,职工年收入将比以前增加3000~5000元。

钱程的道班绩效考核方案获得上班子会的机会。

这是他第一次上会,他很紧张。会议室布置成矩形。钱程不知道坐哪儿,凡主任指着一个位子让他坐,他客气说不坐,看见董祚麻也来了,准备过去一起坐到后面一排。凡主任说:“你坐前面,别客气了,会上你要发言。董祚麻你也过来,这个是按顺序排的,第五项是钱程发言,第六个就是你了。”钱程坐下来,这才发现领导的座位似乎都是固定的,即使空着先到的同志也不会去坐。科长们依次坐在桌子两面。他还认不清所有的人,前面是个大胖子,很挡视线,这让他必须伸长脖子才能看见阚局长。轮到他发言的时候,他直接念了阚启的名字。散会后一个科长对他说,你不能直接念阚局长的名字,被他们说的玄乎玄乎的。他以前没有登台的机会,没有接触过念局长名字的经历。唉,反正是念了,自己又不是故意的,相信阚局长会谅解他的无知。

董祚麻提出了他们道班要想圆满完成各项任务所面临的问题,并特别提议希望局里能拨付10万元,把原多河道班扩建成“公路文物展览馆”,说现在市里正在筹办多河湿地文化风景区,这是个契机,希望在局领导支持下,蓝湾中心道班能搭上这辆文化建设班车。在他刚开口说话的时候,就看到有人窃笑。没办法,一个没有靠山的人,不论想干点什么事情都会这样引人注目;其实也没什么,不论干什么事都是需要点勇气的,该怕的都怕了,还有什么可怕的呢?事后他才逐渐明白,他所提的问题都是与钱有关的,还没有他那样提问题的,其他人都是一个问题或者两个问题,或者没有问题。所谓无知者无畏,他就是了。

钱程回到道班,下了中巴车,站在道班门前,看着他和董祚麻设计的道班LOGO,许多美好的往事浮现在眼前,他觉得道班管理没有董祚麻说的那么复杂那么困难。

木来新在道班院子里见钱程站在门口发呆,问他看什么。他顺着钱程看的方向,看了一下天空,没什么可看的。便问:“开会回来了?”

钱程说:“回来了,会后我给阚局长说了你的发明,阚局长很高兴,说让咱们在路上试验几次,好了就在全市道班推广使用。”

木来新听了心里乐开了花,他急切地问钱程:“什么时候开始试验?”

钱程想了一下说:“明天吧!”

木来新高兴的应了一声说:“好嘞! 那我现在再调试一下吧!”钱程看着木来新的背影,这是原来的木来新吗? 有些时候真是做多少事,才能提升多少能力。曾经木来新抱着有多少能力就做多少事,没有能力不做事,工作马马虎虎,那是因为没有给他一个工作热情的支点。当他的一个发明在公路养护派上用场,他突然发觉原来他在工作上也是不可或缺的,不是大家眼里可有可无的人。记得钱程对木来新说过,别人相信你是没有用的,要自己相信自己! 木来新心里很有成就感! 作为一个公路人的成就感! 什么辛苦、不开心他都忘了。那时他还鼓励木来新,先从能做到的地方,养成坚持下去的习惯,当然来牌就不要坚持了,那叫上瘾。你要坚持的就是坚持不来牌,长了就习惯了,相信你会有收获的。

阚局长鼓励养护作业中开展小发明、鼓励职工发挥主观能动性,开动脑筋,在最基本最常规的工作中对劳动工具、工作方法等进行技术改良。木来新被大伙认可以后,工作起来一丝不苟,特别是在补油操平的时候,他眯着一只眼睛,那劲头儿俨然一位老养护工的派头。他一边积极投身每一项工作,一边锲而不舍刻苦钻研技术,很快就对道班的各种筑路机械的技术参数、性能熟烂于心,成了能熟练操作多种机械设备的“多面手”。

粉刷公路波形护栏板时,道班每人分一段,大伙顶着太阳开始往波形护栏上刷银粉。由于波形护栏板下面离地仅 30 公分,所以大多数时间需要半蹲着弯腰干活。一天下来,大伙累得腰酸腿痛,连饭都不想吃。木来新躺在床上想:这样干下去不是办法啊,能不能用机器代替人工呢? 他一琢磨事喜欢在道班院子里的小路上瞎转悠,大家知道他又在想啥发明。有一次夜里他 2 点多起来,围着道班院内各种车辆转悠。他捯饬起公路划线车,看着划线车前面的喷漆嘴,他猛地一拍大腿,对啊,把划线车的喷嘴挪到侧面去不就行了嘛! 搞得晏华诚以为他是小偷,差一点闷他一棍。

还有一次,他跟着城市清扫车看,一跟就是两公里多,司机忍无可忍把车停下来,看到满身灰尘的木来新,不像傻子。问他:“你想干啥?”他立刻上前,说明了身份和跟车看的目的,然后询问电机的配置和功率参数。那司机笑着摆摆手:“要看你就继续看吧! 我只管开车,什么也不懂。”

人一旦把钻研的劲用到正地方,那真不得了,就像变了个人似的。木来新的业余时间全用在养护机械改造上,让他成了这方面的“大拿”。局里给他颁发了特殊贡献奖,并总结成果在全局道班推广。阚局长在会上表扬他说,只要给职工提供舞台,而他又愿意干他喜欢的事,就一定会在他热爱的事业上成为人才。他领奖回来一夜没睡着觉,觉得自己谁也没找,谁也没求,还是凭本事吃饭踏实。当年,他在阚局长的支持下,提交了两项养护技术专利申请。

第二十三章

田震去蓝湾道班报道的路上，自叹道："可让人活了……"他脑海里突然产生一种假象：他被一辆车轻轻刮倒，躺在地上假装很重的样子，然后再从医院开个工伤证明，从此再不要上班了。然而现实里他正垂头丧气地去往蓝湾道班的路上。他磨蹭着，怎么那么快就到了呢？他又叹了一口气："唉，不能活了。"

多河道班、真源道班并入蓝湾道班，注定蓝湾中心道班是艰苦的。

阚局长和董祚麻谈话时，曾对他说："在祝贺你的同时，另外送你一句心里话，这句话不是作为领导对你说的，是作为朋友对你说的。和领导相处，和其他部门相处要艺术、幽默、游刃有余，保护好自己，这样才避免被领导给小鞋穿。你现在是班长了要学会和领导、和同志、和乡镇政府做朋友。"

他很感动，一个男人的感动。他内心深刻反省，坚持自己这是他内心最初的声音，在相当漫长的一段岁月里，他的成长经历，他为人的基本秉性和性格，以及处事的方式，都坚持了这样的特质。阚局长的一番话，让他明白，他花了十多年惨痛的代价才明白一个道理，那就是他一直觉得：我要做最真实的自己。管别人怎么讲，我就是我，我根本不想为他人的言语而活。你们又不理解我，凭什么对我指手画脚。所以他一直对自己说，我要做最真实的自己。这一刻他才发现自己犯了一个严重的错误，那就是他混淆了一个概念——最真实的自己，不代表最美好的自己。

阚局长没有像其他人那样嫌弃他，抛弃他，能被领导信任是他梦寐以求而又一直得不到的，他对当好班长充满自信。

中心道班"麻雀虽小，五脏俱全"，既要管好人、管好站务、财务，还要搞好与地方上的关系，抓好工作落实。他率先遵守各种劳动纪律和规章制度，凡是要求别人做到的，他自己首先做到。他逐个与大伙谈心，重拾他们对工作的信心。由于大家长时间思想疲沓，加之对养好路已经失去了信心，有几个人抱着做一天和尚撞一天钟的态度，谈心的作用不大。这样的路，这样的工友，他心乱如麻。当务之急是加强道班的纪律意识和学习意识，建立行为规范。他做出一个大胆的决定:实行半军事化管理。每天早上,他只要一吹哨子,大家必须参加学习,怨声载道,田震背后骂他神经病。他们不想学习,纷纷要求上路干活。他却不准大家上路干活,说:“为了配合多河湿地文化风景区建设,政府已经同意立项建设一条文化公路,连公路都有文化了,难道我们不该提升一下素质,还吃老本?凭我们先前的那点经验,能养护好文化公路吗?文化公路到底该怎么养?我觉得如果没有技术,养出来的路只会拖累大家干更多的活。”

他针对多河段公路特点,建立养护业务分析制度,号召全班参与,随时、随地、随机灵活改进工作流程。建立快报制度,养护工作中发现问题,各段责任人要第一时间向他报告,他会视具体问题,选择立即处理、稍后处理、上报处理三种方式。

田震向董祚庥请长假,他说要请去局里请。田震心想,果然是要向他下手报复了。他打电话和项陈叙叙旧,问他在明显道班做啥?项陈说还是开车。他听了心里更不痛快了,不明白领导到底咋想的。他们真源道班一共七个人,项陈他们仨分到明显中心道班,却把他和另外仨分到蓝湾中心道班。其实分到哪个道班无所谓,当不当班长也无所谓,可关键董祚庥是班长——真是十年河东十年河西,想想他当年对董祚庥做的那些事,难不成今儿要一报还一报,真要命啊!他把更多的怨气撒向局里,指向阚局长。

董祚庥开扫路机扫地时,看见一个老大娘骑三轮车,驮两袋粮食上桥,由于坡度陡重心不稳,三轮车把她撅翻,摔在地上不能动弹。董祚庥跑上去把她搀扶起来,就近带她去卫生院,垫付了50块钱。

他继续扫路,快扫到头时,路边站着一个妇女。他使劲按喇叭她也不挪,他左打了一个方向,往中心线靠了靠,但扫路时扬起的灰尘还是落到她身上,招来她一顿臭骂。他没有停车,继续扫路,那妇女觉得她被漠视了,追着骂了他十几米远。董祚庥可看清了这个人,他见过泼妇,但没见过这种泼妇。

田震去局里找席局长诉诉苦。席局长说这是阚局长定的,是组织决定,让他熬熬再说,这事他记住了。

田震被席局长一顿安抚后就回到道班,他听说董祚庥扫地被骂了,心情好极了。他这个人吧,老毛病又犯了,看董祚庥干不好,他等着看笑话。如看人家干出个样儿,他又会到处说人家显摆。

董祚庥派人去采购,田震说采购有回扣,搞得谁都不愿意去。谁在道班干活做事,田震就挖苦人家是拍董祚庥马屁。

董祚庥没有办法,自己去市场采购,田震又处处散布说,回扣还是吃到自己嘴里踏实。他没说啥,把对方的手机号码、店面位置、各种档次的价格公示出来。他比较了多家,在同等质量档次的基础上把价格压的不能再低了。工友们见过道班班长公示的,但还没见过他这么公示的。大家不再说啥。想想以前的班长都是想方设法捞油水,想着怎样扣道工的工资。就拿田班长说吧,他当班长那会儿,经常去肖长河饭店吃喝,连工人的奖金和工资也敢拿去吃喝,大家敢怒不敢言,他是这样说的:“吃你那点钱算啥啊,局里来检查时,罚过你们吗?啊!是我和肖科长处的好,我们是铁哥们,你们知道啥?我们不过吃点,是你们赚大了。”大家心里跟明镜似的。

道班扫帚的用量比较大,镇上有几家卖大扫帚的,都想卖给道班。董祚庥把大家召集来道班现场竞价,谁的价格合理买谁的。田震不服不行。

田震在道班转悠,想拾掇点事儿,却没有什么可拾掇的。一个妇女神情紧张地来道班向他打听一个人,说是开扫路机的,戴个帽子穿着马甲,人长的黑黪的,那天在漆贤路段扫路的……田震不知道他描述的是谁,在道班可不都是黑黪的,哪有小白脸呢?不过开扫路机在漆贤路段扫地的,肯定是他们道班的,问她什么事儿。

那妇女一五一十地说了大致经过,当他听说,那个受伤的是她母亲,她母亲摔成骨折,被那个道班扫地的同志带到卫生院,延误了治疗……

田震迫不及待打断她的话,说他知道是谁了,是他们道班的董祚庥。他一下子对眼前的这个妇女有一种相见恨晚的好感。然后略带提示性地拒绝她说,你要是想让我们证明是他撞的,那不可能,我们又没看到,怎么好说是他撞的呢……

有人陆续地过来。她说:“大哥你有他手机号码吗?你给他打个电话吧!”

“没有号码。”他看见大伙都围了过来连忙说。

有人偷偷地给董祚庥打了电话,董祚庥一听预感大事不妙,自己被讹上了。

那妇女继续说,那天我等母亲,干等不见母亲来,心里烦。因为我骂了那位大哥,所以一直不好意思来。现在我母亲伤好了,我是来谢谢他的,把 50 块钱还他。

董祚庥在电话里叮嘱他们,钱他就不要了,只要她走就好了。

节假日发补助,张有才说是因为阚局长值班,他想要补助才发的。董祚庥听了,一种发火的冲动噌地一下子窜到胸膛。他告诉自己控制,忍一忍,他闭上眼睛数数,从 1 数到 10,然后用一种近乎平静的语气说:“不发吧,我们说领导不近人情不发;发了吧,又说些不负责任的风凉话。你可能差那俩钱,但是阚局长差吗?也就是阚局长,大家的劳动他看在眼里。发了你就拿着,不说话没人把你当哑巴。”

大伙不说话,默不作声地跟着他去路上养护,他开着养护车,每隔 2 公里就放下一个人。看着他们下车,他总要说一句:“路上车多,注意安全。”每天工作完成后，他都要一个接一个地电话询问大伙，是不是都已经安全到家。每次接到这样的电话，除了田震，大伙心里都暖洋洋的。

田震却到处拾掇事，说蔡扬养护的那条路上桥多活重累人；江上明养护的那段路活不多；南江南最轻松，他雕个树根与养护有屌关系。他和张有才养护的铠甲龙山沿河路，那就不是人干的活。“敢问董祚庥居心何在？有才你砸吧砸吧我说的可在理？”

为了公平起见，他一月一换，避免了活多活少引发内部矛盾。这事不知道阚局长怎么知道了，他没向阚局长汇报过，他觉得他不孤单。

阚局长来道班检查时，董祚庥和田震都跟在后面。阚局长突然说：“老田，听说你儿子上的技师学校没毕业……”

“毕业了，有毕业证。”

“有人举报到我这里了……”

董祚庥说：“到我们道班来吧，我带带他。”

“你带不了，让老田带他合适。老田你可是多年的老班长了，你可别把他带茄棵里了。你的好经验也向祚庥传授传授，他干得咋样？大家都看在眼里。你再搭把手更上一层楼。”他然后又转过头对董祚庥说，“你可不能因为另外两个道班并进来，拉帮结派不一样对待。大家都在一起干活，吃饱了撑的，拉几个人，去打击另外几个人。要与大家坦诚相见，讲真话、掏真心、以心换心，要负责任，你的话大家才愿意听，才有威望。”

毕竟田震也是当了多年班长的人，阚局长的话外音他听得出来。事实上他儿子确实技校没毕业就辍学了，听阚局长的意思，没把他一棍子打死。他收敛了许多，他不主动干活，至少也不主动带头糙事搬弄是非了。

董祚庥在与镇政府打交道中，就像操持家业一样，不怕苦、不怕累、不怕求人、不怕麻烦。他把自己看作一块“铺路石”，而铺路石就意味着无私奉献。否则你向人家借力，可人家不带你玩，怎么办？

多河顾名思义就是许多河流的汇集地，当歌市政府已经投入资金，把多河打造成湿地文化风景区，董祚庥想道班要抓住这个机遇，必须让道班充满文化。局里已经决定，把董祚庥在明显道班建成的“公路文物陈列室”，搬到筹建中的多河风景区，在多河道班安家，在前期投入10万元，扩大公路文物收藏量，并举办有奖征集公路老照片活动。他们把搜集来的养护工具，分类作了注解，供游人参观，准备将多河道班建成一个公路文化主题景点。

蓝湾中心道班所属的原多河道班通过旅游评委会评估，成为多河湿地文化风景区的一部分。董祚庥在庆祝会上说：“我们蓝湾中心道班在这条路上不能示弱，这条路是我市拟建的第一条文化公路，将来我们要把这条全市唯一的文化公路养护好，要把我们道班工人的形象宣传出去。以后我们要和社会更多接触，让大众了解道班，让大众需要道班，我们才能被记住。所以，我们蓝湾道班要拓展服务内容，通过可变电子情报板及时发布所辖路段路况信息，设立便民服务室，为过往车辆免费提供简单的修车工具、手机充电、开水、医药箱等便民服务，致力将道班打造成过往司乘人员的温馨驿站。”

董祚庥还对大伙说：“我们生出来的时候，什么都没带来，死的时候也什么都不能带走，老天爷给我们的礼物，就是时间。时间一定要用在自己热爱的事情上面，就是要找到这辈子我们要干什么，然后就踏踏实实地去干。大家对工作热爱了，那么工作就是生活，生活就是工作。

南淮北的儿子南江南擅长根雕艺术。他雕刻出许多公路人物造型、公路筑路机械和公路劳动建设场景，每一件都栩栩如生，生动形象。董祚庥佩服得五体投地，用他的话说，就是公路文化一定要有传承，要有人做。否则我们做的再好，之后没有人接着做了，那就不叫文化了，那就是昙花一现的现象而已，所以没有传承就没有文化。

董祚庥像往常一样起得很早，手机响了。他看了一下号码，感觉这个时间，这个电话很不一般，果然是铠甲龙山出现大面积塌方，排险保通，刻不容缓，他挂断电话提起衣服，连续打了几个电话：“喂，你好！席局长吗？铠甲龙山段，大面积塌方，请求支援……”他有点紧张。

“喂，你好！凡主任吗？铠甲龙山段，大面积塌方，请求发布路况信息。”他的紧张有一丝缓解。此刻他已经启动了公路抢险保畅应急预案。在及时反馈汇报信息，做出险情预警后，他立即组织全班人员，赶赴塌方现场抢险。

路上，他又打电话给钱程，请求支援。

钱程挂掉电话，立即组织明显道班的同志，迅速带上工具赶去支援。常祎、霍恩涛和郑家贵二话没说就跟着上车了。出门时晏华诚拦住他们，说他熟悉多河铠甲龙山的状况，对那里比较了解。

常祎伸手把他拉上车。

他们赶到20公里外的塌方地点，开始紧张有序的抢险工作。阚局长接到席局长的汇报后，当即取消了要召开的公路管养会议，火速赶往现场进行抢险指挥。大家协同作战，没过多久便以最快的速度消除了险情，恢复了公路的安全畅通。

阚局长离开蓝湾道班时，说了一句话，让董祚庥深感意外和措手不及。阚局长说，他要把肖长河分到蓝湾道班，明天来报道。

有人议论，阚局长根本不该把他放在蓝湾道班，董祚庥怎么开展工作？俗话说一山不能容二虎，除非一公和一母。“可肖长河分明就是一条瘸腿的狼，也不知道被狼咬了，会不会得类似狂犬病那样的狂狼病。”

南江南说:“我有点没什么根据地觉得,他们不可能处的来。”

第二天,肖长河没来蓝湾道班报道。董祚庥坐不住了,他下午专门去局里一趟,他要向阚局长汇报一下他的想法。

阚局长看见他,说:“我知道你会来找我的,不过没想到你这么快就来了。以你的能力,不能就当个班长就完了,你要有驾驭复杂环境的能力,他们的所作所为和小伎俩我看的见。你放手干吧,不要有包袱,局里支持你。”

阚局长的意思是,让董祚庥在复杂的环境中得到锻炼。也让肖长河感受一下董祚庥的胸怀。他明白了阚局长的良苦用心,心里又作难又感动。

两天后,肖长河去道班报道,开口第一句话是身体不舒服,请假两个月去外地检查。

这个他没想到,不知道该怎么办,他让肖长河先坐会儿,去倒杯茶的间隙,乘机请示阚局长怎么办。阚局长说:“他向我请假,是我让他按程序先向你请假,你该批批,把你们道班制度给说清楚。”

肖长河媳妇的弟弟,当年葛市长打招呼,被提拔当了小学校长,因为贪污被撤了职务,成为普通教师。他感觉没面子,压根就没上过班,在外面做生意,每月照领工资。肖长河也希望像他小孩舅那样,不上班只拿工资。

他每次装病请假,董祚庥都让他拿医院证明,只要有医院证明,他都批。每次最长三个月,后来肖长河渐渐拿不出医院证明了——想想他当科长时别人真有病请假都那么难——肖长河再也不说他那句著名的口头禅,掂量掂量你能干啥?他甚至害怕别人提起那句话,时间已经证明他就是个半瓶子醋。他当副科长主持工作时没见有过病,现在不当官反倒整天有病了。

田震心里多少有点酸溜溜的,时不时拿他请假的事给大伙摆摆,说董祚庥也是个欺软怕硬的货。

也有人说:“田班长,你那是借有病捣蛋糙事,谁又不是看不出来。人家肖长河就是不准备要工资了,你能和人家比?”

董祚庥听到不同意见的时候,没有了以前的烦躁和情绪激动,习惯了,让他们说去吧!他坚持真心做事和诚心待人。作为班长,他始终用真情去温暖职工的心,组织职工体检,并建立职工健康档案。肖长河没好意思去领体检卡,想想自己那会儿,把董祚庥的职工互助保险给划掉——谁能想到他会和晏小山一起见义勇为受伤呢,早知道把他们整个道班的都划掉了。

田震和肖长河好像找到难兄难弟一般的感觉,他们又活跃起来,增加了董祚庥管理的难度。他已经做好了准备,拿出30%的精力抵消他们的负能量。

董祚庥当上班长,这是他第一次主持评选先进,曾经的一幕幕在他脑海里闪现……他坚持一个优秀的班长应该有开放的心胸。有功独揽,大笔一挥报上自己的名字,和职工抢名额,无视道工的感受,只会威信下降。他知道只有“无私才能无畏”,在利益面前经受住诱惑和考验,才能让大伙心服口服,自己才能更大胆更从容地进行管理,才能激发大家对蓝湾道班公路养护事业的支持。

董祚麻梳理了一下自己当班长的这段时间,最大的进步——大事能坚持原则,小事学会了变通。工作中不搞一言堂,大家在一起交流,碰撞出好多智慧的火花。

财务开支上,他不仅精打细算花好每一分钱,而且要做到透明、公开,把每一分钱都花到该花的地方,而不是乱吃、乱喝、讲排场。内部管理上,他偶尔听了一次关于 ISO 9001 质量管理体系的讲座,对此产生兴趣,自费购买了相关书籍系统学习。经过变通后,他在道班引入 ISO 9001 的质量管理模式,注重细节和工作目标的细分。落实了一坑一卡制,裂缝处理必须清透、灌透,刮油用的碎石必须全部水洗袋装;操作规程被严格执行,坑槽挖补实现精细操作;路树、花草修剪妙似美发。对人员、机械设备、材料选购、养护巡查车同样实行质量管理。每天工作完毕,对全天工作进行总结记录,对作业设备及工具进行完好检查,签名登记,严格按规章制度行事,严肃责任追究。因为管理透明,几乎无漏洞可钻,每个道工都把精力用在工作上,没有了猜疑、划圈子、搞内耗、争名利,道班管理进入良性发展——目标只有一个,让他们养护的公路畅、安、舒、美。

年终茶话会上,阚局长提议,在座的每一个职工都要给在座的任何一个领导指出一条缺点。阚局长虽然这么说,但大家却还是专捡好的说。董祚麻说:“我给阚局长指出一个大缺点。”所有人一听都屏息凝气,都知道他直,可缺点就缺点嘛,还一个大缺点,不知道他能说出什么话。

董祚麻说:“阚局长一直公私不分明。”这简直就是莫须有嘛,大家一听,心都悬了起来。

“他总是休息的时间工作。”这小子什么时候也学会了幽默,大家一听心才掉肚子里。

董祚麻引人注目,简直就是道班工人的明星,他们蓝湾道班今年要过个肥年了。他们从多河湿地文化风景区旅游门票中,分红 7 万元。有了经费,董祚麻组织了一次到外地优秀道班参观,学习人家对文化公路管理、养护的先进技术和经验。他们开阔了视野,增长了见识。这次外出学习后,田震不捣乱了,变得踏实勤奋了。他害怕不好好干,在蓝湾道班呆不下。按照多河湿地文化风景区发展速度,要不了几年,蓝湾道班每年分个几百万的旅游门票收入不成问题。

董祚麻手里有了活钱,大力推行工资全额浮动制。不许空头支票,使大伙明确质量标准,清楚干什么、怎么干,干好后能拿多少报酬等,他们得到实惠,便把心思集中到工作中去,减少消极应付、盲目性反复性的浪费,积极性猛增,实实在在地把工作当作一种幸福,决心要把路养得和多河湿地文化风景区一样美。

第二十四章

改革已经箭在弦上……

肖长河的如意算盘是，扳不倒阚局长就翻手把董祚庥打掉。他把这个表情写在脸上，并用咬牙切齿表达了出来。

局里养护改革会议开到深夜2点，依然没有结束的迹象。

传达室值班的钱百科睁开眼睛，眼前的情景让他大吃一惊。他刚才也就眯瞪了一会儿。不知道什么时候，大门外，聚集了大量的养护工人，他们穿着橘黄色的工作服，围坐在局门口。他们什么时候来的，不知道。他赶紧打电话说："阚局长……道班工人……公路局被包围了……"他们没有像通常我们见到的那种聚众大吵大闹、寻死觅活。他们只是坐在寒风里静静地等待，因为他们害怕未卜的命运会比寒风要冷的多。所以这点冷与他们长年在野外工作的风尘、冰雪以及漫长的黑夜比起来，也不算什么。

会议上席局长认为："改革大势所趋，市场经济要求养护改革，谁也阻挡不了。改革必定损害职工利益，职工有抵触情绪，这是正常的……"

现实情况是公路养护一直在"公益事业"的护身符下，过着"大锅饭"所特有的高投入、低产出的悠哉日子，全局超编20多人，养护资金被大量吞噬，路自然便没钱去养了，这样的公路养护管理其实是不管！公路是公益性的基础设施，与人民群众的生产生活息息相关，只有体制、机制顺畅，才能保证公路安全畅通。而公路不畅通，就谈不上改善民生、为社会经济服务。

阚局长则认为："任何情况下损害职工利益都是不正常的，也不是我们要的改革。长期以来，公路行业改革始终围绕"放"与"收"做文章，似乎不收不放就不叫改革，结果是今天收上来了，明天又放下去，来回折腾，到头来，不是把队伍搞垮了，就是把人心搞散了，行业搞乱了，教训不可谓不深刻。"前不久他去道班调研对道班工人说："自古'修桥补路'是善事，我们要为我们的工作感到骄傲……"所以，改革的目的是要让职工的待遇更好，但是职工们对这次养护改革普遍不信任。

阚局长调研回来,他觉得如果连基本的信任都没有,谈什么改革?改革一定要听取职工的意见,有些事情要与他们协商,要让他们感受到尊重。我们现在的职工已经不仅仅在为利益而争了,他们需要得到尊重。公路部门这一二十年来的改革,都是养护工人站在了一线,每一次的手术都动在他们身上,危机都让他们承担了。所以他们一听到改革,便本能地害怕和拒绝……他能理解。所以公路养护改革不能一刀切、搞暴风骤雨式的,应是渐进的,要注重效果,杜绝形式主义……

开会的领导们出来了。养护工人们站起来,他们的眼睛里充满期待和对命运紧紧的把握,但是他们期待的背后也分明暗含恐惧和不屈的抗争。

这将是一个不寻常的夜,他们只是想知道真相,改革到底要把他们送到哪里?他们不相信那些假大空的官话。

阚局长一时不知道从哪里开口。他也难,会议的僵持不能说,任何一点不利好的消息,都会引发他们无限的联想。此时说什么并不重要,但又很重要,他们在意的是一个让他们放心的结果。大家都一心了,什么事情才好做。

那次调研,阚局长到唐大伟家去过一次,他说:“你当局长的能到我家来,我很感动,你是第一个来我家的局长,但是感动不能当饭吃。你要问我对改革的意见,那我不支持改革。我们要生活,一个孩子要结婚,一个孩子要上大学,孩子他娘还有病,没办法。如果你让我说心里话,我是打心眼里不支持改革。现在不是很好吗,改什么改呢?我们可以多加点班,多干点活,帮单位渡过难关……”

阚局长听了很感动:“一个养护工人能有这种觉悟,能说职工素质不高吗?他们都那么实在。”他自己一路走来,还从来没有哪一个行业像道班工人的心这么平和,没有太多的要求。公路系统的改革与其他行业比起来,应该说是喜忧参半。喜的是有参考的版本,可以从他们的失败中汲取教训,从成功里借鉴经验;忧的是我们的养护工人技能缺乏,谁一旦离开公路养护这个岗位,结局会很不好说的,这是现实。

任何一处细微的疏漏都会是导火索。

省局领导也对他说过,你们是试点改革,你们的一举一动都至关重要,引人注目。不是所有的领导都有你一样的胸怀和气魄,我们也不能要求他们这样,改革要经得住历史和人民的考验。

阚局长深知改变正式的组织结构比较容易,但改变组织结构中人的观念、行为却比较难。改革处于十字路口——他们每个人是一份压力,他则是上百份压力,可有谁知道呢?他是个领军人物,自己会把他们带到哪里?他们会不会跟自己走?改革困难重重,犹如一团迷雾。阚局长不知道在他走访职工后,肖长河对他走访过的职工也一一进行了“回访”。他对工人们说:“改革就是下岗,就是让咱道班工人掉饭碗。你们看看你们谁能留下来——那不可能。”他说的大家心里凉嗖嗖的。

上岗还是下岗？这关系到每一位养护工人的切身利益。

薛义刚整天埋头苦干，人是好人，踏实。他养路，妻子务农，典型的"半边户"，家庭负担重。他被肖长河说得心里没有了着落，自己要啥没啥，伤不起。他觉得肖长河说得对，竞争上岗难免不掺杂个人感情。自己没有背景争不起，都是卖大力丸的，他越想越觉得有刀架到他脖子上的感觉。下岗伤不起，在公路上干了二十多年了，重复这种简单而又繁重的工作，与外界接触少了，适应社会新环境的能力弱了，"人老珠黄"，还能在社会上找到自己的一席之地吗？经商要资本，打工要技术，社会上每一个竞争的角落都有人碰得头破血流，生存的空间对他这样长年工作在养路岗位上的职工来讲前景不妙，可以说没有一丝希望。

肖长河对唐大伟说："再说养人？养的什么人？领导子弟根本不用上班，只会领工资。我可以告诉你原来11个道班，定编人员75人，拿工资的81人，实际干活67人。这个我最清楚了。还有，你看看现在一个建筑业的小工，每天工钱至少80块，大工每天工钱都在100块以上。而我们道班工人拿到手的，平均每天不足60块。即便如此，阚局长还要把我们甩出去，到那时我们就没人问了，医保、劳保、公积金等要自己缴了。能拿到手的就是一天40几块钱，干一天有一天的钱，不干没有。也没有公休、节假日一说了，十几年的工龄也没有了。"他越说越觉得公路部门对不起他们，像欠他们一份美好的未来、一份就该躺在公路上享受的待遇一样。"生是公路人，死是公路鬼，公路局必须为我们的困苦负责任。说什么工龄买断，你40多岁，工龄买断后，你指啥生活，几万块钱能买到啥？可能买城里一个楼房的洗手间。说实话吧！领导针对的就是你们，我倒不怎么怕，还可以做点小生意，你指啥？说难听点你就是等死了。"

唐大伟被他说得胆战心惊，好像噩运马上就降临到自己头上了。他喃喃地说："可是改革依然要从我们头上开刀，这不公平。"

其实从某种意义上说，肖长河何尝不是那种被养的人呢？可是大伙都各保各的，没有时间去思考了，恐惧是会传染的。他们各自回到道班，就把那种恐惧的情绪传给了大家，一石激起千层浪。

那些希望躺着吃大锅饭，旱涝保收的人散布谣言，大伙被蒙蔽了。一部分不明真相的职工因为害怕，先闹起来，他们不是不支持改革，因为他们是弱者，害怕成为牺牲品，害怕被蒙在鼓里，害怕弱肉强食。他们对领导不信任。因为这么多年来领导就没做过多少让他们信任的事情。他们害怕了，一听到任何对他们不利的风吹草动，就紧张不安，到处打听。但是他们没有信息来源，就本能地想着把事情闹大，求关注。原本，他们每个人心里都不相信肖长河，都知道他不是什么好鸟。但他们聚在一起，大家七嘴八舌地一说，便都六神无主了，只好听从肖长河的吆喝。

霍恩涛说："公路养护工作是一项专业性较强的工作，不是谁都能干得了的。"

"别扯淡了，那不过是说给外人听的，如果是那样的话，领导经常挂在嘴边上的，道班工人文化水平低素质差怎么讲？几个不上班的老儿，在家做生意，请附近的农民代养，他们干的不是挺好吗？"

霍恩涛接着说："我也是这么认为的，我是想说领导们都那么说。要改也不是改我们这些老老实实上班的，而是那些不上班做生意的老儿。"

"对。"他的话得到大伙的响应。

郑家贵说："说我们文化不高，我们文化一开始就这样，当初干什么去了。招工的时候怎么不控制？我们文化不高，但我真卖力气干活，进来的都是什么人，不都是与领导们沾亲带故的？光领工资不见人上班，还一心想着当官，治咱工人。大学生素质高，就这点工资干的活比骡子还累，人家来吗？"

薛义刚情绪激动地说："我们干了半辈子想扫地出门，没门。"

唐大伟愤愤不平地说："我们就够揪心的了，劳动强度这么大、实际收入那么低、工作环境恁差、改革压力这么大！我们不过就是凭劳动养家糊口，现在要改革，不是要我们的命吗？"

"我觉得改革必须是全体公路人的改革，不是几个领导的改革。改革方案必须符合《劳动法》和其他法规，必须经真正的职代会通过。怎样改，要让大多数职工说了算，职工是通情达理的。"

"没有职工参与的改革是假改革。"

"领导带头，一切好办。不能让领导借改革捞油水。改革过程中确需损害养护工人利益的，必先要损害领导的利益。"

"啥叫改革？过去职工抱的是'铁饭碗''旱涝保收'。早些年是体制下放，由'条管'下放至'块管'后来是'管养分离'，现在是让公路建设与养护市场全方位开放，'铁饭碗'成了'瓷饭碗'，再变成'坷垃碗'，向市场要饭吃。一旦要不着饭，我们连饭碗都没有了。"

"上收下放，不都是领导一句话吗？电视里的改革都那么有光明前途，咋到了公路部门就变样了呢？没有前途了。"

"就是，大家都干得好好的，改啥改啊！只听说过下岗工人，谁听说过下岗干部。习主席都说了，生活在我们伟大祖国和伟大时代的中国人民，共同享有人生出彩的机会，共同享有梦想成真的机会，共同享有同祖国和时代一起成长与进步的机会。可是我们有梦吗？不敢有梦了，只想不下岗就行了。"

"阚局长不会是想当改革典型吧！"

"公路养护改革典型当不得，枪打出头鸟，一当上典型改革势必搞花架子，瞎闹腾。"

"这样改来改去,对我们都没什么好处的,换汤不换药。现在各地的公路养护体制不一,管人的拼命向道班塞人,管钱的不管你有多少人,都按养护里程拨付养护资金,长此以往,道班非垮不可!"

晏小山接着他们的话说:"所谓的公路养护改革,无论是养护公司化还是社会化,在法律上是没有依据的!甚至是违法的。"他说这话是为了反对钱程,他就是要和钱程对着干,就是为了反对而反对。

"怎么说是违法呢?"

"因为《公路法》规定,养护属于公路局管,而不是分离出去。分离就是违法。"

"改革不违法,在中国违法的事情,加上改革两个字,就是创新了,不违法。"

其实针对公路部门的改革,二十年来也经历不少,路政从股级改成正科级,治超也从无到有借收费站撤销转岗改成正科级,唯有道班改一次掉一次毛。刚升了一个小小的级别,这一下就掉一地鸡皮疙瘩。

讨论的结果让这些无助的像惊弓之鸟一样的养护工人更加受伤。肖长河说,以前说我们养护工人远看像要饭的,现在已经不是像不像的问题了,真成要饭的了。当肖长河说我们不能坐以待毙时,几乎是一呼百应。他们习惯性听从了他的指挥,于是他们相互邀集讨说法。

阚局长看到包围的人群中有晏华诚、钱程和董祚庥。目光交汇的那一瞬间,晏华诚低下头。他对阚局长说过,他支持改革,可是改革对他这种年龄段的最不利了。大伙都信任他,推选他出来当代表,反对改革,晏华诚两难啊!他一声叹息:"两难呀。人要是石头,要是没有思想多好!吃完饭就可以睡觉了,明天天又亮了。"

田震戏谑他说:"那你做畜牲去吧!"

"骂人啊!"

"不是。我就好比说,比如当牛做马。"

"那不还是畜牲吗?"另一个人说。他说完又补充说,"老晏你可不能怂啊!我们可不管你当不当畜生。"

大伙说是推举他做代表,纷纷都跟着来了,可是大伙又不相信代表的,最后把代表们抛弃了。

肖长河想把水搅得更浑,鼓动农民代表工上访。他知道他们闹得会更彻底、会无法无天、会轰轰烈烈。他甚至计划让他们扩大规模,串联周边地区,若能与农村老民办教师重叠起来,会更有冲击力。他以前主持工养科时有这些人员的信息,组织起来相对容易,就等着看阚局长的好戏吧!没有人知道他的阴谋。

第二十五章

一场中国公路养护改革正风起云涌。肖长河被那些长期不上班的人推举为代表。这次他要在工人身上把文章做足……

“你当副科长主持工作的时候，不也照死的扣吗？”董祚庥反问他。

“那不一样，说句难听的，那时候至少还有的扣。说句良心话，我从前是扣过大家的工资，可也不是我愿意扣的啊！都是领导安排让我扣的，我也是没办法。其实我也知道咱工人辛苦，我也是道班出身……”他叹了一口气，“唉！一言难尽，我以前对不住大家的地方，请大伙谅解，我给大家道歉了。但是现在改制，先成立中心道班，是把我们蒙在鼓里，降低改革阵痛。我们养护工人最关心的是什么？是身份，就像户籍一样。我们是事业身份，改成企业身份什么概念，明白吗？身份没有了，一切都没有了。这个不行，得拼死抗争，一致对外。我们图个啥，我们不图啥，我们期盼能有一个美好的未来……”他说的大家心里软软的。

“现在倒好，我们什么也没有了，他牛 B 车坐的跟一个老洋劲样。我们要把他的车给砸了，不砸不解恨。”他竟然能说出这种话来，不仅仅是负能量了，而且更无耻、更阴险，看来他到这个世界上，就是来增加别人痛苦的。

“肖长河你这不正是利用工人做文章吗？”

肖长河担心说不过他，索性不去理他。大家因为对董祚庥的排斥，反而更团结一致的站在他的立场上。在他们看来改革就是一把刀，就要落在他们头上了，恰在此时，不知道从哪里传出的话，说局里正在制定道班工人下岗方案，每个中心道班只留 3 个人，他们对这样的传言，总是信以为真。因为对刀的恐惧，大伙开始了以谣传谣。

后来，阚局长说，改革在充分考虑养护工人切身利益的同时，还有考虑工人的就业技能培训问题。

就业技能培训？大家对这个词敏感，在多少人听来，依然就下岗的潜台词。

肖长河一而再再而三地纠集工人到局里糙事，董祚庥实在看不下了，他说："阚局长是想增加大家的生存技能。改革不是裁员，不是把谁踢走。"

"你怎么知道？"

"感觉，凭这几年阚局长做过的事……道班到底如何改？一句话，必须要适应新形势，适应未来公路的发展……况且阚局长说过改革只是手段，不是目的……"

当即就有人打断他说："屁话，你怎么也学会说官话了，你凭啥感觉？那他目的是什么？"

他一时答不上来，然后就有人提及阚局长再培训的事，问他为什么要再培训？生存技能是哪些技能？他怎么能知道，大伙情绪激动，就像干柴烈火一样。他不明白自己答不上来，这与改革是不搭辙的，难道自己答上来了，就不改革了，或者就按照自己的意思改了？显然他的话被大伙当作了什么，成为他们无限联想的引子。他无意中给阚局长添了麻烦，给自己添了苦恼。

席局长的地方乡土情绪得到空前巩固，并为大伙自动认知，围拢在他身边，他们以此缓解对改革恐惧的心理压力。一方水土养一方人，成为他们与席局长之间一种特殊的感情纽带，他们为此自行缩短与席局长在亲切和信任方面的距离感，并且一厢情愿地认为席局长也愿意那样。阚局长是外地人，不可能和他们一心。席局长对大伙说，无论他做什么，都是稳定大局的需要，然后又说他经历了这些年，对改革也不是十分有信心。然后特别强调，大多数职工不赞成的不办，改革要广泛征求职工意见。因为大家都不支持改革，席局长的话这时候有着一种特殊的指引方向的力量，并在一种自然而发的忙乱中，对他有更深一层的情感依靠。

阚局长让每个中心道班选派两名代表，参与局里的养护改革，让整个过程公开、透明。代表们各执一词，从不同角度、不同层次、不同方面直抒己见。有人一针见血地说，有人客观地说，有人激愤地说，有人拘谨试探，有人标新立异……

钱程观察大家的反应。有人发表意见的时候，阚局长不时地记录一下，其他领导和所有在场的人都在专注地听着，各自的表情随着发言人的语气和内容变化着，或默默地摇头、点头，或轻轻地扼腕叹息，或忍不住发出善意的笑声。

钱程认为，养护市场化是必然选择。

董祚庥反对说："所谓市场化，就是谁有钱谁说了算。但是养护业务市场化是行不通的。"

"咋个行不通法？"

"社会上成立的养护企业，功能单一，服务对象单一，谁愿意花那么大代价买那些养路专业设备，这些专用设备的最大特点就是只能用于公路养护，不能移作它用,任何风吹草动就会使他们破产,风险巨大。商人图的是利,把活钱变成死钱,差心眼。我认为现在社会上除了公路养护部门,不可能有人花几百万或几千万去成立一个不一定有活干的公路养护单位,来跟我们竞争——除非脑子有病。”

钱程说:“这不正是对我们有利的一面吗?”

董祚麻卡壳但接着又辩驳说:“公路养护不能完全市场化,而只能是有限竞争。因为公路养护是一种维持与维护的工作,除定期保养和刷新的工作以外,就是经常对公路进行清洁、美化、检查、巡查,发现问题和隐患及时处理和排除。它不是一个具体的工程,有一定的量。它不像工厂里的工人,呆在一定的车间干专一的工序,追求产量。有些时候我们虽然没有干多少工作量,但是我们却一直对公路进行着维护,这个怎么算?那么这种维护的价值如何计费呢?”

郑家贵站在他的立场上接着说:“就是,是不是公安机关要拿破案数来算工资呢?如果国泰民安,公安干警就朝不保夕呢?”

钱程又提到养护作业合同制管理。

董祚麻继续反对说:“养护作业实行合同管理也不可行,养护作业量的准确计量存在技术困难。它是一个不可预见性的工作,谁也不知道明年将会出现什么样的天气,路上将会出现多少什么样的病害,所以对一个未知量的工作进行招投标岂不是荒唐吗?一年的养护工作量在年初时不能完全确定,小修保养和日常养护的工作量事前和事后都不能准确计量。因此,养护合同中的标的有很多不确定性,合同内容只能确定一些基本原则,执行合同更多的时候只能按照实事求是、具体问题具体协商解决,而不能仅靠合同,就把业主与被雇佣者之间的权利与义务界定清楚了。扯皮的事情,企业能愿意吗?”他嘲笑钱程说:“还是年轻啊!”

士别三日当刮目相待,怎么董祚麻变得让他不认识了。董祚麻与他的对话,他非常吃惊,董大哥怎么变成这个样子了。难道真像别人说的,他这种人就是狗改不了吃屎。

董祚麻接着说:“最关键的是人的因素,养护作业虽然有技术标准和技术规范参考,但是要养护好一条路,仅靠技术规范是不够的,还要依靠养护者对管养路段路况的熟悉程度,以及同沿线老百姓、政府建立起的良好关系。风险很大,哪个企业愿意进入?”

“改革就是要确定干与不干不一样,并且达到一个什么标准……”阚局长话没说完,就被董祚麻打断。他说:“但是领导说的那些都是纸上谈兵,根本不可行。俗话说一将无能,累死千军。世上只有无能的将,没有无能的兵,把责任向下推是一种可耻的做法。”霍恩涛数了数,这已经是他第三次打断阚局长说话了。他每次都说,首先我声明,我不是针对任何领导。这不是此地无银三百两吗? 他在代表会上的呛声,被认为是与阚局长公开决裂。董祚庥其实是不满席局长才说的,但是肖长河误认为他也反对阚局长。特别是他那句"改革本身没有错,问题出在那些有权力搞改革的领导身上。"

董祚庥的声音的确有点刺耳。他说完,觉得意犹未尽,又补充说:"我早就说过病害有关联性,怎么定这个标底,根据是什么? 要不要靠预测? 投标者又如何去投标? 碰运气吗? 那不瞎扯了? 大家干得好好的,改什么改?"

一片愁云盘旋在会议室里,这是关系到稳定的问题,稳定压倒一切。经过董祚庥一说,大家终于揭开脸上的那层面纱,开始说出心里话:"公路养护中的工作反复性很大,有些工作需要天天搞,有些可能几天或十几天,几个月或半年干一次。我们干完了上面没有及时检查,难道就认为我们没干吗?"

"改革可以,我们鼓掌欢迎。但要从上开始,我们公路养护部门确实人满为患,形成人吃路,路养人的现象。我认为这只能说明管理部门的腐败,难道一个工人能把自己的亲戚弄进来吃现成饭吗?"

"现在工人不许接班,大学生又看不起养路的工作。"

"我们一生无怨无悔养路,又被人看不起。都这样了,半路上还让我们下岗,我们上有老下有小,阚局长你说我们算什么?"

"改革还没有改,咋就被描绘得那么好呢? 大脑正常的人都知道,一定是办公室行管搞出来的新名堂,又是一场文字游戏吧。"

董祚庥听到这里,顺手把他旁边正在写会议记录的尉迟剑锋的笔摧了。尉迟剑锋十分恼火,起身拽住他的衣领要打他,被阚局长制止。他对董祚庥说:"我早看不惯你了。"

"看不惯我啥,几十年来我们一味沉浸于自谀的歌功颂德中,粉饰鼎盛太平,根本就找不出一块广大职工说话和反馈意见的地方。"

尉迟剑锋惊诧,董祚庥真的疯了……

董祚庥的话在肖长河的脑海里久久回荡。他想,要是能把董祚庥拉来当大炮筒子就好了。

席局长心里也不赞成改革,这样一来,显然是与阚局长对着干,但改革又是大势所趋,他到省局汇报工作时,说职工非常不稳定,还举了薛义刚和唐大伟的例子。他说的是实情,薛义刚反复说的就是,不改革,现在好好的,改革就是瞎折腾,工人折腾不起。就是改,养护工人的事业身份不能变,只要养护工人的事业身份不变,随便改,反正工人不差这一次勒紧裤腰带过苦日子。不成功便成仁,但是一定得保留身份。他回到村上,本想诉诉苦但不被理解。一个发小说:"你小学三年级都享受这待遇,不改革才奇怪呢? 反过来说,我们还羡慕你呢。

咱俩是一样的人,你有劳保有退休金,我翻坷垃打牛腿啥也没有。”他回到道班后,说话和做事都变得疯疯癫癫的。

兼听则明,偏听则暗。了解内情的席局长不愿说,其他中层领导又隔靴搔痒,说了没意思。肖长河却大量爆料,他们理所当然地认为对他们不利。

薛义刚和唐大伟看到别人小声说个话,总觉得与他们有关,到了风声鹤唳草木皆兵的程度。如果他们过去对方突然不说话了,他们会认为大家都背着他们使鬠子。因为他们没有信息,担心他们会是改革的目标。他们只要一听改革,就带头到局里找,就要闹。

下雪了,单强提议杀个羊,再吃些暖暖的火锅。

晏小山说:“今年别杀羊了,吃不下去,也不忍心再看。其实从某种意义上说,我们和那群羊有什么区别呢?羊和我们朝夕相处,不同样要任人宰割吗?说杀就杀了,用刀子杀羊见血,用改革杀我们不见血。反抗有用吗?羊也反抗。唉,别提杀羊,你一提就像有刀子抹到我脖子上似的,冷飕飕的。实在想吃,到集上称2斤肉吧!”

改革是这个冬天过不去的一道坎,大伙内心里不知去向,不安,恐惧,见人就问,然后就传播听到的新闻。话题总有一个,而这个话题总让人听后又增添新的恐惧。同一个火锅,同一种菜肴却吃不出同样的味道,想想再没有去年那么好吃的火锅了。

肖长河没费吹灰之力就把董祚庥拉进自己的阵营。董祚庥说,以他的情况他比谁都害怕改革。肖长河请他吃饭,这在以前就是鸿门宴,董祚庥是不会去的,但是为了增加友谊,他爽快答应了。他们还回忆了曾在道班当副班长的那段美好时光。吃人家的嘴短,肖长河要用的正是董祚庥的嘴。

董祚庥吃过宴席不久,就带头发动反对改革的集会。晏华诚认为他对不起阚局长。他对董祚庥说,还记得我对你说过遇到事,拐个弯或低下头吗?我只是让你拐一个弯,你这下倒好,把自己拐迷见了,把头藏进裤裆里装孬种,尽做些见不得人的事。董祚庥则坚持认为自己没有错,自己所做的一切都光明磊落、心地坦荡,他说他召集大家是让他们发出内心最真实的声音,领导才能知道他们的忧虑、担心和他们的希望、愿景,领导才会着手解决……

晏华诚叹息一声,说:“还记得你对我说的那句话吗?认准了的事,只要奋斗,都能有一番作为。一个人的成功,有时源自别人的一句话,一个故事而激发出无限潜能,让我们成为生活的巨人!”

董祚庥点头说记得。

晏华诚说记得就好,然后拍了拍他的肚子:“你的良心被狗吃了。”

董祚庥发起集会后,肖长河把他视为自己的铁杆盟友。他觉得有这个大炮筒子,自己没有干不成的事了。就等着看阚局长的好戏吧！他把董祚庥的话,秘密过给席局长听。

大家的情绪多少都受到改革影响,心思不能全在路上,养护疲于应付。他们补完路,天已经黑了,薛义刚家就在附近,他们决定把道班的小货车、材料和机具放在他家,明天过来接着继续干,他们挤道班那辆福田小卡回去。

晚上,薛义刚的媳妇让薛义刚从小货车里放点柴油出来。他摇摇头说不放,然后又央求他媳妇说别放了。他媳妇一听这话,骂他是木头疙瘩,脑子死的要命。薛义刚则在想:为啥公家的企业做不下去？大家都把公家当成唐僧肉,谁都来咬一口,企业能做下去才怪呢。为了一点蝇头小利,他就干过把工程挖掘机钻头当成废铁卖了20块钱,公家却要损失500块。那时班长捞油水,他捞馍花,养成把公家的"旧东西"拿回家的毛病,后来换了几次道班,也改不过来了。他叹了一口气,他媳妇见他敢不听自己的话,先是瞪眼,然后双手叉腰,狠狠地猛跺一脚,用手直直地指着他大吼一声:"木头疙瘩,脑子死的要命。你到底放还是不放?"

薛义刚说:"我说不放就不放。放在咱家是相信咱,咱不能让人家戳咱的脊梁骨。"以往如果他敢还嘴,他媳妇定会揪住他耳朵,直到他乖乖地蹲在地上求饶为止。他这次不服软,晚上连饭也没吃上。最后还是他媳妇先心软了,把饭盛好端到他跟前。薛义刚陪着笑脸,让她别生气,说:"现在我觉得不能做这种事了,以后也不能,大家都不能做。否则不改革不下岗才奇怪呢!"

一提改革他就吃饭饭不香。

倒是每一次公路系统改革,席局长都受利,其实他有一个梦,局长梦,但他又是一个讲究体面的人,也许这才是问题的复杂性。改革的下一步究竟要怎么样?！是一改了事、一脱了之、一分了结么？如何消除职工对改革的质疑,避免职工与单位摩擦甚至发生冲突,乱麻一样相互缠绕。

阚局长在大量调查的基础上认为,改革必须尊重原体制下形成的既得利益,不论这种既得利益是法律规定的还是事实上长期被认可的。也就是说,改革不应该使得极大部分人比原体制下生活得更坏。一是维护大多数工人的利益,支持多劳多得,反对不劳而获;二是要维护合法权益,没有法规依据的利益无法维护。这是大原则。

第二次代表会上,阚局长说改革不能让道班工人的未来充满眼泪和贫穷,整个会场顿时鸦雀无声,然后是经久不息的热烈掌声。

会议结束的时候,阚局长决定带他们去围湖市。说得再好不如让他们眼见为实。车上,他没有谈改革,却让他们敞开心扉谈想法。他们是可爱的,当涉及到一个人的命运、前途和幸福生活的时候,不要说他们工人,就是自己,假若被蒙在鼓里，心里也还是有想法的。这是他们真实的声音，他们多年积攒下来的想法，积下来的怨与恨都宣泄了出来……他们支持改革。

阚局长带队，参观囿湖市成功改革后的养护公司和道班，养护工人平均年收入达 5 万元，而他们一年累死累活地干，才 2 万多块。囿湖市改革是他们所要的改革。结果基层传言，代表们被领导收买出去旅游去了。董祚麻知道凡芃想到蓝湾道班当班长，想不明白她办公室主任不当了要当班长，为什么呢？是为利益还是为影响？目前蓝湾道班从多河湿地文化风景区的分红已经高达六位数；每年还会有几批国家级和世界级的公路专家进驻蓝湾道班，研究多河地质，蓝湾道班班长是个很风光的位子。董祚麻的心还是倏得紧张起来，消息是肖长河从席局长那里知道的，一定是准确的。

第二十六章

晏华诚蹲在道班门口的马路牙子上,兀自伤心:田苦妮心灵手巧,聪明贤惠,就是命苦……

他站起来,让目光越过长长的公路,寻找那天苦姐从这里离开的身影——她是坐上道班那辆福田小卡走的,直到从他的视线里消失。这是田苦妮离开道班后,他每天早上起来必做的第一件事——站在道班门口向远方出神地张望。他眼睛看酸了,便将目光从远处沿着公路,一棵树一棵树地收回,连那些呼啸而过的汽车都被他透视了,最后落在自己的影子上。他一声叹息,为什么灾难总要降临到一个好人身上?他觉得世界上再没有像田苦妮这么善良的女人了。可是她却没有称心的事,找一个男人经常打她,大孩子养到6岁的时候溺水死亡,一个女儿在局里试用期快要结束,正办理劳动合同的节骨眼上,她却突然病了……真是屋漏又逢连夜雨。

田甜得了重病,医生说这是一种罕见的病……田苦妮心急如焚,恨不得钻天入地去寻神医良方,只要能治好田甜的病,要了她的命她也心甘。专家初步会诊,治疗费大约要40万,苦姐欲哭无泪,她感到一种从来没有过的绝望,一瞬间淹没她曾经有过的与生俱来的坚强。她咬紧牙关告诉自己,必须比以往更加坚强,她不能倒下,她是田甜全部的希望。她发誓一定要治好田甜的病,哪怕卖肾卖血都行……

“你永远都要记住我们有路可走——因为我们是修路的。”晏华诚每天都打很多电话,问她田甜的最新情况,鼓励她、安慰她,给她说这边的捐款情况,再偶尔说一下道班的新闻。他知道她这时特别需要一个人、一颗心、一片声音给她支撑、给她力量、给她勇气。

当歌市公路局经请示省局工会,在全省公路系统发起捐款。晏小山拿出他上班后的20300元,钱程则是15800元。

董祚庥捐给田甜的2000元,晏华诚和钱程商量了一下,他们自作主张,把董祚庥的捐款给退了回去,并说这种忘恩负义人的钱,不要。

钱程去退给他钱的时候说这是苦姐的意思。

“为什么别人的捐款都要了,偏偏不要我的。”

“问你自己吧。”

“钱程你不了解我?!”

“我从前以为很了解,现在我发现我错了。”

“我从来都是一个真实的我——从来都是,没有变过。你明白吗?”

“我算是明白了。你的确真实,我觉得我要是傻子就好了,那样的话你还是我心目中的你多好啊!不过你什么时候学会了耍心眼,倒是让我着实吃惊。我一直想戳穿你却担心你下不了台——因为那不是你,你学得实在蹩脚。”

“这个世界上没有人能戳穿我,因为我是真实的。”他想用肢体语言佐证他的真实。

“不要拿大家的沉默用来证明你多聪明。我今天就是来把钱退给你的,我只有这一项任务。”

“我董祚庥捐出去的钱决不会收回——无论多少那是我的心意。”他们不欢而散。

苦姐走的这段日子,她“婆婆”就由晏华诚照顾了。他每天都去给她“婆婆”送饭,时间一久,他觉得要找个什么理由,把她接到道班更合适,方便照顾。理由很不好找,当他找到理由时,她“婆婆”比他还固执不愿意去,他觉得不能再隐瞒了,就把情况一五一十对她说了。她“婆婆”听完扑通一跪,求他救救她孙女。

她“婆婆”答应跟他去道班,但她今天要收拾收拾家。晏华诚环顾一下,三间土房,家徒四壁,有什么好收拾的,但他还是安慰她几句不要担心的话就走了。

晏华诚走后,她摸索着找到村委会,问袁娃子在吗?袁娃子是她们村委会主任袁柱的小名。一个人听见有人喊,从屋里走出来,喊了一句三姑。她从声音里听出来,就是她要找的袁娃子。

“他大侄子……”

袁柱伸手要拉她到屋里坐一会儿。

她却摸索着要给他跪下。袁柱大吃一惊,不知道怎么回事。他知道一定是发生了什么大事,一定是关于他儿子袁昌星的事,不然三姑也不会有这个举动。上次派出所来抓他儿子,三姑也是给他跪下,求他帮忙给捞捞人。袁柱问她怎么回事?

她说:“你侄女得了大病,我想卖地卖宅子,你多给糙糙头卖吧!有个大差不差就行了,要现钱。”然后突然想起来什么似的,就现在住的这片老宅子留给你儿子袁昌星,其他自留地、宅基地全卖完。一切都托付给你了……

袁柱说卖地的事记住了,问她田甜到底得了什么病,在哪里住院?他马上召集本家近门去医院看看。袁昌星的父亲是倒插门住进袁家寨的,他本姓田,袁昌星是随他母亲的姓。田老汉死的早,他临终的时候就一个愿望,希望他儿子袁昌星的第二个孩子能姓田。所以田甜才没有叫袁甜。

她说她也不知道什么病,不知道在哪个医院,只知道在省城,医生说要40万……

晏华诚再次给她送饭的时候,她死死的拽住他,希望他能带她去医院看看她孙女。晏华诚说:“不行,她们那边情况危急,你去了不方便,帮不上忙,苦妮哪还能腾出手去伺候你呢?你去只能添乱知道吧。”她听完慢慢松开手,像是突然呆滞了一样,喃喃自语:“我作的孽啊,苦妮是个好女人,俺的孙女可怜的孩子,老天爷啊!你咋这样不开眼,要这样对待俺老袁家。我作的孽啊,多少年了我都是她们娘俩的累赘,我再不能拖累他们娘俩了……”

她又突然紧紧抓住晏华诚的手扑通一跪,这个举动超越了她的年龄和她常有的迟钝,让晏华诚措手不及。她哭着说:“他老哥啊,孩子娘俩就交给你们领导了。等治好孩子的病,孩子的工作还得让领导多费心……”

这个晏华诚真办不到,但他还是说:“好的,领导会考虑的。”她最后叮嘱晏华诚,以后她无论出了什么事,都不要通知苦妮,并把她托袁娃子卖地的事给晏华诚说了。

然后她反反复复就说一句话:“我作的孽啊……”

晏华诚安慰她,让她不要操心,局里领导都在想办法,一切都会好的!

她再次找到袁柱,问卖地的事,又交代他给钱就卖,要现钱。她再次跪下,说:“卖地的钱直接给道班的老哥晏华诚就行了。我眼瞎了,给我我也看不见。”她最后也叮嘱袁娃子,以后她无论出了什么事,都不要通知苦妮。

一个老人蹒跚地行走在村庄的土路上,阳光穿过密密的树叶洒下来,碎碎地落在她身上。她从家里找了一根细棍当做拐杖,走到这里拐杖突然断了。她一腚崴在地上,此时乡间寂静的让人窒息了一般,她希望能有人帮她一把,可村里的年轻人大都出去打工了,孩子们还没到放学时间,四周竟连一声鸟叫或虫鸣也没有,她显得特别无助和绝望。她突然打破这窒息,放声大哭:“老天爷啊!你保佑保佑她们娘俩吧……”

十几公里外的当歌市公路局院内,许多双焦躁的眼睛在等待着……

阚局长敢于回应并解决职工提出的热点、难点、焦点问题,这个时候如果绕道走,只能加剧事态的恶化,干群关系的对立,内部矛盾的激化,最终走向问题的反面。当前公路养护管理体制,已成为制约公路事业发展的瓶颈。改革更是

“摸着石头过河”的新尝试,但这样的尝试需要有始有终、精益求精,而不是虎头蛇尾,不是秀一下走走形式,更不是“挥一挥衣袖,不带走一片云彩!”

改革是大势所趋,就像开闸放水,但怎么放好水,怎么利用所放的水,这是关键。谁不想只拿工资不干活呢?养护不是大锅饭,按照我们的养护标准,养护工人不是没有活,而是活太多太琐碎了,整天干不完的活却不见效率。这就需要养护由体力向技术转变;要保证让最优秀的人才来管理,让合适的岗位上有合适的人;要提高机械化程度,少做些无用功;还要尽最大程度提高他们的福利待遇,这就是我们要的改革……

晏华诚开完会去接田苦妮“婆婆”的时候,门是虚掩的,他推开门,眼前的一幕把他吓呆了,她“婆婆”上吊了,舌头伸出老长……

阚局长听到这个消息,眼泪掉了下来,声音哽咽。离上一次会议才两个小时,他又召集开了一个小会。会议主题是田甜的医疗费问题,专家再次会诊要60万。她们没钱,省局的特别救助正在拨付中,原先是40万,现在要60万,怎么办?

“这个口子可能开?可以想其他办法。”席局长首先打破沉默。

“心到就好了,不必那么较真到处给她们找钱。”也有人附和着说。

阚局长不那么认为,他说:“心到了有什么用,她们现在需要钱。如果我们只是心意到了,而钱没有到,那田甜就没命了……我们的心意也就没有意思了。”

会议再次陷入长久的沉默。谁先开口显然是要出钱,或者想到出钱的办法,但显然没有,所以沉默继续——

阚局长打破沉默:“我们公路局有几个二级企业,企业的使命是盈利,企业的盈利除了保证企业的良好运行,不能不管困难职工,职工的子女上不起学要管,猝不及防的灾难要管,对于职工子女重特大疾病,我们不伸手帮助就没有命了,这样的事更要管。我们要管的同时要符合政策,要程序合法地管。田苦妮——就像她的名字一样,苦水里泡大的一个女职工,她现在不是一般的苦。大家都认识她吧,一个善良、孝顺、坚强的女职工,她闺女现在就躺在医院里,随时都可能死去,怎么办?你们企业可以捐款,就像一个漏斗一样,你们企业赚的钱要往这个漏斗里漏。我们更有必要建立一种面向我们当歌市全体公路人的帮扶机制,所有局属二级企业每年都要按比例,往这个救命的筐子里捐一些钱。”

意见不统一,让谁掏钱都不是一件痛快事。但几个二级企业负责人都表态回去筹钱。

阚局长的这个举动,在道班工人茫然焦躁不安的心里投下一缕亮光。大家坐在一起讨论改革和田甜病情的时候，吴筱然打电话说她在省公路局采访，说看到你们阚局长了。他汇报了你们改革上的事情，说政策向你们一线道班工人倾斜，坚持三个必须——他还汇报了对你们明显道班一个患重病的女工的救助方案……

钱程说："你说的那个患病的女工是苦姐的女儿田甜。"

她问："是不是那个食堂里——笑呵呵的——她女儿是不是那次见到我表情很奇怪的那个——年纪和我差不多对吧？"

钱程说："是的，就是她。"

大伙都催他问问她在省局看到的细节，她都一五一十地对他们说了。他们意外听到这个消息，对阚局长倍增敬意。他们心里一下子敞亮起来，因为吴筱然是一个局外人，又是在省局采访领导时她亲耳听到的，所以不存在做秀的可能，准是真的。他们知道了阚局长心里装着他们，向着他们，而不是哄他们。

杨义说出了他的担心："人心隔肚皮，我们也不知道改革成功的样子，要是万一不成功，那我们不就变成了牺牲品。"他一句话冷不丁地说得大家又忐忑不安，心情沉重。木来新掏出烟，一人散一支，让话题在烟雾缭绕里继续……

吴筱然去医院看望了田甜，当她知道苦姐的经历，被感动了。她对钱程说，如果你喜欢田甜，你就爱她吧！如果你觉得亏欠我的，就把亏欠我的东西弥补给她吧！她请示了她们报社领导，以"道班先进妈妈"为题，策划了一次募捐宣传。

全省公路系统捐款 11 万，社会捐款 5 万，省公路局从对家庭和个人特别救助金里拨付 10 万元。

田壮知道外甥女得了大病，准备把家里的两头牛卖掉。他娘知道他要卖牛，提溜打滚不愿意。大的是一头老嗣牛，是她打小喂大的，都快二十年了，差不多每两年就会劈一头牛犊子，她对老嗣牛有感情。她牵着牛绳子，手脖子勒出血印子也不撒手。当田壮比划着告诉她，她外孙女得了大病，住院要花许多钱，她撒开牛绳子发疯了一样向道班跑去。田壮开机动三轮车去追都没追上。她是淌河沿着小路跑的，跑到道班的时候已经成了泥人，大伙不敢相信快 60 岁的老太太了，哪来的这一身力气。道班里没有她闺女和外孙女，她激动地比划着，让晏华诚开车送她去，不然她还要沿着小路跑到医院去。谁都劝不了，谁也拦不住，田壮没办法，把机动三轮车放在道班，让晏小山开车送他们到车站，他们连夜赶到省城医院。

苦姐的母亲空闲时间就在医院附近沿街乞讨——带着她外孙女的照片和医院诊断证明。第一天乞讨 60 块，这让她很振奋。第二天是 34 块，第三天是 41 块。第四天过了中午时，她数了数已经要到 19 块了，一个时尚的女人从她身边经过时，掉在地上一个包子，她赶紧想站起来去捡，头却晕晕的，好长时间才站起来，她从早上5点多出来还没吃饭呢。她捡起来饥不择食地吃了。“奶奶掉在地上的东西不能吃。”一个小朋友说。包子店老板赶她走，就在她穿过马路时，被川流的车闪晕了，惨剧发生……

有人看见她被碾掉的一只手里，紧紧攥着一把零钱。因为她身上带着田甜的照片和医院诊断证明，警察很快找到医院……

苦妞听到这个噩耗，精神全面崩溃，被推进抢救室……

田壮说：“原本是让她留在家里照顾小孙子亮亮的。我和俺媳妇来伺候。她一定要来，拦都拦不住。我就叫媳妇在家看孩子，我们娘俩连夜赶来了。”

当歌市公路局就田甜的医疗费再次召开紧急会议，局机关中层领导都参加了，中心议题就是捐款，不能再等了。阚局长坐镇接收捐款，收不到捐款不散会不吃饭。

当歌市公路局所属二级企业共计捐款30万，所差无几。后来证明当歌市建立的这种帮扶机制，造福了所有的公路人和他们的子女。

田苦妮还在抢救中，她们家已经没人能去照顾了，局里派人去照顾她们母女俩，但正赶上改革的时候，谁愿意去呢？只有钱程和晏小山主动愿意去。两个大男人怎么伺候，最后局里没办法，只好同意了，由他们轮流看护。

田甜时常昏迷不醒。夜里，田甜又昏迷不醒的时候，护士请他们帮忙为田甜导尿。晏小山把钱程拽到病房外，问他：“你决定了要娶田甜吗？你发个誓吧。”

“我……”钱程一时不知道该怎么说。

“我晏小山发誓。田甜，无论她是健康的，有病，哪怕是植物人，我晏小山都愿意娶她做老婆，一生一世心不变。我晏小山若反悔，天打五雷轰，在路上被车轧死。”

钱程直直地看着他。

“你犹豫了……从现在开始，田甜就是我老婆了。”他把衣服脱掉，撕成长长的布条，蒙上钱程的双眼。他们走进病房，护士诧异地问：“你们这是……”

晏小山说：“她是我媳妇，这位是亲戚，他要回避一下。”

田甜清醒的时候，钱程宣布，等她好了，他就娶她。钱程看到她眼中的泪花和嘴角的微笑。也许她在想，她好的时候，钱程不领她的好。现在……但自从钱程说了那句话之后，她的精神状态一下子好多了。

钱程照顾了三天之后，因为局里有事临时走了。

小山留下来照顾她。遇到她心情不好的时候，他就说钱程忙完这一阵子就来了。她有时候觉得怪不好意思的，小山就给她讲故事听。当小山病倒的时候,她突然心疼了。

明显道班里,当晏华诚和钱程得知小山也病倒了,俩人又来医院看他们。钱程来了之后,田甜对小山又冷淡了。小山一个人在医院草坪的凉亭里默默流泪。钱程去找他的时候,他无名发火,指着钱程的鼻子说:“你不喜欢她,你就不应该再来了,你明明知道她喜欢你,你和她在一起她就心猿意马,给挠的……还抱有那么一丝幻想。她最后得到的是什么呢?只会是痛苦。你以为你考虑的非常好——也许你的内心特别强大,可她是一个特别脆弱的人。她有病你也有病吗?我比不上你,但我一直都不知道我哪点比不上你。我不如你,我是不如你,可是你也知道的,我是爱他的。而我的爱是唯一的,而你是虚伪的,你脚踏两只船,可是他们都看到了,偏偏装看不见,他们对你太好了。”

钱程刚要上前去劝他两句,晏小山突然伸手打了一个耳光,对他说:“你根本不应该对她说谎……”他没有躲,他也没有记恨晏小山——他为田甜付出太多,而自己觉得内疚——对田甜,对所有人内疚,他真的希望有人打他一顿:“我当时说要娶她,我觉得我根本无碍于诚信,因为我是为她着想,是让她战胜脆弱找到生活的希望,它有时真的能改变我们生命的轨道。”其实一开始就是小山逼着他宣布的,当时小山说:“她在生死间徘徊,你就不能伸手拉她一把吗?想想,我爸当年是怎么救你的,是给人家下跪。善意的谎言能使病人对治疗充满希望,你就一定想让她死吗?”

“我怎么会那么想?”

“那你怎么不救她。”

钱程是在那种情况下,才在田甜清醒的时候宣布,等她好了就娶她做新娘子。

晏华诚给苦妞带来一束玫瑰,说这是道班长出来的玫瑰,是我拔掉你又栽上的那棵玫瑰,你看这些玫瑰就是来报答你的,你要给它们一个态度,不管遇到什么事情,都要对生活微笑。他说完交给她一张银行卡,说这卡里有15万,以后田甜康复还需要很多钱。

田苦妮吃惊,问他哪来的这么多钱。

晏华诚不说。

田苦妮不要。

晏华诚见自己不说,她执意不要,他低下头避开她的目光说:“给小山攒的娶媳妇的钱。还有我用工资本抵押从银行贷了8万,银行只给贷8万,我原本要贷20万的……”

田苦妮想会心地微笑一下,可是她太憔悴了,没能笑出来;她想哭,眼睛里早已没有了眼泪;她扑在晏华诚怀里哽咽——她太需要一个人给她依靠了,当她找到这个肩膀之后,一不留神的放松让她昏了过去。

她太累了。

晏华诚向钱程请了长假,并嘱咐他就不要专门对阚局长说了。他让他们俩都回去,他留下来照顾她们娘俩。临走,他还叮嘱他们要配合、支持阚局长的改革……

席局长说:“深化如果不得要领,那么积累的矛盾就会瞬时爆发!让他阚启有劲使去吧!”

退休后在家颐养天年的隋局长不在家抱孙子,出来对工人说:“领导要趁现在手头有几个钱,抓紧时间把职工的社保、医保等事办好,为今后改革铺平道路,这才是最关键的。想当年我干的时候,怎样怎样……”

其实,他干的时候一锅糊涂面,偏说自己是高汤,坐而论道,加剧了改革乱象。他儿子隋尚,长期不上班,三番五次出来和肖长河小动作不断。他踩在他老子当过局长的名分上,自以为了不起,理所当然地认为他老子当过局长,他就该躺在公路部门吃喝拉撒睡,没人敢咋着。因为他的父辈为公路事业奉献了一辈子,他们为公路的发展打了天下,就该形同自家祖业。

肖长河对董祚庥说:“现在我们是同一条船上的,要有福同享有难同当。”

莫科长这次没有默默行,一直主动做大家的思想工作。阚局长对他说,人的认识是千差万别的,思想政治工作就是做人的工作,要允许工人有想法,有个认识的过程。要坚持以人为本,我们的养护工人是最朴实的,对他们要给予更多的尊重、理解、关心、帮助。莫科长按照阚局长的引导工作,效果比较明显,他越干越有劲。

因为受到尊重,大伙比以前放心多了。正当问题迎刃而解的时候,那些长期不上班的,开始带头闹,从幕后走向前台反对改革。工人们才知道谁最怕改革,他们倒是更支持改革了。

董祚庥第一次拥有了一呼百应的号召力:“我们作为工人,既不能带头要改革,但也阻止不了改革,只能去适应改革。我们养护工人谈不上救国救民,把手头的事做好,把路养好,就是在为国为民尽力了。阚局长走了,对我们有什么好处?换个局长,谁来当,改革依然会继续,但是我们工人输不起!能遇到一个好领导是我们道工的福,他做局长,结果对我们会更好!”

他的风头迅速盖过肖长河,他们不相信肖长河,但是因为当时共同反对改革的缘故让他们走到一起,但他们心里也是谨慎地参与,并与他保持距离。

肖长河准备串联工人到北京上访。

董祚庥把这个情况对莫科长说了,希望莫科长去做大伙的工作。并且要为他保守秘密,不要对别人说是他说的。莫默行不知道董祚庥的话该不该信,因为他当了班长以后就不是原来的他了，但是一想到阚局长他信了。

这次又是道工聚集，大部分道工支持改革。肖长河也带了一批人，反对改革的人，他们要冲击会场，被莫科长等人拦下。

阚局长的车来了。肖长河到处找石头，院子里没有石头，他从院子花坛边的路缘石上，找到一块脱落的碗口大的水泥块。钱程看在眼里以为他要袭击阚局长。他一个箭步冲上去，夺肖长河手里的水泥块，结果头被肖长河砸破了，鲜血直流。肖长河身上也被刮了一个大口子，他一口咬定是钱程要拿石块砸他才受的伤。工人们再次看清了他的真面目。人心都是肉长的，阚局长的所作所为，职工们都感受到了，他们相信阚局长。

“我阚启，今天对你们郑重承诺，改革中不把一个职工推向社会……改革不是把财富从一部分人手中无偿转移给另一部分人，而是通过权利和财产关系的重新安排，调动大家的积极性，增加社会总财富，让付出和得到成正比。让我们职工的收入有大幅提高……”无论是稻草还是金条，重要的是他们手里必须有的抓，他们才放心。我们要做的，就是把真正的金条放到他们另一只手里，他们自然会把那根稻草放掉。其实这根稻草就是“身份”。政策得到了职工的拥护，从而使养护改革顺利推进。

大家都团结在阚局长身边，肖长河被边缘化。董祚庥将肖长河串联上访和诬告的事如实告诉了阚局长，并汇报了基层养护工人的真实状况……他说：“从前我都没被肖长河的淫威所吓倒，现在就会吗？但是我知道他最大的弱点就是‘既想做婊子，又想树牌坊’。毕竟有人害怕改革，正好被肖长河利用了。但是，欺骗组织和广大职工即便一时能得逞，如果他一意孤行的话，最终是会自食恶果的，只不过是时间问题罢了！”

阚局长回忆董祚庥对他说的：我有权选择沉默。如果不沉默，我就得说真话，但说真话的时代尚没有真正到来！阚局长问他：“现在说真话的时代到了吗？”

董祚庥点头说：“到了。”

阚局长针对肖长河对工人的蛊惑，一一为他们解惑。

晏华诚知道了真相，骂他为什么不早说。董祚庥说：“当我看到阚局长受到不公正待遇，看到我的影子，我内心震了一下。我觉得不能再让肖长河这种小人得逞了，大家伤不起。”

晏华诚笑着对大伙说：“我就知道董祚庥不会变，果然没有变，还是那只‘蚂蚱’还是那个‘六条’。”

董祚庥说：“让我成熟的是经历与磨难，让我幸福的是宽容与博爱，让我心安的是理解与信任，我怎么可能陷害阚局长呢？”

阚局长下一步要在道班建设中围绕“人富”的目标，想方设法为养护工人创收。好的领导不一定专业能力有多强，关键是知人善用，让职工有归属感、有奋斗的热情、有成功的梦想。

席局长当了二十五年副局长，年纪上就要到扛了，最后一搏，就能当上局长吗？他因为突发心肌炎住进医院，医院里老婆告诉他：“老常走了。”

“哪个老常？”

“常得志。”

“啥时候？我怎么没看见？”他以为是常得志来医院看望他，不过自己怎么没看见来过。便问他老婆：“去哪里了？”

“去世了。”

“怎么可能！？前天我们还在一起说话呢。”

“昨天夜里走的。”他看着妻子的模样不像开玩笑。席局长感慨生命是如此的脆弱，前天还在一起说笑的人，今天说没就没了。他问：“什么病？”

“心肌梗塞。”

心肌梗塞，他喃喃重复着，自己是心肌炎，这没差多少吧？他突然觉得要珍惜现在所拥有的一切，什么名誉、地位、金钱……两腿一蹬就什么也没有了，活着真好！不再让心累了，还是安静安静的好！他在医院里用大段的时间进行了思考，他这二十多年来，先后共事了七任局长。说实话无论从公从私，他对阚局长最佩服。

肖长河再次向他汇报的时候，他对肖长河说：“我当了二十几年的副局长了，前前后后也共事了差不多有十位局长。阚局长是个干事业的人，干点事真不容易啊。我老了……阚局长把你举报他的材料都交给我了，有文字、有录音、还有视频。这些材料你也清楚它的性质——诬告，要是交到纪委你就会被开除，他指示内部处理。”他长叹一口气，“这胸怀不是一般人所具备的。我回头给阚局长争取一下，保留你的干部身份，别瞎折腾了。”

肖长河瞠目结舌。

席局长转而支持阚局长工作，许多问题迎刃而解。

田甜逐渐康复起来。晏小山问钱程：“你打算什么时候娶她。”此时，田甜走过来。钱程说：“我们不是说好的吗？最后告诉她那是善意的谎言……”田甜默默地听着他们的对话，泪流满面。人之所以会心累，是因为常常徘徊在坚持和放弃之间，在流年的光阴里，温习着一场场错过；在岁月的转角处，上演着悲欢离合。当田甜突然站住他们面前时，他们颇为吃惊。她泪眼婆娑地看着小山，钱程赶紧离开了。她责备他为什么不早说……

小山说：“我可以耐心等，幸福可以来的慢一些，只要她是真的。因为我一直是真心爱你的。”

田甜留在明显中心道班，因为改革后的道班不比机关差。

两年后，当歌市各个道班都发生了翻天覆地的变化，第三产业：香菇、养殖业和大棚蔬菜，职工年收入超过6万元。通过改革建立了稳健、务实、简便的管理体制，减少了摩擦和内耗，人与单位均获解放。改革促进了养护科技的发展，养护人员的积极性高涨，它所带来的冲击力和由此所产生的养护生产力提高是巨大的。

阚局长还表示，将来有条件了，还要扩展道班“三产”含义，试点将基础设施条件好、交通便利、车流量大，距离城镇较近的道班改造为集加油、修理、停车、超市、住宿、餐饮、娱乐为一体的综合服务区。

钱程打电话给吴筱然，让她来采访一下，说他们明显中心道班获全国养护技能大赛一等奖，获全国公路文化先进道班。人还是那些人，差距咋就这么大呢？

这么久了，吴筱然发现她依然放不下——他住在她心灵的最深处，在意他的一举一动。时间和距离没有让他们变得生疏，她觉得这就是爱，是真爱！

她一边想一边看着车窗外飞驰而过的田野，一块公路标志牌上赫然写着：前方1000米明显中心道班，她突然感到温暖。汽车通过一个弯道，她看见这条宽阔平坦的公路正向远方延伸，而她的心早已飞到一公里远的地方。她下车，有一个橙色的建筑，远看像宾馆，近看像机关，走近一看，道班门前最醒目的地方写着：明显中心道班。眼前的一切，她既不太熟悉，又不算太陌生。

道班院内主入口处设立一排宣传栏，宣传栏分四个版块。她正看着——几辆迎亲车鱼贯而入。

“新娘子来了。”道班的兄弟们欢呼着迎上来，今天是晏小山和田甜，晏华诚和苦姐的婚礼，灿烂写满每个人的脸上。

晏小山宣布，以后都不准叫他妈妈苦姐了，要叫甜姐，你们新来报道的同志就喊甜姨吧！

钱程已被调到局里主持工养科工作，他看见吴筱然微笑着跑到她跟前，责备她：“为什么不提前说一声，我去接你。”然后说，“这几辆迎亲的车都是咱道班工人的，到时候我也送你一辆，咱就买国产的。”